KNAUR

ANNA THALER

DAS LAND,
VON DEM WIR
TRÄUMEN

ROMAN

Besuchen Sie uns im Internet:
www.knaur.de

Aus Verantwortung für die Umwelt hat sich die Verlagsgruppe
Droemer Knaur zu einer nachhaltigen Buchproduktion verpflichtet.
Der bewusste Umgang mit unseren Ressourcen, der Schutz unseres
Klimas und der Natur gehören zu unseren obersten Unternehmenszielen.
Gemeinsam mit unseren Partnern und Lieferanten setzen wir uns
für eine klimaneutrale Buchproduktion ein, die den Erwerb von
Klimazertifikaten zur Kompensation des CO_2-Ausstoßes einschließt.
Weitere Informationen finden Sie unter: www.klimaneutralerverlag.de

Originalausgabe 2022
Knaur Taschenbuch
Ein Imprint der Verlagsgruppe
Droemer Knaur GmbH & Co. KG, München
Alle Rechte vorbehalten. Das Werk darf – auch teilweise –
nur mit Genehmigung des Verlags wiedergegeben werden.
Redaktion: Monika Beck
Covergestaltung: Guter Punkt, München
Coverabbildung: Collage aus einem Motiv von
Shelley Richmond/Trevillion Images
und mehreren Getty Images Motiven
Satz: Adobe InDesign im Verlag
Druck und Bindung: GGP Media GmbH, Pößneck
ISBN 978-3-426-52783-2

Für Fabienne,
weil sie unermüdlich motiviert

Personen

Die Familie Bruggmoser (Ponte)

Franziska * 1902
Die Eltern Ludwig * 1863 und Teresa * 1867, Viehbauern
Leopold * 1889, Hoferbe, ältester Bruder
Rudolf * 1891 und Stefan * 1894, die mittleren Brüder, im Krieg gefallen
Andreas * 1898, jüngster Bruder

Außerdem leben auf dem Hof

Johanna und Josepha Pocol * 1911, Zwillinge, Kriegswaisen aus dem Fassatal, entfernte Cousinen
Knecht Wilhelm Leidinger * 1894
Magd Rosemarie Laner * 1906

Personen im Dorf

Franz Hinteregger (Aldossi), Tischler
Sohn Franzl, Franziskas Schüler
Anton Wenger, Fleischhauer
Sohn Simon, Aushilfe auf dem Hof
Adolf Hofer, Kurat
Sepp Oberleitner, Viehbauer, Besitzer des Nachbarhofes
Tochter Agnes, Franziskas Schülerin

Personen in Meran

Israel Taube * 1859, Goldschmied, verwitwet
Leah Taube * 1903, seine Tochter; Franziskas engste Vertraute
   und beste Freundin
Aaron Rosenbaum, angehender Rechtsanwalt
Valentin Döhrer, Heilpraktiker
Stefan Gruber, Kaufmann
Elsa Burghofer, pensionierte Lehrerin
Enkel Wolfgang Senner, Schüler

Carabinieri

Maresciallo Marcello Capelletti
Brigadiere Fausto Milella

Weitere Personen

Domenico Bellaboni, Obsthändler aus Ligurien
Sohn Emilio, eine gute Partie

FRÜHJAHR 1925

1
Post aus Rom

Manchmal genügte eine Kleinigkeit, und das Leben zerbrach in tausend Scherben.

Mutlos starrte Franziska auf den Brief in ihrer Hand. Sie konnte es noch immer nicht begreifen. Sie wollte es nicht begreifen.

»Ich hatte wirklich gehofft, dass ich da etwas missverstanden habe«, murmelte sie mehr zu sich selbst. Unruhig rutschte sie auf der unbequemen Holzbank umher. Sie ließ die Hand mit dem Brief in den Schoß sinken und strich mit der anderen einen Saum an ihrem Kleid glatt. Ihr Blick wanderte über die sorgfältig angelegten Rabatten, wo Frühlingsblumen sich nach einigen warmen Sonnentagen einen Wettstreit um die leuchtendsten Blüten lieferten. Dahinter führte der gepflasterte Uferweg an der Passer entlang. Ein gusseisernes Geländer säumte die tief liegende Böschung. Der Fluss plätscherte unbekümmert an der Wandelhalle und den Promenadenwegen vorbei und bahnte sich seinen Weg mitten durch die Stadt, bis er sich ganz im Westen Merans mit der Etsch vereinigte.

»So ein Fluss hat es leicht. Der weiß, wo er herkommt, wo er hinmöchte, und muss sich unterwegs auch nicht weiter darum kümmern. Wasser bahnt sich immer einen Weg.«

Neben Franziska lachte Leah laut auf. »Ist das dein Ernst? Die Passer fließt schon seit Jahrtausenden immer dieselbe Route. Wie langweilig! Und sollte der Fluss sich einmal ein neues Bett graben wollen, dann verhindern die Menschen es und zwingen ihn auf einen anderen Weg.«

»Ja, so wie mich die Regierung zwingt, mir einen neuen Beruf zu suchen.« Franziska konnte die Bitterkeit nicht aus ihrer Stimme heraushalten. Noch niemals in ihrem Leben war sie so enttäuscht, hatte sich so ratlos und hilflos gefühlt. Und ihr Vater fand das scheinbar alles nicht einmal schlimm.

Leah legte ihre schmale Hand auf die ihrer Freundin. »Genug von diesen Philosophien über den Fluss und den Lauf der Dinge. Was willst du jetzt tun?«

»Ich weiß es nicht, das ist es ja.« Franziska faltete den Brief sorgfältig und steckte ihn zurück in den Umschlag. So schrecklich sein Inhalt war, er war immer noch ein amtliches Dokument, und mit so etwas ging sie ordentlich um. »Was bleibt mir denn noch übrig? Ich habe meine Ausbildung als Lehrerin mit Bravour bestanden. Als Jahrgangsbeste! Dann komme ich zurück aus Innsbruck und will endlich unterrichten, doch statt der Berufung an eine Schule erwartet mich ein Brief mit Berufsverbot.« Sie brach ab und unterdrückte den Impuls, den Brief wieder aus dem Umschlag zu ziehen und Leah zu bitten, ihn abermals zu überprüfen. Vielleicht war das alles doch nur ein riesiges Missverständnis. Es musste ein Versehen sein. Gedankenverloren zupfte sie an dem dicken dunkelblonden Zopf herum, der ihr nach vorne über die Schulter gefallen war. Als sie sich dessen bewusst wurde, warf sie ihn zurück auf den Rücken.

»Weil ich kein Italienisch spreche«, murmelte sie leise. »Ich darf nicht unterrichten, weil ich nur Deutsch spreche. Sie sagen, die Kinder sollen Italienisch lernen. Meinetwegen, das schadet sicher nicht. Aber warum dürfen sie ihre eigene Sprache nicht mehr lernen?« Franziska warf ihrer Freundin einen flehentlichen Blick zu und spürte, wie Leah zur Antwort tröstend ihre Hand drückte.

»Und wenn du selbst Italienisch lernst? Ich könnte meinen Tata bitten, sich nach einem Lehrer umzuhören. Es ist eine schöne Sprache, und jemand wie du beherrscht sie im Handumdrehen.« Leah erhob sich von der Bank und zog sie auf die Füße. »Komm, wir gehen ein Stück.«

Franziska hakte sich bei ihr unter. »Was soll ich Italienisch lernen?«, widersprach sie missmutig. »Selbst dann darf ich kein Deutsch unterrichten. Außerdem spricht doch kein Kind Italienisch! Mal ehrlich, teilweise sprechen sie nicht einmal Deutsch, sondern irgendeinen Dorfdialekt oder Ladinisch. Wie sollen wir uns denn da noch verständigen? Und außerdem …«

»Außerdem was?« Leah blieb stehen.

Franziska ließ den Kopf hängen. »Wenn ich Italienisch lerne, werden sie im Dorf behaupten, ich kollaboriere mit den neuen Machthabern. So wie sie es ohnehin schon über meine Familie sagen. Sie nennen meinen Vater hinter seinem Rücken *Luigi,* und das meinen sie nicht nett, glaub mir.«

»Seit wann scherst du dich darum, was andere sagen?«

»Tu ich nicht, und das weißt du genau. Aber es bleibt ja nicht dabei, dass sie nur schlecht reden. Ich möchte meine Freundschaften im Dorf nicht aufs Spiel setzen, verstehst du das?«

Leah blieb stehen und runzelte die Stirn unter ihrer dunklen Lockenmähne. »Nicht ganz. Was ist eine Freundschaft schon wert, die nur auf Oberflächlichkeiten beruht? Weißt du, wie viele Meraner, gerade die, die sich für etwas Besseres halten, behaupten, sie wären Freunde meiner Familie?« Sie ballte die Hände unbewusst zu Fäusten. »Weil wir Geld haben. Weil mein Vater ein erfolgreicher Geschäftsmann ist und dazu einer der besten Goldschmiede weit und breit. Was glaubst du, was passiert, wenn die Stimmung wieder gegen uns Juden umschlägt? Wer sich dann noch offen als unsere Freunde bezeichnet?«

Franziska blickte ihre Freundin trotzig an. »Ich?«

Einen Moment lang schien Leah zu verblüfft, um etwas zu antworten. Dann nickte sie langsam. »Siehst du. Und genauso wenig würde *ich* mich von *dir* abwenden, wenn du Italienisch lernst, um Lehrerin zu werden. Weil ich wüsste, wie glühend du dir wünschst, Kindern etwas beizubringen. Und das solltest du.« Sie setzte ein schelmisches Lächeln auf. »Ansonsten wirst du jede Gelegenheit nutzen, andere zu belehren, und das wäre ja kaum zu ertragen.«

»Wie bitte? Belehre ich dich etwa?«

Leah grinste. »Manchmal versuchst du es. Es gibt da diesen tadelnden Blick, mit dem du mich dann ansiehst, weißt du? Deine Augen mögen unschuldig blau sein, aber wenn du mich damit durchbohrst und zu einem Monolog ansetzt …« Sie wedelte vielsagend mit der Hand.

Franziska knuffte sie in die Seite. »Du bist fies!«

»Ich bin deine beste Freundin. Wenn ich nicht ehrlich zu dir sein darf, wer dann?«

»Ehrlich, pah. Ich glaube, ich muss dich noch ausführlich in Bezug auf Diplomatie und Anstand belehren!«

Sie schauten sich an. Franziska spürte, wie ihre Mundwinkel zuckten. Leah versuchte sich an einem scheinheiligen Gesicht, sie faltete sogar die Hände vor ihrer Brust, wie zum Gebet. Dann fingen beide wie auf Kommando lauthals an zu lachen. Vorbeigehende Passanten betrachteten die beiden jungen Frauen und schüttelten mit unverhohlener Missbilligung den Kopf. Es war Franziska gleichgültig. Und das war es, was Leah ihr hatte sagen wollen, oder nicht? Sie musste ihren eigenen Weg finden, durfte sich nicht ausschließlich darum scheren, was die Gesellschaft von ihr erwartete oder ob ihre Nachbarn den Wert einer Freundschaft danach bemaßen, welche Sprache sie zu lernen bereit war.

Sie holte tief Luft, allmählich ging ihr die Puste aus. »Ich muss gleich los. Mein Bruder holt Mutti und mich um drei Uhr am Bahnhof ab.«

Leah strich ihren Rock glatt und hakte sich unter. »Dann begleite ich dich. Ich habe heute nichts mehr vor.«

»Zu gern, dann komm.«

Gemeinsam setzten sie ihren Weg fort.

Franziska ließ den Brief von einer Hand in die andere wandern. Nach einigen Schritten nahm sie den Faden wieder auf und sprach aus, was sie beschäftigte. »Also gut, ich denke ja, dass die, die mich gut kennen, auch weiterhin zu mir stehen würden, wenn ich wirklich Italienisch lerne. Sie würden verstehen, warum ich es mache: um meinen Traumberuf auszuüben und nicht, um diesen Beamten zu gefallen, die aus dem Süden gekommen sind und jetzt das Sagen haben. Aber mir erscheint es doch selbst nicht richtig. Ich mag meine Sprache. Was für einen Sinn hätte es, Lehrerin zu sein und sie niemandem beibringen zu dürfen? Sicher, ich kann die anderen Fächer auf Italienisch unterrichten, aber um Deutsch zu lernen, müssten die Kinder auch Deutsch sprechen, lesen und schreiben.«

»Das stimmt wohl.«

»Und es ist die Sprache ihrer Eltern und Großeltern.«

Leah schwieg, doch Franziska wusste, dass sie es ähnlich sah. Israel und Rebecca Taube hatten ihre Tochter von Kindesbeinen an in mehreren Sprachen unterrichtet, damit ihr, wie sie es formulierten, die Welt offenstand. Sie sprach neben Deutsch und Hebräisch sehr gut Französisch sowie Italienisch, und sogar ein wenig Englisch. Leah liebte es, diese fremden Sprachen zu gebrauchen, und so machte es ihr wenig aus, wenn in ganz Südtirol seit dem Krieg in amtlichen Angelegenheiten Italienisch gesprochen wurde. Doch die Freundinnen waren sich darin einig, dass es ein ganz wesentlicher Unterschied war, sich in ein fremdes Land zu begeben und die dortige Sprache zu sprechen, oder ob eine fremde Sprache in das eigene Land kam und die Menschen plötzlich gezwungen wurden, diese Sprache zu benutzen. Leah mochte die Anpassung an die neuen Gegebenheiten etwas leichter fallen, doch das hieß nicht, dass sie sie guthieß.

Überhaupt war Leah nicht nur klug, sondern auch gebildet. In Wahrheit war es absurd, wenn ihre Freundin behauptete, Franziska könne sie in irgendeiner Hinsicht belehren. Im Gegenteil, es wäre anmaßend, es auch nur zu versuchen. Die Taubes hatten ihrer Tochter über mehrere private Lehrer eine so umfangreiche Ausbildung zukommen lassen, für die Franziska ihre rechte Hand gegeben hätte. Manchmal, wenn es sich ergab, durfte sie zuhören, wie gelehrte Männer, die die Taubes ins Haus holten, über die Antike, jüdische Geschichte oder Astronomie sprachen. Es war wie ein Fenster in eine andere Welt, in die Welt des Wissens. Und Wissen, so Israel Taubes unerschütterliche Überzeugung, war der Schlüssel zum Erfolg. Er überhäufte seine einzige Tochter damit, um ihr jede Möglichkeit zu bieten, aus ihrem Leben das zu machen, was auch immer sie sich vorstellte. Wäre es nach ihrem Vater gegangen, hätte Leah Medizin, Jura oder Archäologie studiert. Es war nicht seine Schuld, dass sie am Ende wie er Goldschmiedin werden wollte und dabei dem künstlerisch-kreativen Aspekt mehr zugetan war als dem betriebswirtschaftlichen. Wobei sie mit ihren teils gewagten Entwürfen, Kombinationen aus Naturmaterialien und Edelmetallen, schon einige Aufmerksamkeit innerhalb der Zunft erregt hatte. Franziska war sicher, dass ihre Freundin einen erfolgreichen Weg gehen würde.

Franziskas Vater dagegen entstammte aus einer wohlhabenden, wenn auch einfachen Bauernfamilie. Doch er war ehrgeizig, und über zufällige Kontakte zu den Taubes, aus denen sich neben der engen Freundschaft der beiden damals vierjährigen Töchter eine unverbindliche Bekanntschaft zwischen den Erwachsenen entwickelte, erkannte er die Weisheit darin, seinen Kindern eine gute Ausbildung zu geben. Er arbeitete hart und sparte sich das Geld viele Jahre vom Munde ab, um alle vier Söhne aufs Lyzeum schicken zu können. Selbst Franziska durfte auf die höhere Töchterschule. Und er gab sogar dem beharrlichen Drängen seiner Tochter nach, ihr den Besuch der Lehrerbildungsanstalt in Innsbruck zu ermöglichen.

Die beiden Freundinnen bogen von der Uferpromenade ab und passierten das Kurhaus, ein Schmuckstück des Jugendstils. Franziskas Blick wanderte hinauf zum kielförmigen Dach, über dem fünf steinerne Figuren einen Kreis bildeten und tanzten. Wie es wohl wäre, selbst über den Dächern der Stadt zu tanzen? Es sah so fröhlich aus, so unbeschwert.

Der Anblick löste etwas in Franziskas Innerem. Ihre Hand krampfte sich um den Brief. Energisch reckte sie das Kinn und straffte die Schultern. Sie wollte unterrichten. In der Sprache, die sie so liebte. Und sie würde einen Weg finden.

* * *

Schon von Weitem erblickte Franziska den Leiterwagen mit den beiden Haflingern vor dem Bahnhof.

Sie stutzte. »Was soll das denn, da sitzt ja Wilhelm auf dem Kutschbock.«

»Holt er dich ab?«

»Sieht so aus. Mutti kommt sicher gleich.« Franziska blickte auf die Bahnhofsuhr über dem Eingangsportal. »Eigentlich sollte Andreas uns mit der Kutsche abholen. Mutti fährt nicht gern mit dem Leiterwagen.«

»Komm, fragen wir Wilhelm. Wenn wir hier herumstehen, werden wir es nicht erfahren.« Leah ging energisch voran.

Franziska folgte ihr und ließ ihren Blick dabei aufmerksam über den Bahnhofsvorplatz schweifen. Es war erst Viertel vor drei, aber vielleicht war ihre Mutter ja bereits hier. Sie wollte so wenig Zeit wie möglich allein mit Wilhelm verbringen. Gut, ihre Freundin war bei ihr, aber im Beisein ihrer Mutter fühlte sie sich weniger unsicher.

»Grüß Gott, Wilhelm«, rief Leah fröhlich. »Nutzt du das herrliche Wetter für eine Ausfahrt?«

Hinter ihrem Rücken verdrehte Franziska die Augen. Es war nun weiß Gott kein Geheimnis, dass ihre Freundin den Knecht des Bruggmoser Hofes mochte. Aber musste sie darum jetzt unbedingt auf sich aufmerksam machen? Wenn sie nicht gerufen hätte, wären sie vielleicht noch ein paar Minuten unbemerkt geblieben. So aber wandte Wilhelm sich ihnen zu und sprang vom Kutschbock. Mit einer dramatischen Verbeugung zog er den Hut vom Kopf. »Gott zum Gruße, die beiden Damen.«

Franziska hielt den Brief wie einen Schutzschild mit beiden Händen vor den Oberkörper. Er würde doch nicht …?

Wilhelm richtete sich auf und rückte den Hut ordentlich auf seinem wirren Haarschopf zurecht. Nein, er machte keine Anstalten.

Leah schritt wie eine Filmdiva auf dem roten Teppich auf ihn zu und streckte die rechte Hand aus. Franziska unterdrückte ein gereiztes Seufzen. Das war wirklich nicht zum Aushalten.

Wilhelm stieg prompt auf das Spiel ein. Er beugte sich nach vorne, ergriff ihre Fingerspitzen und hauchte einen Kuss über den Handrücken. »Habe die Ehre, Fräulein Taube.« Dabei machte er gekonnt den affektierten Tonfall eines Wiener Adeligen nach. Leah kicherte bei dieser Scharade und wandte den Kopf in gespielter Verlegenheit ab. »Nicht doch, Herr Leidinger.«

Franziska biss sich auf die Unterlippe, um eine spitze Bemerkung zurückzuhalten. Sollten die beiden sich doch damit amüsieren, irgendwelche albernen Hofbräuche nachzuahmen. Sie wandte sich ab und hielt abermals Ausschau nach ihrer Mutter.

Mit halbem Ohr folgte sie der Unterhaltung hinter ihrem Rücken.

»Was für ein sonniger Tag, nicht wahr? Ist auf dem Hof viel zu tun?«

»Natürlich, wie immer. Wir bereiten die Gemüseaussaat vor. Hat Franziska dir außerdem schon von unserer Kinderstube erzählt?«

»Doch, natürlich. Und von den vierzehn Geißen. Ihr Vater ist ziemlich erleichtert.«

»Was nicht verwunderlich ist. Wir haben seit dem Krieg nicht mehr so viel Glück mit den Viechern gehabt.«

»Franziska sagte vorhin, dass ihr Bruder sie abholen würde. Stattdessen stehst du hier. Was für eine freudige Überraschung!«

Wilhelm ließ sein tiefes, brummendes Lachen ertönen. Doch Franziska fiel sofort auf, dass es anders klang als sonst, aufgesetzt. Sie wandte sich um und blickte den Knecht fragend an.

Verlegen fuhr Wilhelm mit den Daumen unter die Hosenträger und zupfte sie über seinen breiten Schultern stramm. »Ja, tut mir leid. Der Andreas ist verhindert.«

Franziska runzelte die Stirn. »Was ist los? Sag es ruhig freiheraus, ich habe keine Geheimnisse vor meiner besten Freundin.«

»Der Leopold hat sich davongemacht. Heute in der Früh schon.«

»Oh, bitte nicht.« Hastig wandte sie sich ab, damit die beiden nicht sehen konnten, wie bestürzt sie über diese Nachricht war. Das waren ja großartige Aussichten. Ihr ältester Bruder hatte wieder einmal Gott und die Welt um sich herum vergessen und trieb sich vermutlich auf irgendeiner Alm jenseits von Marling oder Lana herum. Andreas, der jüngere, war ihn suchen gegangen, und jetzt stand Vaters Knecht Wilhelm hier auf dem Bahnhofsplatz. Das bedeutete, dass alle starken Rücken fehlten und Ludwig Bruggmoser sich als Einziger mit Franziskas jungen Cousinen und der Magd Rosemarie um die Arbeit auf dem Hof kümmerte. Und dazu würde ihre Mutter Teresa Bruggmoser die ganze Fahrt nach Hause jammern, weil ihr auf dem Leiterwagen von dem Geruckel schlecht wurde. Am liebsten hätte sie Leah gefragt, ob sie für eine Weile im Gästezimmer der Taubes übernachten dürfte.

»Franziska.« Sie spürte Wilhelms Atem im Nacken, als er ungebührlich nahe an sie herantrat. Eine Gänsehaut prickelte über ihren Hals. Sie machte erschrocken einen Satz zurück und fuhr herum.

Er riss sofort abwehrend die Arme hoch. »Tut mir leid. Das wollte ich nicht.« Er nahm den Hut ab und wischte sich ein paar weißblonde Strähnen aus der Stirn. »Ich wollte nur sagen, dass ich es euch … na ja … so bequem wie möglich gemacht habe. Ich werde auch ganz langsam fahren, damit es nicht so schaukelt.« Er deutete mit einer linkischen Geste auf den Leiterwagen. Jetzt erkannte Franziska, dass er mehrere Leinensäcke auf den Boden gelegt hatte. Hinter dem Kutschbock lugte ein Strohballen unter einer Decke hervor.

Sie lächelte. »Passt schon, Wilhelm. Du kannst ja nichts dafür.«

Er grinste unbeholfen, seine graublauen Augen verdunkelten sich. Leopolds ständige Ausflüge in die Berge waren natürlich eine reine Familienangelegenheit, aber es gab vermutlich kaum etwas, das auf dem Bruggmoser Hof vor sich ging und von dem Wilhelm Leidinger nichts wusste. Seit fast sieben Jahren lebte er auf dem Hof und arbeitete zuverlässig wie ein Uhrwerk. Im Geiste zählte Franziska ihn sogar schon manchmal zur Familie. Auch wenn der gebürtige Bayer nicht im Haus, sondern in einem kleinen Zimmer über dem Schuppen lebte, genau wie in der Erntezeit die Tagelöhner. An die Zeit davor, beziehungsweise vor dem Krieg, konnte sie sich kaum erinnern. Als sie noch zu fünft gewesen waren, sie als einzige Tochter unter vier Brüdern, von denen nur zwei von den Schlachtfeldern zurückgekehrt waren.

»Da kommt deine Mutter.« Leahs Ruf riss Franziska aus ihren Gedanken.

Teresa Bruggmoser tippelte würdevoll über den Platz, ganz in Schwarz, in einem schlichten Kleid mit Kopftuch und einer hochgeschlossenen Strickjacke, trotz der frühlingshaften Wärme. Wie immer wunderte sich Franziska über ihre beschwingten Schritte. Wenn sie von der Therapiesitzung mit Doktor Döhrer zurückkehrte, schien sie für ein paar Stunden glücklicher. Normalerweise schlich sie über den Hof, als laste das halbe Gebirge auf ihren Schultern. Sie sprach nicht darüber, welche Behandlung der Arzt ihr zukommen ließ, und so hatte Franziska längst aufgehört, danach zu fragen.

Bevor ihre Mutter herangekommen war, näherte sich aus dem Bahnhofsgebäude ein Carabiniere. Er war höchstens so alt wie Franziska und Leah, doch seine blauschwarze Uniform mit dem Zweispitz schien ihm großes Selbstbewusstsein zu verleihen, so wie er sich in die Brust warf. Entschlossenen Schrittes lief der Polizist auf Wilhelm zu und redete in lautstarkem Italienisch auf ihn ein.

Franziska verstand ein paar Brocken Italienisch und hatte sich, wenn sie in Meran und nicht zum Studieren in Innsbruck weilte, immer mit Händen und Füßen verständigt. Es war ja auch nicht so, dass gar keiner der italienischen Carabinieri oder Verwalter sich Mühe gab, seinerseits etwas Deutsch zu sprechen. Doch die Bereitschaft der italienischen Obrigkeit hatte, so schien es ihr, in letzter Zeit rapide abgenommen. Der Wortschatz, mit dem etwas verboten wurde, wuchs dagegen beständig: *Vietato, proibito, non permesso, divieto* verstand Franziska mühelos. Ganz offensichtlich machte Wilhelm etwas falsch, auch wenn sie nicht erkennen konnte, was.

Nun war der Carabiniere herangetreten und baute sich vor Wilhelm auf, der ihn um einen Kopf überragte. Der Knecht machte sich unbewusst etwas kleiner, um keinesfalls den Eindruck zu erwecken, er würde auf sein Gegenüber hinabblicken.

Gleichzeitig hob er abwehrend die Hände und zeigte auf den Wagen und den Bahnhof.

Leah runzelte die Stirn. »Er sagt, es wäre verboten, vor dem Bahnhof zu stehen. Aber warum? Der Platz ist groß und genau dafür gemacht, dass Kutschen auf Reisende warten, fahrende Händler hier ihre Ware verkaufen können. Das verstehe ich nicht.«

»Hilf ihm, bitte.« Franziska wandte sich ab und ging auf ihre Mutter zu. Die wurde immer ganz nervös, wenn sie nur eine Uniform sah.

»Franziska, mein Spatz, hast du eine schöne Zeit mit Leah verbracht? Ist das Wetter nicht herrlich?«

»Ja, Mutti. Kommen Sie, ich helfe Ihnen auf den Kutschbock. Leider konnte der Andreas nicht mit der Kutsche kommen.«

»Nicht? Na so was.« Sie blinzelte, als müsste sie gründlich überlegen, wer dieser Andreas wäre. Franziska hakte sich bei ihr unter. Halb zog sie, halb führte sie Teresa Bruggmoser hinter den Leiterwagen auf die rechte, dem Bahnhof zugewandte Seite. Auf dem Platz hörte sie nun Leah und den Carabiniere erregt diskutieren. Was für ein Glück, dass ihre Freundin überhaupt mitgekommen war.

Sie half ihrer Mutter auf den Kutschbock und ging dann nach vorne zu den Pferden. Die beiden Haflingerstuten waren es gewohnt, geduldig auf ihren Einsatz zu warten. Franziska streichelte sie abwechselnd und spürte warme Nüstern, die ihr Kleid nach Leckereien abschnoberten. Währenddessen beobachtete sie, wie Leah wütend mit dem Zeigefinger vor dem Carabiniere herumfuchtelte, um ihm etwas begreiflich zu machen. Wilhelm war zwei Schritte zurückgetreten und hatte den Kopf zwischen die Schultern gezogen. *Niemals widersprechen, Kopf unten halten,* das war der Wahlspruch seines Dienstherrn Ludwig Bruggmoser. Aufgrund seiner Größe nahm der Knecht das oft genug wörtlich.

»Wilhelm.«

Als er zu ihr blickte, deutete Franziska mit dem Kinn auf den Kutschbock. Er nickte unschlüssig und schaute seinerseits auf Leah, die sich genau wie der Carabiniere immer mehr in Rage redete. Sie sprachen beide gleichzeitig aufeinander ein und fuchtelten wie wild mit Händen und Armen.

Franziska ging zu den beiden und zog Leah am Arm. »Das reicht. Wir müssen fahren, Tata braucht den Wilhelm für die Arbeit.«

Ihre Freundin fuhr herum, wollte zu einer empörten Entgegnung ansetzen und starrte Franziska dann an, als erwache sie aus einer Trance. Der Carabiniere redete im Stakkato einfach weiter.

»Der sagt, ihr dürft hier nicht mit dem Wagen stehen. Das ist doch Unfug! Reine Schikane.« Sie schüttelte fassungslos den Kopf.

»Dann sollen sie ein Schild aufstellen.« Franziska ignorierte den Carabiniere. Das konnte ihr weiteren Ärger einbringen, doch ihm zuzuhören war sinnlos, sie verstand ihn sowieso nicht. »Sollen wir dich ein Stück mitnehmen?«

Jäh fuhr Leah herum und schimpfte einmal kurz, dafür aber umso heftiger auf den Carabiniere ein, sodass dieser irritiert innehielt. Dann schob sie noch etwas nach und wechselte von einem Wort auf das nächste ins Deutsche, als wäre es das Natürlichste auf der Welt. »Nein, ich laufe. Ich muss mich abregen. So ein aufgeblasener Wichtigtuer. Fahrt nach Hause. Bis bald!«

Sie winkte Franziskas Mutter zu, die das ganze Geschehen ignoriert hatte und stattdessen mit einem versunkenen Lächeln auf dem Kutschbock thronte. Wilhelm schenkte sie ein verschwörerisches Lächeln. Der Knecht schaute von einer zur anderen und stieg dann mit einem Schulterzucken auf. Franziska nickte dem Carabiniere freundlich zu, wie um sich für etwas zu bedanken, und ging ans Ende des Wagens. Mit einiger Mühe zog sie sich auf die Ladefläche. War ja klar, dass Wilhelm nur Augen für Leah hatte, ihr sogar jetzt noch mit unverhohlener Bewunderung nachblickte und es nicht für nötig befand, ihr auf den Wagen zu helfen. Immerhin wartete er, bis sie auf dem Strohballen mit Blick in Fahrtrichtung Platz genommen hatte, ehe er anfuhr. Der Carabiniere hatte die Fäuste in die Seiten gestemmt und schickte ihnen noch eine letzte Schimpftirade hinterher. Franziska seufzte leise. Der kleine Mann, der vermutlich irgendwo aus dem tiefsten Süden kam und vielleicht nicht einmal ganz freiwillig hier seinen Polizeidienst versah, wirkte lächerlich. Doch der Ton derjenigen Männer, die den italienischen Staat repräsentierten, wurde immer rauer. Und es konnte sehr gut sein, dass Wilhelm oder sein Dienstherr wegen dieser Kleinigkeit noch gehörigen Ärger bekamen.

* * *

Wie versprochen ließ Wilhelm die Pferde nur im Schritt gehen, und der Leiterwagen schaukelte kaum auf der glatt asphaltierten Straße. Dennoch umklammerte Teresa Bruggmoser die Haltestange seitlich des Kutschbocks, als würden sie im wilden Galopp dahinpreschen. Am liebsten hätte Franziska genau das getan oder wäre wenigstens abgesprungen und nebenhergelaufen, um die Rastlosigkeit loszuwerden, die sie seit dem Vorfall vor dem Bahnhof in sich spürte. Das würde jedoch ihre Mutter zu sehr aufregen. Sie war ohnehin ständig in Sorge um ihre einzige Tochter und deren Gesundheit, sie würde fürchten, dass Franziska unter die Hufe der Pferde oder die Räder käme.

So konzentrierte sie sich auf den Anblick der Landschaft. Die Bäume waren zwar noch kahl, aber die Wiesen zeigten sich im zarten Frühlingsgrün. Ein blitzblauer Himmel spannte sich über das weitläufige Etschtal und berührte die Bergspitzen am

Horizont. Die Hügel um Meran waren von dunkelgrünen Nadelbäumen bewaldet, erst in der Ferne ließen sich die kahlen Alpengipfel erahnen. Das Tal gehörte den Bauern mit ihren Feldern und Weiden, und vor allem den Apfelplantagen. Seit zum Ende des 19. Jahrhunderts hin das Schwemmland der Etsch entwässert worden war, wurden es von Jahr zu Jahr mehr.

Die Etsch war nicht nur wichtig für die Gegend um Meran und Bozen, sondern für ganz Südtirol. Die Italiener fanden sie sogar so wichtig, dass sie die Region nach dem Fluss benannten: *Alto Adige* bedeutete wörtlich Hochetsch.

Sie überquerten den Fluss unterhalb der Mündung der Passer über die Brücke direkt gegenüber von Marling. Das Wasser präsentierte sich in Steingrau und warf auf seiner Reise gen Süden weiße Schaumkronen. Wilhelm lenkte das Gespann um eine Linkskurve. Sie ließen die Häuser von Marling rechter Hand liegen und fuhren Richtung Lana. Ungefähr auf der Hälfte des Weges, etwas abseits des nächsten Dorfes, lag der Bruggmoser Hof, ein sogenannter Einhof. Nein, korrigierte sich Franziska im Geiste. Der Bruggmoser Hof war Geschichte. Sie hatten sich Ponte zu nennen, mit dem Namen, mit dem die italienische Verwaltung sie in den Jahren nach dem Krieg erfasst hatte. Besser, sie gewöhnte sich daran. Der Zusammenstoß mit dem Carabiniere hatte ihr wieder einmal vor Augen geführt, wer hier das Sagen hatte.

Bisher hatte Franziska keinen großen Unterschied bemerkt, ob die Regierung in Wien oder in Rom die Gesetze machte. Gut, sie hatte in den letzten Jahren mehr Zeit in Innsbruck verbracht, wo das tägliche Leben im Großen und Ganzen beim Alten geblieben war. Allein die Tatsache, dass sie zum Studieren in die Tiroler Landeshauptstadt hatte ziehen sollen, hätte ihr eigentlich schon bewusst machen müssen, wie sehr sich die Dinge geändert hatten. Schon vor Jahren, als sie nach der Schule die Entscheidung getroffen hatte, Lehrerin zu werden, war es schwierig geworden, überhaupt einen Studienplatz zu erhalten. Jetzt hatte sie ihren Abschluss in der Tasche und war dennoch keinen Schritt weiter. Sie durfte nicht lehren.

Sie schloss die Augen, reckte das Gesicht in die Sonne und genoss das Prickeln, das die warmen Strahlen auf ihrer Haut verursachten. Rote und schwarze Lichtpunkte tanzten hinter ihren Lidern.

Als sie ihre Mutter tief seufzen hörte, wandte sie sich zur Seite und öffnete die Augen wieder. Sie wusste, was Teresa Bruggmoser berührte. Und das rosa-weiße Blütenmeer um sie herum zog sie ebenfalls in den Bann. Apfelbäume zu beiden Seiten der Straße, so weit das Auge reichte. Weiße Blättchen wirbelten durch die Luft und bedeckten die Straße einen Fingerbreit wie Schnee.

Schweigen breitete sich um sie aus, nur unterbrochen vom gleichmäßigen Hufschlag der Pferde und einem gelegentlichen Schnauben.

Franziska ließ sich ganz in den Anblick versinken. Vereinzelte Strähnen lösten sich aus dem geflochtenen Zopf, den sie während der Fahrt um den Kopf gewunden hatte. Der warme Wind wehte ihr die Haare ins Gesicht und streichelte dazu sanft über ihre Wangen. Ihr wurde ganz warm ums Herz. Worte flogen durch ihre Gedanken, dieses Gefühl, hier an diesem Ort, unter den blühenden Bäumen, zu Hause zu sein, wurde übermächtig. Am liebsten hätte sie vor Freude geschrien. Sie öffnete den Mund und schluckte prompt einige Blütenblätter. Prustend und hustend spuckte sie sie wieder aus, musste lachen und hustete stattdessen umso mehr.

Ihre Mitfahrer wandten sich zu ihr um. Sie winkte lachend ab. Sofort lag Besorgnis in der Miene ihrer Mutter. Wilhelm grinste dagegen amüsiert und verdrehte seinen Arm, um ihr auf den Rücken zu klopfen. Sie wich ihm aus und wehrte ihn kopfschüttelnd ab.

»Alles in Ordnung, mein Spatz?«

»Schon gut, Mutti. Ich habe mich verschluckt, weil ich ein paar Apfelblüten eingeatmet habe.«

»Ja, ja, die Apfelbäume«, erklärte Wilhelm sinnierend, »vielmehr die Äpfel sind ja schon mancher Frau zum Verhängnis geworden.«

»Was soll das denn heißen?«

»Eva hat im Paradies einen Apfel gepflückt. Und damit fing der ganze Verdruss doch an, oder nicht?«

Teresa Bruggmoser murmelte ganz leise etwas von Blasphemie. Niemals hätte sie es gewagt, einen Mann laut zurechtzuweisen, nicht einmal den Knecht der Familie.

Franziska schnaubte dagegen belustigt. »Wenn du es sagst?«, und zupfte sich mit den Fingerspitzen eine letzte Blüte von den Lippen. Immer noch schwirrten ihr einzelne Wörter, Satzfragmente durch den Kopf wie ungezähmte Schmetterlinge. Wenn sie erst auf dem Hof waren, würde sie sich umziehen und helfen müssen, schon weil ihre Brüder nicht da waren und ihr Vater nicht alles allein machen konnte. Aber ganz egal, wie spät es auch werden würde, sie wollte eine Geschichte schreiben, oder ein Gedicht. Das hatte sie sich schon lange vorgenommen. Und jetzt, dank der Apfelbäume schienen diese flatterhaften Wortschatten endlich Gestalt anzunehmen. Wäre doch gelacht, wenn sie nichts Hübsches zu Papier brächte.

* * *

Spät in der Nacht fuhr Franziska mit einem Ruck aus dem Schlaf auf. Ein unerkennbares Poltern folgte. Die Haustür flog auf. Mit einem genervten Knurren stand Franziska auf und zog sich eine Strickjacke über das lange Nachthemd. Offensichtlich sollte das ganze Haus die fröhliche Kunde hören, dass ihr Bruder zurückgekehrt war.

Schlaftrunken stolperte sie aus dem Zimmer. Es war ja nicht so, dass sie ihre Familie und Brüder nicht liebte. Aber allmählich trieb Leopold es mit seinen Flausen entschieden zu weit. Er konnte herumwandern, so viel er wollte, aber doch nicht zu dieser Jahreszeit, wenn auf dem Hof das Pflügen und die Aussaat anstanden. Franziska hatte dafür, dass sie ihre Mutter bei ihrem Ausflug in die Stadt begleiten durfte, den Rest des Tages und die halbe Nacht Wäsche gewaschen, bis ihre Hände sich von all dem Seifenwasser beinahe aufgelöst hatten. Das wäre eigentlich Rosemaries Arbeit gewesen, die sich jedoch um die Ziegen kümmern musste.

Franziska blieb oben auf dem Treppenabsatz stehen. Von dort konnte sie den quadratischen Flur samt Hauseingang überblicken. Eine Petroleumlampe stand auf einer Anrichte und beleuchtete die beiden jungen Männer, von denen einer den anderen stützte, wenn nicht gar halb über die Schulter geworfen trug.

»Anderl? Kann ich dir helfen?«

»Mir? Mir geht es gut. Und dem ist nicht zu helfen.«

Fluchend versuchte Andreas, seine Last loszuwerden. Vergeblich. Das Bündel, das nur Leopold sein konnte, gab ein unverständliches Nuscheln von sich und klammerte sich an die Schulter seines Bruders.

»Hackenstramm ist der, bis oben hin dicht mit Obstbrand. Geh ins Bett, Franni, ich schaff das schon.«

»Soll ich Tata wecken? Oder den Wilhelm?« Wie hatten ihre Eltern diesen Lärm überhören können? Allerdings lag das Schlafzimmer im hinteren Teil des Erdgeschosses direkt gegenüber den Ställen. Vermutlich hielten sie das Gepolter für das Stampfen von Kühen oder hörten es nicht einmal.

»Ich sagte doch, ich schaffe das.« Andreas hob zum ersten Mal den Kopf, und Franziska sah, dass sein Gesicht vor Anstrengung ganz rot angelaufen war. Die Augen lagen tief in den Höhlen. Dichte, grauschwarze Bartstoppeln bedeckten das Kinn.

Kurz entschlossen kam Franziska die Stiege hinab.

Andreas konnte sich kaum aufrichten. Sein älterer Bruder war um einiges kräftiger gebaut und hing wie ein Bleigewicht an dessen Schulter. Franziska riss an Leopolds rechtem Arm und tauchte darunter hinweg. Leopold grunzte und verlagerte sein Gewicht.

»Herrschaftszeiten, hat der Steine in der Tasche?« Franziska bekam häufiger zu hören, dass sie zu mager wäre, um ordentlich zuzupacken. Sie selbst empfand das gar nicht so. Jetzt hatte sie allerdings das Gefühl, völlig unter dem Körper ihres Bruders zu verschwinden.

Andreas schnaufte. »Rauf mit dem jetzt ins Bett. Mir reicht es. Der hatte sich bei den Ziegen auf Urthalers Alm in einem Heuschober oberhalb von Marling verkrochen. Faselte die ganze Zeit was von Rosenzweigen. Hab ihn fast den ganzen Hang herunter hinter mir hergeschleift.«

Gemeinsam schleppten sie ihren Bruder, der wie ein nasser Sack in ihren Armen hing, die Stiege hinauf. Zum Glück lag Leopolds Zimmer direkt am Treppenabsatz. Bis vor dem Krieg hatte er sich den großen Raum mit seinen beiden Brüdern geteilt, jetzt bewohnte er ihn allein. Franziska schob mit der Fußspitze die Tür auf. Dunkelheit empfing sie. Doch sie und Andreas kannten den Weg. Sie stolperten nach links und ließen ihre Last auf das Bett plumpsen. Andreas stieß die Luft aus und setzte sich auf die Bettkante.

Franziska roch Schweiß und Ziegenkot an seiner Kleidung, vielleicht auch Erbrochenes, sie war sich nicht sicher. Sie rümpfte die Nase. »Immerhin hast du ihn gefunden. Soll er seinen Rausch ausschlafen, und dann kann Tata ihn sich morgen vornehmen. Ist genug zu tun.«

»Mir reicht's langsam, Franni. Benimmt sich so jemand, der einen Hof erben soll?«

Sie ließ sich neben ihn auf die Bettkante sinken. Jetzt konnte sie Leopolds säuerlichen Mundgeruch besser riechen, als ihr lieb war. Im Dunkeln tastete sie umher. Andreas rückte ein wenig zur Seite. Franziska schob ihren schlafenden Bruder zurecht und arrangierte das Kopfkissen so lange, bis sie sicher war, dass er nicht erstickte, falls es ihn abermals überkam.

Andreas tätschelte ihr den Handrücken. »Danke für deine Hilfe. Das war doch ganz gut, ich hätte ihn vermutlich im Flur liegen gelassen.«

Sie wollte seine Hand ergreifen, doch er entzog sie ihr. Wieder einmal. Tiefschwarze Traurigkeit überfiel Franziska plötzlich wie ein garstiges Tier. Sie ließ den Kopf hängen. An allem war dieser verdammte Krieg schuld. Sie durfte nicht arbeiten. Der älteste Bruder rannte davon und versuchte, sich mit Obstbrand umzubringen. Wenn er das nicht schaffte, würde er früher oder später auf einem der steilen Wege in die Berge abstürzen. Er ging schon auf die vierzig zu, doch es gab Tage, da benahm er sich wie ein kleines Kind. Stefan und Rudolf, die mittleren, waren gar nicht erst zurückgekehrt. Dazu hatten sie es irgendwie geschafft, auch ein Stück Seele ihrer Mutter zu töten. Und Andreas, der Jüngste, der ihr selbst der Liebste war? Genau wie Leopold war er aus dem Krieg zurückgekommen, körperlich unversehrt zwar, doch seine einstige Fröhlichkeit war dahin. Er war freundlich zu ihr, Franziska hatte immer das Gefühl, dass er sie nach wie vor liebte. Oder redete sie sich das ein, weil sie es so gern glauben wollte? Ihr war nur die Erinnerung an die Zeiten geblieben, als sie beide sich im Heu versteckt und die Älteren geärgert, gemeinsam gesungen und gelacht hatten oder mit den Haflingern um die Wette geritten waren. Und heute? Durfte sie ihn kaum einmal an der Hand berühren.

Fröstelnd umschlang sie ihren Oberkörper mit den Armen. Nichts wünschte sie sich mehr, als dass er sie an sich ziehen oder wenigstens tröstend den Arm um ihre Schultern legen würde. Aber nichts geschah. Diese winzige Berührung am Handrücken, das war schon zu viel für ihn, mehr als er zu geben imstande war. Ihr genügte es nicht. Doch was einst gewesen war, würde sie niemals zurückbekommen.

»Dieser gottverfluchte Kaiser mit seinem Krieg.«

Andreas musste sie gehört haben, auch wenn sie nur geflüstert hatte. Aber was sollte er schon sagen?

Er erhob sich mit einem letzten Stoßseufzer. »Ich geh ins Bett. Und du solltest auch schlafen gehen. Der kommt schon wieder zu sich.« Fort war er.

Franziska blieb sitzen und lauschte auf Leopolds unregelmäßiges Schnarchen. Sie wusste, dass Anderl seinen älteren Bruder verachtete, ihn für schwach hielt, da er immer wieder diesem merkwürdigen Verlangen nachgab, sich volllaufen zu lassen, um dann hinauf in die Berge zu fliehen.

Aber war er besser, er, der dort oben in seiner Kammer hauste, die nur durch eine dünne Bretterwand vom Heuboden getrennt war? Dort war es im Sommer zu heiß, und im Winter zog es durch die Ritzen. Doch er hatte das so gewollt. Allein mit sich und ein paar Kisten voller … Dinge aus Metall. Er bastelte, er reparierte und er wünschte sich nichts sehnlicher, als Ingenieur zu werden. Etwas, das vor dem Krieg vielleicht möglich gewesen wäre, denn für alle vier Söhne wäre auf dem Hof ohnehin kein Platz gewesen. Jetzt aber, vor allem eingedenk Leopolds seelischem Zustand, brauchte die Familie ihn. Und so zog auch Andreas sich zurück in eine Welt voller Schrauben, Schmieröl, Pleuel und Gewinde.

Sie hatte ihm nicht einmal von dem Lehrverbot erzählen können. Genau wie ihrer Mutter nicht, ihrem Vater nicht. Nur ihre Cousine Johanna war bei ihr gewesen, als sie heute Morgen den Brief erhalten hatte. Sie konnte einigermaßen gut Italienisch lesen, hatte ihn übersetzt. Danach hatte sie zugehört und immerhin versucht, Franziska zu trösten, doch sie war mit ihren kaum vierzehn Jahren noch zu jung, um das gesamte Ausmaß zu ermessen. Erst Leah hatte sie am Mittag bei ihrem Treffen in Meran ein wenig auffangen können.

Diejenige, die hier auf dem Hof wirklich einsam war, war Franziska.

2
Der Römerturm

Eine *Nacht mag noch so trostlos und finster sein, am nächsten Morgen geht doch die Sonne wieder auf.*
Franziska zog das gehäkelte Tuch um ihre Schultern fester und schlang die Arme um ihren schlanken Körper. Es war zwar frühlingshaft warm, und die Sonne hatte durchaus Kraft, doch sie stand mitten im Wind, der energisch von Norden aus dem Passeier Tal über die Bergflanken des weitläufigen Etschtals wehte. Franziska war den ruppigen Böen dort mitten auf dem Platz vor dem Haupthaus komplett ausgeliefert. Es störte sie nicht. Vielmehr ließ sie ihren Blick unablässig die weiß getünchten Wände entlangschweifen. Sie würde eine Lösung für ihr Problem finden. Fragte sich nur, wie und wo.

Das Geräusch dumpfer Schritte riss sie aus ihrer Grübelei. Sie wandte sich um und sah ihren Vater aus dem vorderen Teil des Anbaus kommen, wo sich die Hofkapelle befand. Sie vermutete, dass ihre Mutter dort auf der harten Holzbank vor dem Altar kniete und ihren allmorgendlichen Rosenkranz betete.

Als Ludwig Bruggmoser seine Tochter erblickte, beschleunigte er seinen Gang. Franziska riss sich vom Anblick der Hausmauern los und ging ihm entgegen.

»Franni, kannst du … ich meine, hast du Zeit? Die Rosemarie hilft dem Anderl beim Gemüse, und deine Mutter …«, er brach ab, machte eine unbestimmte Handbewegung, griff sich dann an den Hut und rückte ihn gerade. Franziska fiel auf, wie müde er aussah. Er arbeitete viel zu viel. Vielleicht sollten sie einen zweiten Knecht einstellen. Einer der Söhne des Fleischhauers im Dorf, Simon, kam zwar regelmäßig nach der Schule und packte gegen ein Taschengeld mit an, doch das reichte nicht.

Ludwig Bruggmoser ließ die Schultern sinken. »Was frag ich? Du solltest das nicht tun. Wären es andere Umstände, wärst du gar nicht hier.«

»Aber ich bin hier, und ich muss nicht tatenlos herumstehen. Was gibt's?« Franziska reckte das Kinn.

»Komm mit. Nur ein wenig Heu von der Diele holen, mehr ist es gar nicht. Worüber denkst du nach?«

»Darüber, dass ich unterrichten möchte.« Sie hatte ihm am Morgen beim Frühstück von dem Brief erzählt, der ihr das Berufsverbot eingebracht hatte.

Und genau wie am Küchentisch zuckte er auch jetzt nur gleichmütig mit den Schultern. »Finde dich besser damit ab, mein Mädchen. Alles andere gibt nur Ärger.«

Franziska schluckte eine bissige Erwiderung hinunter. Es machte sie wahnsinnig, dass ihr Vater sich so anpasste. Stets bemüht, allen Schwierigkeiten aus dem Weg zu gehen, leistete er immer allem Folge, was von ihm verlangt wurde. Nannte sich gehorsam Ponte. Heute Morgen hatte er sogar stolz verkündet, dass er nun Italienisch lernte, um besser mit den Behörden sprechen zu können.

»Ich will keinen Ärger machen, natürlich nicht«, erklärte sie verhalten, während sie ihm den Weg seitlich am Hofgebäude vorbei den Hang hinauf folgte. Ihr Vater wollte über den äußeren Eingang rauf ins Obergeschoss, wo in den Dielen die letzten Heuvorräte aus dem Winter lagerten. Es wurde Zeit, dass das Vieh nach draußen auf die Weiden gebracht werden konnte.

»Aber ich möchte unterrichten«, fuhr sie fort. »Und es kann doch nicht wahr sein, dass meine jahrelange Ausbildung nun nichts wert sein soll.« Den letzten Satz stieß sie empörter hervor, als sie beabsichtigt hatte.

Ihr Vater lächelte traurig. »Manchmal sind die Dinge nicht so, wie wir es gerne hätten. Schau deine Mutter an. Sie hätte gern alle ihre vier Söhne zurück.«

»Aber das ist doch nicht das Gleiche! Manchmal müssen die Männer in den Krieg, dagegen lässt sich einfach nichts ausrichten.«

»Ach, ja?« Ludwig Bruggmoser war stehen geblieben und runzelte seine zerfurchte Stirn. Franziska beobachtete, dass er angespannt mit dem Kiefer mahlte, doch sie schob es darauf, dass er nicht wusste, wie er die ganze Arbeit bewältigen sollte.

»Liebe Tochter, dieser Hof hier existiert seit fast drei Jahrhunderten.« Er wies mit der Hand auf das Gebäude. »Immer schon haben die Landesfürsten uns kleinen Leuten gesagt, was wir zu tun und zu lassen haben. Tiroler, Bayern und Franzosen, die österreichischen Habsburger und jetzt eben die Italiener. Sie alle gieren nach Steuern und wollen, dass wir gute Untertanen sind. Das ist alles. Ich sage dir, wenn wir den Kopf unten halten, dann passiert uns am wenigsten.«

»Und nennen uns ab sofort brav *Ponte*.« Franziska hatte es mehr zu sich gesagt, doch unwillkürlich zu laut, als dass ihr Vater es überhören könnte. Sie biss sich erschrocken auf die Unterlippe. »Tut mir leid, ich wollte nicht respektlos sein.«

»Ach, was ist schon ein Name?« Ihr Vater lächelte versöhnlich. »Er sagt doch nichts darüber aus, wer du bist.«

Jetzt schüttelte Franziska den Kopf. »Wie können Sie das sagen, Tata? Der Name gehört zu uns, er ist doch, was unsere Familie ausmacht!«

»Wirklich?«

»Ja, natürlich!«

»Und dabei zögerst du nicht, ihn abzulegen, weil du eines Tages einen Mann heiratest?«

»Aber das … ich …« Verdattert starrte Franziska ihren Vater an. In dessen Augen war ein listiger Ausdruck getreten. Er legte ihr die Hand auf die Schulter und schob sie sanft in Richtung Stadeltür, die zum Obergeschoss und zur Heudiele führte. Mit Schwung riss er den Torflügel auf. Staubkörner wirbelten, von der plötzlichen Luftbewegung aufgeschreckt, umher und tanzten im Sonnenlicht.

»Der Name«, begann Ludwig Bruggmoser, »deutet auch einen Besitzanspruch an. Du bist meine Tochter, ich trage die Verantwortung für dich. In dem Moment, in dem du einen Mann heiratest, nimmt er dich in Besitz. Du wirst sein Eigentum.«

»So habe ich das noch nie betrachtet«, stammelte Franziska. Was war sie, der Besitz ihrer Eltern? Mehr nicht? Das klang so ... minderwertig. Ganz egal, wie die offizielle gesellschaftliche Sichtweise sein mochte, weder ihre Mutter noch ihr Vater hatten sie jemals derart ... abfällig behandelt. Sie hatte immer das Gefühl gehabt, dass sie eine Person wäre, mehr noch, eine Persönlichkeit, geachtet und geliebt.

»Ich dagegen bin ein Untertan, ein Staatsbürger, nenn es, wie du möchtest. Es ist immer das Gleiche. Könige oder Regierungen entscheiden über mich und mein angeblich freies Leben. Und sie entscheiden auch, wie ich mich zu nennen und welche Sprache ich zu sprechen habe. Aber am Ende macht das alles keinen großen Unterschied. Ich zahle Steuern, die Obrigen schicken meine Söhne in den Krieg, ganz wie es ihnen beliebt, und ich darf, mehr oder weniger unbehelligt, mein Leben leben.« Er schien genug gesagt zu haben, denn er zupfte den blauen Schurz glatt und wandte sich abrupt ab, um in Richtung der Heudielen zu gehen, die mit einfachen Latten in einzelne Kammern unterteilt waren. Dort ergriff er einen bereitstehenden Rechen und begann, das Heu zu der Luke am anderen Ende der Diele zu schieben. Staubige Wolken erfüllten die Luft.

Franziska musste mehrmals niesen, weil die umherfliegenden Halme ihr in der Nase kitzelten. Dann ergriff sie einen zweiten Rechen und tat es ihrem Vater nach.

Sie verstand die Welt nicht mehr. Diese zynische Betrachtungsweise über seine Rolle als Untertan oder Bürger, das passte überhaupt nicht zu ihm. Sicher, Kopf unten halten, sich so weit wie möglich anzupassen, das war seine Devise. Eigentlich hatte Franziska immer gedacht, er würde das aus reiner Bequemlichkeit tun. Und jetzt, nach dem, was ihr Vater vorhin gesagt hatte, klang es so, als gäbe es einen anderen Grund. Angst? Das Gefühl von Machtlosigkeit? Warum hatte er das gesagt, diese Sache, dass der Name für einen Besitzanspruch stehen würde? Hielt er das etwa für richtig? Für gerecht?

Sie hielt es nicht mehr aus. »Finden Sie das denn richtig? Dass der Name dazu gebraucht wird, um einen Besitzanspruch anzuzeigen?«

»Ich weiß nicht.« Er entfernte mit der Hand einige Halme aus seinem Gesicht. »Wenn ich ehrlich bin, war es auch mehr der Gedanke deiner Mutter. Sie sagte, dass es kein so großer Unterschied wäre. Sie hat schon damals bei unserer Heirat ihren Namen abgeben müssen und jetzt eben noch einmal. Je länger ich darüber nachdenke, desto mehr glaube ich, dass sie damit recht hat. Sie ist damals wie heute die gleiche Person, ob sie nun Gamper oder Bruggmoser heißt. Oder jetzt eben Ponte.«

»Aber sie hatte doch eine Wahl. Sie wurde doch nicht zur Heirat gezwungen.« Oder? Das würde so gar nicht zu dem Bild passen, das sie von ihrem wohlwollenden Vater hatte. Die Eltern ihrer Mutter waren bereits beide tot, doch auch über sie hatte Franziska nie gehört, dass sie grausam gewesen wären.

Ihr Vater knurrte empört. »Natürlich haben weder ihre Eltern noch ich sie gezwungen! Aber wir haben auch nicht aus so romantischen Motiven geheiratet, wie du dir das heutzutage ausmalst. Es hat gepasst für uns, und gut war's.« Er richtete sich auf, massierte sich mit einer Hand den Rücken und stöhnte verhalten. Dann lächelte er nachsichtig. »Ich werde dir freie Hand bei deiner Entscheidung lassen. Aber solltest du dir Flausen in den

Kopf setzen und dir einen unangemessenen Mann aussuchen, werde ich einschreiten, das ist dir bewusst, oder?«

»Selbstverständlich«, murmelte Franziska artig. Natürlich fragte sie sich sofort, was ein *unangemessener* Mann sein könnte, aber das schien nicht der richtige Zeitpunkt zu sein, um nachzuhaken. Sie hatte ja auch noch niemanden kennengelernt, über den es sich lohnte nachzudenken.

Ihr Vater wandte sich wieder dem Heu zu. »Für wen auch immer du dich entscheidest, eine Wahl für den Nachnamen, den hast du nicht, genau wie deine Mutter. Und bei dir wird es genauso sein. Jetzt heißt du Ponte, und wenn du heiratest, dann nennst du dich halt wie dein Bräutigam. Ist das so tragisch?« Er schwang energisch den Rechen, als wollte er jeglichen Widerspruch unter einem Heuhaufen begraben.

Wenn das seine Absicht war, funktionierte es. Franziska wollte noch zu einer weiteren Antwort ansetzen und öffnete den Mund, doch der viele Staub legte sich auf ihre Zunge, und sie musste husten. Als sie wieder zu Atem kam, öffnete ihr Vater gerade die Bodenluke, um das Heu in den Stall darunter zu werfen. Franziska schob ihre Fuhre bis zur Luke. Raschelnd verschwand alles in der Öffnung und segelte auf den Steinfußboden zwischen den Verschlägen, in denen die Kühe neugierig ihre Nasen reckten. Weiter hinten hörte Franziska die Ziegen meckern.

»Kannst du bitte die Tiere füttern, Franni? Dann geh ich zu Wilhelm aufs Feld. Der bereitet die nächste Aussaat vor.«

»Natürlich! Ich kümmere mich darum.«

»Danke, meine Liebe!« Er blickte sie mit vor Stolz glänzenden Augen an, was Franziska unangenehm fand. Es gab nichts, worauf ihr Vater stolz sein konnte. Im Gegenteil, ihre Ausbildung hatte ihn eine Menge Geld gekostet. Er hatte die seltenen Hin- und Rückreisen, ihr winziges Mansardenzimmer in Innsbruck, Studiengebühren und Bücher bezahlt. Und das alles für nichts.

Auch während sie das duftende Heu in den Raufen verteilte und zusah, wie die Kühe mit ihren feuchten Nasen gierig darin herumwühlten, bekam sie den Gedanken einfach nicht aus dem Kopf.

All die Zeit, all das Geld, all dieses Wissen, das durfte nicht umsonst gewesen sein.

Nachdem sie die Tränken mit Wasser gefüllt und sich versichert hatte, dass das Vieh gut versorgt war, verließ sie den Stall und ging zurück auf den Vorplatz des Hofes. Beim Anblick der raschelnden Heuberge war ihr eine Idee gekommen.

Franziska schaute sich gründlich zu allen Seiten um. Weit und breit war niemand zu sehen. Gut so, es mussten nicht gleich alle mitbekommen, was sie vorhatte. Sie überquerte den Platz und schlug einen Feldweg ein, der zu zwei kleineren Hausweiden führte. Dahinter begann ein Waalstieg, ein Pfad, der neben einem künstlich angelegten Bewässerungskanal entlangführte. Das Wasser gluckerte geschäftig in der steinernen Rinne talwärts, während Franziska bergauf dem Weg bis zu einem Hain aus Holunderbüschen, Eiben und einigen mächtigen Kastanien folgte. Dort verließ sie den Pfad und ging querfeldein bis zum Ende des Hains. Eine uralte graue Natursteinmauer ragte vor ihr auf.

Vom Pfad aus durch die Bäume vor Sicht geschützt, stand hier eine zwei- bis dreigeschossige Ruine, die von allen nur der Römerturm genannt wurde.

Franziska ging die Mauer entlang bis zum Eingang auf der Rückseite. Ebenerdig und durch einen verrottenden Holzsturz gestützt, führte dieser in den quadratischen Innenraum des Gebäudes. Franziska bückte sich und trat ein. Dämmriges Licht empfing sie. Sie war froh, dass es noch Frühling war. Hier hatten sie als Kinder gespielt, sie und ihre Brüder. Im Sommer stand um das Gebäude alles voller Brennnesseln und Sauerampfer, die Luft erfüllt von brummenden Insekten. Eine Zeit lang hatte der

Römerturm als Lager und Geräteschuppen gedient, daher hatte ihr Vater die beiden Fenster zugenagelt und das Dach mit Holzlatten und Planen einigermaßen abgedichtet. Vielmehr, erkannte Franziska jetzt, hatte er die Decke zwischen dem ersten und zweiten Geschoss verstärkt. Eine altersschwache Leiter lehnte an der Wand nahe einer Luke, durch die sie auf den Zwischenboden gelangen könnte. Durch die Ritzen fiel etwas Tageslicht. Sie konnte die Mauerreste des oberen Stockwerks erkennen, die sich wie Zahnstümpfe in den blauen Himmel reckten.

Mit der Zeit gewöhnten sich Franziskas Augen an das matte Licht. Der Raum war bis auf zwei Holzlatten und einen abgesägten Baumstumpf leer. Der Boden bestand lediglich aus festgestampfter Erde. In den Mauerritzen in einer Ecke hatte ein Tier sich einen Wintervorrat aus Nüssen und Samen angelegt und dann vergessen.

Sie ging zu dem Baumstumpf und setzte sich. Die Ruine war nicht groß, aber gar nicht so schlecht geeignet. Sie lag versteckt, nur über den Waalstieg erreichbar, den nur wenige Menschen benutzten, hauptsächlich der Waalwächter, wenn er den Durchfluss des Wassers kontrollierte. Von der Weide oberhalb führte ein zweiter Pfad herab, den niemand außer der Familie und den Angehörigen des benachbarten Oberleitner Hofes benutzte.

Der Raum an sich war perfekt, im Sommer kühl und schattig. Im Winter dagegen müsste sie sich etwas einfallen lassen. Aber eins nach dem anderen. Hier könnte sie einen geheimen Klassenraum einrichten. Und Deutsch unterrichten.

Franziska nickte zufrieden. Es würde weder die erste noch einzige Schule dieser Art sein. In den letzten Monaten vor ihrer Abschlussprüfung in Innsbruck hatte sie bei einem Vortrag den Kanonikus Michael Gamper kennengelernt. Er hatte damals schon leidenschaftlich davon gesprochen, dass die italienischen Behörden in Südtirol dabei waren, den Unterricht in deutscher

Sprache zu verbieten, diejenigen, die es dennoch taten, sogar mit Arrest zu bestrafen. Franziska hatte seinen Worten damals wenig Aufmerksamkeit geschenkt, ihm schlicht nicht geglaubt, seine Behauptungen für maßlos übertrieben gehalten. Jetzt, da sie hier saß und darüber nachdachte, kamen ihr einige Details wieder in den Sinn. Gamper hatte zur Gründung von Katakombenschulen aufgerufen, seine Zuhörer und die wenigen Zuhörerinnen dazu aufgefordert, heimlich Deutsch zu lehren. Es gäbe viele Möglichkeiten, kleine Gruppen von Kindern zu versammeln und, verborgen vor den Augen der Behörden, zu unterrichten, in Hinterzimmern von Gaststuben, Weinkellern, Garküchen – oder eben einer längst vergessenen Turmruine.

* * *

»Was machst du hier?«

Zu Tode erschrocken fuhr Franziska zusammen und sprang auf. Eine kleine Gestalt zeichnete sich vor dem hellen Rechteck des Eingangs ab, dann eine identische zweite.

»Ihr seid's! Johanna, Josepha, kommt ruhig herein.«

Die Zwillinge betraten nach kurzem Zögern den Raum und sahen sich neugierig um.

Wie immer übernahm Johanna das Wort. »Wir haben die Küche geputzt und das Mittagessen vorbereitet, wie Tante Teresa uns aufgetragen hat. Als wir fertig waren, haben wir gesehen, wie du zu den Weiden gegangen bist. Wir dachten, dass wir dir vielleicht helfen könnten.«

»So. Vielleicht.« Franziska lächelte die beiden an. »Ihr könnt mir zum Beispiel erzählen, warum ihr heute Morgen nicht in der Schule seid.«

Josepha schlug die Hand vor den Mund, als wolle sie sich selbst davon abhalten, etwas zu sagen. Sie zupfte ihrer Schwester an der weißen Schürze, die sie über dem schlichten grauen Kleid trug. Dann flüsterte sie ihr etwas zu, das Franziska vermutlich auch nicht verstanden hätte, wenn sie laut genug gesprochen hätte. Untereinander sprachen die beiden Ladinisch, eine alte Sprache, die noch in einigen Dolomitentälern gesprochen wurde. In Meran war sie kaum verbreitet. Die beiden Mädchen waren als Flüchtlinge aus dem Fassatal gekommen, streng genommen waren sie auch nicht Franziskas Cousinen, sondern viel weitläufiger verwandt. Doch das hatte für die Bruggmosers keine Rolle gespielt, als es darum ging, die beiden aufzunehmen. Vermutlich, so hatte Franziska schon häufiger gedacht, hätte ihre Mutter sogar die Kinder von Fremden aufgenommen, falls sich die Gelegenheit ergeben hätte. Warum auch nicht? Spätestens seit ihre beiden Brüder im Krieg gefallen waren, hatten sie zwei freie Betten.

»Nun?« Sie richtete ihre Aufmerksamkeit wieder auf die Zwillinge.

Johanna verschränkte die Hände vor der Schürze. »Sie bringen uns nichts bei. Der Lehrer brüllt nur herum und verteilt Stockschläge.«

»Warum das?«

Die Mädchen zogen unisono ihre Schultern hoch. Sie glichen sich wirklich wie ein Ei dem anderen. Teresa Bruggmoser hatte sie deshalb angewiesen, dass Josepha ihre Haare zu einem Kranz geflochten um den Kopf trug, während Johanna zwei Zöpfe flechten sollte. Daran hielten die beiden sich auch – meistens zumindest. Aber das bemerkte außer Franziska vermutlich niemand. Sie wusste immer, welche der beiden sie vor sich hatte. Vielleicht, weil sie Johanna sehr mochte, vor allem ihre direkte, manchmal vorlaute Art – die die meisten Erwachsenen selbstredend empörte, sie aber amüsierte. Josepha dagegen war still, um nicht zu sagen unterwürfig. Sie hatte noch nie Wünsche geäußert. Manchmal fand Franziska es sogar etwas unheimlich, wenn sie unvermittelt über das Mädchen stolperte, weil es zum

Beispiel still in der Küche saß und Gemüse putzte und sich dabei beinahe unsichtbar zu machen schien. *Sie wäre,* dachte Franziska bei sich, *vielleicht sogar die passendere Tochter für meinen Vater.*

Wenn also Johanna von ihrem Lehrer Schläge bekam, mochte das einen nachvollziehbaren Grund haben, aber Josepha?

»Seid ihr im Unterricht nicht aufmerksam?«, versuchte Franziska es abermals.

Johanna blickte sie etwas ratlos an. »Doch.«

Wieder flüsterte Josepha ihr etwas zu. Johanna zischte sie an, und ihre Schwester zog schüchtern den Kopf zwischen die Schultern.

Franziska runzelte die Stirn. »Lasst uns nach draußen in die Sonne gehen. Vielleicht finden wir einen trockenen Fleck, wo wir uns hinsetzen können.« Mit diesen Worten schob sie die Mädchen vor sich her ins Freie.

Gemeinsam stiegen sie den grasbewachsenen Hang hinter dem Turm einige Meter hinauf, bis sie zu einer Reihe Findlingen gelangten, auf die sie sich setzen konnten. Franziska schloss die Augen und reckte das Gesicht zur Sonne. Sie wusste, dass sie alle drei besser wieder zum Hof zurückkehren sollten, die Arbeit wurde ja nicht weniger, indem sie hier herumsaßen. Doch die Zwillinge hatten offenbar etwas auf dem Herzen, das musste sie klären.

»Jetzt raus mit der Sprache.«

»Der Lehrer behandelt uns total ungerecht«, platzte Johanna heraus. »Er spricht nur Italienisch, und kaum jemand versteht ihn. Er lässt es zu, dass die anderen sich helfen und sich gegenseitig übersetzen, wenn er Anweisungen gibt. Bei den Antworten, die wir geben sollen, natürlich nicht. Eine richtige Antwort in falschem Italienisch bringt einen Schlag auf die Finger ein, ist es zudem eine falsche Antwort, noch einer. Eine Antwort auf Deutsch fünf Schläge, ganz egal, ob sie richtig oder falsch ist.«

Sie bedachte ihre Schwester mit einem Seitenblick. »Wer keine Antwort gibt, bekommt acht Schläge.«

»Wie bitte? Zeig mal deine Finger, Josepha.«

Schüchtern stellte sich das Mädchen vor ihr auf und präsentierte ihre Hände. Die Knöchel waren rot geschwollen, die Haut teilweise aufgeplatzt und voller Schorf.

Franziska ballte wütend die Fäuste. Das richtige Maß an Züchtigung der Schulkinder war in Innsbruck immer wieder Thema lebhafter Diskussionen gewesen. Sie fand es durchaus richtig, dass flegelhaftes Benehmen Konsequenzen haben musste, aber Schläge wären in ihren Augen immer das allerletzte Mittel. Und der Sinn, für eine falsche Antwort zu strafen, beziehungsweise der Versuch, aus einem schweigenden Mädchen überhaupt eine Antwort herauszuprügeln, erschloss sich ihr nicht ansatzweise.

Sie hielt sich gerade noch zurück, eine laute Verwünschung auszusprechen, und musterte stattdessen Johanna, die neben ihr saß und gerade versuchte, einen Fleck aus ihrer Schürze zu reiben. Franziska gelang es, nur einen beiläufigen Blick auf ihre Handrücken zu erhaschen, doch der genügte.

»Das ist noch nicht alles, oder?«

Das Mädchen schüttelte den Kopf. Josepha nutzte die Gelegenheit und huschte wieder auf den Platz neben ihrer Schwester.

Franziska legte ihren Arm um Johannas magere Schultern und streichelte ihr behutsam über den Rücken. Sie spürte, wie sich ihre Cousine unter der Berührung erst verkrampfte und dann aufrichtete und sie störrisch anblickte. »Es ist, weil wir Ladinisch sprechen. Das ist für ihn noch schlimmer als Deutsch. Er sagt, wir wären nur zu dumm und zu faul, um ordentlich zu sprechen. Er meint, das ist keine Sprache, sondern nur falsches Italienisch.«

»Du hast mir erklärt, dass viele Wörter ähnlich sind, weshalb du Italienisch eigentlich ganz gut verstehst, oder?«

»Ja. Nein. Ähnlich eben. Aber nicht gleich. Ich denke da nicht großartig drüber nach, bevor ich etwas sage.«

Und das war vermutlich genau das Problem.

»Wie viele?«

»*Quindici.*«

Fünfzehn Schläge, die dreifache Anzahl für eine Antwort auf Deutsch. Diesem Lehrer musste das Ladinisch wirklich quer im Magen liegen.

Franziska fasste einen Entschluss. »Das war richtig, Johanna. Ihr geht da nicht mehr hin. Von nun an werde ich euch unterrichten. Auf Deutsch. Und es wird keine Schläge geben, wenn ihr aus Versehen auf Ladinisch oder Italienisch antwortet.« Sie schaute über Johannas Kopf hinweg zu Josepha, in deren Miene sie Erstaunen las. »Und auch nicht, wenn ihr schweigt. Das verspreche ich euch!«

Johanna ließ sich nicht so schnell überzeugen. »Aber dein Vater wird das nicht erlauben. Wir haben heute Morgen behauptet, der Unterricht würde ausfallen, weil der Bischof in Bozen die Lehrer zu einer Fortbildung gerufen hat.«

»Das heißt, ihr habt gelogen.«

Johanna riss erschrocken die Augen auf und biss sich dann auf die Unterlippe.

Franziska streichelte ihr abermals beruhigend über den Rücken. »Schon gut. Ich verrate nichts. Aber ihr müsst gar nicht lügen. Ihr werdet jeden Morgen das Haus verlassen und hierherkommen. Wir richten den Turm als unser Klassenzimmer ein. Ihr müsst nur aufpassen, dass euch niemand sieht.« Und sie musste für sich selbst eine plausible Erklärung finden, warum sie allmorgendlich das Haus verließ.

»Das ist leicht!« Johanna sprang von dem Findling auf und beschrieb mit dem Arm einen weiten Bogen. »Wenn wir vom Hof aus die Straße ein Stück bergauf gehen, kommen wir zu einem Pfad, der wieder auf den Waalstieg führt, dort, wo der Kanal vom Bach abzweigt. Wir kommen hier von oben, das wird niemand bemerken.«

Josepha nickte eifrig.

Franziska lächelte zustimmend. »Sehr gut. Ich werde mich um einen Tisch und ein paar Stühle kümmern.«

»Du kannst den Franz Hinteregger fragen. Der hat doch bestimmt ein paar Möbel übrig.«

»Der Tischler aus Lana?«

Beide Mädchen nickten.

»Der Sohn, der Franzl, der bekommt es auch ordentlich ab, weil der sich so schwertut mit dem Italienisch. Und sein Vater ist ziemlich wütend deswegen, weil der Franzl dann nicht mehr bei ihm in der Werkstatt arbeiten kann, wenn er die Finger kaputt hat.«

»Verstehe.« Das sah ganz so aus, als würde sie ihre Schulklasse schneller zusammenbekommen, als sie erwartet hatte. »Kommt, lasst uns zurückgehen. Ich werde mit den Hintereggers sprechen.«

Die beiden folgten ihr zurück auf den Waalstieg und weiter zum Hof.

Josepha flüsterte ihrer Schwester etwas zu, und die fragte laut: »Was ist das überhaupt für ein Turm? Wir wussten gar nicht, dass es ihn gibt.«

»Das weiß kaum jemand. Die wenigen, die ihn kennen, nennen ihn den Römerturm. Ich weiß, dass er auf alten Karten vom Hof auch schon verzeichnet ist, er ist also mindestens genauso alt.«

»Oder älter? Haben die Römer ihn erbaut?«

Franziska blieb stehen und schaute zurück. Der Turm war von hier aus nicht zu sehen, nur die Bäume und Sträucher davor verrieten seinen ungefähren Standort. Doch wenn sie es recht bedachte, hatten Späher in den alten Tagen vermutlich von dort aus einen guten Ausblick Richtung Süden. Vor allem, wenn sie bedachte, dass der Turm in seiner ursprünglichen Form mindestens ein Stockwerk höher gewesen war.

Aber Römer? Sie waren hier gewesen, hatten ihre Spuren im Etschtal hinterlassen. *Athesis* hatten sie den Fluss genannt. Sicherlich hatte es Lager oder Befestigungen gegeben, um den Warentransport von Süd nach Nord und umgekehrt zu schützen. Aber hatten sie solche Türme gebaut?

»Ich weiß es nicht«, meinte Franziska nach einigem Nachdenken. »Aber es ist gut möglich. Er muss seinen Namen ja irgendwoher haben. Vielleicht war es einmal eine Zuflucht, falls Raubritter oder Banden die Gegend unsicher machten.« Sie hatte keine Ahnung, ob es solche Bedrohungen gegeben hatte oder gar Raubritter ihr Unwesen getrieben hatten. Aber waren diese Türme nicht immer aus solchen Gründen erbaut worden? Als Aussichtspunkt und Versteck, wenn Gefahr drohte?

Johanna blieb mitten auf dem Pfad stehen und drehte sich mit leuchtenden Augen einmal um die eigene Achse. »Vielleicht können wir das herausfinden! Das wäre spannend, oder nicht?«

Josepha trat mit einem eifrigen Nicken einen Schritt zurück und legte die Handflächen aufeinander, als wollte sie beten.

Franziska zwinkerte den Mädchen verschwörerisch zu. »Abgemacht, das wird ein Teil des Heimatunterrichts. Es wird euch nicht schaden, etwas über die Geschichte dieser Region zu lernen. Und warum nicht direkt in einem steinernen Zeugen der Vergangenheit? Richten wir dort unsere *scuola romana* ein.«

3
Die geheime Schule

»So, das war die letzte!« Franz Hinteregger wuchtete die Holzplatte vom Rücken seines Haflingers und stellte sie vor dem Turmeingang ins Gras. Sofort sprangen sein Sohn Franzl und Johanna herbei und trugen das letzte Möbelteil ins Innere, wo bereits zwei Dutzend Beine und weitere Tischplatten darauf warteten, zu kleinen Pulten zusammengebaut zu werden.

Hinteregger nahm den Filzhut ab und trocknete sich den Schweiß mit einem Taschentuch. Zwei Wochen waren vergangen, und seitdem war es jeden Tag heißer geworden. Franziska freute sich umso mehr auf den Unterricht im kühlen Inneren des Römerturms.

»Wann fangen Sie an, Fräulein Bruggmoser?«

»Bitte nennen Sie mich Fräulein Ponte. Ich muss mich daran gewöhnen, wenn ich mich nicht verraten will.«

Der stämmige Tischler wischte sich die Hände an der schwarzen Lederhose ab und schnaubte wütend. »Wenn Sie darauf bestehen, soll's mir recht sein. Hauptsache, Sie bringen meinem Sohn eine vernünftige Sprache bei.« Dazu murmelte er einen leisen Fluch, den Franziska ignorierte.

»Glauben Sie bitte nicht, dass ich das richtig finde«, stellte sie mit fester Stimme klar.

Er winkte ab. »Nein, das tun Sie nicht, Fräulein, das ist mir bewusst. Sie sind da nicht wie Ihr Vater, Sie nehmen ein hohes Risiko auf sich. Wissen Sie, was die mit Ihnen machen, wenn die Sie erwischen?«

»Nein. Und je weniger ich darüber erfahre, umso besser.« Das würde ihr nur Angst einjagen, dabei hatte sie schon genug Bedenken. Es brachte niemandem etwas, wenn sie sich zusätzliche Sorgen darüber machte, was ihr oder einem der Kinder blühte, falls die Carabinieri dahinterkamen.

Hinteregger nickte verständnisvoll. Er klopfte dem Haflinger den Hals und band die Zügel an einen tief hängenden Ast einer Kastanie. Das Tier fing sofort an zu grasen.

»Kann ich helfen?« Franziska trat näher.

Der Tischler nahm eine Büchse Nägel und einen Hammer aus einer Satteltasche. »Können Sie Nägel einhauen?«

»Gut genug, will ich meinen.«

»Dann nehmen Sie das. Oder nein, lassen Sie den Franzl das machen. Franzl, komm her!«

Der Junge kam nach draußen gelaufen. Er war schmächtig für sein Alter, dabei wirkte er aufgeweckt und pfiffig. Hintereggers flüchtiges Lächeln, als sein Sohn sich eifrig vor ihm aufstellte, entging Franziska nicht. Ebenso wenig wie die blutverkrusteten Fingernägel und Knöchel des Jungen, als er Hammer und Nägel in die Hände gedrückt bekam. Johanna hatte nicht übertrieben, der Kleine hatte einiges abgekommen.

Hinteregger legte seinem Sohn eine Hand auf die Schulter. »Franzl, du wirst auf das Fräulein Lehrerin hören, ist das klar? Fräulein Ponte, ich gebe meinen Sohn Franco Aldossi in Ihre Obhut.« Er hob die andere Hand und drohte mit dem Finger. »Und kein Wort hierüber zu niemandem.«

Franzl zuckte nicht mit der Wimper, sondern nickte nur. »Die Zwillinge sortieren schon die Tischbeine zu den richtigen Platten. Ich habe ihnen gezeigt, wo die Nummern stehen.«

»Gut so. Und jetzt ab mit dir.« Er umrundete das Pferd und öffnete eine zweite Satteltasche. »Ich habe noch etwas für Sie.«

Franziska hörte ein Schleifen von Stein auf Stein, das ihr eine Gänsehaut über den Rücken jagte.

»Sind das …?«

»Acht Schiefertafeln. Ich habe mich gefragt, ob Sie die vielleicht gebrauchen können. Meine Frau hat sie irgendwo auf dem Dachboden gefunden.«

»Das ist großartig, danke sehr! Die kann ich auf jeden Fall brauchen.« Franziska nahm die Platten entgegen. Sie wollte nicht zugeben, dass sie daran gar nicht gedacht hatte. Die Zwillinge hatten eigene Schiefertafeln, aber traf das auf jedes Kind zu? Besser, sie hatte hier vor Ort alles, was sie zum Arbeiten brauchte. Mit jedem Tag, den ihr geheimes Klassenzimmer Gestalt annahm, schienen neue Probleme aufzutauchen, die geklärt werden mussten. Die größte Hürde waren Lehrbücher in deutscher Sprache, denn die konnte sie kaum in einer Meraner oder Bozener Buchhandlung bestellen. Zum Glück hatte sie immer noch ihre Kontakte nach Innsbruck. Einer ihrer Dozenten hatte ihr zugesagt, ein großes Paket zusammenzustellen und nach Meran zu schicken. Und noch besser war Leahs Idee gewesen, das Paket an den Laden ihres Vaters adressieren zu lassen. Ein Goldschmied bekam ständig Pakete und Waren aus dem Ausland, sodass eine Lieferung mehr oder weniger aus Österreich nicht auffallen würde – zumindest hoffte Franziska das. Denn den Taubes Ärger zu machen, nur weil sie unbedingt heimlich eine Schule einrichten wollte, wäre das Letzte. Leah hatte sie beruhigt und versprochen, täglich im Geschäft ihres Vaters nach dem Paket Ausschau zu halten.

Mit den Schiefertafeln in der Hand wollte sie mit Hinteregger den Turm betreten, als der Tischler sie noch einmal zurückhielt. Er nahm seinen Hut ab und knetete die Krempe mit den Fingern.

»Fräulein Br... Ponte, ich würde Sie noch gern um eine Sache bitten.«

»Nur heraus mit der Sprache.« Franziska unterdrückte ein Schmunzeln. Sie fand es faszinierend, wie viel Respekt dieser Mann ihr entgegenbrachte. Allein die Tatsache, dass sie den Mut hatte, diesen Unterricht anzubieten, hatte ihr Ansehen unter denjenigen, die davon wussten, ins Unermessliche steigen lassen. Dabei hatte sie für die Bildung der Kinder noch gar keinen Finger gerührt.

»Es ist Ihr Engagement, vor dem ich große Achtung habe«, erklärte Hinteregger, als habe er ihr die Gedanken von der Stirn abgelesen. »Allein, dass Sie das machen, dass Sie es versuchen, ist bewundernswert. Nun, also.« Er stockte kurz und drehte den Hut zwischen seinen Händen. »Der Franzl kann ganz schön aufsässig sein. Tun Sie, was Sie tun müssen, ich will Ihnen da gar nichts vorschreiben. Eine harte Hand hat noch keinem Burschen geschadet. Aber wenn's möglich wäre, verpassen Sie ihm Ohrfeigen, einen Klaps auf den Ar… Hintern, aber bitte nicht auf die Finger.« Erneutes Stocken. »Die braucht er zum Arbeiten.« Hinteregger wandte den Kopf ab.

Franziska schluckte beklommen. »Ich habe gar nicht vor, die Kinder zu züchtigen. Der Franzl macht einen aufgeweckten Eindruck, und solange er fleißig ist und tut, was ich ihm sage, hat er nichts zu befürchten.« Das mit dem Fleiß sagte sie nur so. Sie wusste, dass ihre Brüder Anderl und Stefan früher in der Schule auch einiges abgekriegt hatten. Anderl war zweifellos faul gewesen und Stefan ein Träumer, der oft genug seine Hausaufgaben einfach vergessen hatte. Es war ihr damals wie heute unbegreiflich gewesen, wieso die Lehrer gedacht hatten, Faulheit oder Geistesabwesenheit ließen sich ausprügeln. Bei Anderl hatte es nur das Gegenteil bewirkt – und am Ende, als er sein Interesse an den Naturwissenschaften entdeckt hatte und lernen wollte, hatte ihm der Kriegsausbruch einen Strich durch die Rechnung gemacht, einen Abschluss hatte er nicht machen können. All die Züchtigungen dafür, dass der eine auf dem Schlachtfeld geblieben war, während der andere seinen Wunsch, Ingenieur zu werden, nicht verwirklichen konnte.

Hinteregger setzte seinen Hut auf. »Das gefällt mir.«

»Was meinen Sie?«

»Dann hat es der Franzl selbst in der Hand, was er an Schlägen kassiert. Fleißig kann er sein, und gehorchen muss er. Wenn nicht, hat er die Konsequenzen zu tragen. Aber der Lehrer hier in der Schule, der schlägt sie auch, wenn sie etwas falsch machen, und da frag ich Sie, Fräulein, macht ein Junge das mit Absicht? Eine falsche Antwort geben?«

»Eher nicht. Das eine oder andere Mal, um den Lehrer zu ärgern oder sich zum Clown zu machen, das mag vorkommen. Aber nicht grundsätzlich, nein, das glaube ich auch nicht.«

»Schon gar nicht, wenn er einmal Prügel kassiert hat.« Hinteregger schnaufte tief durch. »Aber ich will mich gar nicht einmischen, die Erziehung, das ist Ihre Sache, geht mich ja gar nichts an, solange der Franzl etwas Vernünftiges lernt.« Er murmelte etwas, das vermutlich gar nicht für Franziskas Ohren bestimmt war, doch sie verstand es trotzdem: »Meine Frau sagt, ich wäre zu weich.«

Sie verkniff sich ein Lächeln, denn sie war nicht dieser Meinung. »Seien Sie ganz unbesorgt, Herr Hinteregger.«

»Aldossi. Dann sagen Sie auch Aldossi. Sie haben schon recht, gewöhnen wir uns besser dran.«

»Wie auch immer, machen Sie sich keine Gedanken, der Franzl und ich werden schon miteinander zurechtkommen. Lassen Sie uns erst einmal mit dem Unterricht beginnen, alles Weitere wird sich von allein ergeben.«

»Der wird jeden Dienstag und Donnerstag pünktlich aufkreuzen, dafür sorge ich schon.« Mit diesen Worten betrat er den Turm, und Franziska folgte ihm.

Bei der Begeisterung, mit der Franzl, Johanna und sogar die stille Josepha die Pulte zusammenzimmerten, fragte sie sich insgeheim, ob sie nicht auch eine Art praktischen Unterricht durchführen könnte. Klar, sie wollte ihren Zöglingen – fünf Mädchen und vier Buben würden es zunächst sein – nicht nur ein paar Heimatgedichte vorsetzen und sie deutsche Grammatik pauken lassen. Mit der Geschichte Südtirols oder, allgemeiner, dem Gebiet, das einst zur Habsburger Monarchie gehört hatte, nahm es der italienische Lehrer schließlich auch nicht so genau, hatte sie festgestellt. Franziska fand es dagegen wichtig, dass die Jugendlichen lernten, wie die Landkarte Europas entstanden war, und zwar weit über die Grenzen des heutigen Italiens oder Österreichs hinaus. Die Vergangenheit war das Fundament, auf dem die Zukunft gebaut war. Die eigene Geschichte nicht zu verstehen oder gar zu erinnern, führte nur dazu, dass Unzufriedenheit entstand oder Fehler sich wiederholten. Ganz Europa hatte im vorangegangenen Jahrhundert so viele Kriege erlebt, und der schlimmste zu Beginn des zwanzigsten war noch ganz frisch im Kopf der Menschen. Vielleicht lernten die Völker endlich daraus. Dieser Kontinent brauchte keinen weiteren Krieg.

Die Sprache war wichtig, doch sie war nicht alles.

»Was schaust du so finster, Franziska?«

Sie schrak aus ihrer Versunkenheit und blickte Johanna ins Gesicht, die sich mit einem stolzen Lächeln hinter einem fertigen Pult aufgestellt hatte.

»Sieht gut aus und wackelt kein bisschen.« Energisch zwang sich Franziska, sich wieder zu konzentrieren, und vertrieb die düsteren Gedanken.

»Können wir jetzt gehen? Wir wollten noch nach ein paar blühenden Zweigen für den Osterstrauß suchen.«

»Lauft schon, wir drei beginnen morgen früh mit dem Unterricht.« Sie nickte den Zwillingen zu, und die beiden stürmten ins Freie.

Spazieren gehen und Naturkunde direkt neben den Kühen auf der Weide, das würde Franziska jedenfalls auch in den Lehrplan miteinbeziehen.

»Morgen früh?« Franzl drehte gerade das letzte Pult um, an das er ein Bein genagelt hatte, und stellte es neben die anderen. Erschrocken blickte er zu seinem Vater auf.

»Nur Johanna und Josepha«, stellte Franziska richtig. »Für dich bleibt es erst einmal beim normalen Unterricht, und zweimal die Woche kommst du hier für die konspirativen Stunden.«

»Ach so.«

Deutete Franziska Franzls Miene falsch, oder wirkte der Kleine enttäuscht? Sie ging zu ihm und klopfte ihm aufmunternd auf die Schulter. »So viel wirst du nicht verpassen, Franzl. Das Rechnen und die Wissenschaften sind gleich, egal, in welcher Sprache du sie lernst.« Und, da hatte ihr Vater ja nicht ganz und gar unrecht, die Gegebenheiten waren nun einmal so.

Alle hofften darauf, Südtirol könne eines Tages an Österreich zurückfallen. Falls es geschah und die Annexion durch Italien zurückgenommen wurde, würde das nicht von heute auf morgen passieren. Bis dahin könnten ein paar Brocken Italienisch das Leben wirklich leichter machen, hatte ihre kluge Freundin Leah argumentiert und prompt, kaum dass sie von Franziskas heimlichem Unterricht gehört hatte, darauf bestanden, ihr Italienisch beizubringen. Damit Franziska, hatte Leah trocken hinzugefügt, den Haftbefehl wenigstens selbst lesen könnte, sollten die Behörden sie erwischen.

»Darf ich Sie etwas fragen, Fräulein Ponte?«

»Nur zu, Franzl.«

»Warum muss denn Johanna nicht mehr in die Schule? Und Josepha auch nicht, meine ich.«

»Mein Vater hat für die beiden einen Antrag gestellt, die Schulpflicht auszusetzen, weil er sie auf dem Hof zum Arbeiten braucht. Und dem haben sie stattgegeben.« Was Franziska ziemlich empört hatte, wie einfach das funktioniert hatte, trotz Schulpflicht. Offensichtlich interessierte sich niemand für die Bildung der beiden Kriegswaisen mit ihrer eigenen merkwürdigen Sprache – und zugegeben, sie waren ohnehin nur noch bis zum Sommer schulpflichtig.

Hinteregger runzelte verwirrt die Stirn. »Ihr Vater? Das hat er getan?«

»Sprechen Sie ihn bitte nicht darauf an, es ist ihm unangenehm genug.« Franziska hätte sich am liebsten die Zunge abgebissen. *So ist das mit den Lügen, die eine ergibt die nächste, und am Ende weißt du selbst nicht mehr, was die Wahrheit ist.*

»Ich dachte, er weiß nichts von unserer geheimen Schule.«

»Nein, weiß er auch nicht, wie gesagt, bitte erwähnen Sie ihm gegenüber nichts davon.« Das fehlte noch, es war schwierig genug gewesen, alles so zu arrangieren, dass ihr Vater nichts bemerkte.

»Schon gut, ich werde schweigen. Ihr Vater und ich haben uns ohnehin nicht mehr viel zu sagen. Leider.«

Franziska war ganz heiß geworden. Sie hoffte, dass ihre roten Wangen im Dämmerlicht des Turms nicht ganz so gut zu erkennen waren.

Franzl betrachtete die Erwachsenen verwirrt, schwieg jedoch artig. Franziska war sehr zuversichtlich, dass der Junge von ihr keine Schläge würde einstecken müssen.

* * *

Kurz darauf löste Hinteregger die Zügel seines Haflingers, winkte zum Abschied und verschwand mit dem Pferd und seinem Sohn über die Wiesen zurück nach Hause. Franziska nahm den Weg durch den Hain und über den Waalstieg. Schon von Weitem konnte sie Andreas und Wilhelm sehen, die den Zaun an einer der Hausweiden reparierten. Eine kleine weiße Ziege hatte sich von der Herde davongestohlen und hüpfte neugierig um die beiden Männer herum.

Als sie herantrat, blickte Andreas zu ihr auf, mehrere Nägel steckten zwischen seinen Lippen. Er senkte den Hammer und gab Wilhelm ein Zeichen, dass er eine Pause machen konnte.

Dann stellte er sich mitten in den Weg und starrte finster auf Franziska hinab. »Wo kommst du jetzt her?«

Aus den Augenwinkeln bemerkte Franziska, dass das Zicklein durch das Loch im Zaun geschlüpft und ihrem Bruder gefolgt war. Wilhelm saß auf einem Holzstoß, aß etwas und beobachtete sie mit sichtlichem Vergnügen aus der Ferne.

»Die Ziege haut ab.«

Andreas fuhr herum, und das Tierchen machte einen erschrockenen Satz rückwärts. Vergeblich versuchte er, es wieder in Richtung Weide zu scheuchen. »Wilhelm, kannst du nicht …?«

Der Knecht winkte fröhlich mit einem metallenen Kaffeebecher. »Ich soll Pause machen.«

Andreas murmelte eine Verwünschung.

Franziska musste sich selbst das Lachen verbeißen. Ihr Bruder übte auf die meisten Ziegen eine unwiderstehliche Anziehungskraft aus, niemand wusste, warum. Als sie jünger waren, hatten Franziska und ihre Brüder von ihm verlangt, er müsste sich öfter waschen, was gerade im Sommer nicht selten zu heftigen Wasserschlachten geführt hatte. Genutzt hatte es natürlich nichts, das Rätsel, warum Andreas auf der Weide so beliebt war, blieb ungelöst.

Franziska erbarmte sich und scheuchte das störrische Tierchen geschickt durch den Zaun zurück in Richtung Herde.

Kaum waren sie allein, verschränkte Andreas die Arme, und seine Augen verdunkelten sich erneut. »Ich warte seit Tagen darauf, mit dir zu reden. Willst du mir jetzt endlich sagen, was du mit dem Brief wolltest, den ich dir verfasst habe?«

»Du kennst doch den Inhalt.«

»Ja, natürlich. Ich verstehe es nur nicht. Besser gesagt, will ich nicht glauben, was ich vermute.«

»Ich habe die Zwillinge von der Schule befreit.« Franziska versuchte, sich gelassen zu geben, doch stellte sie zu ihrem Unwillen fest, dass ihre Stimme zu zittern begann. »Der Lehrer hätte sie über kurz oder lang ins Spital geprügelt. Weil sie ihr Ladinisch sprechen und zu viele Fehler machen. Josepha pflegt schon gar nichts mehr zu antworten, und dann schlägt er sie trotzdem.«

Ungläubig machte Andreas einen Schritt zurück. »Und dafür hast du mich angebettelt, ich solle Vaters Unterschrift fälschen? Du hast gesagt, es ginge um Leben und Tod! Ich habe dir geglaubt. Wenn Tata das erfährt, dann jagt der mich vom Hof.«

Du willst doch ohnehin fort, das wäre nicht das Schlimmste. Franziska behielt diesen Gedanken für sich. Es war jetzt kein guter Zeitpunkt, ihren Bruder noch weiter zu reizen.

»Ich sagte doch, die Zwillinge waren kurz davor, ernsten Schaden zu nehmen. Gut, das mit dem *um Leben und Tod* war vielleicht etwas übertrieben, aber ...«

Er stach wütend mit dem Zeigefinger in ihre Richtung. »Warum hast du mich überhaupt da reingezogen? Du hättest die Unterschrift auch selbst imitieren können.«

»Glaubst du, dass ich das nicht versucht hätte? Ich fand es einfach nicht überzeugend. Deine Schrift kann ich dagegen von Tatas gar nicht unterscheiden.«

Andreas brummte wütend. Er ließ den Blick in die Ferne schweifen, über den Pfad zum Waalstieg, der sich an der Hügelflanke entlangzog und zurück zur Weide. Dort hatte Wilhelm gerade begonnen, Pfosten für den neuen Zaun an die richtigen Stellen zu legen sowie die Latten dazwischen zu verteilen.

Er wandte sich wieder Franziska zu. »Warum?«

»Habe ich doch gerade erklärt, deine Schrift ...«

»Mensch, stell dich nicht dumm!«

Überrascht hielt Franziska einige Sekunden inne. Dann fasste sie einen Entschluss. Sie hatte es ohnehin kaum ertragen können, ihren Bruder zu täuschen. Bei ihrem Vater war das etwas anderes, und ihrer Mutter und Leopold war ohnehin alles egal. Aber Anderl, der hatte ein Recht darauf, die Wahrheit zu kennen.

»Schwörst du, dass du es niemandem weitersagst?«

Er zuckte scheinbar gleichgültig mit den Schultern, doch sie hatte das neugierige Aufblitzen in seinem Blick sehr wohl bemerkt.

»Ich habe eine Katakombenschule gegründet. Und die Zwillinge werden meine Schülerinnen sein.«

»Eine was?«

»Eine geheime Schule. Das machen sie in vielen Gemeinden in ganz Südtirol. Damit wir den Kindern unsere Sprache beibringen, ihnen unsere Kultur und die Werte unserer Heimat vermitteln können.«

Einen Augenblick lang war er sprachlos.

Sie reckte herausfordernd das Kinn. »Ich habe den Kanonikus Gamper reden hören. Auf einer Versammlung in Innsbruck. Damals habe ich gedacht, der übertreibt.«

»Der Gamper, ja? Er mag in einigen Dingen recht haben. Aber das ist ein Unruhestifter.«

»Seit ich zurück bin, seit die Behörden mir offiziell untersagt haben zu unterrichten, ist mir klar geworden, dass er die Wahrheit gesagt hat. Wenn es nach den italienischen Behörden geht, wird unsere gesamte Kultur ausgerottet. Sie verbieten uns, die Sprache zu sprechen, mit der wir aufgewachsen sind. Das ist gegen das Völkerrecht!« Franziska hatte immer lauter gesprochen, jetzt brach sie ab, erschrocken über sich selbst.

Andreas hob ebenfalls beschwichtigend die Hände. »Schon gut, ich verstehe schon. Und Tata darf nichts davon wissen, weil er sich anpassen will.« Unverhofft lächelte er. »Ausgerechnet sein braves Fräulein Tochter begehrt auf.«

Franziska glaubte so etwas wie Anerkennung in seinem Tonfall auszumachen. Sie lächelte verlegen. »Ich habe neben den

Zwillingen noch sieben weitere Kinder, die ich unterrichten werde. Zweimal die Woche.«

»Und wo?«

»Im alten Römerturm. Zumindest im Sommer. Wenn es Herbst wird, sehen wir weiter. Der Hinteregger hat mir heute Pulte gebracht. Und Schreibtafeln. Die Bücher habe ich schon in Österreich bestellt, sie werden zu Leahs Vater ins Geschäft geliefert.«

»Du hast wirklich an alles gedacht.« Ungläubig schüttelte er den Kopf, dann blickte er in Wilhelms Richtung, der alle Zaunteile sortiert hatte und inzwischen ungeduldig auf und ab ging.

»Du solltest zurück an die Arbeit, Anderl. Der Wilhelm wartet.« Franziska wusste, dass der Knecht ihren Bruder nicht rufen würde. So etwas gehörte sich nicht.

»Der soll warten. Ich habe dir nämlich auch etwas zu sagen.« Er stockte, mit einem Mal unsicher.

Franziska war dagegen von dem abrupten Themenwechsel verwirrt und schaute fragend zu ihm auf.

»Du hast auch ein wenig Wahrheit verdient. Es weiß noch niemand. Ich werde fortgehen. Für eine Weile zumindest.«

Franziska spürte, wie sich in ihrer Brust ein Knoten zusammenzog. Hatte sie es nicht geahnt? Für Andreas wäre die Aussicht, vom Hof gejagt zu werden, niemals eine wirksame Drohung gewesen.

»Wohin?« Sie wollte es am liebsten gar nicht wissen, denn sie ahnte das Schlimmste. Doch ihre Lippen formten das Wort von ganz allein.

»Nach Amerika. In das Land der unbegrenzten Möglichkeiten. Vielleicht ist es dort ja wirklich so, wie alle berichten. Ich habe mich als Arbeiter bei einer Reederei beworben, und sie wollen mich haben.« Er lachte auf, viel zu laut. »Na gut, das ist etwas übertrieben. Sie wollen, dass ich mich vor Ort bei ihnen vorstelle. Vielleicht bin ich auch sofort wieder zurück, wer weiß?«

Nach Amerika. Genauso gut hätte er sagen können, er würde zum Mond fliegen.

»Im Spätsommer geht es los. Ich habe eine Passage mit einem Schiff von Bremerhaven aus gebucht. Heute Morgen kamen das Ticket und die Reisedokumente. Den Vertrag für eine Probezeit habe ich schon seit Wochen. Damit habe ich jetzt alles vollständig, und es ist offiziell.«

Franziska schwieg. Viel lieber hätte sie ihn angeschrien, wie er sie so einfach hier sitzen lassen konnte. Wütend verschränkte sie die Arme.

Er bemerkte es nicht einmal. »Wenn ich mich geschickt anstelle, kann ich eine Ausbildung machen. Und am Ende werde ich doch noch Ingenieur. Es heißt, dass sie dort nicht so viel Wert darauf legen, was du bisher gemacht hast oder wie gut dein Schulabschluss ist.« Er lächelte bitter. »Oder ob du überhaupt einen hast. Sie sagen, wenn ich fleißig bin und mein Können unter Beweis stellen kann, steht mir die Welt offen.«

»Das ist doch gelogen«, flüsterte Franziska. Und wenn es nicht gelogen war, dann war es sicherlich maßlos übertrieben. Um voranzukommen, brauchte es Geld, Macht oder Kontakte, am besten alles zusammen. Warum sollte das jenseits des Ozeans anders sein als hier?

»Und wenn schon? Dann komme ich zurück und darf mir unter Tata und irgendwann unter meinem nichtsnutzigen Bruder auf dem Feld den Rücken krumm schuften. Aber dann habe ich es wenigstens versucht. Eine andere Chance werde ich hier nicht bekommen.«

Franziska konnte nur nicken, der Knoten in ihrer Brust schien ihr beinahe den Atem zu rauben. Sie kämpfte gegen diese Enge an, indem sie ihre Hand an den Ausschnitt ihres einfachen Leinenkleids drückte. Das half ein wenig. Sie blickte zu Boden auf ihre Fußspitzen. An den flachen Stiefeln, die sie für den Marsch zum Römerturm angezogen hatte, klebten Erdklumpen.

»Andreas, könnten wir weitermachen?« Wilhelm hatte den Hut abgenommen und fuhr sich durch die weißblonden Haare. Es war ihm anzusehen, wie viel Überwindung es ihn gekostet hatte, überhaupt etwas zu sagen.

»Natürlich, ich komme. Tut mir leid.« Andreas wandte sich einfach ab und ging.

Und Franziska fragte sich, wem die Entschuldigung nun gegolten hatte.

SOMMER 1925

4
Herz-Jesu-Feuer

Der längste Tag des Jahres.« Ludwig Bruggmoser wischte sich die schweißnassen Hände an seinem Hemd ab und stützte sich müde auf die Sense.

Franziska wirbelte einen letzten Schwung Heu auf den Haufen und ließ ihre Harke sinken. In der Ferne kamen Andreas, Wilhelm und Rosemarie über die gemähte Wiese geschlendert, hinter ihnen ging Leopold allein. Immerhin war er heute Morgen nüchtern genug gewesen, um sich nicht mit der Sense zu verletzen. Wenn es erst einmal so weit war, wurde jede helfende Hand gebraucht. Besonders dann, dachte Franziska mit einem Anflug von Bitterkeit, wenn die Bauersleute, die in den Jahren zuvor immer gekommen waren, plötzlich anderes zu tun hatten. Das war zuvor noch nie passiert, dass niemand von den benachbarten Höfen kam und mit anpackte. Wehmütig ließ Franziska ihren Blick über die Wiese und die mit duftendem Heu beladenen Harpfen schweifen. In diesem Jahr hatten sie Glück gehabt, das anhaltend sonnige Wetter verschaffte ihnen genug Zeit, die Ernte auch mit weniger Leuten vollständig einzuholen.

Aber wie würde das in Zukunft sein? Andreas würde kommenden Spätsommer fortgehen, an seinem Entschluss hatte sich nichts geändert. Ihr Vater wurde nicht jünger und Leopold – nun, nicht nüchterner. Im Gegenteil, Franziska kam es so vor, als würde er immer noch mehr saufen. Inzwischen war ihm auch anzusehen, was der Alkohol mit ihm machte, die Augen mit einem ungesunden gelblichen Schimmer, die Wangen von aufgeplatzten Äderchen durchzogen, die Nase und Lippen verquollen und ständig gerötet. Wo sollte das enden?

»Franni!«, rief Andreas. »Sie wollen heute Abend am Oberleitner Hof Herz-Jesu-Feuer entzünden, kommst du mit?«

»Was sagst du da?«, entfuhr Ludwig Bruggmoser es, bevor Franziska nur den Mund aufmachen konnte.

Andreas runzelte verwirrt die Stirn, Wilhelm schien dagegen etwas zu ahnen und zog ein Gesicht.

Inzwischen war der Rest der Gruppe heran, auch Leopold hatte aufgeschlossen. Aus der Nähe konnte Franziska sehen, wie stark er schwitzte. Im Nacken hatte er einen ordentlichen Sonnenbrand. Hatte er vergessen, sich ein Tuch unter dem Hut zu befestigen?

»Feuer«, wiederholte Andreas unbekümmert. »Ein wenig beisammensitzen, reden, tanzen, feiern. So wie jedes Jahr.«

»Nein, nicht wie jedes Jahr«, erklärte Ludwig Bruggmoser resolut. »Die Carabinieri haben es bei einer saftigen Strafe verboten, erst heute Morgen haben sie noch mal eine Bekanntmachung auf dem Dorfplatz ausgehängt.«

»Na und? Wir sollten uns halt nur nicht erwischen lassen.«

Franziska machte große Augen. Das war überhaupt nicht die Art ihres Bruders, wollte er es sich in seinen letzten Wochen noch mit seinem Vater verscherzen?

Sie schulterten ihre Sensen und Harken und machten sich auf den Rückweg. Das Heu war geerntet, doch die üblichen Pflichten riefen, Ziegen mussten gemolken, Hühner gefüttert werden, und so fort.

»Nicht erwischen lassen, ja?«, höhnte Ludwig Bruggmoser schon nach wenigen Schritten. »Falls es dir nicht aufgefallen ist, mein lieber Sohn, Feuer sind insbesondere in der Nacht weithin sichtbar.«

»Na und? Dann müssen wir eben Ausschau halten. Und wenn die Carabinieri kommen, hauen wir schnell ab. Dann finden sie ein Feuer. Was wollen sie da schon tun, außer es löschen?«, meinte Andreas leichthin.

»Du willst die Feuer unbeaufsichtigt brennen lassen?« Wilhelm klang nicht überzeugt von diesem Plan.

Leopold sagte nichts. Hatte er von Weitem auf Franziska mehr oder weniger nüchtern gewirkt, konnte sie jetzt sehen, dass sein Blick glasig war. In der Brusttasche seines Hemdes zeichnete sich eine Taschenflasche ab.

Ludwig Bruggmoser blieb mit einem Ruck stehen und fuhr mit einem Schwung, den Franziska ihrem Vater gar nicht mehr zugetraut hätte, herum. »Niemand lässt Feuer unbeaufsichtigt brennen. Weil niemand zum Oberleitner Hof geht und dabei sein wird. Ich verbiete es euch! Ihr bleibt allesamt zu Hause! Habe ich mich klar ausgedrückt?«

Wilhelm nahm seinen Hut vom Kopf und knautschte ihn an die Brust. »Heute ist mein freier Abend, Herr Ponte.«

»Ja, und?«

Wilhelm holte Luft. Seine Hand ballte sich um den Hut, dass die Knöchel weiß wurden. Doch er schwieg.

Franziska dagegen hielt es nicht mehr aus. »Tata, mir können Sie es meinetwegen verbieten, auch dem Anderl und Poldl. Aber Wilhelm ist weder Ihr Sohn noch Ihr Leibeigener!«

»Wie bitte?« Ludwig Bruggmoser wandte sich ihr zu, ganz langsam, wie ein Raubtier lauerte er von oben auf sie herab. Doch Franziska las in seinem Blick nur eins: Angst.

Sie versuchte, sich sachlich zu geben, ganz die Lehrerin zu sein, die einem Kind, das schwer von Begriff war, etwas vermitteln musste. Innerlich bebte sie. Es war nicht ihre Sache, sich gegen ihren Vater aufzulehnen, aber ihr Sinn für Gerechtigkeit trieb sie an. »Sie können Wilhelm das nicht verbieten. Es ist Samstag, noch dazu Sommer, die Nächte sind lang und warm. Soll er da bei uns in der Stube hocken und seine freie Zeit damit vergeuden, die Wände und Menschen anzustieren, die er auch sonst den lieben langen Tag um sich hat? Das wäre nicht fair.« Sie wagte einen Blick über die Schulter ihres Vaters zu den anderen.

Alle schwiegen. Ludwig Bruggmoser kaute auf der Unterlippe und musterte Franziskas Gesicht, als sähe er es zum ersten Mal. Sie verkniff sich ein Lächeln, war stolz darauf, dass sie ihn zum Nachdenken gebracht hatte. Dieser Vergleich mit einem trotzigen Kind war vielleicht sogar weniger weit hergeholt, als sie im ersten Moment gedacht hatte.

»Es wird gefährlich, wenn sie ihn erwischen«, erklärte er endlich. »Was wäre ich für ein Dienstherr, wenn ich die Gefahren für meine Angestellten nicht einschätzen und verhindern könnte?«

»Er ist ein erwachsener Mann. Er weiß, was er tut.«

Franziska wurde sich plötzlich der Hitze gewahr, der Mauersegler, die hoch über ihnen über den Himmel jagten, des Summens der Insekten. Ihr fiel auf, dass sie nicht einmal das Wasser im Waal hörte, da es durch die anhaltende Trockenheit zu einem dünnen Rinnsal geworden war.

»Lass gut sein, Franziska«, rief Wilhelm endlich. »Ich laufe nach Lana in den Schwarzen Adler, vor Mitternacht bin ich zurück, versprochen. Ich habe es verstanden, Sie müssen sich keine Sorgen machen, Herr Ponte.«

Ludwig Bruggmoser atmete tief durch und nickte beifällig.

Franziska schüttelte dagegen wütend den Kopf. Sie hätte ihren Vater schon noch so weit bekommen.

Die anderen bewegten sich, als wären sie gerade aus einer Verzauberung aufgewacht, rückten ihre Geräte auf den Schultern zurecht, wischten sich schweißnasse Strähnen aus den Gesichtern.

Ludwig Bruggmoser reckte grimmig das Kinn. »Das wäre geklärt. Und jetzt kommt. Es wird schon spät.« Er beachtete weder Franziska noch die anderen, sondern stapfte mit kerzengerade durchgedrücktem Rücken davon.

»Danke sehr«, murmelte Wilhelm, als er zu ihr aufschloss. Rosemarie hielt sich einige Schritte hinter ihnen bei Leopold. Nur Andreas war in Hörweite.

»Es wäre nicht nötig gewesen, klein beizugeben«, zischte Franziska ihn an.

»Doch. Sieh ihn dir an. Dein Vater hat Angst. Fürchterliche Angst. Es frisst ihn von innen auf. Er will allen Schwierigkeiten aus dem Weg gehen. Wenn ich zu den Feuern gehe und sie verhaften mich, dann fällt es auf ihn zurück. Der Ponte hat seinen Knecht nicht im Griff, heißt es dann. Er ist verantwortlich, so sieht er das.«

»Das sind doch Ansichten von anno Tobak.«

»Das spielt überhaupt keine Rolle. In den Köpfen der Menschen ist es noch drin.«

»Wir dürfen uns eben nur nicht erwischen lassen«, raunte Andreas hinter ihnen.

»Ist das dein Ernst, Anderl?«

»Ja, sicher.« Andreas warf einen verstohlenen Seitenblick zu seinem älteren Bruder und der Magd. »Ohne ihn, der ist zu langsam, falls sie kommen und wir rennen müssen. Wir müssen aufmerksam bleiben. Hört zu. Unserem Tata geht es dabei um die Italiener, und wie er sich bei denen beliebt machen kann. Aber da gibt es eine zweite Sache: Die Nachbarn, die reden schon, weil er sich mit der Obrigkeit so gut versteht. Zu gut in deren Augen. Warum ist denn zur Heumahd niemand gekommen und hat geholfen? Tata sieht es, aber würde es niemals zugeben, dass die Familie Ponte den Anschluss an die Dorfgemeinschaft verliert, wenn wir nicht aufpassen. Dass immer noch ein paar wenige zu uns halten, haben wir nur Mutti und dir zu verdanken.«

»Meinst du damit, dass du für unsere Nachbarschaft ein Zeichen setzen willst? Dass wir, die jüngere Generation, zu ihnen gehören wollen?«

»Ganz genau. Es ist Zeit für ein ganz kleines bisschen Revolution.« Er hielt inne, lächelte wehmütig.

»Ich verstehe«, sagte Franziska. »Du willst außerdem deinen Abschied feiern.«

Er brummte eine leise Zustimmung.

»Ich komme nicht mit«, wehrte Wilhelm ab und setzte seinen Hut wieder auf. »Ich arbeite gerne bei euch, ich will mir keine neue Anstellung suchen. Ich will eurem Vater keine Schwierigkeiten machen.«

* * *

Es wirkt alles nicht im Geringsten gefährlich, dachte Franziska einige Stunden später. Es hatte sich ein samtenes Blau über die Landschaft gelegt, nur am Rand des Horizonts war noch ein letzter Schimmer der untergehenden Sonne zu erkennen. Sie stand mit einem Tonkrug mit verdünntem Wein am Rand und betrachtete die Menschen nahe dem Feuer. Die meisten saßen beisammen und unterhielten sich, einer spielte auf einer Gitarre, und ein paar sangen dazu.

Es war anders als in den Jahren zuvor. War es sonst eine ausgelassene Zusammenkunft der gesamten Dorfgemeinschaft, so waren es heute überwiegend die jungen Burschen und wenige Frauen in Franziskas Alter. Die alten Bauern oder die Händlerinnen auf dem Markt mochten über die Italiener schimpfen und untereinander Deutsch sprechen, doch herzukommen und die Flucht vor einer möglichen Verhaftung riskieren, das brachten sie doch nicht über sich. Franziska haderte, konnte sich nicht recht entscheiden, ob sie das vernünftig oder feige finden sollte. Ihr Vater war schließlich einer der größten Hasenfüße.

»Franziska? Was machst du hier?« Wie aus dem Nichts stand Leopold ihr gegenüber.

Was, du kannst sprechen? Mit mir, deiner unwürdigen Schwester? Sie konnte es sich gerade noch verkneifen, den Gedanken nicht laut auszusprechen. Er hatte, seit sie nach dem Ende ihrer Ausbildung aus Innsbruck zurückgekehrt war, kaum mehr als ein Dutzend Worte mit ihr gewechselt.

»Was schon? Das Gleiche könnte ich dich fragen. Tata hat es uns allen verboten.«

»Das wird einmal mein Hof sein. Der verbietet mir gar nichts.« Leopold schnalzte mit der Zunge und schwankte dabei leicht vor und zurück. Dennoch wirkte er nüchterner als üblich – was aber auch daran liegen konnte, dass die Anwesenden um sie herum inzwischen alle viel, wenn nicht sogar zu viel getrunken hatten.

»Wenn du weiterhin säufst wie ein Loch, wirst du den Hof schneller zugrunde gerichtet haben, als wir *Schnaps* sagen können«, murmelte Franziska bei sich. Sie hatte zu Leopold noch nie eine große Verbundenheit empfunden, er war dreizehn Jahre älter und zählte schon in ihren frühesten Erinnerungen als Erwachsener. Doch inzwischen verspürte sie nichts als Abscheu, weil ihm alles egal war und er sich so gehen ließ.

Völlig unvermittelt packte Leopold sie am Unterarm. »Ich bring dich jetzt nach Hause.«

»Wie bitte? Das wirst du nicht, was fällt dir ein? Ich bin mit Anderl hier!« Doch wo war der?

Sie versuchte, sich mit einem Ruck loszureißen, was zu ihrer Verwunderung schwieriger war, als sie erwartet hatte. Als es ihr endlich gelang, taumelten sie beide auseinander. Franziska verschüttete ihren Wein. Egal, sie hatte ohnehin genug. Vielleicht wäre es sogar wirklich besser, heimzugehen. Es reichte mit der Revolution.

Leopold war mit einem großen Schritt wieder herangekommen und beugte sich drohend über sie. »Was fällt dir ein? Wenn ich sage, dass du mitkommst, kommst du mit!«

»Ich denke ja nicht daran.« Sie versuchte, ihn wegzustoßen, doch dieses Mal hatte er damit gerechnet und rührte sich nicht von der Stelle.

Franziska wich einen Schritt zurück. »Du bist doch nicht mehr ganz bei Trost. Es interessiert dich doch sonst auch nicht, was ich mache. Lass mich in Ruhe!«

»Was du machst? Etwa, dass du dich ständig zum Römerturm schleichst? Wen triffst du da, einen Kerl?«

Franziska wurde eiskalt. Er wusste davon? Hatte er sie beobachtet? Die Kinder gesehen?

»Belästigt der Strolch dich? Lass die Frau in Ruhe! Schleich dich.«

Franziska fuhr herum. Diese Stimme kannte sie doch?

»Das ist meine Schwester, halt dich da raus!«

»Verschwinde einfach!«

»Ist ja gut. Brauche sowieso was zu trinken.« Zu ihrer Verwirrung fluchte Leopold dazu leise und trottete davon. Er hatte ihren Beschützer ganz offensichtlich nicht erkannt.

»Wilhelm? Du hast doch gesagt ... du wolltest doch ...?«

Er trat näher. Seine Augen glänzten im Feuerschein. Auch er war nicht mehr nüchtern, aber er stand noch aufrecht und sah sie geradewegs an.

»Andreas hat mich gebeten mitzukommen.« Er hielt erschrocken inne.

Franziska verschränkte die Arme. »Um was zu tun? Spaß zu haben?« Sie senkte die Stimme zu einem Zischen. »Oder um auf mich aufzupassen?«

Wilhelm steckte die Hände in die Taschen seiner kurzen Lederhose.

Franziska schnaubte ungeduldig. »Was jetzt? Sei froh, dass Poldl nicht bemerkt hat, wer du bist.«

»Der ist doch schon wieder hackedicht, es grenzt eher an ein Wunder, dass er dich als seine Schwester erkannt hat.«

Dem konnte sie kaum widersprechen. »Was ist nur los mit ihm? Er war doch früher nicht so.«

»Der Krieg, Franziska. Das hat der Krieg aus ihm gemacht. Er kann nichts dafür.«

»Das ist doch Blödsinn. Andreas und du, ihr sauft euch ja auch nicht zu Tode. Ihr seid so, wie ihr auch vorher wart.« Noch ehe Franziska es aussprach, wurde ihr bewusst, dass sie sich etwas vormachte.

Andreas war auch zuvor eher in sich gekehrt gewesen, aber seit dem Krieg abweisender, grüblerischer. Und bald war er fort. Je nachdem, wie sie es betrachtete, könnte sie es auch eine Flucht nennen. Flucht vor dem Leben, das es für ihn hier auf dem Hof nicht geben konnte.

»Du kennst mich doch kaum«, widersprach Wilhelm sanft. »Was weißt denn du schon, wie ich vor dem Krieg war? Da habe ich in Bayern gelebt und gearbeitet.«

»Ja, aber du bist freundlich, rücksichtsvoll, du trinkst nicht ständig und maßlos und hockst dich nicht hin und versteckst dich hinter Drähten und Schrauben.« Sie erschrak, weil sie so etwas zu dem Knecht ihrer Familie gar nicht sagen sollte. Aber jetzt war es zu spät, und es brach aus ihr heraus: »Seit die Italiener da sind, hat sich das Leben für uns alle verändert. Wir müssen vorsichtig sein mit dem, was wir sagen und zu wem. Die Kinder werden in der Schule geprügelt, nur weil sie Deutsch sprechen. Die Behörden bevorzugen die Einwanderer aus dem Süden, sie geben ihnen Arbeit, die für die Männer aus Südtirol fehlt. Ich bin nicht blind. Und an all dem ist der Krieg schuld, ist mir schon klar, dass das nicht einfach ist. Aber du schaffst es doch auch.«

Oder nicht? Während sie sprach, wirkte es fast, als hätte sich ein Schatten über Wilhelms Gesicht ausgebreitet, wie ein Schleier, mit dem er zu verbergen suchte, was er in Wirklichkeit dachte.

Jetzt hob er die Hand, wie um ein scheuendes Pferd aufzuhalten, senkte sie jedoch sofort wieder. »Ich hatte einfach Glück, mehr nicht. Der Krieg ist immer grausam, aber es gibt Unterschiede. Ich war an der Gebirgsfront, das klingt schrecklich. In Wahrheit habe ich so gut wie nie gekämpft. Die meiste Zeit haben wir in Schützengräben gelegen. Im Sommer geschwitzt und im Winter gefroren.«

Das war das erste Mal, dass ihr einer der Männer etwas mehr über den Krieg erzählte. Keiner, den sie kannte und der zurückgekehrt war, marod oder unversehrt, sprach darüber. Nicht einmal ihre Mutter, die in Meran in den Lazaretten gearbeitet hatte, verlor ein Wort über das, was sie dort erlebt oder mit angesehen hatte.

»Und ... meine Brüder?« Sie wusste, dass Andreas Wilhelm irgendwann kennengelernt hatte. Und da er nach Kriegsende nicht mehr zurück nach Bayern wollte – es gäbe kein Zuhause mehr, in das er zurückkehren könne, hieß es –, war er auf den Bruggmoser Hof gekommen und hatte dort angefangen zu arbeiten.

»Das musst du sie selbst fragen. Über das, was Leopold gesehen und erlebt hat, weiß ich nichts. Dem Andreas bin ich erst im letzten Kriegsjahr begegnet.«

Und da war es wieder. Eine undurchdringliche Mauer aus Ausreden und Schweigen. Sie sollte ihre Brüder selbst fragen. Als könnte sie es. Als hätte sie es nicht schon so oft versucht. Sie und auch ihre Mutter, zu Beginn, als sie sich noch nicht gänzlich in ihren Gebeten verloren hatte.

Dieses Mal wollte sie sich nicht abwimmeln lassen. »Dann erzähl du mir, was du ...« Sie wurde von einem schrillen Pfiff unterbrochen.

Reflexartig zogen sie beide ihre Köpfe ein und blickten sich um. Das war keine übermütige Aufforderung zum Tanz oder jemand, der um Aufmerksamkeit bat, weil er eine Ansprache halten wollte.

»Polizei!«, rief einer aus Richtung des Bauernhauses, auf dessen Hausweide das Feuer brannte. Schon kippten ein paar Burschen bereitstehende Eimer mit Wasser über die Flammen. Lampen blitzten durch die Dunkelheit, weitere Pfiffe und Trillerpfeifen gellten. In der Ferne ertönte Motorengeräusch.

Wilhelm packte Franziska am Arm. »Komm, wir müssen weg.«

Sie wurde mitgerissen. Um sie herum rannten die Leute in verschiedene Richtungen, schrien sich Befehle oder Warnungen zu. Uniformen tauchten auf, Männer mit Schlagstöcken in den Händen. Am halb gelöschten Feuer, das inzwischen mehr qualmte als brannte, sammelte sich eine Gruppe junger Männer mit Knüppeln und Zaunlatten. Einer hielt eine Mistgabel, ein anderer eine brennende Fackel.

Mistgabeln, damit wurden schon so manche Angreifer in die Flucht geschlagen. Franziska fühlte ein Kribbeln im Magen, einen Anflug von absurder Heiterkeit oder Hysterie. Sie zwang sich, nicht laut zu kichern oder gar aufzulachen, sondern trabte in gleichmäßigem Tempo neben Wilhelm her. Er hatte sie inzwischen losgelassen, versicherte sich jedoch mit einem ständigen Seitenblick, dass sie noch bei ihm war. Sie folgten einem Pfad an einer Hügelflanke entlang bis zu einem Weidezaun.

»Hier durch«, keuchte Wilhelm.

Franziska blickte zurück. »Da kommen welche.«

»Vermutlich Flüchtende. Der Oberleitner hat uns extra gesagt, dass wir hier lang sollen, falls die Carabinieri kommen. Das sind Stadtmenschen, die rennen nicht gern durch den Wald.« Er lachte leise. »Vor allem nicht, wenn sie damit rechnen müssen, dass da welche auf der Lauer liegen und ihnen einen Empfang bereiten könnten.«

»Habt ihr das vor? Ist das dein Ernst?«

Er wandte sich ab, als habe er zu viel gesagt. »Heute nicht.«

Franziska beließ es dabei. Sie verabscheute solche Prügeleien, zugleich war es nicht so, dass sie für so etwas gar kein Verständnis hatte. Es wurde einfach immer mehr verboten, es war zu viel, nahm den Menschen die Freude, die Unbefangenheit.

Sie liefen weiter bis zu einem Weinberg. Die Ranken waren schon älter, fast zwei Meter hoch. Nur ein paar Schritte zur Seite, und sie wären unsichtbar zwischen den Reihen verschwunden. Ein weiterer Blick über die Schulter zeigte Franziska aber, dass es gar nicht nötig war. Sie waren allein.

Schnaufend blieb sie stehen. »Ich glaube, wir sind in Sicherheit.«

In der Ferne stieg Rauch auf, der Wind trug vereinzelte Schreie und immer noch schrilles Pfeifen zu ihnen.

Wilhelm stoppte ab und kam zu ihr zurück, beschattete mit der Hand die Augen und blickte in die Nacht.

Erst jetzt stellte Franziska fest, dass sie gar keine Angst gehabt hatte. Dafür war einfach keine Zeit gewesen. Aber hier in der Stille und mit jedem Atemzug, mit dem sich ihr wild schlagendes Herz beruhigte, erfasste sie Unruhe. Sie stand allein mitten in der Nacht mit dem Knecht ihres Vaters an einem Hügel. Was, wenn die Carabinieri sie doch noch erwischten, was dann? Wenn sie von ihrer geheimen Schulklasse erfuhren? Nein, so weit durfte sie jetzt nicht denken. Sie durften sich einfach nicht erwischen lassen.

»Wo sind meine Brüder? Weißt du es?«

Wilhelm nahm den Hut ab, wischte sich über die Stirn und setzte ihn wieder auf. »Andreas wird sich nicht prügeln, mach dir keine Sorgen. Leopold? Na ja, der ist unberechenbar ... tut mir leid, ich sollte nicht so über ihn reden.«

»Passt schon.« Weil es doch die Wahrheit war.

Im Weinberg raschelte Laub.

Hektisch blickte Wilhelm sich um, machte einen Schritt auf Franziska zu. Zusammen wichen sie bis zu einem verlorenen

Zaunpfahl zurück, der einsam gegenüber dem Weinberg an der Wiese stand. Dort bot sich zwar kein Schutz, aber das raue Holz war wie ein Anker. Stumm verharrten sie, wagten kaum zu atmen. Franziska stieg ein vertrauter Geruch in die Nase. Wilhelm roch nach der Lavendelseife, die ihre Mutter für den gesamten Haushalt kaufte, nach Holz, Viehdung und Heu. Er roch nach Zuhause.

Eine Gänsehaut prickelte ihr über die Arme. Es mochte Leute geben, die Anstoß daran nehmen könnten, dass sie, eine junge unverheiratete Frau, mit einem Mann allein auf dem Feld herumstand. Doch für sie fühlte sich nichts daran falsch an.

Aus dem Weinberg drangen keine weiteren Geräusche zu ihnen, sodass sie sich schließlich gleichzeitig regten.

»War wohl nichts.«

»Nur ein Tier.«

Sie sahen sich verdutzt an und lächelten beide, zaghaft.

Dann gab Franziska sich einen Ruck. »Wie kommen wir denn jetzt nach Hause?«

»Ehrlich gesagt ...«

»Ja?«

»Andreas hat gesagt, dass der Bach hier verläuft. Falls ich ohne ihn hier entlang müsste, sollte ich seinem Lauf folgen, bis ich auf den nächsten Waalstieg treffe. Das wäre einer, der parallel ein paar Meter oberhalb zu dem verläuft, der zum Hof führt. Er endet an einer Weide, von der aus könnte ich unser Haus sehen. Ich müsste also einfach über die Wiese hangabwärts und würde dann am Hof herauskommen.«

»Aber?«

»Hier ist weit und breit kein Bach. Oder hörst du was?«

»Nein. Wenn die Beschreibung stimmt, sind es noch ein paar Hundert Meter. Ich weiß, wo wir entlang müssen. Wir können von dem oberen Weg aus einen Pfad zum Römerturm runtergehen und von dort auf unseren Waalstieg. Wenn wir uns nämlich dem Hof von dieser Wiese aus von oben nähern, müssen wir durch den Graben hinterm Haus.«

»Davon hat Andreas nichts gesagt.«

»Das sieht ihm ähnlich. Er ist als Junge immer wieder hineingefallen. Dort wachsen Brombeeren. Und wer nicht aufpasst, landet unsanft in der Grube, sehr zur Freude der Geschwister.«

»Verstehe. Also dann, suchen wir den Bach, dann den Waalstieg und danach dann den Pfad zum Römerturm.«

Sie setzten sich in Bewegung, schritten kräftig aus und kamen schnell voran. Zum Glück war diese sternenklare Sommernacht nicht so dunkel, als dass sie Gefahr liefen, Hindernisse zu übersehen. Nach einer Zeit konnten sie den Weg und die Umrisse von Zäunen, Büschen oder Felsbrocken mühelos erkennen.

»Jetzt, wo du davon gesprochen hast, erinnere ich mich«, meinte Wilhelm nach einer Weile. »Aber ich habe den Pfad schon seit Jahren nicht benutzt. Was soll ich hier im Hügel herumkraxeln, solange ich kein Heu mähen oder die Geißen auf die Weiden bringen muss? Nein, danke, freiwillig mach ich so was nicht.«

Und das fand Franziska auch besser so. Kaum dass sie den Römerturm erwähnt hatte, fiel ihr siedend heiß ein, dass Wilhelm von ihrem Klassenzimmer dort nichts wusste und schon gar nichts wissen durfte. Was, wenn er neugierig wurde und nachsehen wollte, was sich nach all den Jahren, die er nicht dort gewesen war, im Turm befand?

Und prompt blieb er stehen, als sie sich nach einer guten halben Stunde auf den Turm zubewegten, den Pfad, den auch die meisten Kinder nahmen, wenn sie zum Unterricht kamen.

Er legte den Kopf in den Nacken und betrachtete die steinerne Silhouette. »Warum nutzen wir den eigentlich nicht als Heulager? Würde mich interessieren, was drin ist.«

»Was wird da schon sein? Mäusedreck, Spinnweben.« Franziska merkte, dass sie etwas zu hastig sprach, denn Wilhelm wandte sich ihr zu.

»Hm?«

Sie rieb sich über die nackten Arme und tat, als würde sie frösteln. Dabei war die Nachtluft immer noch mild, und die Bewegung hatte sie warm gehalten. »Ich möchte jetzt so schnell wie möglich nach Hause.«

»Du hast schon recht.«

Sie gingen auf den Turm zu und an seinem Eingang vorbei. Die Tür war sorgfältig verriegelt und die Fenster scheinbar von innen vernagelt. In Wahrheit hatte Hinteregger ein paar Holzplatten angefertigt, die sich mit wenigen Handgriffen abnehmen ließen, wenn Franziska unterrichtete. Eines der Kinder bekam immer eine Seite Schreib- oder Rechenaufgaben und musste auf die Plattform nach oben klettern und dort Ausschau halten, um sie zu warnen, falls jemand den Waalstieg entlangkam – was alle paar Wochen geschah – oder gar den Pfad durch das Unterholz entlangkraxelte – was noch nie vorgekommen war.

Doch die Tür weckte Wilhelms Neugier. Er trat heran und ruckelte daran. »Verschlossen. Hat dein Vater die anbringen lassen?«

»Ja, ist aber schon eine Weile her«, log sie spontan. »Er wollte hier Holz und Vorräte lagern, hat sich aber dagegen entschieden, weil es auf dem Pfad durch den Hain so schwierig ist, größere Dinge hin und her zu transportieren.«

»Wie seltsam, davon habe ich gar nichts mitbekommen.«

»Vermutlich, weil er es sofort wieder verworfen hat. Die Tür hat ihm der Hinteregger gemacht, da haben die beiden sich noch etwas besser verstanden. Inzwischen reden sie ja nicht einmal mehr miteinander.« Wenigstens das war nicht gelogen.

»Dann ist es eine ganze Weile her«, stimmte Wilhelm zu. Er bewegte sich immer noch keinen Schritt von der Tür weg.

»Hattest du Tata nicht versprochen, um Mitternacht wieder zu Hause zu sein?«

»Stimmt. Wie spät mag es sein?«

»Keine Ahnung, aber es müsste gut auf zwölf Uhr zugehen. Tata ist in letzter Zeit häufig nachts wach und geistert durchs Haus. Es würde mich nicht wundern, wenn er dich gerade heute kontrolliert.«

Es war zu dunkel, um seine Miene zu sehen, aber an seinen fahrigen Bewegungen glaubte sie zu erkennen, dass er bei dem Gedanken nervös wurde. Das war besser so, das brachte ihn hoffentlich jetzt weg von hier.

Wilhelm hielt noch immer den Blick auf die verschlossene Tür gerichtet. Erst nach einer gefühlten Ewigkeit, die in Wahrheit nur wenige Sekunden ausgemacht hatte, wandte er sich ab und ging am Turm vorbei Richtung Waalstieg.

Erleichtert folgte Franziska ihm.

»Wie kommst du in dein Zimmer, ohne dass er etwas bemerkt?«, fragte er.

»Werden wir dann sehen. Mir fällt schon etwas ein.« Gerade in den Sommernächten schlief sie wenig, war früh wach. Dann ging sie die Ziegen melken oder die Hühner füttern. Es würde ihren Vater kaum wundern, wenn sie des Nachts einander begegneten. Wichtig war allein, dass er nicht mitbekam, dass sie *noch* wach war und nicht *schon*. Und in wessen Gesellschaft sie gerade durch die Gegend stapfte, das würde er ganz bestimmt nicht gutheißen, so sehr er seinen Knecht auch schätzte.

Franziska nahm sich einen Moment und betrachtete ungeniert Wilhelms breite Schultern, die sich im Takt seiner Schritte bewegten. Die Lederhose, die sich eng um seinen Hintern und die kräftigen Oberschenkel schmiegte. Er war gut gebaut, vor allem für sein Alter. Warum hatte er mit über dreißig eigentlich noch nicht geheiratet? Gab er sich überhaupt mit Frauen ab? Sie konnte sich nicht erinnern, dass er Rosemarie oder den Tagelöhnerinnen, die zur Ernte auf den Hof kamen, mehr als freundliches Interesse entgegengebracht hatte. Aber was wusste sie schon von Wilhelm Leidingers Leben?

Und weshalb dachte sie überhaupt großartig darüber nach?

5
Neugier

Ächzend richtete Wilhelm sich auf, stützte sich auf den Stiel seiner Harke und wischte sich den Schweiß von der Stirn. Sicherlich zum zehnten Mal krempelte er die Arme seines Hemds auf, das längst mehr graubraun als weiß war. Die Hitze war in diesem Jahr wirklich kaum zu ertragen. Dazu klebte der Schmutz inzwischen in jeder Hautpore, und überall stachen Halme. Zu gern würde er wie die anderen sein Hemd ausziehen und mit nacktem Oberkörper arbeiten, doch er wusste, dass er das bitter bereuen würde. Es brauchte nur wenige Stunden, und er sah aus wie ein gebratener Hummer. Der Fluch seiner Vorfahren, die irgendwo aus dem Norden stammen mussten. Wenn es danach ginge, sollte er vermutlich besser nach Schweden auswandern.

Zu viel hielt ihn hier in dieser Gegend, die ihm in den letzten Jahren zur Heimat geworden war. Schwungvoll holte er mit der Harke aus und fuhr damit fort, das Heu Richtung der Harpfen zu kehren, auf denen es zum Trocknen aufgeschichtet wurde. Er hatte erst drei-, viermal ausgeholt, als wie aus dem Nichts Johanna mit einem Korb vor ihm stand und eine Glasflasche in die Höhe hielt. »Hast du noch Wasser?«

»Nein. Danke!« Er nahm die Flasche entgegen und trank durstig. »Wo ist deine Schwester?«

»Sie bleibt im Haus, Tante Teresa hat ihr aufgetragen, einige Hemden für Andreas zu flicken, damit er sie mit nach Amerika nehmen kann.«

»Was er vermutlich nicht tun wird.«

Andreas arbeitete sich einige Meter hangabwärts in die gleiche Richtung über die Wiese. Er war viel langsamer als Wilhelm, schien nicht recht bei der Sache zu sein. Selbst Leopold war auf seiner Strecke unterhalb seines Bruders schon weiter.

»Kann ich sonst noch irgendwas für dich tun?« Johanna verstaute die leere Flasche wieder in dem Korb.

»Du bist nicht zufällig eine Wetterhexe? Etwas weniger Hitze wäre gut.«

Johanna lachte. »Tut mir leid, nein.« Dann warf sie einen scheuen Blick Richtung Leopold. »Ach was, eigentlich bedauere ich das nicht. Ich hätte nämlich Angst, dass der dann dafür sorgt, dass ich auf dem Scheiterhaufen lande.«

»Halt, so habe ich das gar nicht gemeint, dass ...«

»Schon gut, ich habe das schon richtig verstanden. Mach dir keine Gedanken.«

Wilhelm seufzte. »Aber recht hast du. Ich traue ihm auch keinen Meter über den Weg.« Und Johanna erstaunte ihn immer wieder, weil sie solche Dinge trotz ihres Alters so gut auf den Punkt brachte.

»Stimmt es, dass er bei den Herz-Jesu-Feuern ein paar Burschen an die Carabinieri verraten hat?«

»Keine Ahnung. Es ist nur ein Gerücht.«

Leopold hatte das vehement bestritten, als Andreas ihn in Wilhelms und Franziskas Beisein mit den Vorwürfen konfrontiert hatte, aber sie alle drei hatten wenig Zweifel.

Johanna winkte ein letztes Mal und zog weiter hangaufwärts, wo die Magd Rosemarie, Franziska und ihr Vater auf einer zweiten Wiese jenseits des Waalstiegs arbeiteten. Wenn sie sich ranhielten, war die Heuernte bis heute Abend erledigt.

Wilhelm arbeitete weiter und beobachtete dabei das ungleiche Brüderpaar. Ihm graute vor dem Tag, an dem Andreas den Hof verlassen würde. Wenn er könnte, würde er ihn abhalten. Sie waren nicht einfach nur Freunde, die gemeinsame Zeit in den Schützengräben an der Front hatte sie zu Seelenverwandten gemacht – so hatte es Wilhelm zumindest empfunden. Er war diesem Freund in die Fremde gefolgt, als der Krieg vorüber war, hatte sich auf dessen Hof eine neue Heimat geschaffen. Den Leidinger Hof bei Füssen gab es nicht mehr, er war samt seinen Eltern und den beiden Schwestern einer marodierenden Bande von französischen Soldaten in die Hände gefallen und bis auf die Grundmauern abgebrannt. Die Familie und das bisschen Vieh hatten sie getötet. Der Anblick der verkohlten Überreste während eines Fronturlaubs war ihm bis heute im Gedächtnis geblieben. Er war schlimmer gewesen als alles, was er im Krieg je erlebt hatte. Weil er sich natürlich auch fragte, was die Soldaten seinen Eltern, seinen beiden Schwestern angetan hatten. Weil er nichts dagegen hatte tun können. Mit der Zeit redete er sich ein, dass die Unwissenheit eine Gnade war. Es funktionierte mal mehr oder weniger gut. Es war eher die Zeit, die die Erinnerung allmählich gnädig verblassen ließ.

Die Zeit und dieses Gefühl, einen kleinen Ersatz gefunden zu haben, einen Bruder, den er nie hatte, und in den jungen Frauen, die ihn an seine Schwestern erinnerten, so wie sie gewesen waren, bevor er in den Krieg zog.

Er arbeitete weiter und ließ dabei seinen Gedanken freien Lauf. Es stimmte schon, Franziska war siebzehn gewesen, als er auf dem Hof einzog, im selben Alter wie seine jüngere Schwester Magda, als er an die Front einberufen wurde. Aber die Jahre waren ins Land gezogen. Er müsste lügen, wenn er das, was er gegenüber der Tochter seines Dienstherrn empfand, noch immer als geschwisterlich bezeichnen würde. Was an sich nicht verwerflich war – und letzten Endes keinen Unterschied machte. Denn er konnte sich als einfacher Knecht kaum Hoffnung darauf machen, das Herz des gebildeten Fräulein Bruggmoser zu erobern. Was hatte er ihr schon zu bieten? Ludwig Bruggmoser zahlte anständig, reich würde er mit seinem Lohn allerdings nie werden. So gebildet war er auch nicht, hatte lediglich ein paar politische Ansichten, die manche Leute als subversiv bezeichnen würden, falls sie davon erfuhren. In diesen Zeiten war es besser, sich diesbezüglich nicht zu vielen anzuvertrauen.

Wilhelm erreichte die Harpfe und schichtete das Heu auf die hölzernen Querstreben. Noch einmal zurück über die Wiese und das Heu zusammengekehrt, dann hatte er es für heute geschafft. Leopold hatte inzwischen den äußersten Rand der Wiese erreicht, Andreas hinkte immer weiter hinterher.

Wilhelm gönnte sich einen kurzen Moment Pause und überlegte, ob er ihm erst helfen sollte. Er entschied sich dagegen. Er war nicht gut auf seinen Freund zu sprechen, vor allem, da er es nicht lassen konnte, immer wieder zu einer Erklärung anzusetzen, warum er unbedingt nach Amerika wollte. Wilhelm konnte es nicht mehr mit anhören. Es gab keinen vernünftigen Grund.

Er ließ den Blick in die Ferne schweifen, dorthin, wo der tiefste Punkt des Tals zu ahnen war. Dort floss die Etsch gen Süden, vom Schicksal der Menschen unberührt.

Was sollte er bloß tun, wenn Andreas fort war? Er verstand sich mit dem alten Bruggmoser, aber das war dann auch alles. Spätestens dann, wenn Leopold sein Erbe antrat, und lange konnte das nicht mehr dauern, würde er fortgehen müssen. Er seufzte tief. Vielleicht sollte er versuchen, in einer der Fabriken in Wien Arbeit zu finden. Wien wurde sozialistisch regiert, dort konnte er sich immerhin zu seiner politischen Gesinnung bekennen.

Er trottete die Wiese entlang. Die Harke zog er hinter sich her.

»Na klar«, murmelte er halblaut bei sich. »Dann wirst du Gewerkschaftsvorsitzender und verdienst genug Geld, um die Franni zu heiraten. Sie kann endlich als Lehrerin unterrichten, denn in Wien sprechen sie Deutsch. Und sie wird dich lieben bis an dein Lebensende.« Er spuckte aus. »Geh, träum weiter Leidinger. Vorher gehst du kaputt in der Fabrik zwischen Stahl und Öl.« Er sog den Duft des frisch gemähten Heus ein. In der Stadt leben, ohne Wiesen und Kräuter, ohne den Blick in ein weites Tal und Berge, ohne Viecher? Ja, er war verliebt in Franziska, aber für sie all das aufgeben, was ihn ausmachte?

Sie würde das auch nicht wollen, oder? Danach, dass sie dem Leben in der Stadt den Vorzug gab, klang sie nicht.

Er seufzte abermals. Konnte auch sein, dass sie nichts lieber täte, als in Wien zu leben. Letzten Endes war es vollkommen egal. Wilhelm Leidinger, das war keine passende Partie für Franziska Bruggmoser, jetzt Ponte.

* * *

Gut eine Stunde später wuchtete Andreas die letzte Fuhre Heu auf die Harpfe. »Feierabend für heute!«

Wilhelm ließ erschöpft die Harke sinken. »Du hast gut reden. Wer melkt die Ziegen?« Er sehnte sich nach einer Dusche oder wenigstens einem Eimer Wasser. Jede einzelne Faser klebte ihm am Leib, und er hatte trotz seines Huts und eines zusätzlichen Tuchs im Nacken Kopfschmerzen von der Sonne.

»Das haben wir schon gemacht«, erklang es hinter ihnen. Johanna, dieses Mal mit Josepha im Schlepptau, kam oberhalb der Wiese auf dem Waalstieg entlang. Wie zuvor mit einem Korb beladen, in dem es leise klirrte. Wie auf Kommando kraxelten Wilhelm und Andreas ihnen entgegen.

»Ist das eine Brotzeit?« Andreas reckte den Hals und langte nach dem Tuch über dem Korb.

Lachend zog Johanna ihm erst den Korb unter der Nase weg und lupfte dann selbst das Tuch. »Brot, Butter, Schinken und Käse, außerdem Radieschen. Milch, eine Isolierkanne mit Kaffee und Wasser. Wir könnten das hier essen, wenn ihr wollt.«

»Kaffee? Ich fasse es nicht. Wo kommt der denn her?« Mit einem Griff hatte Andreas das Tuch genommen und am Wegesrand im Schatten eines Baumes ausgebreitet.

»Zichorienkaffee«, korrigierte Johanna. Sie und Josepha packten Schneidbretter, Messer und Keramikbecher aus.

Wilhelm verzog angewidert den Mund. Seit er bei seinem letzten Ausflug nach Meran echten Bohnenkaffee kosten durfte, wollte er von einem dieser Ersatzprodukte nichts mehr wissen. Er würde sich an Wasser halten.

»Habt ihr auch was Stärkeres dabei?« Leopold hatte inzwischen seine Arbeit an der Harpfe am unteren Ende der Wiese beendet und war heraufgekommen.

»Nein, tut mir leid. Kein Wein, kein Schnaps.« Johannas Stimme klang kühler.

Wilhelm konnte es ihr nicht verdenken. Leopold hatte einen selten guten Tag gehabt, geschuftet wie alle und ordentlich etwas weggeschafft. Aber jetzt aus der Nähe war ihm anzusehen, wie sein vom Alkohol geschwächter Körper der Anstrengung Tribut zollte. Sein Gesicht war knallrot angelaufen, die Haut auf dem Nasenrücken und über den Wangenknochen aufgeplatzt. Er stank erbärmlich ungewaschen und nach altem Schweiß, und der Schmutz auf seiner Haut sah aus, als würde er sich nicht mehr wegwaschen lassen. Verstohlen rieb Wilhelm sich über seine eigenen Handrücken. Zu seiner Erleichterung krümelte der Staub weg, und zurück blieben hellere Flecken. Während die anderen sich setzten, nahm er eine Wasserflasche, ging einige Schritte zur Seite und wusch sich die Hände. Andreas bemerkte es und tat es ihm nach. Währenddessen beobachteten sie, wie Johanna es schaffte, Leopold die Lebensmittel unter der Nase wegzuziehen, und ihm stattdessen mundgerechte Stücke reichte. Andreas warf Wilhelm einen vielsagenden Blick zu. Sie beide grinsten sich hilflos an. Leopold ließ sich das gefallen, glaubte vermutlich, Johanna mochte es, ihn zu bedienen. Doch das umsichtige Mädchen wollte nur Schinken und Käse vor seinen dreckigen Griffeln schützen.

»Vielen Dank, Johanna«, sagte Wilhelm und setzte sich möglichst weit weg von Leopold. Sie schaute ihn verdutzt an und lächelte dann schüchtern. Sie schob ihm und Andreas das Brett zu, und sie bedienten sich selbst.

Kauend reckte Wilhelm seine müden Beine und ließ den Blick die Wiese entlangschweifen. In all den Jahren zuvor waren sie nicht so lange mit der Heuernte beschäftigt gewesen wie in diesem Jahr. Normalerweise halfen die Bauern sich gegenseitig. Doch was sich am Tag der Herz-Jesu-Feuer bereits angedeutet hatte, war eingetreten, niemand half Luigi Ponte. Nicht, dass diese es offen zugaben. Die eine Ausrede ergab die andere. Aber der wahre Grund war immer derselbe, der Bruggmoser und sein ältester Sohn kollaborierten mit den Italienern. Selbst schuld.

Wilhelm biss vom Käse ab und genoss den salzig würzigen Geschmack, der sich beim Kauen in seinem Mund ausbreitete. Als er sich ein wenig zur Seite lehnte, um eine bequemere Position zu finden, spürte er das knorrige Stück Ast, das er beim Kehren auf der Wiese gefunden hatte. Er zog es aus der Hosentasche.

»Josepha, komm mal her.«

Das Mädchen riss die Augen weit auf und rührte sich nicht. Wilhelm lächelte freundlich und winkte. Erst als Johanna ihrer Schwester einen sanften Stoß gab, wagte sie es, zu ihm zu kommen und sich neben ihn zu setzen.

Er achtete darauf, dass er eine gute Handbreit Abstand zu ihr hielt. In der Vergangenheit hatte er häufiger bemerkt, dass sie sich noch weiter in sich zurückzog, sobald er ihr zu nahe kam. »Hier, schau dir das an.«

Er hielt ihr den Ast hin. Ein trockenes, verknotetes Stück Holz, das so lange dort auf der Wiese gelegen haben musste, bis die Sonne es silbrig gebleicht hatte. Josepha nahm es so vorsichtig, als handele es sich um ein frisch geschlüpftes Küken. Es war nicht viel größer als ihre Handfläche. Sie drehte es hin und her, bis die beiden schmaleren Enden nach unten zeigten. Schlagartig leuchtete ihr Gesicht auf.

»Erkennst du, was es ist?«

»Esel«, hauchte Josepha. »Wie ein Esel.«

Wilhelm traute seinen Ohren kaum. Es war das erste Mal, dass er Josepha sprechen hörte. Es machte ihn glücklich.

»Genau, das finde ich auch. Hübsch, oder?«

Sie hielt das Holzstück dort, wo der Rücken des Tieres war, und streifte mit der Fingerkuppe über zwei hervorstehende Enden, die die langen Ohren darstellten. Dann tat sie, als trabe sie mit dem Esel über ihre Handfläche.

»Behalt ihn. Ich schenke ihn dir. Wie soll er heißen?«

»Sepp.«

Sie beugte sich vor und ließ den Esel bis zum Rand des Lakens traben. Dort naschte er ein wenig Gras, hoppelte dann zurück die Hand hinauf und verkroch sich im weiten Ärmel von Josephas Kleid.

Wilhelm bemerkte den abfälligen Blick, mit dem Leopold das Spiel des Kindes beobachtete. Dieser Mann war einfach unerträglich. Sicher, immer wieder erklärte Wilhelm sich und anderen, dass das die Erlebnisse im Krieg gewesen sein mussten. Er konnte sich ja selbst nicht erklären, wie er die grauenhaften Momente an der Front hatte ertragen können – denn nein, vergessen konnte sie niemand, der sie erlebt hatte. Und zu versuchen, sie sich aus dem Gedächtnis zu saufen, war auch keine Lösung. Aber genau deshalb brauchte Josepha Zuspruch. Wenn der Krieg ein solches Wrack aus einem Mann machen konnte, wie ging es dann einem kleinen Mädchen? Ihre Mutter Sara Pocol, so viel wusste Wilhelm, musste bei Nacht und Nebel Mitte 1915 aus dem Fassatal fliehen, ihr Mann und zwei Söhne längst an der Ostfront gefallen. Drei Jahre war sie mit den beiden Mädchen auf der Flucht, bevor sie der Spanischen Grippe erlag. Danach kamen die siebenjährigen Zwillinge über das Italienische Rote Kreuz zu den Bruggmosers. Niemand konnte sich so recht erklären, warum Sara Pocol nicht selbst nach Meran gekommen und um Asyl gebeten hatte. Sie war zwar gar keine direkte Verwandte und Johanna und Josepha keine Cousinen, aber Wilhelm hatte keine Zweifel, dass die Bruggmosers sie alle aufgenommen hätte. Doch die Mutter war tot, ihre Beweggründe würden für immer ungeklärt bleiben.

»Wo sind Tata und der Rest?«, fragte Andreas Johanna.

»Sie sind schon nach Hause, waren mit der Weide oben etwas früher fertig. Es war Franziskas Idee gewesen, euch eine Brotzeit zu bringen.«

»Warum ist sie nicht mitgekommen? Meine Schwester liebt Picknicks.«

»Das musst du sie schon selbst fragen.« Johanna zog die Schultern hoch und sammelte die leer getrunkenen Kaffeebecher ein. »Ich muss auch gleich wieder los.«

Wilhelm wartete auf eine Erklärung, aber es kam keine. Er fragte nicht, das ging ihn schließlich nichts an. Er reichte ihr seine leere Wasserflasche, erhob sich, klopfte sich das trockene Gras von der Lederhose und zupfte sich das klebende Hemd vom Rücken. Ihm war nicht mehr ganz so warm. Er freute sich immer noch auf eine kalte Dusche, aber die konnte auch noch etwas warten. Ihm war etwas eingefallen.

»Ich laufe noch ein Stück den Waalstieg entlang und komme später nach.«

»Was denn?« Andreas schaute verdutzt. »Hast du etwa noch nicht genug Bewegung gehabt?«

Wilhelm steckte die Hände in die Hosentaschen.

Andreas winkte ab. »Na, hau schon ab. Verlauf dich nicht.«

Wilhelm verabschiedete sich und schlenderte davon. Er wollte einfach noch einige Minuten allein sein und sich den Römerturm ansehen. Die verschlossene Tür hatte seine Neugier geweckt, aber durch die ganze Arbeit in den letzten Tagen war er verhindert, sodass er dieser bisher nicht nachgeben konnte. Jetzt war ein guter Zeitpunkt. An dem Turm war ihm etwas merkwürdig vorgekommen, auch wenn er im Nachhinein nicht mehr sagen konnte, was. Dazu hatte Franziskas ungewohnte Nähe – und nicht zu vergessen der Wein vom Abend am Feuer – seinen Verstand vernebelt.

Nach einigen Hundert Metern bog er zwischen die Bäume ab. In der Zeit, in der er auf den Bruggmoser Hof gekommen war, wurde der Turm als Lager für alles Mögliche genutzt, doch im Laufe der Jahre wurde es zu mühselig, den überwucherten Pfad immer wieder aufs Neue freizuschneiden. So hatte er auch jetzt Mühe, den kaum sichtbaren Weg durch das Unterholz zu finden. Einige geknickte Äste und platt getretener Farn verrieten ihm, dass hier jemand vor kurzer Zeit entlanggekommen war – mindestens er und Franziska in jener Nacht.

Endlich stand er vor dem Turm. Flüchtig betrachtet schien alles wie immer. Die Fensternischen waren verbrettert, die Tür verschlossen. Sie war eindeutig neu und nicht, wie er sie in Erinnerung hatte. Wenn das stimmte, was Franziska sagte und der Hinteregger sie schon vor längerer Zeit ersetzt hatte, dann müsste er sie doch kennen.

Er trat heran, rüttelte. Dann tastete er oberhalb des Türsturzes in den Mauerritzen herum, fand aber nichts außer Dreck und kleinen Steinchen. Nachdenklich betrachtete er die solide Tür. Wie kam es, dass jemand – Ludwig Bruggmoser? – die Tür hier neuerdings verschlossen hielt? Zuletzt hatte hier Holz vor sich hin geschimmelt, das musste doch nicht weggeschlossen werden.

Er näherte sich einem der Fenster. Von außen waren sie mit einem Eisengitter versehen, das vor sich hin rostete. Dahinter schützten Bretter das Innere vor neugierigen Blicken. Wilhelm streckte seine Hand zwischen den Gitterstäben durch und drückte vor die Holzwand. Ein dumpfes Geräusch war die Antwort. Mit einem letzten Ruck klappte eine provisorische Holzlade weg und fiel in den Raum. Statt des erwarteten Modergeruchs schlug Wilhelm ein frischer Duft nach Putzmittel entgegen. Staubkörner tanzten im einfallenden Sonnenlicht.

Er brauchte einige Sekunden, bis seine Augen sich an das Dämmerlicht gewöhnt hatten. Fassungslos blickte er schließlich auf gut ein halbes Dutzend Pulte in Reih und Glied, darauf Bücher und Schiefertafeln. An der gegenüberliegenden Wand glaubte er, eine Tafel zu erkennen, oder zumindest eine glatte Steinfläche, auf der mit Kreide einzelne Wörter geschrieben standen: *Ich gehe – du gehst – er geht* und so weiter.

Was war das, ein Klassenraum?

Wilhelm biss sich auf die Unterlippe, drehte sich hastig einmal um die eigene Achse und versicherte sich, dass ihn niemand beobachtete. Er schien allein zu sein.

Plötzlich fiel so einiges an seinen Platz und ergab Sinn. Franziskas regelmäßige Abwesenheit, in der sie angeblich in einem Büro bei einem Kaufmann in Lana arbeitete und sich kaum darauf einließ, etwas darüber zu erzählen. Josephas Hände, die früher immer aufgeplatzt und kaputt, im Laufe der letzten Monate endlich verheilt waren. Wilhelm hatte sich stets innerlich gekrümmt, wenn er beobachtet hatte, wie das stille Mädchen an den blutigen Fingern saugte. Er hatte als Junge auch oft den Rohrstock zu spüren bekommen, doch fairerweise musste er seinen Lehrern zugestehen, dass es meistens berechtigt war, denn er war als Kind aufsässig gewesen und hatte zu Widerspruch geneigt. Ein Verhalten, das ihm erst der Militärdienst gründlich ausgetrieben hatte. Bei Josepha schien dagegen das Schweigen ihren Lehrer zu provozieren, und Wilhelm war froh, dass es endlich vorbei war.

Weil Franziska sie nämlich jetzt unterrichtete.

Denn nur so konnte es sein, oder? Wer sonst sollte hier an diesem abgelegenen Fleck einen Klassenraum einrichten? Wer wusste außerhalb der Familie großartig vom Turm? Er war vom Waalstieg aus nicht einmal gut zu sehen, und vom Pfad, der von oberhalb zu ihm führte, erst recht nicht. Der Pfad, den er und Franziska erst vor wenigen Tagen entlanggekommen waren.

Wilhelm lachte laut auf und trat einige Schritte vom Fenster weg. Wie nervös Franziska gewesen war. Er hatte gedacht, das sei wegen der Prügelei, der Carabinieri oder der Gefahr, von ihrem Vater erwischt zu werden – und nicht zuletzt, weil sie mit dem Knecht der Familie allein in der Dunkelheit herumgestolpert war. Aber nichts davon entsprach der Wahrheit. Und wenn er es recht bedachte, dann war sie sogar erst in der Nähe des Turms unruhig geworden, als er sich hier hatte umsehen wollen.

War das zu glauben? So viel Mut hätte er Franziska niemals zugetraut. Seine Hochachtung vor ihr wuchs. Es musste sie einiges an Zeit und Nerven kosten, dieses Geheimnis zu bewahren. Und es wurde immer gefährlicher. Wilhelm hatte gerade in diesem Sommer zu oft davon gehört, dass Freunde oder Bekannte wegen irgendwelcher Nichtigkeiten oder sogar falscher Beschuldigungen verhaftet worden waren. Das hier war ganz und gar nicht harmlos. Die italienischen Behörden gingen immer radikaler gegen Menschen vor, die deutsche Traditionen pflegten. Angeblich war es schon zu viel, sich in der Öffentlichkeit auf Deutsch zu unterhalten. Das mochte nur ein Gerücht sein, aber Wilhelm war nicht scharf darauf, es auszuprobieren.

Wie lange er noch vor dem Turm gestanden und darüber nachgedacht hatte, wusste er nicht. Er hatte jegliches Zeitgefühl verloren, es war noch immer warm und hell, ein langer Sommerabend.

Wilhelm verabschiedete sich nur ungern von diesem Ort, der ihm jetzt warm und friedlich vorkam, an dem er sich Franziska und ihrem Mut, ihrer heimlichen Leidenschaft nahe fühlte. Was natürlich völliger Blödsinn war, wie er sich selbst schalt. Aber dennoch, selbst wenn er sich dazu zwang, diese gefühlsduseligen Gedanken in Zaum zu halten, war es ein Ort, an dem gelernt, Wissen vermittelt wurde. Und damit war es auf jeden Fall ein guter Ort, Punktum.

Kurz versuchte er, mit der Hand durch das Fenster nach der Holzlade zu angeln, um sie wieder vor die Öffnung zu ziehen, doch er konnte sie nicht erreichen. Morgen Vormittag müsste Franziska wieder herkommen, zumindest wäre morgen ihr »Bürotag«. Hoffentlich sorgte sie sich nicht allzu sehr, so eine Lade konnte ja durchaus einmal nachlässig befestigt sein und herunterfallen, oder nicht?

Wer in der Familie wusste davon? Die Zwillinge, das war klar, aber weder Ludwig Bruggmoser noch Leopold. Zu Rosemarie hatte Franziska kaum Kontakt. Ihre Mutter? Vielleicht. Andreas?

Er würde jedenfalls niemanden darauf ansprechen. Dieses Geheimnis musste sorgfältig gewahrt bleiben. Er würde keinem Menschen etwas davon erzählen. Die einzige Person, die mit ziemlicher Sicherheit eingeweiht war, würde Leah Taube sein. Lächelnd wandte Wilhelm sich ab und ging den Pfad zurück zum Waalstieg. Ja, Leah war die Hüterin so manches Geheimnisses. Und wenn jemand schweigen konnte, dann sie.

6
Abschied

Wehmütig beobachtete Franziska, wie sich Andreas an der Haustür von seiner Mutter verabschiedete, sogar mit einer ungewöhnlich liebevollen Umarmung. Ludwig Bruggmoser hatte sich längst unter dem schwachen Vorwand, im Stall arbeiten zu müssen, davongemacht. Gerade versuchte Andreas zum wiederholten Male, seine Mutter zu trösten, ihr zu erklären, dass er nach einem Jahr zurückkehren würde.

Franziska hatte das Haus bereits verlassen und wartete auf dem Vorplatz im hellen Sonnenschein. Vergeblich versuchte sie, nicht auf die Worte ihres Bruders zu achten. Das waren Lügen, nichts als leere Versprechungen, die die Familie davon abhalten sollten, gegen Andreas' Entscheidung zu protestieren. Was konnten sie denn auch schon groß dagegen sagen? Er war großjährig, er hatte das Recht, eigene Entscheidungen zu treffen. Er war weder einer Frau versprochen, noch hatte er irgendwelche Verpflichtungen. Leopold, so untauglich er war, würde den Hof erben. Dass ihr jüngerer Bruder sich nicht in die Knechtschaft des Älteren begeben wollte, das konnte Franziska von allen Gründen noch am besten nachvollziehen. Seinen Wunsch, mit dem Schiff über den Atlantik bis nach Amerika zu fahren, um dort zu schuften und neue Schiffe zu bauen, verstand sie dagegen überhaupt nicht. New York erschien ihr nach seinen Beschreibungen wie ein Monster aus Beton und Stahl. Ein Monster, das sich ihren Bruder einverleiben würde. Sie schluckte beklommen.

Dann hörte sie Schritte hinter sich und wandte sich um. Es war Wilhelm, den Hut in einer Hand, die andere in seinen Haaren vergraben. Er blieb verlegen eine Armlänge vor Franziska stehen.

Sie lächelte ihm entschuldigend zu. »Ich weiß. Der Zug.«

»Wir sollten uns sputen, wenn er den noch erwischen will.«

Viel lieber hätte Franziska dafür gesorgt, dass Andreas so lange trödelte, bis er den Zug verpasste. Aber was nutzte das großartig? Dann würde er den nächsten nehmen. Oder den übernächsten. Sein Schiff ging erst in vier Tagen ab Bremerhaven. Mehr als Zeit genug für die Anreise, da kam es auf ein paar Stunden mehr oder weniger nicht an.

»Anderl? Wir wollen los!«, rief sie ihm schließlich doch zu. Ihr Bruder mochte Zeit haben, aber weder Wilhelm noch sie konnten es sich leisten, hier den ganzen Tag herumzustehen. Sie musste zu den Taubes, um ein Paket mit Büchern abzuholen.

»Ich komme schon.« Sanft entzog er sich dem Griff seiner Mutter, die schon wieder kurz davor zu sein schien, in Tränen auszubrechen. Sie murmelte etwas davon, nun auch den letzten Sohn zu verlieren. Franziska konnte es ihr nicht verdenken. Ihre Mutter machte sich nichts vor, indem sie den Worten ihres Sohnes glaubte, er würde zurückkehren.

Sie wandte sich ab und ging zu Wilhelm, der sich gerade auf den Kutschbock des Leiterwagens geschwungen hatte. Die beiden Haflinger standen stoisch in der spätsommerlichen Hitze, nickten gelegentlich mit den Köpfen und schlugen mit den Schweifen, um die Fliegen zu vertreiben.

»Na, gnädiges Fräulein? Wie schaut's aus?« Wilhelm klopfte einladend auf den leeren Platz neben sich.

Franziska zögerte. Das war sicherlich bequemer, aber sie wollte nicht so nah bei ihm sitzen. Er war ihr in den letzten Monaten zunehmend unheimlich geworden. Warum, konnte sie gar nicht so genau sagen.

»Ach, was soll's? Kriegt der Anderl eben Rückenschmerzen, geschieht ihm recht.« Sie ignorierte die Hand, die Wilhelm ihr anbot, und schwang sich mit einem eleganten Satz auf den Kutschbock.

Es war ja keineswegs so, dass der Knecht sich in irgendeiner Weise ungebührlich benahm. Er verrichtete seine Arbeit, war fleißig und verbrachte seine freie Zeit weder damit, zu saufen, noch den Mägden hinterherzusteigen. Zumindest, soweit Franziska das wusste. Und sie wusste inzwischen eine Menge über die Gepflogenheiten auf den umliegenden Höfen und im Dorf. Seit sie einige der Kinder unterrichtete, hatten deren Eltern sie zu einer Art Beichtmutter auserkoren. Entweder war das normal, einer Dorflehrerin – als solche sah sie sich – davon zu erzählen, welcher Nachbar zu sehr fremden Röcken hinterherschaute oder die Abgabe im Heimatverein nicht zahlte, oder es lag daran, dass die anderen sie ganz besonders verschwiegen einstuften, weil sie im Geheimen unterrichtete. So oder so, sie verspürte kein Bedürfnis, von diesen kleinen schmutzigen Geschichten zu hören, und es würde ihr erst recht nicht einfallen, sie weiterzutratschen. Was nur dazu führte, dass ihr umso mehr anvertraut wurde, ob sie das nun wollte oder nicht.

Andreas trat an den Leiterwagen, schaute fragend zu Franziska auf und schwang sich dann mit einem ergebenen »Na gut, sitze ich eben hinten« auf die Ladefläche.

»Damit du deine letzte Fahrt gut im Gedächtnis, besser gesagt im Allerwertesten, behältst«, meinte Franziska gereizt, als Wilhelm mit einem Ruck anfuhr und Andreas unsanft gegen die Verstrebungen gedrückt wurde.

Sie winkten ihrer Mutter zu, die in der Haustür stehen blieb, bis sie außer Sicht waren. Vielleicht auch noch länger. Franziska würde es jedenfalls kaum wundern, wenn sie in einigen Stunden zurückkehrten und Teresa Bruggmoser immer noch am gleichen Fleck stünde. Es war schwierig. Je sonniger und heißer der Sommer wurde, umso niedergedrückter schien sie zu sein. Zurzeit war sie kaum in der Lage, ihre täglichen Aufgaben zu erfüllen. Zum Glück war auf die Magd Rosemarie Verlass, und auch Johanna und Josepha packten regelmäßig mit an.

Franziska drehte sich nach vorne, ignorierte ihren treulosen Bruder und ließ den Blick in die Ferne schweifen. Es war später Vormittag, und die Berge hoben sich als blaue Schatten vor dem wolkenlosen Himmel und den davorliegenden grünen Hügeln ab. Je weiter weg sie waren, desto verschwommener wurde ihre Farbe, bis sie schließlich, ganz weit in der Ferne, komplett mit dem Horizont verschmolzen. Als würde dort die Welt enden.

»Schön, oder?«, meinte Wilhelm leise neben ihr.

Franziska senkte verlegen den Kopf. Sie fühlte sich ertappt. Dabei konnte der Knecht nun wirklich nichts dafür.

Eine Weile waren das Hufgeklapper und das gleichmäßige Schnurren der Räder auf dem glatten Asphalt die einzigen Geräusche, während sie gemächlich unter den sattgrünen Kronen der Apfelbäume herfuhren. Die Äste hingen voller Früchte, die Ernte versprach gut zu werden. Hin und wieder schoss ein Vogel zwitschernd aus dem Blättergewirr hervor und verschwand in den Himmel. Franziska hätte nichts dagegen gehabt, wenn die Fahrt noch länger gedauert hätte. Doch irgendwann fuhren sie über die Etschbrücke und zwischen den immer dichter stehenden Häusern von Meran hindurch Richtung Bahnhof.

Vor dem Ankunftsgebäude hielt Wilhelm kurz an und ließ die Geschwister aussteigen, bevor er weiterfuhr. Er erklärte Franziska, auf dem Praderplatz auf sie zu warten in der Hoffnung, dort mit seinem Wagen stehen bleiben zu können, ohne dass er die Aufmerksamkeit der Carabinieri auf sich zog.

Andreas setzte seinen schweren Koffer ab. Ein Koffer, das war sein gesamtes Gepäck. Er hatte es nicht für nötig befunden, mehr als das, was dort hineinpasste, von seinem alten Leben mitzunehmen.

»Nun, also.« Er schaute auf die Bahnhofsuhr im Spitzgiebel über dem Gebäude.

Franziska schlang die Arme um ihren Oberkörper. Obwohl es warm war, fröstelte sie. Dennoch würde sie ihn jetzt nicht auf den Bahnsteig begleiten und ihm heulend hinterherwinken. Das hätte er wohl gern.

Oder auch, so wie sie ihn kannte, eher nicht. Vielleicht sollte sie es doch tun. Um ihn zu ärgern. Aber dann müsste sie vielleicht am Ende wirklich heulen. Und das wollte sie keinesfalls.

Sie ließ die Arme hängen. »Ja, also.«

»Auf Wiedersehen, Franni.« Er streckte die Hand aus.

Fassungslos starrte sie darauf.

Er hob die Hand auffordernd.

»Hast du nicht einmal jetzt eine Umarmung für mich übrig, du dreistes Stück Holz?«, entfuhr es ihr.

Seine Hand zuckte zurück.

Sie konnte ihm ansehen, wie er mit sich kämpfte, verzweifelt nach einer Möglichkeit suchte, sich angemessen zu verabschieden, ohne zu emotional zu werden. Franziska ertrug diese künstliche Distanz dagegen nicht länger. Resolut machte sie einen Schritt nach vorn, packte ihn bei den Schultern und zog ihn an sich. Sie spürte, wie er sich verkrampfte. Völlig unerwartet hob er die Arme und drückte sie an seine Brust. Einen Moment lang standen sie da, umklammerten einander innig.

Er atmete ihr warm ins Ohr. »Franni, ich ziehe nicht wieder in den Krieg, hörst du? In einem Jahr komme ich zurück.«

Sie lachte hilflos. »Dass du zurückkommst, kannst du Mutti erzählen. Weißt du was? Nicht einmal sie nimmt es für bare Münze, was du ihr erzählt hast, so gern sie es tun würde. Schreib uns wenigstens hin und wieder. Einen Brief pro Monat, erzähl uns, wie es dir geht und was du erlebst. Das ist nicht zu viel verlangt.«

»Ich verspreche es.«

»Versprich es nicht, versuche es. Das reicht mir. Finde dein Glück, Bruder.«

Er nickte stumm gegen ihren Hals, löste sich aus der Umarmung, nahm seinen Koffer und ging ohne ein weiteres Wort, ohne sich noch einmal umzusehen. Kurz bevor er das Bahnhofsgebäude betrat, wischte er sich mit der Hand durchs Gesicht. War sie ihm doch eine Träne wert? Oder war es nur der Schweiß, der ihn an den Schläfen gekitzelt hatte?

Franziska ballte die Hände zu Fäusten, presste die Lippen aufeinander, blinzelte trotzig, rang mit sich und gewann.

»Finde dein Glück, Bruder«, wiederholte sie flüsternd.

* * *

Sie fand Wilhelm wie vereinbart auf dem Praderplatz, wo er neben dem Wagen auf sie wartete und geistesabwesend den Pferden über die Nüstern streichelte.

»Hat er seinen Zug erreicht? Ist alles gut gegangen?«, fragte er höflich.

»Ja.«

Er zog die Augenbrauen hoch, schien ansetzen zu wollen, noch etwas zu sagen, überlegte es sich dann aber anders. Wie zuvor bot er ihr seine Hand an, als sie sich anschickte, auf den Kutschbock zu klettern. Dieses Mal ergriff sie sie. Dann zog er sich selbst hinauf auf seinen Platz und schnalzte. Das Gespann setzte sich gemächlich Richtung Innenstadt in Bewegung.

Zu beiden Seiten der Freiheitsstraße – nein, ermahnte sich Franziska innerlich, sie musste sich wirklich endlich daran gewöhnen: des *Corso della Libertà* – reihten sich prächtige Villen des Neoklassizismus und des Jugendstils aus dem ausgehenden neunzehnten Jahrhundert aneinander, die von Zerstörungen im Krieg zum Glück größtenteils verschont geblieben waren. Franziska mochte diese herrschaftlichen Häuser mit Türmen und Erkern und farblich abgesetzten Simsen. Junge Bäume säumten die Straße, irgendwann würden sie aus der Straße eine schattige Allee gemacht haben.

Franziska legte den Kopf in den Nacken und blinzelte in die Sonne. Bäume wuchsen langsam. Ob sie es noch erleben würde, hier in ihrem Schatten zu fahren? Mit einem von Pferden gezogenen Wagen? Gerade hier in der Innenstadt waren immer mehr Automobile unterwegs.

»Wir fallen mit unserem Gefährt ganz schön auf«, meinte sie laut.

Sofern Wilhelm sich wunderte, dass sie endlich ihre Sprache wiedergefunden hatte, ließ er sich das nicht anmerken. »Letzten Monat hat wieder ein Mietstall zugemacht«, erklärte er. »Das Geschäft lohnt sich nicht mehr, immer mehr Kutscher müssen sich andere Arbeit suchen. Viele Männer lenken ihre Autos lieber selbst. Wann hast du das letzte Mal eine Mietdroschke gesehen? Siehst du da vorne den schwarzen Wagen? Das ist ein Taxi. Es geht schnell, die Leute sitzen im Trockenen. Das sind die Vorteile der modernen Welt.«

»Genau das, wo es Anderl hinzieht.« Hier um sie herum war es doch offensichtlich: Der Fortschritt erreichte Meran vielleicht etwas später als New York, aber irgendwann würde er sogar hier ankommen. Warum musste er deswegen gehen, vor allem so weit weg? Hätte nicht eine europäische Stadt genügt? Überall stampften sie moderne Fabriken aus dem Boden, verarbeiteten Stahl zu technischen Wunderwerken, hauchten ihnen mit Elektrizität Leben ein. Eines Tages würden sie es bis zum Mond schaffen, da war sich Franziska sicher. Andreas hätte nach Wien gehen können, ins Deutsche Reich nach München oder Karlsruhe. Wenn es unbedingt sein musste, auch Berlin, London oder Paris. Aber nein, es musste gleich ein anderer Kontinent sein.

Sie spürte die Tränen wieder aufsteigen und bohrte sich die Fingernägel in die Handflächen, bis der Drang verging. Sie wollte sich diesem Trennungsschmerz einfach nicht hingeben, die Welt war zu bunt und zu schön, um über das Traurige nachzudenken. Sie brauchte sich doch nur umzusehen, die leuchtenden Sonnenblenden vor den Fenstern, die blühenden Rosenrabatten, der Blauregen an den Fassaden.

Sie setzte sich etwas gerader auf. »Es ist ja nicht alles daran schlecht. Ich weiß es zu schätzen, dass sie unseren Hof endlich elektrifiziert haben. Leahs Vater hat sich aus Berlin einen Röhrenempfänger schicken lassen. Das Gerät sendet Musik, einfach so.«

»Nicht nur das. Er kann damit Nachrichten aus Großbritannien, Frankreich und Amerika empfangen.«

»Wie bitte? Woher weißt du das?«

»Leah hat es mir erzählt. Als sie dich zuletzt abgeholt hat und sie warten musste. Wir haben uns unterhalten.«

»Verstehe.« Leah unterhielt sich mit Wilhelm über Rundfunk? Sie wusste ja, dass die beiden sich gut verstanden, schließlich alberten sie bei jeder Gelegenheit miteinander herum. Aber dass Leah ihm von solchen Dingen erzählte, hätte sie nicht erwartet. Sendungen aus Frankreich und Übersee? War das überhaupt erlaubt? Je länger sie darüber nachdachte, gehörte das Hören ausländischer Sender sicher zu Dingen, die ganz oben auf der Verbotsliste der Regierung standen.

Nicht, dass es Leah und ihren Vater großartig stören würde. Israel Taube gab sich gern intellektuell nonkonformistisch – seine Worte. Aber es war eine Sache, etwas »Subversives« zu tun – tat sie ja auch mit ihrem Unterricht –, und eine andere, es herumzuerzählen. Wilhelm Leidinger war nicht gerade die Person, die Franziska ins Vertrauen ziehen würde.

Sie hatten inzwischen das Stadtzentrum umfahren und hinter der landesfürstlichen Burg einen Platz gefunden, an dem Wilhelm den Wagen abstellen konnte. Während Franziska wartete, dass er einen kleinen Jungen damit beauftragte, auf die Pferde zu achten und sie in der Zwischenzeit zu tränken, fiel ihr auf, dass außer ihrem nur ein zweites Gespann dort parkte, eine elegante schwarze Kutsche, die zwischen all den Automobilen umso mehr wirkte, als hätten ihre Besitzer sich im Jahrhundert vertan. Der bäuerliche Leiterwagen dagegen fiel weniger auf, da auch Handkarren und einige wenige Haflinger darauf warteten, dass ihre Besitzer zurückkamen. Ein paar kleine Burschen passten gegen ein Trinkgeld auf die Pferde auf, die meisten lungerten herum und hofften auf Kundschaft. Auf Autos ließ es sich nicht so gut aufpassen, denn die schaffte so schnell niemand weg. War das jetzt gut oder schlecht?

Franziska wusste es nicht. Sie hätte nichts gegen Technik und Fortschritt, wenn beides ihr nicht den letzten lebenden Bruder geraubt hätte. Den Bruder, der noch Verstand besaß, und den sie liebte.

»Alles geregelt«, rief Wilhelm ihr zu und steckte ein paar überzählige Münzen in die Hosentasche. »Was denkst du? Wie lange brauchst du? Du wolltest zu Leah, richtig?«

»Ich treffe sie im Geschäft ihres Vaters. Zwei Stunden?«

»Einverstanden. Ich soll für deine Mutter Stoffe abholen, die sie in einem Geschäft an der Staatsstraße bestellt hat. Und dann fahre ich mit dem Wagen für deinen Vater Saatgut bei der Genossenschaft abholen. Wenn ich also nicht da sein sollte, wird es nicht lange dauern. Dann wartest du hier. Ist das in Ordnung?«

»Natürlich. Dann treffen wir uns gegen drei Uhr wieder hier. Bis gleich.«

Während Wilhelm den Weg zur Passer einschlug, die er über eine der Brücken zur Staatsstraße überqueren musste, ging Franziska in Richtung Lauben. Auf halbem Weg fiel ihr auf, dass sie ihre Geldbörse zu Hause vergessen hatte.

Sie blieb stehen, blickte sich Rat suchend um. Sie hatte noch eine Kleinigkeit als Geschenk für die Zwillinge kaufen wollen, ein Spielbrett mit Würfeln, von dem sie in der Zeitung gelesen hatte. Sie könnte sich bei Leah Geld leihen, aber der musste sie ja schon die Bücher bezahlen. Ob sie Wilhelm noch einholen konnte? Er musste für die Einkäufe Geld von ihrem Vater bekommen haben, da wäre es bestimmt kein Problem, sich davon etwas zu leihen.

Rasch lief sie zurück. Wilhelm müsste die Hallergasse entlang zur Passer genommen haben. Kurz hinter dem Domplatz mit dem Palais Mamming konnte sie die Straße gut einsehen. Ein groß gewachsener weißblonder Mann war jedoch weit und breit nicht zu sehen. War er so schnell gegangen?

Nun, es brachte sie nicht weiter, herumzustehen und die Straße entlangzustarren. Sicher hatte Wilhelm einen anderen Weg genommen. Oder er war doch zum Wagen zurückgekehrt und erst das Saatgut holen gefahren. Eigentlich ging sie das ja gar nichts an.

Franziska machte kehrt und lief die Hallergasse zurück, die sie geradewegs über den Domplatz zu den Lauben führen würde. An der Kreuzung zur Gasse, die zum Bozner Tor führte, warf sie einen zerstreuten Blick auf die Passanten.

Wie angewurzelt blieb sie stehen. Das war doch Wilhelm? Er bewegte sich zielstrebig Richtung Stadttor. Soweit Franziska das erkennen konnte, trug er keine Einkäufe bei sich. Wo wollte er hin? Natürlich konnte er die Passer über die Postbrücke überqueren und von dort zur Staatsstraße gelangen, aber das war ein Riesenumweg.

Ganz wie von selbst setzte Franziska einen Fuß vor den nächsten und folgte ihm. Sicherlich hatte das alles eine ganz plausible Erklärung. Er wollte sich Tabak kaufen oder nach neuen Schuhen Ausschau halten, einfach ein wenig spazieren gehen, warum nicht?

Aber irgendwie kam ihr sein Verhalten verdächtig vor. Auf der Straße waren genug Menschen unterwegs, sodass sie ihm unbeobachtet folgen konnte. Was gut war, denn hin und wieder blickte er um sich, als wolle er sich vergewissern, dass niemand auf ihn achtete. Das war erst recht merkwürdig. Kurz vor dem Bozner Tor hielt Wilhelm inne, schaute sich abermals gründlich zu allen Seiten um und war mit dem nächsten Wimpernschlag verschwunden. Als hätte er sich in Luft aufgelöst.

Franziska blinzelte verwirrt. Vorsichtig näherte sie sich dem Turm mit dem Stadttor und gelangte an eine schmale Gasse rechter Hand, die ihr bisher kaum aufgefallen war. Ein modriger Geruch nach Kellergewölbe schlug ihr aus einer Tür entgegen, die einen Spalt offen stand. Franziska näherte sich. An der Tür befand sich weder ein Schild noch eine Klingel oder sonst ein Hinweis, was dahinterlag. Jedenfalls kein Tabakladen oder Schuhmacher, so viel stand fest. Was hatte Wilhelm hier nur zu suchen?

Sie lugte durch den Türspalt, doch mehr als einen düsteren Gang dahinter konnte sie nicht erahnen. Direkt am Eingang stand ein Holzfass mit Unrat, in der Ferne baumelte eine funzelige Glühbirne von der Decke. Dahinter verlor sich der Gang ins Dunkle. Von irgendwoher glaubte sie, Schritte zu vernehmen.

»*Attenzione*, Signorina!«

Erschrocken sprang Franziska von der Tür weg. Zum Glück war es nur ein Straßenfeger mit einem Handkarren, der die Gasse entlang wollte. Sie machte ihm den Weg frei und hastete zurück die Straße hinauf und unter den Lauben hindurch bis zur Goldschmiedewerkstatt von Israel Taube. Erst dort hielt sie inne und wartete, bis sich ihr Atem wieder normalisiert hatte. Schließlich betrat sie das Geschäft. Ein Glöckchen über der Tür kündigte sie an.

»*Arrivo subito!*«, dröhnte ein tiefer Bass aus einem mit einem Vorhang abgetrennten Durchgang zu ihr ins Ladenlokal.

»Hier ist keine Kundin, Herr Taube! Bitte hetzen Sie sich nicht!«

»Franziska!« Ein Scheppern folgte, dann ein Krachen und ein saftiger Fluch, der sich nach Jiddisch anhörte. Der Vorhang flog auf, und Leah erschien im Durchgang. Sie presste sich die Hand vor den Mund, um ihr Lachen zu unterdrücken, was ihr mehr schlecht als recht gelang. Kichernd verdrehte sie die Augen zur Zimmerdecke.

»Was ist passiert?«

»Mein Vater sortiert da hinten irgendwelches Silberzeugs, das er aufgekauft hat und aufbereiten will. Er will dich unbedingt begrüßen und hat gerade einen kompletten Karton heruntergefegt.«

»Dazu habe ich eine Tochter, die es nicht einmal für nötig befindet, ihrem alten Vater zu helfen.« Er erschien hinter ihr und gab ihr einen spielerischen Klaps auf den Hinterkopf. »Willkommen, Franziska. Deine Bücher sind wohlbehalten angekommen. Der Karton ist allerdings ziemlich schwer. Ist jemand bei dir, der dir tragen helfen könnte? Wilhelm vielleicht?«

»Nein, das habe ich gar nicht bedacht. Kann ich nur die Hälfte mitnehmen und den Rest vorübergehend hierlassen?«

Leah und ihr Vater tauschten unsichere Blicke. Sofort wurde Franziska bewusst, dass sie die Taubes damit möglicherweise in Gefahr brachte. Der Besitz von Büchern in deutscher Sprache war nicht direkt verboten, würde aber unangenehme Fragen nach sich ziehen, wenn die Behörden davon erfuhren. Erst recht, wenn es sich um Schulbücher für Grundschulkinder in zwanzigfacher Ausführung handelte. Israel Taube konnte schlecht behaupten, er würde sie für seine Goldschmiedearbeiten benötigen.

»Vergessen Sie, was ich gesagt habe, Herr Taube. Ich komme gleich mit Wilhelm zurück, das ...«

»Kein Problem, Franziska, wir können sie verstecken«, unterbrach Leah sie.

Ihr Vater nickte eher zögerlich. Sie wandte sich ihm zu und tätschelte ihm beschwichtigend den Arm. »Ich bringe den Karton zum Gruber. Mach dir keine Sorgen, wir lassen sie nicht hier im Haus.«

Franziska wurde eiskalt. »Wer ist Gruber? Es sollte niemand davon wissen! Du sagst das so selbstverständlich, als würde der so etwas täglich machen.«

»Es ist selbstverständlich, mach dir keine Sorgen. Komm nach oben, wir setzen uns in die Küche. Ich habe eine Überraschung für dich. Und jetzt guck mich nicht so an, ich erkläre dir, wer Stefan Gruber ist.« Sie tippte sich an die Schläfe. »Stefan. Klingelt da vielleicht schon was?«

Franziska schüttelte den Kopf. Sie musste ihrer Freundin einfach vertrauen.

»Geht ihr beiden und lasst mich in Ruhe arbeiten. Hauptsache, ich stolpere nicht auch noch über Bücherstapel.« Israel Taube verschwand wieder in seiner Werkstatt, die direkt hinter dem Ladenlokal lag.

Franziska folgte Leah in den Durchgang und eine schmale Stiege hinauf in den ersten Stock. Das Haus stammte noch aus dem Mittelalter, was ihm von außen kaum anzusehen war. Es war seit Jahrhunderten im Familienbesitz, und jede Generation hatte es seinen eigenen Bedürfnissen entsprechend angepasst. Dennoch gab es manche Engstelle. Franziska hatte Leah einmal gefragt, wie Möbel in die oberen Stockwerke gelangt waren. Sie wusste es nicht, denn die Fenster waren auch nicht gerade groß, sodass ein Schrank von außen über einen Seilzug nach oben hätte gelangen können. Manche waren vielleicht so alt wie das Haus selbst, hatte sie gemeint.

Franziska ließ sich auf der Eckbank an einem zerschrammten Holztisch in der kleinen Küche nieder. Obwohl das Fenster offen stand, war die Luft abgestanden, ein vager Geruch nach Gebratenem hing noch vom Abendessen in der Luft.

Leah nahm eine Metalldose von einer Anrichte und stellte sie vor Franziska ab. »Schau dir das an. Die habe ich gestern auf dem Markt gekauft.«

Sie öffnete die Dose und schnupperte. »Sind das Kaffeebohnen? Die müssen ein Vermögen gekostet haben!«

»Ja, darauf kannst du wetten. Ich habe sie von meinem eigenen Geld bezahlt. Ich habe eines meiner selbst kreierten Armbänder verkauft, dafür wollte ich mir etwas gönnen.«

»Etwas, das du mit anderen teilen kannst. Das sieht dir ähnlich.« Andere hätten sich einen Schal oder einen schicken Hut gekauft, aber Leah legte keinen großen Wert auf solche materiellen Dinge.

Leah stellte eine Kaffeemühle neben die Dose. »Hier, fang schon mal an. Ich setze Wasser auf.«

»Darf ich das denn?«

»Kaffee mahlen? Aber sicher.« Leah lachte gutmütig. »Außerdem muss Tata ihn ja nicht trinken, falls er glaubt, dass er nicht koscher wäre.«

»Ich finde nicht, dass du dich über ihn lustig machen solltest. Er ist ein feiner Mensch.«

»Keine Sorge. Ich respektiere ihn, das weißt du doch. Er ist nur manchmal … etwas zu besorgt.«

»Wegen der Bücher, meinst du? Ich verstehe das. Wer ist Stefan Gruber?«

»Erinnerst du dich wirklich nicht an ihn? Er ist mit Andreas zusammen in eine Klasse gegangen.«

»Das ist Jahre her.« Mindestens zehn Jahre und ein Krieg, um genau zu sein. Die Jungenschule war direkt neben der Mädchenschule, und natürlich gab es den von den Lehrerinnen und Lehrern unerwünschten Austausch, ganz besonders, wenn Geschwisterkinder morgens gemeinsam zum Unterricht kamen.

Aber sich an jeden einzelnen Burschen zu erinnern, war wirklich etwas viel verlangt. Es sei denn ...

»Meinst du den mit der Zahnlücke und den abstehenden Ohren? Den du als Zwölfjährige geküsst hast?«

»Das mit den Ohren hat sich rausgewachsen. Aber die Zahnlücke hat er immer noch. Genau der.« Leahs Augen funkelten übermütig. »Er hat früher ziemlich gut geküsst.«

»Was aber nicht heißt, dass du ihm vertrauen kannst.« Franziska konzentrierte sich auf die gleichmäßige Bewegung beim Kaffeemahlen. Ihr war ganz flau im Magen. Leah handelte entschieden zu fahrlässig.

Ihre Freundin schien diese Besorgnis zu spüren. »Jetzt im Ernst: Wir sind befreundet. Und ich vertraue ihm, dafür habe ich meine Gründe. Bitte mach dir darüber keine Gedanken. Wir treffen uns regelmäßig, rein freundschaftlich. Es sind auch andere dabei, wir sind eine feste Gruppe mit insgesamt elf Personen, damit du nicht auf falsche Gedanken kommst.«

»Auf welche falschen Gedanken? Wissen die anderen etwa auch von meiner Schulklasse?«

»Nein! Stefan weiß auch nichts darüber, das hast du jetzt ganz falsch verstanden. Damit, dass ich ihm vertraue, meine ich, dass ich bei ihm einen Karton mit subversiven Büchern unterstellen kann und er weder fragen wird, was ich damit anstellen werde, noch jemandem davon erzählt.«

Franziska leerte das Kaffeepulver in den Filter, den Leah neben einer Porzellankanne bereitgestellt hatte, und füllte eine weitere Portion Bohnen in die Mühle. »Ich werde einfach immer nervöser. Seit den Ausschreitungen während der Herz-Jesu-Feuer am Oberleitner Hof sind die Italiener ziemlich aufmerksam geworden. Sie waren schon zweimal auf unserem Hof, um *nur einmal nach dem Rechten zu sehen,* wie sie behaupteten. Ich kann dir nicht sagen, wonach genau sie suchen. Aber da muss sich nur ein Kind verplappern. Oder es reicht, dass einer Mutter meine Nase nicht passt, und schon bin ich geliefert.«

»Mensch, Franni!« Leah fuhr herum, ließ sich auf einen Stuhl fallen und nahm sie an den Händen. Sie zog sie von der Kaffeemühle weg und drückte sie fest, bis Franziska endlich zaghaft lächelte.

»Meinst du, diese Gefahr besteht wirklich? Dass eine Mutter oder ein Vater dich anschwärzen?«

»Nein. Glaube ich nicht. Dafür gibt es bisher keine Anzeichen. Im Gegenteil, sie sind alle sehr zufrieden. Ich habe schon eine Warteliste für die jüngeren Geschwisterkinder. Und wenn es zu kühl wird, um im Römerturm zu bleiben, dann will uns der Hinteregger in seinem Holzlager eine Möglichkeit schaffen. Ein paar Tische und Stühle mehr zwischen den alten Möbeln, die dort auf die Weiterverarbeitung warten, fällt gar nicht auf, meint er.« Sie verstummte.

Leah stand auf, nahm den pfeifenden Kessel vom Herd, stellte den Filter auf die Kanne und goss das kochende Wasser darüber.

Schweigend beobachteten sie, wie der Filter sich leerte. Feiner Kaffeeduft erfüllte den Raum. Leah füllte den Filter ein zweites Mal und stellte Kaffeetassen und Zucker bereit. Nachdem sie eingeschenkt und sich selbst zwei Löffel Zucker in die Tasse geschaufelt hatte, setzte sie sich wieder und bedachte Franziska mit einem strengen Blick. »Du erzählst mir jetzt, was los ist.«

»Was soll los sein?«

»Du bist doch sonst nicht so besorgt. Das muss einen Grund haben.«

Franziska zögerte noch immer, dann endlich gab sie sich einen Ruck. »Es ist Wilhelm. Er verhält sich merkwürdig. Er ist es, dem ich nicht traue. Es könnte sogar sein, dass er von der Schule im Turm weiß. Ich mache mir Sorgen, dass er mich verraten könnte.«

»Warum sollte er?«

»Vielleicht zahlen die Carabinieri für Denunziationen, was weiß ich? Er und ich sind an jenem Abend gemeinsam von den Feuern abgehauen, als sie kamen und die Prügeleien losgingen.«

»Davon hast du erzählt, ich erinnere mich.«

»Auf dem Rückweg zum Hof sind wir am Römerturm vorbeigegangen. Das war dumm, ich hatte nicht darüber nachgedacht. Er wollte unbedingt nachsehen, was sich im Inneren befindet. Ich konnte ihn gerade noch abhalten, sich die verschlossene Tür vorzunehmen. Was, wenn er später zurückgekehrt ist, um seine Neugier zu befriedigen? Einige Tage später hatte sich sogar eine Holzlade von einem Fenster gelöst. Wenn er ausgerechnet an dem Tag dort vorbeigekommen ist, hatte er freien Blick auf das Klassenzimmer.«

»Hältst du das für sehr wahrscheinlich?«

»Nein, aber es ist nicht undenkbar.«

»Dann müsste Wilhelm immer noch herausfinden, dass du es bist, die dort unterrichtet.«

Franziska schnaubte frustriert. »Ich bitte dich. Ein Klassenraum samt Büchern und Tafeln, und die Tochter seines Dienstherrn eine Lehrerin, die sich lautstark darüber empört hat, nicht unterrichten zu dürfen. Da braucht es nicht viel, um eins und eins zusammenzuzählen.«

»Verstehe.«

Schweigend widmeten sie sich ihren Kaffeetassen.

Leahs Blick schweifte kurz in die Ferne und musterte Franziska plötzlich scharf. »Wilhelm ist also neugieriger, als dir lieb ist. Das ist aber nicht alles.«

»Wie bitte?«

Leah trank einen Schluck Kaffee und schloss mit verzückter Miene die Augen. »Ich kenne dich. Da ist noch etwas. Na los, rück schon raus mit der Sprache.«

»Ich habe vorhin beobachtet, wie Wilhelm in einem Haus am Bozner Tor verschwunden ist, obwohl er behauptet hat, er müsse für meine Mutter eine Bestellung an der Staatsstraße abholen. Und das ist nicht das erste Mal, dass er nicht ganz bei der Wahrheit geblieben ist. Neulich habe ich durch Zufall herausgefunden, dass er zwei seiner freien Abende nicht im Schwarzen Adler in Lana verbracht hat, sondern in Meran.«

»Was dich ja streng genommen nichts angeht. Seinen freien Abend kann er gestalten, wie er möchte.«

»Natürlich, was denkst du von mir? Aber er hat gelogen. Warum? Was ist so schlimm daran, dass er nach Meran statt nach Lana fährt? Wie ist er überhaupt in die Stadt gekommen, der Weg ist schließlich um einiges weiter. Warum sollen ich und meine Eltern denken, er wäre im Wirtshaus?«

Wegen der Herz-Jesu-Feuer hatte er seinen Dienstherrn Ludwig Bruggmoser, streng betrachtet, ebenfalls angelogen. Aber das zählte nicht, das hatten sie alle getan – bis auf Leopold vielleicht, der sich zuvor gar nicht darüber geäußert hatte, was er an dem Abend vorhatte.

Leah winkte ab. »Ist das alles? Diese freien Abende, vielleicht war das eine spontane Sache, er hat sich einfach kurzfristig anders entschieden. Darauf könntest du ihn ansprechen. Und dafür, dass er die Einkäufe deiner Mutter nicht auf dem direkten Weg geholt hat, gibt es vermutlich auch eine ganz banale Erklärung. Er könnte sich Tabak oder Zigaretten besorgt haben. Oder er hat eine Frau besucht, wer weiß?«

»Das kann ich mir beim besten Willen nicht vorstellen.« Franziska stockte, doch die Worte mussten irgendwann einmal gesagt werden. »Die einzige Frau, bei der ich je den Eindruck hatte, dass er sich ein wenig mehr für sie interessiert, bist du.«

»Ich? Jetzt mach aber mal halblang. Nur weil wir gelegentlich ein wenig herumschäkern? Unsinn!« Sie setzte die halb volle Tasse mit einem leisen Klirren auf dem Untertasse ab. »Außerdem würde mir mein Vater das niemals erlauben. Ich werde einen Juden heiraten – müssen. Oder gar nicht heiraten. Das wäre in Ordnung. Aber ein *Goi?* Ein Katholik? Das würde er nicht billigen.« Sie wurde so ernst, dass Franziska ein ehrfürchtiger Schauder überlief. »Ein wenig mit den Jungs herumknutschen, das ist eine Sache. Mehr würde ich niemals wagen. Eine Ehe, das ist noch mal etwas ganz anderes. Ich mag in den Augen meines Vaters ungehörig weltlich sein und es mit unseren Traditionen nicht so genau nehmen, aber ich glaube nicht, dass ich mit einem Mann glücklich werden könnte, dem eine jüdische Weltanschauung gar nichts bedeutet. Also muss ich auf den Richtigen warten.«

Hilflos hob Franziska die Hand. »Es tut mir leid, ich wollte dich weder beleidigen noch dir etwas unterstellen.«

»Hast du nicht, alles gut. Ich sehe das gelassen.« Sie grinste plötzlich. »Ich frage mich allerdings, ob du ein wenig eifersüchtig bist.«

»Auf wen? Wieso sollte ich?«

»Na komm. Eine gute Figur macht er, der Wilhelm. Klug ist er auch. Hat dein Interesse an seiner Freizeitgestaltung vielleicht noch ganz andere Gründe?«

»Du kommst auf Ideen. Er ist unser Knecht.«

»Mal ehrlich, jetzt, wo Andreas fort ist, ist er der Mann mit dem größten Verstand auf eurem Hof. Dein Vater hat sich sein Ansehen bei seinen ehemaligen Weggefährten mittlerweile komplett verspielt, und über Leopold wollen wir lieber gar nicht erst reden.«

Franziska schluckte beklommen, weil Leah den Finger treffsicher in die Wunde gelegt hatte. Es war nicht so, dass sie sich die Frage, was aus dem Anwesen ihrer Eltern werden sollte, nicht auch schon gestellt hatte. Noch war Ludwig Bruggmoser rüstig genug, den Betrieb selbst zu führen. Aber wie lange noch? Und der schwindende Rückhalt der Nachbarn und der Dorfgemeinschaft machte es nicht einfacher. Franz Hinteregger hatte es ihr selbst gesagt, hinter vorgehaltener Hand. Würde sie nicht die Kinder unterrichten, würde niemand mehr ein Wort mit ihrem Vater sprechen. Das und das Engagement ihrer Mutter in der Kirchengemeinde sorgten dafür, dass die Familie nicht völlig allein dastand.

Leah hob eine Augenbraue. »Wie? Kein weiterer Widerspruch? Das lässt tief blicken. Du magst Wilhelm.«

»Jetzt mach dich nicht lächerlich, Leah.«

Ihre Freundin beugte sich interessiert vor. »Dann erzähl mal. Welcher Mann hat die Chance darauf, dein Herz zu erobern? Oder wäre es gar eine Frau? Rück schon raus mit der Sprache, ich werde dich dafür sicherlich nicht verurteilen.«

»Keine Frau. Auch kein Mann. Da gibt es niemanden, ich würde es dir erzählen.«

Stimmte das? Hatte sie nicht in letzter Zeit wirklich häufiger über Wilhelm nachgedacht? Ja, das hatte sie, musste sie zugeben. Aber mehr im … familiären Sinne. Denn der Gedanke, dass er der letzte Anker auf dem Hof sein könnte, jetzt, da Anderl fort war, war ihr auch schon gekommen. Er und Johanna, die sich zunehmend zu ihrer Vertrauten entwickelte, ihre Zwillingsschwester wie ein stummer Schatten immer dabei und zugleich unnahbar.

Sie seufzte, versuchte Leahs freundliche Neugier und ihr wissendes Lächeln zu ignorieren. Dieses Gespräch hatte irgendwie nicht dahin geführt, wo sie es erwartet hatte.

»Gut, ich mache mir keine Gedanken um Wilhelm. Ich glaube zwar, dass er etwas verheimlicht, aber du hast vollkommen recht, es geht mich nichts an. Gerade ich sollte nicht zu laut über mögliche Verstöße gegen geltende Gesetze nachdenken. Wer im Glashaus sitzt, sollte schließlich nicht mit Steinen werfen.« Sie trank ihren Kaffee aus. »Und was meinen Vater anbelangt, wird es wirklich immer schwieriger. *Tu dies nicht, wir dürfen das nicht …* Wenn sie ihm sagen würden, er solle morgen ausziehen und ihnen den Hof überschreiben, würde er das auch noch tun.« Sie senkte den Kopf. »Ich sollte das nicht sagen, nicht einmal denken.«

Wieder waren da Leahs Hände, die zupackten, Trost spendeten. »Ist schon gut.«

»Jetzt verlangt er neuerdings, dass ich mit ihm Italienisch spreche. Zu Hause! Um es zu üben. Die Zwillinge gehorchen, sie beherrschen die Sprache inzwischen richtig gut und machen kaum Fehler, solange sie sich darauf konzentrieren und ihnen keine ladinischen Wörter herausrutschen. Leopold lallt ohnehin vor sich hin, dem ist alles egal. Und Mutti lässt er gnädigerweise in Ruhe damit. Also bekomme ich alles ab.«

»Deine Mutter, wie geht es ihr?«

Franziska senkte wortlos den Kopf, merkte, dass ihr ungebetene Tränen in die Augen traten. »Sie ist kaum mehr wirklich anwesend. Leah, sie ist eine wandelnde Hülle. Sie betet und betet. Heute Morgen war sie ein wenig zugänglicher, nur um sich dann ganz dem Abschiedsschmerz wegen Anderl hinzugeben. Er fehlt mir jetzt schon.« Ihre Stimme versagte.

»Du bist nicht allein. Ich bin bei dir, sogar mein Vater ist für dich da, wenn es sein muss.«

»Danke.« Mehr brachte sie nicht mehr hervor. Ein leises Schluchzen folgte.

»Hör zu, Franziska. Nächste Woche, wenn deine Mutter ihre Sitzung bei Doktor Döhrer hat, dann kommst du mit ihr nach Meran. Wir holen gemeinsam die Bücher bei Stefan ab, und du kannst ihn kennenlernen. Du wirst sehen, dass du dir überhaupt keine Sorgen machen musst, er ist vertrauenswürdig. Warum, soll er dir selbst erklären. Und wenn dann noch Zeit ist, habe ich noch eine Überraschung für dich. Du wirst sehen, es ist lange nicht alles so trostlos, wie es dir im Moment erscheint. Du hast Freundinnen und Freunde.«

Franziska lächelte tapfer unter den Tränen, auch wenn ihr mehr danach war, so richtig loszuheulen. »Vor allem habe ich dich. Ich weiß, was du schon alles für mich getan hast, und ich würde umgekehrt alles für dich tun. Danke noch mal. Jetzt gib mir noch eine Tasse Kaffee und lass mich los. Es geht schon, wirklich.«

HERBST 1925

7
Ein Stück Heimat

Viel zu schnell waren die strahlenden Sommermonate vergangen, und der Herbst kündigte sich an. Franziska vermisste Andreas mehr, als sie sich eingestehen wollte. Sie ertrug die Atmosphäre zu Hause kaum noch. Die Schwermut ihrer Mutter, die sie beinahe wörtlich unter einem schwarzen Samttuch zu erdrücken schien. Die Einsamkeit ihres Vaters, der mit sich und gegen die Dorfgemeinschaft kämpfte, immer wieder vergebens um Verständnis heischte, weil er nichts weiter wollte, als sich anzupassen und zu tun, was die Behörden vorschrieben. Seit er Geschäfte mit einem Großhändler aus dem Süden machte, weil die Kooperative ihm immer schlechtere Preise für die Ware machte, schnitten sie ihn immer augenscheinlicher, kaum jemand sprach noch ein vernünftiges Wort mit *Luigi Ponte*. Längst hatte er sich in eine Sackgasse manövriert, denn seine ehemaligen Freunde und Geschäftspartner wollten nichts mehr mit ihm zu tun haben, und die Italiener auf der anderen Seite blieben überwiegend für sich. Zu den geschäftlichen Kreisen hatte er keinen Zugang. Er war keiner von ihnen. Hin und wieder besprach er sich mit dem Großhändler, einem Mann namens Domencio Bellaboni. Ludwig Bruggmoser ließ durchblicken, dass dieser ihm versprochen hatte, die Familie zu unterstützen, falls sich der Bedarf ergäbe. Dann klang er jedes Mal zuversichtlicher. Doch sobald Franziska nach weiteren Informationen fragte, hielt ihr Vater sich vage. Daher zweifelte sie, dass es überhaupt so ein Angebot gab. Vermutlich wollte sich Ludwig Bruggmoser nur selbst Mut machen. Im Moment gehörte er nirgendwo mehr hin, und das machte ihm zu schaffen.

Franziska dagegen war zur heimlichen Heldin derjenigen geworden, die von ihrer Schule wussten. Sie war zwar glücklich, dass sie etwas tun konnte und dass sie etwas bewirkte. Mit dieser übersteigerten Wertschätzung kam sie dagegen schwer zurecht. Sie tat nur das, was sie gerne tat, wozu sie ausgebildet war und was sie tun wollte. Mehr gab es dazu nicht zu sagen, und es war schon gar nichts, was einer heroischen Verehrung würdig war.

Und zuletzt verfiel ihr Bruder Leopold endgültig dem Alkohol. Seit den Prügeleien während der Herz-Jesu-Feuer im Sommer ließ er niemanden mehr an sich heran. Die gesamte Nachbarschaft mied auch ihn, nachdem bekannt geworden war, dass er einige Burschen, die sich in der Scheune verschanzt hatten, an die Carabinieri verpfiffen hatte. Immer häufiger verschwand er von der Bildfläche, und da ihn niemand mehr suchen ging, seit Andreas fort war, tauchte er erst ein oder sogar zwei Tage später wieder auf, nach Fusel und Erbrochenem stinkend. Dann arbeitete er wenige Tage wie ein Besessener, trieb Wilhelm wie einen Pflugochsen vor sich her, bis er erneut zur Flasche griff und verschwand.

Beschämt gestand Franziska sich ein, dass sie sich kaum noch Sorgen um ihn machte, vielmehr war sie für jede Minute dankbar, die sie seine Anwesenheit nicht ertragen musste. Im Gegensatz zu ihrer Mutter, die sich ins Schlafzimmer vor ein Kreuz oder in die Kapelle kniete und um das Seelenheil ihres Ältesten betete. Das wiederum war kaum zu ertragen.

Am liebsten wäre Franziska jede freie Minute nach Meran geflohen. Leah Taube und ihr Vater hießen sie jederzeit willkommen, boten ihr sogar das winzige Gästezimmer in der Dachstube ihres kleinen Hauses an. Franziska machte nur in seltenen Ausnahmefällen davon Gebrauch. Sie fühlte sich dort sehr wohl, und es kam ihr jedes Mal wie Verrat vor. Dann überkam sie das Gefühl, ihre Familie im Stich zu lassen. Sie hatte einfach keine

Idee, wie sie die Probleme lösen konnte. Immerhin die Gesellschaft von Johanna tat ihr gut. Sie war wie eine kleine Schwester und jüngere Vertraute, die sie nie gehabt hatte. Was Franziska auch tat, ihre Cousine schien einen siebten Sinn dafür zu haben, davon zu wissen. Sie tauchte auf und ging ihr ganz selbstverständlich zur Hand, ob es die Versorgung einer kranken Ziege war oder die Vorbereitung von Unterrichtsmaterialien für die Jüngeren. Sogar Josepha sprach hin und wieder direkt mit ihr ein Wort, was ein großer Fortschritt war.

Darüber hinaus war es Wilhelm, seit Andreas fort war, erlaubt, die Kutsche zu fahren, sodass sie nicht mehr auf dem wackeligen Leiterwagen nach Meran fahren mussten und Wind und Regen ausgesetzt waren. Franziska hatte einmal vorgeschlagen, sich nach einem Automobil umzusehen. Alles, was ihr Vater dazu sagte, war, dass es an Geld fehlen würde. Sie wunderte das, denn sie konnte sich nicht erinnern, dass die Familie Bruggmoser jemals Geldsorgen gehabt hatte. Ohne einen Einblick in die Bücher konnte sie das allerdings nicht beurteilen, und den zu gewähren würde ihrem Vater im Traum nicht einfallen.

So saßen Franziska und ihre Mutter an diesem milden und sonnigen Herbsttag einander in der Kutsche gegenüber, und Wilhelm kutschierte die beiden Haflinger nach Meran.

Teresa Bruggmoser schaute ein wenig fröhlicher drein als üblich, wie immer, wenn sie auf dem Weg zu ihrer monatlichen Sitzung mit Doktor Döhrer war.

»Was liegt heute an, Mutti?«, fragte Franziska.

»Das weißt du doch, mein Spatz. Hauptsächlich sprechen wir miteinander.«

»Bekommst du noch Medikamente?«

»Ein paar Tropfen, Arnica. Aber das ist nur unterstützend, als Teil der Therapie. Ich denke, er wird mir heute ein neues Rezept ausstellen.«

Franziska runzelte die Stirn. »Das heißt, es dauert heute länger. Wenn du noch zur Apotheke musst, meine ich. Oder wirst du Wilhelm schicken?«

Teresa Bruggmoser tätschelte milde tadelnd ihre Hand. »Es dauert länger, ungefähr eine Stunde. Das hatte ich doch gesagt.«

Hatte sie nicht. Franziska wäre nicht so sicher, wenn sie nicht ganz genau wüsste, dass ihre Mutter in der gesamten letzten Woche kaum ein vernünftiges Wort hervorgebracht hatte. Sie hatte sich zum Ziel gesetzt, den Rosenkranz eine obskure Anzahl zu beten, und murmelte die Floskeln ununterbrochen vor sich hin. Es machte Franziska wahnsinnig, aber es gelang ihr nicht, ihre Mutter davon abzubringen oder sie wenigstens dazu zu bewegen, den Sinn dieser ganzen Litanei zu erklären. Niemand aus der Familie begriff, was das Ziel davon sein könnte – vielleicht war es auch eine Buße, die der Dorfkurat ihr auferlegt hatte? Was sich ebenso wenig erklären ließ, denn Teresa Bruggmoser tat kaum etwas, geschweige denn sündigen.

Aber gut, dann stand Franziska heute eben eine Stunde mehr in Meran zur Verfügung. Das war ihr sehr recht. Den geheimnisvollen Stefan Gruber hatte sie kennengelernt, und er hatte sich wirklich als freundlich und – von dem, was Franziska aufgrund dieses flüchtigen Kennenlernens beurteilen konnte – vertrauenswürdig erwiesen. Zumindest waren bisher keine Carabinieri auf dem Bruggmoser Hof aufgetaucht, um sie wegen deutscher Schulbücher zu verhören. Die versprochene Überraschung, die Leah beim Kaffeetrinken angekündigte hatte, ließ dagegen noch auf sich warten.

Sie wandte sich wieder ihrer Mutter zu. »Wann wird diese Therapie denn einmal zu Ende sein?«

»Wie meinst du das?«

»Na ja, das Ziel dieser Therapie ist doch die Heilung. Gibt es Fortschritte? Geht es Ihnen besser? Werden Sie eines Tages gesund sein?«

Teresa Bruggmoser presste die Lippen zu zwei schmalen Strichen zusammen und ruckte mit dem Kopf zur Seite. Es sah aus, als wäre sie kurz davor, in Tränen auszubrechen. Als sie sprach, war ihre Stimme zwar leise, jedoch beherrscht, fast nüchtern. »Ein gebrochenes Mutterherz kann niemals heilen.«

Franziska beugte sich ein wenig vor, um sie besser zu verstehen, und umfasste gleichzeitig die Hände ihrer Mutter. Sie waren faltig und rau von der Arbeit auf dem Hof. Von den Hautcremes, die Franziska ihr auf Leahs Rat hin anbot, wollte sie nichts wissen.

»Doktor Döhrer verschafft mir Linderung. Mehr vermag auch er nicht zu erreichen.«

»Wie? Mutti, wie macht er das?«

»Ach, ich möchte nicht darüber reden. Du verstehst das nicht.«

»Versuchen Sie es. Geben Sie mir eine Chance.«

Teresa Bruggmoser schüttelte unerwartet energisch den Kopf. »Erst wenn du einen solchen Verlust erlitten hast wie ich, kannst du es nachempfinden. Ich wünsche mir aber von ganzem Herzen, dass dies so bald nicht passieren wird.«

Franziska gab auf. Sie konnte kaum noch zählen, wie viele Versuche sie unternommen hatte, herauszufinden, was da genau vor sich ging. Inzwischen war sie skeptisch geworden, traute diesem Doktor nicht so ganz über den Weg. Unbestreitbar ging es ihrer Mutter immer etwas besser, wenn sie von der monatlichen Sitzung nach Hause kam. Der Effekt hielt aber allenfalls ein paar Tage an, danach wurde alles wieder wie zuvor. Und so ging das schon seit zehn, zwölf Monaten ...

Wilhelm klopfte auf das Dach der Kutsche zum Zeichen, dass sie bald da sein würden. Das war so eine Veränderung, von der Franziska nicht recht wusste, wie sie diese einschätzen sollte. Die Unterhaltungen mit Wilhelm auf dem Leiterwagen waren stets ungezwungen gewesen, sie fehlten ihr. Zugleich hatte er sich so manche Dreistigkeit herausgenommen. Er war zwar nie zu weit gegangen, aber manchmal hatte nicht viel gefehlt – so wie damals, als er davon gesprochen hatte, dass der ganze Verdruss damit begonnen habe, als Eva im Paradies einen Apfel gepflückt hätte.

Ihre Mutter starrte mit einem verträumten Gesichtsausdruck aus dem Fenster, und Franziska fiel nichts ein, wie sie diese zähe Unterhaltung noch aufrechterhalten könnte. Nur wenige Minuten später fand Wilhelm einen Stellplatz nahe dem Meraner Hof, und sie stiegen aus.

Franziska schloss kurz die Augen und reckte ihr Gesicht in den Himmel. Es war ein schöner letzter Herbsttag, die Sonne wärmte ihre Haut. Die Laubbäume entlang der Passer trugen rotbunte Farben, und die helle Fassade des Kurhauses leuchtete ihnen entgegen. Um sie herum flanierten Reisende aus aller Welt, deren Anzahl seit dem Krieg allmählich wieder zunahm. Ältere Herren mit grau melierten Frisuren und altertümlichen Gehröcken an den Seiten von Frauen mit hochgeschlossenen Blusen und Strickjacken. Die jüngeren Leute ließen es derzeit moderner angehen, Männer mit Jacketts und Hüten, dazwischen Frauen mit knielangen Röcken, Kurzhaarfrisuren und Glockenhüten.

»Skandalös«, murmelte Teresa Bruggmoser, als eine Frau in Franziskas Alter in einer weiten Hose vorbeikam.

Verstohlen blickte Franziska an sich hinab. Sie trug eines ihrer schlichten Leinenkleider, mausbraun und langweilig. Leah hatte ihr zuletzt angeboten, mal eine Hose anzuprobieren. Sie trug nur noch solche, weil sie so praktisch wären, wie sie sagte. Noch traute Franziska sich das nicht, aber wenn sie daran dachte, wie oft sie mit dem Rock auf dem Weg zum Römerturm im Gebüsch hängen geblieben war, würde sie es gern wenigstens einmal versuchen, ob sie damit besser im Unterholz vorankäme.

Wilhelm trat auf sie beide zu. »Wann hole ich Sie ab, Frau Ponte?«

Teresa Bruggmoser blickte zu ihm auf, schien zum ersten Mal an diesem Morgen etwas wirklich wahrzunehmen und nicht nur auf das Gesicht des Knechts zu starren. »Um vier Uhr, das reicht. Ich muss noch zur Apotheke.«

»Soll ich für Sie da hingehen?«

»Nein. Mach dir einen schönen Tag, Wilhelm, trink einen Kaffee, schau den Enten auf der Passer zu. Nein, Franziska, lass. Du musst mich nicht begleiten. Der Fußmarsch durch die Stadt wird mir guttun. Los, Leah erwartet dich sicherlich schon.«

Franziska holte Luft – und ließ es gut sein. Sie verabschiedete sich mit einem Kuss auf beide Wangen von ihrer Mutter, winkte Wilhelm zu und ging Richtung Postbrücke. Von dort wandte sie sich noch einmal um. Teresa Bruggmoser folgte ihr langsamer, den Blick wieder starr und verloren nach vorne gerichtet. Wilhelm hatte sich halb verborgen hinter die Kutsche gestellt und rauchte dort eine Zigarette. Das war nur ungewöhnlich, da er selten rauchte, verboten war es nicht. Kurz überlegte Franziska, ob sie ihm folgen sollte, sobald er sich wegrührte. Er würde nicht die ganze Zeit an der Kutsche warten. Da er keine offiziellen Botengänge zu erledigen hatte, würde sie aber auch nicht erkennen, falls er im Begriff wäre, etwas Verbotenes zu tun – wenn er es denn überhaupt getan hatte mit seinem Gang in dieses Haus am Bozner Tor. Was wusste sie schon? Am Ende war es, wie Leah sagte, dass er sich Tabak oder Schnaps gekauft hatte, oder was immer er mochte. Sie wusste es gar nicht. Nur die Sache mit dem Damenbesuch, ganz gleich, ob heimliche Freundin oder Prostituierte, die konnte sie sich nach wie vor nicht vorstellen. Dazu schien er nicht der Mensch zu sein.

Sicher sein konnte sie sich natürlich nicht. Und da Wilhelm immer noch an der Kutsche stand und nicht den Eindruck erweckte, als würde er so bald aufbrechen, würde sie es heute auch nicht herausfinden.

Zügig machte sie sich auf und betrat schließlich zehn Minuten später das Goldschmiedegeschäft. Israel Taube stand hinter dem Tresen und beriet eine junge Frau bezüglich einer Perlenkette. Auch sie war modern gekleidet, ein knielanger Rock – besser gesagt *skandalös* kurz, dachte Franziska amüsiert an die Worte ihrer Mutter –, ein altrosafarbener Mantel und die Haare zu einer kinnlangen Frisur geschnitten. Franziska tastete nach ihrem Haar, das sie geflochten und zu einem Knoten aufgedreht hatte, und kam sich altbacken vor.

»Was ziehst du für ein Gesicht?«, flüsterte es in ihrem Nacken.

»Leah! Wo kommst du her?«

Ihre Freundin lachte und zeigte auf eine hölzerne Klappe. »Ich habe im Schaufenster gehockt und neu dekoriert. Geh raus und sieh es dir an! Ich ziehe jetzt das Laken von der Scheibe weg.« Sie schob Franziska ungeduldig Richtung Eingang.

Hinter dem Tresen blinzelte Israel Taube ihr über den Rand seiner Lesebrille zu. Er war stolz auf seine Tochter, das war ihm von der Miene abzulesen.

Franziska verließ den Laden und trat an das Schaufenster heran, das mit einem rot-weiß karierten Laken verhüllt war. Als Leah es endlich von innen weggezogen hatte, blieb Franziska vor Staunen der Mund offen stehen. Sie blickte auf filigrane Schmuckstücke, weiße Steinsplitter, die in hauchdünne goldene Fäden eingefasst waren, Anhänger, Ohrringe, Ringe und Armbänder.

»Gefallen sie dir?«, hörte sie Leahs Stimme hinter sich.

»Das ist wunderschön, wie bist du auf die Idee gekommen?«

»Das ist Dolomit. Erinnerst du dich, dass ich mit meinem Vater im Sommer in den Dolomiten wandern war? Dort oben auf dem Berg Pordoi breitet sich eine schneeweiße Steinwüste aus. Ich habe einige Kiesel gesammelt, nicht einmal eine Handvoll, aber das reicht für mehrere Kollektionen.«

»Der weiße Stein bringt das Gold richtig zum Leuchten. Der Kontrast ist atemberaubend.«

»Genau das finde ich auch. Jetzt kann ich nur noch hoffen, dass unsere Kundschaft das ebenfalls so sehen wird.« Der Stolz stand Leah ins Gesicht geschrieben.

Franziska war klar, wie viel für ihre Freundin davon abhing, dass sich diese erste vollständig eigene Kollektion verkaufte. Ihr Vater hatte eine hohe Meinung von seiner Tochter, aber einer jungen Frau den gesamten Betrieb zu überlassen, war selbst für ihn ein zu moderner Gedanke, daher zauderte er noch.

»Ich werde auf das Armband mit den runden Steinen sparen.«

»Komm in den Laden und probiere es an.«

»Ich kann doch nicht …«

Leah stemmte lachend die Fäuste in die Seiten. »Ich muss üben. Anprobieren kannst du alles, ich weiß auch, dass du dir das im Moment nicht leisten kannst. Über den Preis können wir sprechen.«

Franziska fügte sich. »Du bist wirklich keine gute Geschäftsfrau.«

Sie gingen zurück in den Laden.

»Unsinn. Ich kann knallhart verhandeln. Du bist meine Freundin.«

Sie beugte sich durch die hölzerne Klappe in die Auslage und angelte nach dem Armband.

Franziska ließ sich das Schmuckstück anlegen. Das Armband war mehr eine Spange, schmiegte sich fest um das Handgelenk und wurde mit einem Schnappverschluss verschlossen. »Es sieht aus, als würden sich goldene Fäden um meinen Arm schlingen, und die weißen Steine dazwischen sind wie Blütenknospen.« Sie verstummte und drehte den Arm im Licht. Goldene Funken glitzerten in alle Richtungen. Franziska bekam eine Gänsehaut.

»So schön«, flüsterte sie. Ein paar kleine Steine aus den Bergen, die sie so liebte. Das war, als trüge sie ein Stück ihrer Heimat bei sich.

Leah ließ ihr Zeit, bis Franziska es endlich über sich brachte, das Armband abzunehmen und ihrer Freundin zurückzugeben. Sie würde sparen. Vielleicht würde Leah ihr auch etwas Kleineres anfertigen, mit weniger Gold.

»Mit Silber wirkt es nicht«, sagte Leah laut, als könnte sie ihr die Gedanken vom Gesicht ablesen. »Die Steine werden zu blass. Es ist hübsch, aber es fehlt der Kontrast.«

»Schon gut.« Franziska wandte sich verlegen ab. Sie wussten beide nur zu genau, dass sie noch so sehr sparen könnte und trotzdem Jahre brauchen würde, bis sie das Geld zusammen hätte. Gute Handwerkskunst hatte ihren Preis. Leahs Arbeiten waren diesen Preis wert.

»Eine wirklich schöne Überraschung«, erklärte Franziska aufrichtig. »Es hat sich gelohnt, darauf zu warten.«

»Wie bitte? Was meinst du?«

»Als wir uns vor einem Monat zum Kaffeetrinken getroffen haben, hast du eine Überraschung angekündigt. Beim nächsten Mal hast du mich vertröstet, und heute sollte es so weit sein.«

»Ach, das meinst du! Nein, das war nicht meine Überraschung. Aber die folgt sofort, nur noch ein wenig Geduld. Ich hole nur schnell meinen Mantel und die Handtasche, dann gehen wir los.«

»Los? Gehen? Wohin?«

Aber Leah war schon hinter den Tresen und durch den Vorhang verschwunden. Franziska stand allein im Laden. Aus der Werkstatt konnte sie Israel Taube vor sich hin pfeifen hören.

Nach nur wenigen Minuten stand ihre Freundin ein wenig außer Atem wieder vor ihr, einen knallroten Glockenhut auf ihren dunklen Locken.

»Der ist neu. Den habe ich mir für den Winter gegönnt«, erklärte sie auf die unausgesprochene Frage. »Steht er mir?«

»Du siehst toll aus. Du siehst immer toll aus.« Im Gegensatz zu ihren eigenen farblosen Kleidern, die an ihr hingen wie weite Säcke. Über den Sommer hatte sie abgenommen, das machte die Sache noch schlimmer.

Immerhin verzichtete Leah darauf, sie anzulügen, indem sie behauptete, Franziska sähe ebenfalls gut aus. Sie würde sich nur zu gern ein paar neue Kleidungsstücke kaufen, eine Bluse in modernerem Schnitt, vielleicht wirklich eine Hose, aber auch dafür fehlte es ihr an Geld.

»Ich bin in zwei Stunden zurück, Tata!«

»Bis gleich, Leah!«

»Auf Wiedersehen, Herr Taube!«

»Grüße deine Eltern, Franziska!«

Es war nur gut, dass es ihr an Geld fehlte, redete sie sich ein, als sie Leah aus dem Geschäft folgte, so kam sie nicht in die Verlegenheit, darüber nachzudenken, wie angemessen es nun war, dass sie als Frau eine Hose tragen wollte.

Sie hakte sich bei Leah unter, die zielstrebig unter den Lauben hindurchschritt. »Wohin gehen wir?«

»Erinnerst du dich an Stefan Gruber?«

»Es ist erst zwei Wochen her, dass du uns einander vorgestellt hast. So schlecht ist mein Gedächtnis noch nicht.«

»Er hat einen Lagerraum ganz in der Nähe. Den kannst du dir dann auch ansehen und entscheiden, ob es in Ordnung ist, wenn ich dort zukünftig Bücher für dich lagere. Meinem Vater ist nicht wohl dabei, wenn die Kartons länger als nötig im Laden stehen.«

»Und Stefan hat nichts dagegen?«

»Ganz und gar nicht.«

»Dabei ist mir wiederum nicht wohl. Dein Stefan ...«

»Er ist nicht *mein* Stefan.«

»... Dein Stefan hat einen guten Eindruck gemacht. Aber ich kenne ihn ja kaum. Wenn es aber deinem Vater lieber ist, machen wir das so. Ich will ihn nicht in Verlegenheit oder gar Bedrängnis bringen.«

Statt einer Antwort entwand Leah ihren Arm und klappte den Kragen ihres Mantels hoch. Franziska beäugte sie argwöhnisch. Es war zwar frisch, aber nicht so kalt, dass sie sich vor garstigem Wind schützen müsste.

»In der letzten Woche hat die italienische Steuerbehörde unsere Geschäftsbücher geprüft«, meinte Leah dann in einem betont sachlichen Ton. Sie hielt den Blick stur geradeaus gerichtet, die Hände in den Manteltaschen vergraben.

Franziska hatte Mühe, mit ihr Schritt zu halten. »Ja, und?«

»Sie haben ihn zu einer Nachzahlung verdonnert. Wir sollen knapp das Doppelte an Steuern mehr bezahlen.«

»Wie bitte? Dein Vater ist mit seinen Büchern geradezu pedantisch, wie konnte das passieren?«

»Ich weiß es nicht. Ich glaube, dass diese Nachzahlung nicht rechtens ist. Willkürlich erhoben. Tata überlegt noch, einen Anwalt einzuschalten, doch er glaubt, dass er sich das Geld auch gleich sparen kann und es besser fürs nächste Jahr zurücklegt. Der Ton wird rauer.«

»Welcher Ton? Was meinst du damit?«

Leah zog die Schultern hoch bis zur Hutkrempe. »Wir sind Juden, schon vergessen?«

»Verstehe ich nicht.«

»Wir haben Geld. Tata und mir geht es wirklich gut, das ist ja kaum zu bestreiten. Das ruft bei manchen Neid hervor. Wenn sie uns schaden können, werden sie es tun.«

»Ist das nicht ... etwas weit hergeholt?«

Leah seufzte laut. »Kann schon sein. Vielleicht bilde ich mir das alles nur ein. Ich habe mich unter den Geschäftsleuten in Meran umgehört. Es hat den Anschein, als würden die

Geschäfte der jüdischen Kaufleute etwas ... strenger kontrolliert.«

»Das wäre ziemlich unfair.«

Leah nickte nur.

Sie hatten inzwischen das Bozner Tor erreicht.

»Hier entlang.«

»Moment mal.« Franziska blieb stehen. »Wo willst du hin?«

Leahs Antwort war ein verschwörerisches Lächeln. Sie bog nach rechts ab in eine schmale Gasse und hielt auf einen verschlossenen Durchgang zu, den Franziska noch sehr genau in Erinnerung behalten hatte. Mit einem kräftigen Ruck an der Klinke zog Leah die schwere Tür auf und machte eine einladende Verbeugung.

»Das ist doch der Ort, von dem ich dir erzählt habe. Dort, wo ich Wilhelm beobachtet habe.«

»Ganz recht. Er war hier, das kann ich dir bestätigen. Du wolltest doch herausfinden, was er hier gemacht hat. Das ist jetzt die Gelegenheit.«

»Wollte ich? Na gut, wenn du meinst.« Franziska ging an Leah vorbei und betrat das muffige Gewölbe. Wie damals glomm ein einzelnes Licht in der Ferne. Da ihr der düstere Gang unheimlich war, wartete sie, bis ihre Freundin wieder hinter ihr war. Leah verschloss das Tor und tastete im Halbdunkel daneben herum. Es klickte, und eine ganze Reihe Glühbirnen flammte auf. Das Stromkabel hing notdürftig befestigt in Schlaufen von der Decke.

»Komm.« Leahs Stimme hallte dumpf durch den Gang.

Zögernd folgte Franziska ihr. »Wohin führt dieser Weg? In dieses Lagerhaus von Stefan Gruber?«

»Wirst du schon sehen. Es ist nicht weit.«

Es stimmte, nach nur wenigen Metern gelangten sie an eine einfache Brettertür. Tageslicht sickerte durch die Ritzen. Zielsicher griff Leah irgendwo ins Dunkel, und die Glühbirnen erloschen.

Leah stieß die Tür auf und ging voran. Sie lachte unbekümmert. »Ich habe mal im Dunkeln auf eine Spinne gepackt. So ein dickes Vieh saß mitten auf dem Drehschalter. Ich gebe zu, ich habe mich halb toterschreckt. Aber sie tun nichts, sie haben genauso viel Angst vor uns wie wir vor ihnen. Es gibt schlimmere Dinge, die wir fürchten sollten.«

»Schlimmeres als Spinnen? Sicherlich. Aber was meinst du damit?«

Leah antwortete nicht. Sie hob die Arme und schob den tief hängenden Ast eines Baumes zur Seite, der direkt vor dem Ausgang hing. Sie betraten einen von Häusern umschlossenen Innenhof. Unkraut wucherte zwischen Steinplatten hervor. An einer Wand lehnte ein kaputtes Fahrrad.

»Hier entlang. Aber pass auf, wo du hintrittst. Die Steinplatten sind kaputt, du kannst schnell stolpern.«

Franziska folgte der Anweisung und balancierte über den unebenen Weg hinter ihrer Freundin her bis zur nächsten Tür mitten in einer Wand. Sie betraten den angrenzenden Hinterhof, der sich von dem ersten nur dadurch unterschied, dass er ein wenig gepflegter war. Leah hielt auf die Rückseite des Hauses zu und klopfte dort an die Hintertür. Franziska fragte sich, was dieser komplizierte Weg zum Treffpunkt bedeuten sollte. Besonders heimlich bewegten sie sich nicht, denn aus den oberen Stockwerken der umliegenden Häuser könnten sie mühelos beobachtet werden.

»Es geht nicht darum, besonders unauffällig herzukommen.« Leah schien ihre Gedanken erraten zu haben. »Manchmal verschleiert das Offensichtliche viel mehr. Hier gehen ständig Leute ein und aus, da hat kaum jemand den Überblick.« Sie senkte die Stimme. »Der Trick ist, dass wir alle ständig auf verschiedenen Wegen herkommen. So fällt es nicht auf, dass sich hier regelmäßig eine größere Gruppe trifft. Und dass es immer die gleichen Leute sind.«

Im Haus näherten sich Schritte. Ein Riegel wurde zurückgeschoben, und die Tür öffnete sich einen Spaltbreit. »Das Losungswort?«

Leah schlug spielerisch vor das Holz. »Sei nicht albern Stefan, lass uns rein.« Sie wurde ernst. »Ich habe einen Gast dabei, wie verabredet.«

Die Tür flog auf, und Stefan Gruber winkte sie hinein. Vage erinnerte sich Franziska an ihn als einen Freund ihres Bruders Andreas. Stefan hatte auch einer ihrer mittleren Brüder geheißen, daher war es manchmal zu Verwechslungen gekommen.

»Herzlich willkommen. Das Fräulein Ponte.« Er lachte breit. »Schön, dass du da bist, Franziska. Ich habe schon viel von deinen Verdiensten gehört.« Er streckte ihr die Hand entgegen.

»Wie bitte?« Franziska überlief es eiskalt. Mechanisch schüttelte sie die dargebotene Hand. Es konnte doch um nichts anderes als ihre Schulklasse gehen? Wieso tratschte ihre Freundin das herum?

Sie starrte Leah vorwurfsvoll an, die sie nicht beachtete, sondern Stefan mit einer Umarmung begrüßte. Die beiden verstanden sich ja prächtig. Es wirkte zwar nicht so, als würde mehr als Freundschaft dahinterstecken, aber es war schon eine deutliche Vertrautheit zu spüren.

»Schön, dass es endlich geklappt hat«, ertönte eine männliche Stimme hinter Stefan.

Franziska ließ den Blick durch den Raum schweifen. Ungefähr zehn Männer und Frauen verschiedenen Alters befanden sich in einem rustikal eingerichteten Wohnzimmer. Drei junge Burschen mit jüdischen Schläfenlocken und Kippas standen beisammen und unterhielten sich leise. Daneben kehrte eine grauhaarige Frau ihr den Rücken zu. Und ihr gegenüber …

»Wilhelm?« Franziska war wie vor den Kopf gestoßen. Der Knecht ihres Vaters hier mitten in dieser … was war das hier für eine Versammlung? Wobei es sie nicht wundern sollte, Wilhelm hier zu treffen. Jetzt hatte sie wenigstens die Antwort auf die Frage, warum er diesen Durchgang vor einigen Wochen betreten hatte. Nicht, dass das irgendetwas erklärte, vielmehr warf es weitere Fragen auf.

Wilhelm kam auf sie zu, wurde von Leah auf dieselbe Weise begrüßt wie Stefan. Den anderen winkte sie lässig zu. Dann stand der Knecht Franziska gegenüber, schien sich nicht recht entscheiden zu können, wie er die Tochter seines Dienstherrn begrüßen sollte.

»Was tust du hier?«, brachte Franziska stattdessen hervor.

Wilhelm machte eine ausladende Armbewegung, die den gesamten Raum umfasste. »Wir treffen uns hier. Und reden.«

»Reden? Worüber?«

»Verschiedene ... Themen. Das ist etwas kompliziert.« Er zog Franziska mit sich, bis sie abseits der anderen standen.

Leah hatte sich zu den jüdischen Männern gestellt, erzählte mit ausladenden Gesten etwas und brachte ihre Zuhörer zum Lachen. Die grauhaarige Frau, mit der sich Wilhelm zuvor unterhalten hatte, beobachtete Franziska mit unverhohlener Neugier. Sie mochte etwas jünger als Teresa Bruggmoser sein. Das Gesicht kam Franziska bekannt vor, doch sie konnte es nicht einordnen. Sie war außer Leah und ihr selbst die einzige anwesende Frau.

Wilhelm hatte die Hände ineinander verschränkt und schwieg. Er wirkte wie ein zu groß geratener Junge, der gerade verbotenerweise vom Kuchen genascht hatte.

Franziska kreuzte die Arme vor der Brust. Ihr war bewusst, dass es eigentlich Leahs Aufgabe gewesen wäre, ihr zu erklären, was hier vor sich ging, doch die schien sich lieber mit den anderen zu amüsieren und die Angelegenheit Wilhelm zu überlassen.

»Es war Leahs Idee, dich hierherzubringen«, sagte er endlich. Dabei fuhr er sich mit der Hand durch die Haare. Das tat er immer, wenn er unsicher war, fiel Franziska auf. In solchen Momenten nahm er den Hut ab und vergrub eine Hand in seinem Haar. Einen Hut hatte er jetzt nicht auf, aber die Geste war dieselbe.

Nun, recht so. Sie würde es ihm jetzt nicht einfacher machen. Sie reckte das Kinn und schwieg.

Wilhelm trat einen Schritt auf sie zu, stand schon unangenehm nahe. »Ich weiß von dem Klassenraum im Römerturm.«

Franziska wich erschrocken zurück. »Woher?« Zu spät fiel ihr auf, dass sie sich besser überrascht gezeigt hätte. Mit ihrer Frage hatte sie praktisch schon zugegeben, dass es stimmte.

Wilhelm machte eine linkische Handbewegung. Wie um Franziskas Gedanken über seine verlegene Geste zu spiegeln, sah es aus, als wolle er seinen Hut lüften, bis er auf halber Strecke bemerkte, dass er keinen aufhatte.

»Es ist naheliegend, Franziska. Mir fiel die verschlossene Tür auf, als wir vom Herz-Jesu-Feuer kamen. Ein paar Tage später habe ich nach der Heuernte nachgesehen. Ein Fenster war nicht richtig mit den Brettern verrammelt. Wer sonst sollte auf dem Grundstück deines Vaters so etwas tun?«

Abermals war ihr Kopf wie leer gefegt, ihr Verstand streikte bei dem Versuch, eine ausweichende Antwort zu geben. Wilhelm nickte. Ihr Schweigen sagte ihm alles. Sie verfluchte sich innerlich dafür, dass sie so ungeschickt reagierte.

»Übrigens gibt es zwei bürgerliche Familien, die dich gern als Hauslehrerin engagieren möchten. Für Deutschunterricht bei ihnen zu Hause, ein- oder zweimal die Woche.«

»Tratschst du das jetzt auch noch herum?«

»Sachte. Ich habe denen nur gesagt, dass ich jemanden fragen werde. Sie wissen nicht, wer du bist.«

»Ich hätte nicht gedacht, dass du mit Bürgerlichen verkehrst.« Es klang aggressiver als beabsichtigt. Franziska fühlte sich in die Ecke gedrängt.

»Warum nicht, weil ich nur ein Knecht bin?«

Mit einem Schlag verpuffte all ihre Energie. Jetzt hatte sie Wilhelm gekränkt, das hatte sie nicht gewollt. Manchmal hatte sie sich durchaus gefragt, warum er als einfacher Knecht für ihren Vater arbeitete. Er war nicht dumm, könnte mehr aus sich machen. Ging sie das etwas an? Es war seine Entscheidung.

»Bitte verrate meinem Vater nichts«, flüsterte sie hilflos.

Er lächelte schief. »Das ist der Grund, warum du hier bist.«

»Was?« Damit sie es ihrem Vater beichtete? Franziska hatte das Gefühl, dass der Raum begann, sich um sie zu drehen. Das Gespräch entglitt ihr. Sie fasste sich an die Stirn, schloss die Augen und wünschte sich stumm, dass sie nur schlecht träumte und bald aufwachen würde.

Sie spürte eine sanfte Berührung an der Schulter. »Ein Geheimnis gegen ein anderes. Das hier ist ein konspiratives Treffen von Menschen, die mit der gegenwärtigen Entwicklung nicht einverstanden sind. Die Italien vor der Vormacht der Faschisten bewahren wollen. Damit die Regierung wieder zu einer sozialeren Politik zurückkehrt.«

»Was?« Franziska schaute ihn an und kam sich sehr dumm vor. Seit wann interessierte sich der Knecht ihres Vaters für die italienische Politik? »Du bist Bayer.«

Das schiefe Lächeln vertiefte sich. »Das hindert mich ja nicht daran, an eine gerechtere Regierung zu glauben und dafür zu kämpfen.«

»Dann bist du ... Kommunist?«

»Linker Sozialist trifft es vermutlich besser. Aber die Grenzen sind fließend. Letzten Endes bin ich jemand, der mit der Ausrichtung der Regierung nicht einverstanden ist. Italien ist auf dem besten Weg in die Diktatur.«

Dem war nicht zu widersprechen. Nur leise hinter vorgehaltenen Händen waren sie und Leah bei so einigen Gesprächen in der Küche über der Goldschmiede zu einem ähnlichen Ergebnis gekommen. Und wieder fiel Franziska auf, wie gut Leah und

Wilhelm sich stets verstanden hatten. War das der Grund? Eine gemeinsame politische Überzeugung? Dazu eine, mit der es zunehmend schwerer wurde, sich unbefangen zu äußern?

»Was habt ihr vor?«, fragte sie zögernd. Sie könnte sich zunächst ein Bild von all dem hier machen. Ganz unverbindlich. Sie war es inzwischen gewohnt, mit ihrem Geheimnis zu leben. Warum sollte es nicht andere wie sie geben? Sie musste ja nicht mitmachen. Leah war hier, und ihr vertraute sie blind. Von Wilhelm fühlte sie sich dagegen getäuscht, wobei ihr auf rein rationaler Ebene klar war, wie unfair sie sich verhielt. Warum hätte er sich ihr anvertrauen sollen? Hatte sie ihm vertraut? Sie hätte ihn in jener Nacht, als sie vor dem verrammelten Römerturm gestanden hatten, einweihen können. Sie hatte es nicht getan. Stattdessen hatte er mit Leah konspiriert. Wie war es dazu gekommen? Warum?

»Kann ich ein Glas Wasser bekommen? Oder eine Weinschorle?«, bat sie matt. Zu viele Rätsel, zu viele offene Fragen.

»Sicher. Setz dich dort drüben in einen der Sessel. Dann werden Stefan, Leah oder Aaron dir alles erklären.«

8
Ein geheimes Treffen

Aaron Rosenbaum repräsentierte buchstäblich das, was Franziska sich unter einem Intellektuellen vorstellte. Es hatte während ihrer Ausbildung in Innsbruck den einen oder anderen Kommilitonen gegeben, der ähnlich selbstbewusst aufgetreten war, doch im Vergleich zu diesem jungen Mann waren sie Waisenknaben gewesen. Aaron hatte dunkelbraune Augen, deren wacher Blick unaufhörlich hin und her huschte. Um seine Mundwinkel spielte stets ein Lächeln, mal als spöttische Andeutung, mal als breite und herzliche Zustimmung. Letzteres zeigte sich besonders dann, wenn er glaubte, unbeobachtet zu sein, und Leah betrachtete. Die tat zwar so, als bemerke sie es nicht, zwinkerte ihm aber heimlich zu oder schlug mit gespielter Verlegenheit die Augen nieder. Wenn Franziska an diesem Nachmittag auch sonst keine Antworten erhalten würde, diese eine schrie ihr förmlich entgegen: Aaron Rosenbaum war auf dem besten Wege, Leahs Herz zu erobern. Und mit dem klugen Geist und einer juristischen Ausbildung würde er vermutlich auch vor Israel Taubes kritischem Urteil bestehen.

Nachdem vier weitere Männer eingetrudelt waren, alle sich mit Getränken versorgt und einen Sitzplatz gefunden hatten, richteten sich sämtliche Augen auf Aaron. Er hatte es sich in einem Sessel gegenüber von Franziska bequem gemacht. Leah saß neben ihm auf der breiten Lehne und versuchte den Eindruck zu erwecken, sie hätte diesen Platz zufällig gewählt.

»Es ist die Pflicht des humanistisch denkenden Mannes, sich gegen Tyrannei und Unterdrückung aufzulehnen«, begann er seinen Monolog.

Sofort wurde er von Leah unterbrochen: »Des Menschen.«
Er schaute verwirrt zu ihr auf.

»Des Menschen, nicht Mannes. Oder findest du, dass es nicht auch die Aufgabe einer humanistisch denkenden Frau ist?«

Die grauhaarige Frau, die sich Franziska als Elsa Burghofer vorgestellt hatte, nickte eifrig.

»Doch, natürlich. Entschuldige. Du hast völlig recht.« Aaron ließ nicht durchblicken, ob er verärgert über diese Unterbrechung war. Für Franziska wurde jedenfalls deutlich, dass das Verhältnis zwischen ihm und Leah auf Augenhöhe war. Ganz gleich, ob er nun der vermutete Heiratskandidat war, er wurde ihr mit jeder Sekunde sympathischer. Beiläufig streifte ihr Blick Wilhelm, der als einer der wenigen nahe der Sitzgruppe stand und konzentriert zuhörte. Hin und wieder nippte er an seinem Becher mit gespritztem Wein.

Aaron lächelte breit und herzlich. »Vielleicht fange ich noch einmal anders an.« Er warf Leah einen Seitenblick zu. Sie nickte wohlwollend, und er fuhr fort: »Die politische Lage in Italien spitzt sich zu. Die Regierung ist auf dem Weg in eine Diktatur. Im Laufe dieses Jahres hat die National-Faschistische Partei Mussolinis so gut wie alle Presseorgane, die nicht auf ihrer Linie sind, mundtot gemacht. Ich gehe davon aus, dass ich die Einzelheiten nicht näher ausführen muss?«

Zustimmendes Kopfschütteln von allen Seiten. Es war niemandem verborgen geblieben, dass das Angebot in Zeitungsläden und Kiosken kleiner geworden war.

»Große liberale Blätter tauschen das Personal aus. Erst vor wenigen Tagen hat der Direktor des *Corriere della Sera* das Pressehaus verlassen.« Sein Mundwinkel zuckte spöttisch. »Alberto Albertini hat den Posten freiwillig geräumt, möchte ich betonen.«

Franziska schluckte beklommen. Der *Corriere* aus Mailand war eines der bedeutendsten liberalen Blätter Europas. Wenn der Einfluss des *Duce,* wie Mussolini sich neuerdings gern bezeichnete, schon so weit reichte, was kam als Nächstes?

»Mit der Kontrolle über die Presse hat Mussolini eines der wichtigsten Instrumente in der Hand, die Bevölkerung auf seine Linie zu bringen. Ich gehe davon aus, dass in den nächsten Monaten sämtliche Oppositionsparteien verboten werden. Wenn es so kommt, hat Mussolini alle Hindernisse auf dem Weg zur alleinigen Macht beseitigt.«

»Warum sollte uns das interessieren?«, rief ein Mann um die vierzig, dessen Namen Franziska vergessen hatte. »Das ist alles eine Sache Italiens. Sie versuchen doch schon seit sechs Jahren, uns zu Italienern zu machen. Sollen die mit ihrem *Duce* glücklich werden. Wir müssen die Wiedervereinigung mit Tirol und Österreich erreichen!«

Aaron legte nachdenklich eine Hand an sein Kinn.

»Das wird nicht geschehen«, erklärte Wilhelm ruhig in die Stille ein.

Franziska runzelte die Stirn. Der Knecht ihres Vaters war politisch interessiert? Mehr noch, politisch aktiv? Das wurde ja immer besser.

»Warum nicht?«, wollte der ältere Mann wissen.

»Weil Österreich viel zu sehr mit sich selbst beschäftigt ist. Die Regierung ist schwach. Dazu scheint sich im Norden eine ähnliche Bewegung zu bilden wie hier in Italien. Zumindest gibt es einige sehr ähnliche Ideen.« Er nahm ein Buch von einem Tisch und hielt es in die Höhe.

»Was ist das?«

»Das ist eine Propagandaschrift, die in diesem Sommer im Deutschen Reich erschienen ist. Von einem Österreicher namens Adolf Hitler.« Wilhelm reichte das Buch dem Älteren, der es dankend annahm und hineinblätterte.

»Noch nie von dem gehört«, murmelte er. Seiner skeptischen Miene nach zu urteilen, gefiel ihm nicht, was er in dem Buch las.

»Er macht sich für eine Vertreibung der Juden aus dem Deutschen Reich stark«, erklärte Aaron in einem Ton, als wäre das die selbstverständlichste Sache der Welt. »Hält die Deutschen für eine Art Übermenschen.«

»Er steht für denselben nationalkonservativen Dreck wie unser *Duce*«, fügte Wilhelm mit Verachtung in der Stimme hinzu. »Diese beiden könnten sich die Hände schütteln und würden sich vermutlich prächtig verstehen.«

Einige der Versammelten nickten zögerlich, insgesamt überwogen eher ratlose Gesichter.

»Was hat das alles mit uns zu tun?«, wagte Franziska endlich eine ähnliche Frage zu stellen wie der ältere Mann vor ihr. »Mit Südtirol?«

Aaron hob beide Hände in die Höhe. »Es ist gut möglich, dass ich Gespenster sehe. Aber eine Diktatur, das ist nichts Gutes. Es bedeutet, dass sich eine zu große Macht auf wenige Köpfe verteilt. Gewaltenteilung, die gegenseitige Kontrolle der Instanzen, die Beteiligung der Bevölkerung über Volksentscheide wären ein Gegenentwurf dazu.«

»Wer sagt, dass das funktioniert?«, hörte Franziska eine piepsige Stimme. Sie gehörte einem weißblonden pickeligen Jungen, der so aussah, als könne sie ihn noch problemlos unterrichten. Doch eine Hornbrille und der ernste Gesichtsausdruck ließen ihn reifer wirken, als es bei seinem Alter zu erwarten wäre.

In einem unerhört belehrenden Ton fuhr der Junge fort: »In den letzten Jahrhunderten haben in Europa die Könige und Kaiser die Grenzen auf der Landkarte ständig neu gezogen. Wenn ihr mich fragt: Diktator oder König, das ist kein großer Unterschied.«

Zum ersten Mal schien Aaron ein wenig verunsichert. »Da ist etwas Wahres dran, Wolfgang. Und nicht zuletzt dieses Ringen um die europäische Vorherrschaft hat zum Großen Krieg geführt. Ich wollte eigentlich kein Referat über politische Staatsformen halten, aber …«

»Wirst du auch nicht, mein Lieber«, unterbrach ihn Leah und stieß resolut mit der Handkante durch die Luft. »Das beantwortet doch die Frage, was es uns angeht, oder nicht? Nach dem Willen weniger Männer – und oh ja, es sind fast ausschließlich Männer – werden willkürlich Grenzen verschoben. Seit 1919 gehören wir nicht mehr zu Österreich, obwohl das dem Willen der Mehrheit entspräche. Und jetzt sind neue selbst ernannte Führer auf dem Weg zur Macht. *Duce* heißt übrigens Führer, für die, die gar kein Italienisch sprechen.« Sie stockte kurz. »Sie manipulieren die Menschen, indem sie ihnen die Möglichkeit nehmen, sich neutral zu informieren. Die Pressefreiheit unterdrücken. Dagegen wollen wir etwas tun! Deshalb sind wir hier. Aarons Idee ist es, regelmäßig Flugblätter zu drucken und heimlich zu verteilen.«

»Flugblätter? Mit welchem Inhalt?«

»An wen verteilen?«

»Ist das nicht gefährlich?«

Weitere Fragen gingen im Stimmengewirr unter. Die Männer und Elsa Burghofer begannen aufgeregt, sich miteinander zu unterhalten.

Franziska beugte sich in Leahs Richtung. »Hör mal ...«

Auch Aaron hatte sich lachend zu ihr gewandt. »Das hast du davon, wenn du mit der Tür ins Haus fällst.«

»Du bist zu vorsichtig.« Sie ergriff mit beiden Händen seine Linke und drückte sie. »Wenn ich dich gelassen hätte, würdest du ihnen jetzt die Demokratie erklären, und zwar angefangen bei den alten Griechen.«

»Leah«, versuchte Franziska ihre Aufmerksamkeit zu erlangen.

»Demokratie zu verstehen ist wichtig.«

»Ja, schon, aber ...«

»Leah.«

»Das ist ...«

»Leah!«

Erschrocken zuckte ihre Freundin zusammen und wandte sich ihr endlich zu.

»Ich habe euer Anliegen verstanden. Aber was soll *ich* hier?«

»Das war meine Idee.« Wilhelm kam heran. »Wegen der Schule. Du könntest den Kindern Flugblätter mitgeben und sie verteilen lassen.«

»Ich könnte was? Bist du wahnsinnig? Und wieso sagst du das so offen? Weiß Aaron davon?«

Leah dagegen hob beschwichtigend die Hand. »Nur Aaron. Stefan hat die Schulbücher gelagert. Wir haben ihm bisher nichts gesagt. Er wird sich seinen Teil denken.«

»Die Eltern der Kinder, die zu dir kommen, sind ohnehin auf unserer Seite«, warf Wilhelm ein, bevor Franziska die Gelegenheit bekam, dagegen zu protestieren, weil ihr Geheimnis weiteren Leuten anvertraut worden war.

»Woher wisst ihr das? Die wollen nur, dass ihre Traditionen nicht aussterben und die Kinder die Sprache ihrer Eltern lernen. Vernünftig lernen, nicht nur sprechen.«

»Aber es geht um die Tyrannei der italienischen Regierung.«

»Langsam«, sagte Aaron. »Leah, deine Freundin hat recht.«

Leah zog einen Schmollmund und schwieg.

Aaron lächelte erst Wilhelm und dann Franziska breit an. »Erst einmal freut es mich, dass Wilhelm dich mitgebracht hat und wir uns kennenlernen. Lass dich von diesen beiden nicht zu etwas überreden, das du nicht tun willst oder kannst. Ich habe höchsten Respekt vor dir und dem, was du auf die Beine stellst.«

Franziska nickte finster. So leicht ließ sie sich nicht um den Finger wickeln.

Aaron stand auf und erhob die Stimme. »Herhören, alle! Ich will es euch erklären.«

Die Gespräche verstummten. Neugierige Mienen wandten sich ihm zu.

»Was ich jetzt sage, gilt für alle Anwesenden. Niemand sollte sich zu irgendetwas überreden lassen, was er oder sie nicht leisten kann. Manche von euch haben Familie oder ein Geschäft. Ihr alle habt eine Verantwortung, und wenn es nur die euch selbst gegenüber ist.«

Er räusperte sich. »Es geht darum, Flugblätter zu drucken und zu verteilen, und wir können sicher sein, dass der Inhalt der Regierung nicht taugen wird. Leah hat euch alle hier eingeladen, weil sie euch vertraut. Ich wünsche mir, dass sie sich nicht in euch täuscht und ihr dieses Geheimnis für euch behalten werdet – falls ihr euch jetzt dazu entscheidet zu gehen und nicht mitmacht. Was in Ordnung ist, ich betone das noch einmal. Wenn ihr bleibt, werden wir euch erklären, was wir genau vorhaben. Doch danach wird es kein Zurück mehr geben. Wir machen uns strafbar. Wir begeben uns in Gefahr. Ich versichere euch, die Carabinieri sind bei der Behandlung von Südtiroler Rebellen beileibe nicht zimperlich.«

Eine Wand aus Schweigen antwortete ihm. Franziska lauschte fasziniert. Zusammen mit dem, was auf den Mienen der Anwesenden zu lesen war, war es ein entschlossenes Schweigen, aber auch ein verunsichertes, ein frustriertes. Sie alle hatten die Wahl, und auch wieder nicht. Genau wie sie, als sie sich entschieden hatte, den subversiven Unterricht aufzunehmen. Es war ihr freier Entschluss, aber letzten Endes wäre die Alternative nur gewesen, nichts zu tun. Als brave Bauerntochter die Hände in den Schoß zu legen und abzuwarten, bis sich ein heiratswilliger Mann fand. Für sie war das keine Option gewesen. Einen anderen Beruf zu ergreifen, stand ebenfalls außer Frage. Sie hatte es tun müssen, und es fühlte sich bis heute vollkommen richtig an.

Stefan Gruber brach als Erster das Schweigen. »Ich will es so ausdrücken. Ihr steht alle hier in meinem Hinterzimmer. Wenn mich einer von euch verpfeift, bin ich sowieso am Arsch. Daher mache ich mit.« Er grinste Leah an. »Ich mache es außerdem gern.«

»Ich auch.« Wilhelm hob seinen leeren Weinbecher. »Weil es das Richtige ist.«

»Für mich gibt es da nichts zu diskutieren, Kinder«, schnarrte Elsa Burghofers tiefe Altfrauenstimme. »Ich lasse mir von diesem Möchtegern-Führer nichts vorschreiben. Mein Alfons ist im Krieg von einem Italiener abgeschossen worden, und jetzt wollen die mich regieren. Ich pfeif auf die!«

Der weißblonde Junge, den Aaron mit Wolfgang angesprochen hatte, nickte stumm und schob seine Hand in die der Frau. Jetzt, da Franziska sie nebeneinander sah, fiel ihr die Ähnlichkeit zwischen den beiden auf. Das war seine Mutter oder Großmutter, zweifellos.

Andere gaben ihre Zustimmung, mal lauter, mal leiser. Ein schmächtiger Mann um die vierzig drehte seinen Hut zwischen den Fingern. Er senkte die Lider, als er zögernd erklärte, dass er nicht den Mut aufbrachte, mitzumachen. Dass er selbstverständlich schweigen würde über all das, was er bisher gesehen und gehört hatte. Er schüttelte erst Aaron, dann Stefan enthusiastisch die Hand, wünschte ihnen Glück und sicherte ihnen seine schweigende Unterstützung zu, und war mit dem nächsten Atemzug verschwunden. Sie alle blickten ihm nach.

»Seine Frau ist schwer krank«, flüsterte Leah Franziska zu. »Er hat zwei kleine Töchter, die er durchbringen muss. Und einen verkrüppelten Sohn. Die Carabinieri haben ihn zusammengeschlagen und ihm alle Rippen gebrochen. Das war ein paar Wochen nach den Herz-Jesu-Feuern, als sie nach den vermeintlichen Aufrührern gesucht haben. Der Junge ist fünfzehn und hat seitdem kein Leben mehr vor sich. Und er hatte rein gar nichts mit irgendwas zu tun, er war einfach zur falschen Zeit am falschen Ort.«

Franziska bekreuzigte sich unwillkürlich. Was würde ihr eigentlich blühen, wenn die Behörden sie eines Tages erwischten? Sie verstieß nicht nur gegen das Gesetz. Die Regierung würde in ihr eine Anstifterin sehen.

Sie war bereits in Gefahr. Was hatte sie noch zu verlieren?

»Ich mache mit. Keine Ahnung, wo das hinführen wird, aber ich bin dabei.« Sie nickte Aaron zu. Dabei entging ihr nicht, dass Leah und Wilhelm einen zufriedenen Blick miteinander tauschten.

Darüber würde noch zu reden sein. Besser, die beiden waren nicht zu stolz auf sich.

* * *

Am Ende klang es gar nicht so kompliziert. Ausländische Zeitungen, insbesondere britische, französische, aber auch deutsche und österreichische Blätter sollten auf verschiedenen Wegen ins Land geschmuggelt werden. Die Informationen daraus wollten sie übersetzen, zusammenfassen und auf Flugblätter drucken, und in Meran, Bozen, aber nach Möglichkeit auch in jeden erreichbaren kleineren Ort verteilen. Je nachdem, wie sich die politische Lage entwickelte, würden Aufforderungen zum Widerstand folgen.

Wer sich nun genau an all diesen Aktivitäten beteiligen oder wo beispielsweise die Druckerpresse aufgestellt würde, wollte Franziska gar nicht genauer wissen. Ihr reichte es, ihrer Freundin aus Studientagen in Innsbruck zu schreiben, sie sollte Zeitungen beilegen, wenn sie Schulmaterialien schickte. Und sie würde auf den Dörfern Flugblätter verteilen. Vielleicht konnte sie die Zwillinge überreden, ihr dabei zu helfen. Johanna wäre für so etwas sofort zu haben, ihr Groll gegen die Italiener wäre schnell angefacht. Aber das musste gründlich abgewogen werden. Franziska würde es sich nicht verzeihen, die beiden Mädchen in Gefahr zu bringen – besser gesagt, in größere Gefahr, als sie sich sowieso schon befanden, weil sie bei ihr im Römerturm saßen und eifrig Deutsch lernten.

Sie verabschiedete sich noch vor Ende der Versammlung, da es Zeit wurde, ihre Mutter zu treffen. Gemeinsam mit Leah verließ sie Stefan Grubers Wohnung auf demselben Weg, auf dem sie gekommen waren.

»Und?«, fragte Leah atemlos, kaum dass sie die Gasse am Bozner Tor betreten hatten.

»Und was?«

»Jetzt tu nicht so unschuldig. Wie findest du Aaron?«

»Er könnte Gnade vor den Augen deines Vaters finden.«

»Darum geht es doch gar nicht!« Leah gab ihr einen Klaps auf den Unterarm.

»Sondern?« Franziska stellte den Kragen ihres Mantels auf. Die herbstliche Dämmerung war bereits eingebrochen. Zwischen den Häusern war es erstaunlich kühl geworden.

Leah zog fröstelnd die Schultern hoch und vergrub ihre Hände in den Taschen. »Ich begleite dich noch zum Parkplatz. Wilhelm nimmt einen anderen Weg.«

»Ja, das dachte ich mir schon.«

»Warum dieser spitze Ton? Du bist sauer auf ihn.«

»Ja. Nein. Ich weiß nicht. Er kann ja nichts dafür, dass er meinen Klassenraum entdeckt hat. Ich bin eher sauer auf mich selbst, weil ich mir nichts dabei gedacht hatte, damals am Turm vorbeizugehen. Er hätte während der Heuernte nicht dort gucken kommen müssen. Aber wenn ich ehrlich bin, hätte ich das auch getan. Ein alter Turm mit einer verschlossenen Tür, die, solange ich mich zurückerinnern würde, nie verschlossen war ... Ist doch klar, dass das neugierig macht. Und ich hatte ja schon einmal erwähnt, dass es nicht sehr schwierig ist, die richtigen Schlussfolgerungen zu ziehen und zu verstehen, dass dies alles mein Werk ist. Dass ich recht habe, hat Wilhelm mir heute bewiesen.«

Leah warf ihr einen Seitenblick zu. »Und seine politische Agenda?«

»Das geht mich nichts an.«

»Bist du sicher? Was würde dein Vater dazu sagen?«

Franziska antwortete nicht.

»Ich glaube, dass es Wilhelm wichtig wäre, wie du zu ihm und seinen Überzeugungen stehst. Seine Haltung ist nicht ... konform mit dem Kurs der Regierung«, fuhr Leah fort.

Franziska schnaubte belustigt. »Das ist sehr vorsichtig formuliert. Ich frage mich, warum er bleibt. Ausgerechnet auf dem Hof des größten Kollaborateurs der ganzen Gegend. Mal ehrlich, Signor Ponte ist ganz auf Linie. Wenn Wilhelm an das glaubt, was Aaron heute gesagt hat, wie kann er sich dann bei meinem Vater noch wohlfühlen?«

»Ich denke, seine Freundschaft zu Andreas hat ihn gehalten.«

»Andreas ist weit weg.« Und würde nicht mehr zurückkehren, da war Franziska sich sicher. Was sie ihm ziemlich übel nahm. Und verstehen konnte, denn Leopold wurde mit jedem Tag unerträglicher. Aber trotzdem übel nahm.

»Und natürlich du. Du hältst ihn. Besonders, seit er weiß, was du dort heimlich im Römerturm machst.«

»Leah, was soll das? Warum sollte mich interessieren, welcher politischen Gesinnung der Knecht meines Vaters folgt? Mehr noch, was er von meiner hält oder darüber denkt, was ich mache? Das ist doch albern.«

»Vielleicht bleibt er, um dich zu unterstützen. Zumindest moralisch. Ihm wird nicht verborgen geblieben sein, wie schwer du dich mit dem anbiedernden Verhalten deines Vaters tust.«

»Und mit der Schwermut meiner Mutter. Wenn das so ist, hätte er seine Unterstützung gern einmal offener zeigen können.« Erst als Franziska diese Worte aussprach, wurde ihr bewusst, wie verlassen sie sich fühlte. Spontan griff sie nach der Hand ihrer Freundin, drückte sie. Leah war eine unentbehrliche Stütze. Sie sahen sich, so oft sie konnten, was selten genug war.

»Und Aaron?«, rutschte es ihr laut heraus.

Leahs entrücktes Lächeln war Antwort genug.

»Erzähl mir mehr über ihn.«

»Da gibt es nicht viel zu erzählen. Er stammt aus Berlin und hat dort vor einem halben Jahr sein juristisches Examen bestanden. Danach wollte er erst einmal Europa bereisen. Er wohnt bei seinem Cousin Simon – du erinnerst dich an den Kleineren der anderen beiden, die vorhin dabei waren? Der mit dem drolligen Ziegenbärtchen?«

»Dann bleibt er gar nicht? Entzündet hier die Flamme der Rebellion und macht sich aus dem Staub, bevor es richtig losgeht?«

Leah lachte und wurde rot.

»Jetzt lass dir nicht jedes Wort aus der Nase ziehen.«

Ihre Freundin wurde ernst. »Ich weiß es nicht. Er würde gern bleiben. Aber er muss Arbeit finden. Und da wäre dieses Sprachproblem, oder nicht? Sie werden ihn kaum auf Deutsch praktizieren lassen. Er spricht Englisch und Französisch, beides hilft ihm kaum weiter. Na ja, und Hebräisch.«

»Seit wann kennt ihr euch denn schon?«

»Seit vier Monaten. Mir kommt es vor, als wären es schon Jahre.«

»Mensch, dich hat es erwischt.«

Leah grinste nur glücklich, drückte ihrerseits Franziskas Hand und ließ sie dann los.

Schweigend gingen sie nebeneinanderher.

Es war offenkundig, dass diese Verliebtheit – Liebe? – in Bezug auf Aaron Rosenbaum keine einfache Geschichte werden würde. Alles andere wäre allerdings auch verwunderlich. Leah zog Komplikationen wie magisch an, und sie lebte damit. Es war eines ihrer Leitsätze, dass sich für jedes Problem eine Lösung fände. Manchmal mochte es etwas länger dauern. Franziska wünschte ihr daher im Stillen, dass diese Geschichte am Ende gut ausging, für Leah und in deren Sinne. Sie gönnte es ihr von Herzen und beneidete sie ein wenig um eine Perspektive. Denn die sah sie für ihre Zukunft im Moment nicht.

Leah hakte sich bei ihr unter. »Zieh nicht so ein Gesicht. Du hast mich, und ich werde immer an deiner Seite sein, ganz egal, was die Zukunft uns beschert und welchen Männern wir erlauben, ihre Leben mit uns zu teilen.«

»Wenn du das sagst.«

»Ist doch so.«

»Ich habe nicht so einen toleranten Vater. Er wird mir eines Tages einen Kerl vor die Nase setzen, und dann war es das. Es sagte zwar mal, dass ich eine Wahl hätte und er mich zu nichts zwingen würde, aber der Mann solle *angemessen* sein, was immer er konkret darunter versteht. Im Moment schneiden die meisten Nachbarn ihn, daher wird ihm so bald keiner seiner alten Weggefährten seinen Sohn vorstellen und für eine Heirat anbieten. Mir soll es recht sein, aber es löst mein Problem nicht. Es wird nur vor mir hergeschoben.«

»Hm, das stimmt. Aber du wirst sehen, das wird sich finden. Vertrau mir!«

Leah lachte übermütig. Dagegen war Franziska immer schon schwer angekommen. Sie grinste erst, dann fiel sie ein.

9
Der letzte Viehtrieb

Wilhelm überlegte verzweifelt, welche Ausrede er noch finden könnte, um weiter im Flur vor der Küche herumzulungern. Seit er Franziska vor einigen Tagen bei Stefan Gruber mit seiner Anwesenheit überrascht hatte, hoffte er auf eine Gelegenheit, mit ihr darüber zu sprechen.

Einige Tage? Fast drei Wochen war es schon her. Der November neigte sich dem Ende zu, am kommenden Sonntag war der erste Advent. Die Zeit flog dahin.

Johanna kam mit einem Korb im Arm die Stiege zum Heustadel herunter. Zu spät erkannte Wilhelm, dass sie ihn nicht gesehen hatte. Er versuchte auszuweichen und prallte mit ihr zusammen. Der Korb entglitt ihr. Äpfel hüpften heraus und rollten in alle Richtungen davon. Wie auf Kommando bückten sie sich und sammelten das Obst wieder ein.

»Tut mir leid, tut mir leid«, stammelte Johanna. »Das gibt Ärger, das waren die letzten guten Äpfel. Jetzt taugen sie nur noch zum Einmachen.«

»Das war genauso meine Schuld. Ich werde mit Bruggmoser reden, mach dir keine Sorgen.«

Johanna hockte sich auf die Fersen und blies sich eine Haarsträhne aus der Stirn. »Doch. Ich mache mir Sorgen. Aber nicht wegen der Äpfel.«

»Sondern?« Wilhelm streckte sich nach ein paar Exemplaren unter dem Dielenschrank.

Johanna riss erschrocken die Augen auf und senkte sofort den Kopf. »Das geht uns nichts an. Mich nicht und dich schon gar nicht.«

Eine weitere Erklärung blieb aus. Wilhelm erhob sich seufzend und wischte sich den Staub von den Knien. Seit Anfang November war etwas in diesem Haus geschehen. Es war mehr ein Gefühl, als hätte jemand ein Leichentuch über das Haus gezogen, das alles verdunkelte und in dumpfe Trauer hüllte. Dabei hatte sich in Wahrheit nichts verändert. Teresa Bruggmoser betete unablässig, Leopold soff sich die Seele aus dem Leib. Franziska stahl sich regelmäßig aus dem Haus, um zu unterrichten – seit zwei Wochen in einem Zimmer hinter der Werkstatt von Tischler Hinteregger, weil es im Römerturm zu kalt geworden war.

»Weißt du, wo Franziska ist?«

»Bei ihrem Vater im Arbeitszimmer. Schon seit Ewigkeiten.«

Johanna stand auf. Wilhelm bückte sich und reichte ihr den Korb. Erneut wartete er vergeblich darauf, dass das Mädchen ihm mehr verriet, doch sie verabschiedete sich mit einem letzten scheuen Seitenblick und ging in die Küche.

Wilhelm blieb mitten in der Diele stehen und fuhr sich mit der Hand durchs Haar. Er konnte nicht noch länger hier herumstehen, der Stall musste ausgemistet, die Hühner gefüttert werden. Im Winter stand weniger Arbeit auf einem Bauernhof an, aber das hieß noch lange nicht, dass es gar nichts zu tun gab. Schritt für Schritt schlich er den Flur entlang Richtung Stall. Dabei würde er an Bruggmosers Büro vorbeikommen. Sollte er anklopfen? Ihm fiel keine Ausrede ein, die er vorschieben könnte, um Vater und Tochter zu stören.

Er hatte die Tür gerade passiert, als sie aufschwang und Franziska mit hochrotem Kopf herausstürzte. Sie sah Wilhelm, der überrascht innegehalten hatte, und erschrak, als habe er sie bei etwas ertappt.

Hastig zeigte er auf die nächste Tür. »Ich war auf dem Weg zum Stall.« Nicht, dass sie noch dachte, er habe gelauscht.

Sie schüttelte nur stumm den Kopf und lief in die entgegengesetzte Richtung davon. Wilhelm hörte sie die Treppe in den ersten Stock hinaufpoltern.

Ludwig Bruggmoser erschien im Türrahmen, sah ihn und winkte ihm zu. »Gut, dass du da bist, Wilhelm. Komm rein. Wir müssen reden.«

Zögernd folgte er seinem Dienstherrn in das dunkle Büro. Solange er auf diesem Hof lebte, hatte er den Raum zweimal betreten. Einmal, um sein Arbeitsverhältnis mit einem schriftlichen Vertrag offiziell zu beschließen. Ein zweites Mal, als Leopold über mehrere Tage verschwunden geblieben war und sie die Suche nach ihm anhand einer Karte und mithilfe einiger Nachbarn organisiert hatten. Das war vier Jahre her.

Seitdem hatte sich nichts verändert, außer, dass eine größere Unordnung herrschte. Papierstapel häuften sich auf dem Schreibtisch und dem Boden, die Regale wirkten, als habe jemand alle Akten und Bücher herausgezogen und nachlässig zurückgestellt.

Bruggmoser nahm in dem Lederstuhl hinter dem wuchtigen Schreibtisch Platz. »Setz dich.«

Wilhelm folgte der Aufforderung und ließ sich auf den einzigen freien Stuhl nieder. Ihm war, als könne er noch Franziskas Wärme spüren.

Der alte Bauer legte die Fingerspitzen aneinander und atmete hörbar tief durch. »Ich habe mich entschieden, den Hof im kommenden Frühjahr an Leopold zu überschreiben.«

Hatte er richtig gehört? Es war klar gewesen, dass es eines Tages so weit kommen würde, aber jetzt schon? Wilhelm war unfähig zu irgendeiner Regung.

Das war es. Er würde den Hof verlassen. Verlassen müssen. Unter Leopold arbeiten? Das würde niemals gut gehen. Er war wie vor den Kopf gestoßen. Er hatte sich so vieles ausgemalt, sich überlegt, wie er sich Franziska vorsichtig nähern könnte, mit ihr gemeinsam an der Flugblattsache arbeiten, sie bei der Schule zu unterstützen …

Die Vorstellung von Leopold als Hofherrn hatte Wilhelm verdrängt. Er hatte sich eingeredet, dass sich schon eine Lösung finden würde, wenn es einmal so weit war. Aber das war in seinen Gedanken in ferner Zukunft und nicht plötzlich in ein paar Monaten.

»Ich müsste dir das nicht erklären, aber ich finde, du hast ein Recht darauf, es zu erfahren.« Bruggmoser richtete sich steif auf. »Im Sommer stehen unsere Kühe auf den Almen, und die Milch wird direkt von der Sennerei geholt und verarbeitet. Wir bekommen unser Geld für den Verkauf unseres Käses. Seit dem Viehabtrieb stehen die Kühe hier auf den Hausweiden und im Stall. Die Milch wird von der Kooperative abgeholt, und ich werde regelmäßig für meinen Anteil ausgezahlt. Mit der Ziegenmilch ist es das Gleiche.«

Wilhelm verstand nicht. Das wusste er, und das war doch so üblich mit der Viehwirtschaft, was erzählte Bruggmoser ihm da?

Bruggmoser fiel es schwer weiterzusprechen. »Ich sollte besser sagen: Ich wurde ausgezahlt. Seit drei Monaten geben sie mir kein Geld mehr. Die Gründe sind immer andere. Angeblich waren meine Milchlieferungen tagelang sauer, sie behaupten, ich hätte die Kanister nicht ordentlich gereinigt. Dann gab es einen Monat lang einen niedrigeren Preis, weil ... ach, ich habe vergessen, warum! Es sind alles Lügen. Sie wollen nicht mehr zahlen. Nicht mir.« Er brach ab und senkte den Kopf.

Wilhelm wagte nicht, sich zu rühren. Es war nicht so, dass ihm die eine oder andere Diskussion verborgen geblieben wäre, wenn der Mann von der Kooperative die Milch vom Hof geholt hatte. Oder die Tatsache, dass Bruggmoser in diesem Herbst länger als gewöhnlich über den Büchern verbracht hatte.

»Den Grund kannst du dir sicher denken, Wilhelm. Du bist nicht auf den Kopf gefallen. Ich dachte, es hilft, wenn ich mich mit den italienischen Behörden gut stelle. Das Gegenteil tut es. Meine eigenen Leute schneiden mich. Dabei brauche ich sie. Was soll denn werden, wenn der Leopold hier sitzt? Ich kann nicht mehr.«

Er hob den Kopf und schaute Wilhelm geradewegs ins Gesicht. Seine Augen glitzerten verdächtig. »Ich habe eine Wucherung in den Nieren. Ich soll mich operieren lassen. Dann geben sie mir noch ein paar Jahre, wenn alles gut läuft. Wenn es schlecht läuft, noch ein oder zwei, dann ist es vorbei.« Er faltete die Hände und starrte auf seine Fingerspitzen.

Entsetzt saß Wilhelm nur da, suchte vergeblich nach Worten. Kein Wunder, dass Franziska so aufgelöst aus dem Büro gestürmt war. Er hörte kaum, dass Bruggmoser weitersprach, bis die entscheidenden Worte fielen.

»… kann ich es mir nicht mehr leisten, einen Knecht und eine Magd fest anzustellen.«

»Herr Ponte, das ist ja schrecklich! Ich bete für Sie, dass die Operation gut verlaufen wird.«

Bruggmoser hob den Kopf. »Das ist nett. Mach dir um mich keine Sorgen. Der Herrgott wird seine Hand über mich halten. Aber du musst dir neue Arbeit suchen. Ende des Jahres ist Schluss. Ich kann mir das nicht mehr leisten.«

»Wer soll dann die ganze Arbeit machen?«

»Wird Zeit, dass Leopold Verantwortung übernimmt. Johanna und Josepha sind alt genug, um noch mehr mit anzupacken. Notfalls muss Franziska ran, bis sie … ist auch egal. Das ist nicht deine Sorge.« Die letzten Worte presste er harsch zwischen den Lippen hervor.

Dagegen schoss es Wilhelm durch den Kopf, dass er den Hof erst vor wenigen Minuten verlassen wollte. Sobald Leopold formell die Führung übernehmen würde. Bruggmoser kam dem mit der Kündigung nur zuvor. Was war also das Problem?

»Das war alles. Du kannst gehen, Wilhelm.«

»Ja, Herr Ponte.« Er verließ das Büro und zog die Tür leise hinter sich zu.

Und jetzt? Er wollte nicht weg von hier. Das war seine Heimat geworden, seit der Krieg ihm seine genommen hatte. Und wollte Bruggmoser wirklich Leopold den Hof überschreiben? Das war Wahnsinn. Wilhelm gab ihm höchstens ein Jahr, dann hatte er Haus und Vieh versoffen. Die Nachbarn würden ihm nicht helfen, sondern zusehen, sich hinter vorgehaltener Hand zuflüstern, der Kollaborateur habe es nicht anders verdient.

Im Sommer hatte es noch so gut ausgesehen. Würde es besser, wenn die Kühe erst wieder auf der Alm standen und der Senner, der sich nicht mit den Querelen im Tal abgab, vernünftig bezahlte? Aber dann stand die Sache mit der Operation an. Wie krank war Bruggmoser wirklich?

Wilhelm spürte beinahe körperlich das Verlangen, hinauf zu Franziska zu gehen, um mit ihr zu sprechen. Würde sie mit ihm reden, wo sie ihm seit dem geheimen Treffen aus dem Weg ging? Besser, er überlegte sich selbst erst gründlich, was er sagen wollte.

Er wandte sich nach rechts, durchquerte den Flur und betrat den Stall. Wärme und der Geruch nach Viehdung und Heu schlugen ihm entgegen. Unwillkürlich lächelte er, lauschte auf das Stampfen von Hufen, das Schmatzen und Kauen, leises Meckern von jungen Ziegen. Im Frühjahr hatten sie noch gefeiert, wie viele Geißen geboren worden waren. Nur eine war gestorben, sechs hatten sie verkauft, eine geschlachtet. Wäre es besser gewesen, alle zu behalten, damit sie mehr Milch verkaufen konnten? Das hätte vermutlich auch nichts geändert. Wenn die Kooperative nicht zahlte, zahlte sie nicht, egal, wie viel Ertrag sie lieferten.

Er hörte ein Niesen. Staub und vereinzelte Halme wirbelten durch die Luft. Hinter dem Rücken der Kühe bewegte sich ein Besen- oder Schaufelstiel hin und her.

»Franziska?«

Der Stiel erstarrte. Dann tauchte Franziskas rotes Gesicht neben der Kuh auf, die ungerührt mit dem Schwanz schlug und wiederkäute.

»Du.« Franziska wischte sich die Hände an dem blauen Schurz ab, den sie über ihrem Kleid trug. Es war ein ungewöhnlicher Anblick. Sie stützte sich auf den Stiel. Jetzt erkannte Wilhelm, dass es eine Mistgabel war.

Er trat noch etwas näher an den Verschlag. »Was machst du da? Das ist meine Arbeit.«

Sie schnaubte abfällig. »Besser, ich gewöhn mich dran. Soll ich dir sagen, wo Leopold ist? Im Bett. Es ist fast Mittag! Immerhin, wir sollten froh sein, dass der gnädige Herr überhaupt zu Hause ist. Er könnte ja auch ...«

Der Rest ging in einem schabenden Geräusch unter, als die Mistgabel über den steinernen Stallboden kratzte. Wilhelm überlief eine Gänsehaut. Franziska stach mit Wucht auf den Kuhmist ein, als könnte das alle Probleme lösen. Wilhelm konnte sich gerade noch beherrschen, ihr die Mistgabel aus der Hand zu reißen. Stattdessen trat er einen Schritt zurück, um den klebrigen Mist, den sie losschabte und durch die Luft wirbelte, nicht abzubekommen. Wenn sie die volle Gabel auf die Schubkarre warf, wehte der stechende Geruch nach Ammoniak und Dung durch die Luft.

Er bemühte sich, ihre wütenden Attacken gegen den Kuhmist zu ignorieren. »Meinst du nicht, wir sollten das alles miteinander besprechen?«

»Was gibt es da zu reden?«

»Dein Vater ist krank.«

»Darüber will ich nicht reden.«

»Es ist nur ...«

»Ich sagte, ich will *nicht* darüber reden!«

»Schon gut.« Wilhelm war es immer schwergefallen, das Verhältnis zwischen Franziska und ihrem Vater einzuordnen. Natürlich ließ es sie nicht kalt, dass er krank war. Aber gut, es war ihre Entscheidung, diese Nachricht zunächst mit sich allein auszumachen.

Nach einem kurzen Schweigen wagte er einen neuen Vorstoß. »Vielleicht fällt uns gemeinsam etwas ein, was wir tun können, um den Hof zu retten.«

Franziska hielt inne und starrte ihn ungläubig an. »Den Hof retten? Warum?«

»Warum?«

»Ja. Warum? Warum sollte ich den Hof retten, den mein Bruder erbt? Damit der sich den Schnaps etwas länger leisten kann? Oder damit du deine Anstellung nicht verlierst?«

Die letzten Worte trafen. »Ich wusste nicht, dass ich dir so gleichgültig bin«, entfuhr es ihm, bevor er sich besinnen konnte.

Franziska schlug sich mit der Hand vor den Mund. Ihre Wangen färbten sich noch dunkler rot. »Tut mir leid. So habe ich das nicht gemeint«, erklärte sie leise.

Wilhelm lehnte sich mit der Schulter gegen die Wand. »Wie hast du es denn gemeint?«

»Das ... ich ... Mann, jemand wie du kommt doch überall unter. Du kennst die Leute hier, du kannst zupacken. Der Oberleitner sucht ab dem Frühjahr einen Knecht. Das hat seine Tochter erwähnt. Die kleine Agnes. Es ist eine nette Familie.« Sie hob die Hand. »Problem gelöst.«

Wilhelm verschränkte die Arme. So einfach war es also für sie? Seine Brust schnürte sich zu. Er konnte sich nicht entscheiden, ob er wütend, gekränkt oder einfach nur traurig sein sollte. Irgendwie war es ein bisschen von allem und alles gleichzeitig. Es verschlug ihm die Sprache. Und das, wo er doch selten um eine Antwort verlegen war. Ihm fiel normalerweise immer eine Menge ein, das es zu sagen gäbe, er tat es nur nicht immer, weil er es oft klüger fand, zu schweigen. Aber jetzt? Er schüttelte sachte den Kopf.

Mit einem Schlag verpuffte Franziskas wütende Energie. »Was ist denn? Ganz im Ernst, glaubst du, es wird schwierig werden? Du hast einen guten Ruf, Wilhelm.«

»Woher willst du das wissen?«

Sie lächelte nur.

Abermals schüttelte er den Kopf, energisch dieses Mal. Das hier war sein Zuhause, das, was einer Familie am nächsten kam. Er hatte anderswo nichts und niemanden. Natürlich würde er wieder eine Anstellung finden. Er war noch nicht zu alt, und seinen breiten Schultern war anzusehen, dass er schwere Arbeit nicht scheute.

»Darum geht es nicht.«

Franziska runzelte verwirrt die Stirn.

»Ich...« Er brachte es nicht über die Lippen. Zu sagen, dass er hier Wurzeln geschlagen hatte, klang unangemessen, sentimental. Sie war die Tochter seines Arbeitgebers, es ging sie streng genommen nicht einmal etwas an. Andreas war sein Freund, ihm könnte er so etwas vielleicht sagen. Aber der hatte sich lieber in den Bauch eines stählernen Schiffes verkrochen.

Dazu hätte er sich Franziska jetzt am liebsten geschnappt und in seine Arme gezogen. So lange nicht mehr losgelassen, bis sich eine Lösung fand. Er wollte nicht gehen. Nicht jetzt, nicht in einigen Jahren, niemals.

Er streckte die Hand aus. »Gib mir die Mistgabel, lass mich das machen.«

»Ich kann das genauso gut.«

»Es ist meine Aufgabe. Und ich mache es gern.«

»Kuhscheiße schaufeln?«

Er ignorierte sie und griff nach der Mistgabel. Franziska ließ ihn gewähren, wischte sich abermals die Hände an dem Schurz ab – es war ein alter ihres Vaters, wie ihm erst jetzt auffiel. Bruggmoser trug die blauen nicht mehr, seitdem das Gerücht ging, dass die Italiener sie als Zeichen heimlichen Widerstands werteten. Eine einfache blaue Arbeitsschürze. So weit war es schon.

Franziska verließ den Verschlag. Wilhelm schob die Kuh mit einem kräftigen Stoß zur Seite und begann mit der Arbeit. Die gewohnten Bewegungsabläufe beruhigten ihn. Als die Schubkarre voll war, fuhr er sie nach draußen zum Misthaufen. Weiße warme Dampfschwaden kräuselten sich in die Luft. Er kehrte zurück in den Stall. Franziska stand noch immer dort im Gang und sah ihm zu. Er wusste nicht, was er sagen sollte. Seit Wochen hatte er auf eine Gelegenheit gewartet, mit ihr allein zu sprechen. Jetzt blieben ihm die Worte im Hals stecken. Bruggmoser hatte ihm gekündigt, und bald würde Leopold das Kommando übernehmen – mehr oder weniger.

Er beobachtete sie verstohlen aus den Augenwinkeln. Was blieb ihm auch schon, was könnte er ihr sagen?

Außer, dass er sie mochte.

Von Anfang an, doch seit ein paar Monaten immer weniger wie eine Familienangehörige, eine Schwester. Seit den Herz-Jesu-Feuern hatte sie in ihm sinnbildlich etwas entzündet. Und diese Erkenntnis traf ihn ausgerechnet hier, bei der Stallarbeit, mit voller Wucht. Er warf die nächste Ladung feuchtes Stroh in die Karre. Er grinste. Besser, diese Erkenntnis traf ihn, als eine Gabel voller Mist.

Nein, es passte schon. Er fühlte sich wohl bei der Arbeit im Stall, die Kühe strahlten eine Gelassenheit aus, die Wilhelm bei Menschen selten empfand. Und Franziska war bei ihm. Für den Moment war ihm das genug. Auf mehr durfte er nicht hoffen. Bald schon gleich auf gar nichts mehr.

Sollte er es ihr sagen? Aber was würde das ändern, wenn sie es wusste? Was konnte er ihr bieten? Bruggmoser hatte es angedeutet, sie würde sich den Sohn eines Bauern oder eines Bürgerlichen aus Meran suchen müssen. Einen, der eine angemessene Partie war, was immer das in diesen Zeiten bedeuten mochte.

»Wirst du den Hof verlassen, wenn Leopold hier übernimmt?«

Sie zuckte mit gespielter Gleichgültigkeit mit den Schultern. »Was bleibt mir schon anderes übrig?«

Wilhelm nickte unwillkürlich. Er konnte ihr nichts bieten. Ab dem Januar würde er nicht einmal mehr ein Einkommen haben. Wenn er weiter als Knecht arbeiten wollte, würde sein bisschen Erspartes bis zum März reichen müssen. Im Winter wurde selten eingestellt, Franziska hatte es vorhin selbst gesagt, der Oberleitner suchte ab dem nächsten Frühjahr. Das hieß, ab März, wenn das Pflügen und die Aussaat begannen. Ob er ihn über das ganze Jahr beschäftigen könnte, würde sich zeigen.

»Ich habe darüber nachgedacht, ob es sich lohnen könnte, eine Schankwirtschaft aufzumachen«, sagte Franziska mitten in seine Gedanken hinein.

»Eine was?« Wilhelm hielt in der Bewegung inne.

»Eine Wirtschaft. Wo wir Bier und Wein ausschenken, einfache Speisen anbieten.«

»Meinst du, so was wie der *Schwarze Adler* in Lana?«

»Nicht direkt. Aber wenn es sich rechnet, vielleicht später einmal? Ich denke jetzt mehr an ein … eine Art Gartenwirtschaft. Wir könnten den Leuten anbieten, sie aus Meran mit der Kutsche abzuholen. Sie essen und trinken etwas, und dann bringen wir sie zurück. Leah sagte, dass es von Jahr zu Jahr mehr touristische Übernachtungen in den Hotels gibt. Diesen Gästen könnten wir etwas bieten.«

»Gäste aus dem Norden, aus Österreich und dem Deutschen Reich oder aus dem italienischen Süden?«

Sie lachte unerwartet bitter auf. »Jetzt hast du es kapiert. Die Nachbarn werden nicht auf einen Wein oder eine Brotzeit kommen, aber den Fremden ist das Ansehen unserer Familie egal. Bis nach Meran reicht unser schlechter Ruf nicht. Und von mir aus bewirten wir auch italienische Familien, die zum Wintersport oder in die Sommerfrische kommen. *Pecunia non olet.*«

»Bitte?«

»Geld stinkt nicht. Mir ist egal, wen wir bewirten. Es könnte ein Weg sein, unabhängiger von den Launen der Kooperative und nicht mehr auf die Gnaden unserer Nachbarschaft angewiesen zu sein.«

Wilhelm stützte sich auf die Mistgabel. »Bisher hatte ich immer den Eindruck, dass du mit dem *kooperativen* Verhalten deines Vaters nicht einverstanden bist.«

Sie knurrte wütend. »Bin ich auch nicht. Ganz im Gegenteil. Aber diese Armleuchter von Nachbarn, der Oberleitner, der Kurat Hofer, der Wenger. Sie lassen uns alle im Stich. Sie sollten auf Tata einreden, sie sollten dem Leopold keinen Schnaps mehr zuschieben. Ich weiß, dass der Beikirchner ihm was besorgt. Ich habe ihn schon zur Rede gestellt, er tut es trotzdem. Warum? Weil Tata es nicht besser verdient? Verdammt, ist das verlogen. Die lassen uns komplett im Stich. Dreckspack.« Sie spuckte aus.

Wilhelm blieb der Mund offen stehen. Hatte sie wirklich gerade ausgespuckt? Sie schien es selbst nicht einmal bemerkt zu haben. Er sollte abgestoßen sein. Das gehörte sich nicht für ein Fräulein, oder? Stattdessen grinste er schon wieder. Sie war eine Kämpferin. Sie war einfach wundervoll.

Er zwang seine Gedanken in eine andere Richtung. »Wo willst du die Schankstube einrichten?«

»Das kommt ganz darauf an, wer in den nächsten Jahren hier wohnen wird. Und was aus dem Vieh wird.« Sie beschrieb mit dem Arm einen weiten Bogen. »Wenn uns niemand mehr die Milch abkauft, brauchen wir auch keine Kühe. Hier ist genug Platz, hier könnten wir sogar einen Tanzboden einrichten.«

Er nickte. »Immer mehr Menschen haben ein eigenes Auto. Neben der Scheune ist ausreichend Platz zum Parken. Das mit den Kutschfahrten hast du nicht ernst gemeint, oder? Du bräuchtest mehrere Gespanne, du kannst die Pferde die Strecke nicht zu oft am Tag laufen lassen. Und Fahrzeuge, mit dem Leiterwagen kommst du nicht weit.«

»Schon gut, das war ja nur eine Idee.« Sie zog einen übertriebenen Schmollmund, sodass Wilhelm lachen musste.

»Die Gäste werden schon kommen, wenn das Angebot gut ist«, meinte er versöhnlich. »Denke nur an die Aussicht von hier auf das Tal und die Berge, so was mögen die Fremden. Im Sommer könnten wir im Hof Tische aufstellen.«

»Ja! Und unter der Laube eine Theke und in der Stube ein Zimmer zum Kartenspielen. Dort sitzt schon seit Jahren niemand mehr. Gut, außer vielleicht an Weihnachten. Aber dafür findet sich auch eine Lösung.«

Sie lächelten einander begeistert an. Das war die Franziska, die Wilhelm so mochte. Mehr als das. Begehrte. Sollte er es ihr sagen, trotz allem?

Aber dann fiel ihm etwas auf. In ihrem Plan war kein Platz für ihn. Sein Lächeln erstarb.

Franziska musterte ihn aufmerksam. »Was ist los? Besser, du sagst es jetzt. Ich werde Tata diese Idee nämlich vorschlagen. Was haben wir denn noch zu verlieren?«

»Ich wünsche dir alles Glück der Welt, Franziska. Aber ohne Vieh, keine Heuernte, kein Misten, kein Melken. Für mich würde sich dadurch nichts ändern.«

»Nein, mein Lieber, so nicht! Glaubst du, ich würde dich aus der Verantwortung lassen, wenn ich Tata das ernsthaft vorschlage? Wer soll denn die Gäste bedienen?«

»Gott bewahre, ich bestimmt nicht. Das ist nichts für mich. Das werden die Zwillinge ganz wundervoll und charmant machen. Außerdem können sie gut genug Italienisch. Ich würde nicht einmal die Bestellungen verstehen.«

»Dann wirst du der Koch.«

»Ich werde was? Wie stellst du dir das vor?«

Franziska lachte. »Wie heißt es doch? Wir wachsen an unseren Herausforderungen. Du kochst den besten Kaffee. Und du knetest hervorragenden Brotteig. Den Rest bringen wir dir schon bei.«

»Glaubst du wirklich, dass ich das könnte?«

Sie wurde schlagartig ernst. »Würdest du es denn wollen? Ich frage nicht zum Spaß.« Sie verschränkte die Finger ineinander und holte tief Luft. »Seit Andreas fort ist ... seit ... dem, was du über mich weißt und was ich über dich in Meran erfahren habe ... ich habe das Gefühl, dass du neben Leah mein letzter Verbündeter bist. Es wäre mir wichtig, dass du bleibst, Wilhelm.«

Er hielt den Atem an und verharrte. Wiederholte im Geiste ihre Worte. Nahm überdeutlich die tanzenden Staubkörner in der Luft wahr, hörte das Schnaufen der Kühe, sah in Franziskas Gesicht mit den geröteten Wangen und den aufgeregt funkelnden Augen. Das war mehr, als er erwartet, zu hoffen gewagt hatte.

Es wäre mir wichtig, dass du bleibst. Das war so viel. Für hier und heute war es mehr als genug.

Er setzte ein herausforderndes Grinsen auf und betete im Stillen, dass sie nicht bemerkt hatte, wie sehr sie ihn damit berührt hatte.

»Also gut. Ich werde dir helfen. Aber darüber, was meine Aufgaben sein werden, wird noch zu reden sein. Ich glaube nicht, dass es eine gute Idee ist, wenn ich koche. Schließlich sollen die Gäste auch nach einem ersten Besuch wiederkommen.«

»Abgemacht!«

FRÜHJAHR 1926

10
Neue Ernte

Franziska wischte sich den Schweiß von der Stirn und gönnte sich einen Moment Pause. Vom Eingang des Hauses aus beobachtete sie, wie der Tischler Franz Hinteregger und Wilhelm einen Tisch nach dem anderen vom Leiterwagen luden. Sein Sohn Franzl schleppte gerade zwei Stühle heran. Er lächelte ihr schüchtern zu. Sie trat einen Schritt zur Seite, und er verschwand im Haus.

Sie hatten Ernst gemacht. Sie würden es wahrhaftig mit einer Schankwirtschaft versuchen und sich damit etwas Aufschub verschaffen, bis Leopold den Hof leiten würde. Das Überschreiben des Hofes hatte sich aufgrund der Operation ohnehin verzögert – zum Glück, wie Franziska fand –, und inzwischen schien es, als wäre das sogar ihrem Vater mehr als recht gewesen. Ludwig Bruggmoser hatte eingewilligt, für eine Saison einen Versuch zu wagen und die Konzession für eine Gartenwirtschaft zu beantragen. Seit Anfang des Jahres hatten sie die einstige Stube ausgeräumt, renoviert und einen Tresen vor eine der beiden längeren Wände gezogen. Am Freitag, den dreißigsten April, würde es eine große Eröffnungsfeier geben. Mit einer zünftigen Brotzeit und Freibier. Die alten Weggefährten von Ludwig Bruggmoser würden sich nicht blicken lassen, aber ihre Söhne konnten einem kostenlosen Schluck nicht widerstehen. Und die meisten Eltern von Franziskas Schülerinnen und Schülern kamen allein ihretwegen, so wie der Hinteregger und seine Frau. Falls ihr Vater sich wunderte, verlor er darüber kein Wort.

Dazu hatte Franziska es geschafft, den Kurat Adolf Hofer zu überreden. Das war ein nicht zu unterschätzendes Zeichen der

Solidarität für die Familie. Die Zeiten änderten sich, allerdings nicht unbedingt zum Guten. Die italienischen Behörden wurden wachsamer, fuhren inzwischen sogar in den Dörfern Streife, immer auf der Suche nach – vorgeblich – subversivem Handeln. Um verhaftet zu werden, konnte es genug sein, wenn ein Bauer sich mit einem blauen Schurz auf die Straße wagte. Aus diesem Gerücht, dies würde als Zeichen des Widerstandes angesehen, war im Laufe der letzten Monate eine Tatsache geworden. Franziska wollte sich nicht vorstellen, was sie mit Wilhelm, Leah oder einer anderen Person aus der Gruppe anstellen würden, falls sie erwischt würden.

Überhaupt, Wilhelm ... wo stand sie in Bezug auf ihn? Gerade näherten er und Hinteregger sich. Sie lächelte flüchtig und sah zu, dass sie zum Wagen ging und ihrerseits zwei Stühle in den zukünftigen Schankraum brachte. Dabei spürte sie ein nervöses Kribbeln im Nacken. Wilhelm und der Tischler waren gerade dabei, den Tisch zu kippen, damit er durch die Tür passte.

Franziska lud zwei Stühle ab und folgte den Männern. Sie konnte nicht in Worte fassen, wie froh sie war, dass sie Wilhelm vom Bleiben hatte überzeugen können. Bis zu dem Augenblick, als ihr Vater ihm im letzten Herbst erklärt hatte, er müsse den Knecht entlassen, war ihr nicht bewusst gewesen, wie viel er ihr bedeutete. Dass er ihr überhaupt etwas bedeutete. In den Wochen nach dem konspirativen Treffen bei Stefan Gruber war sie ihm aus dem Weg gegangen, da sie sich über ihre Haltung zu ihm nicht im Klaren war. Sie war lange verärgert, weil er ihre Schule entdeckt hatte, aber sie konnte es ihm kaum zum Vorwurf machen. Und dann die Vorstellung, diesen letzten Vertrauten zu verlieren? Unfassbar. Johanna – und Josepha würden ihr bis in die Hölle folgen. Nur waren die beiden immer noch halbe Kinder, keine Verbündeten auf Augenhöhe, sondern wertvolle Menschen, für die sie Verantwortung trug.

Sie hatte die Stube erreicht und stellte die Stühle zu den anderen an die Wand. Hinteregger und Wilhelm waren gerade dabei, ein Tischbein zu richten, mit dem der Tischler nicht zufrieden war.

»Das waren die letzten Stühle. Braucht ihr mich noch? Sonst schaue ich, ob ich Tata bei den Bestellungen helfen kann.«

Wilhelm blickte auf. »Nein, geh nur.« Dabei lächelte er sie verlegen an.

Hastig wandte Franziska sich ab, damit er nicht bemerkte, wie ihr das Blut in die Wangen stieg. Mal wieder. Was war denn nur los mit ihr? Er musste sie nur ansehen, und schon wurde sie rot. Nur weil sie erleichtert war, dass er den Hof doch nicht verließ, musste sie sich nicht gleich wie ein Schulmädchen aufführen.

Das sagte sich so leicht. Sie kam nicht dagegen an. Ohne den Kopf noch einmal zu heben, verließ sie den Raum und wandte sich nach rechts zum Büro. Sie klopfte und betrat den Raum, an dem ihr Vater, wie so oft in den letzten Wochen, an seinem Schreibtisch über den Büchern brütete.

Sie merkte sofort, dass etwas nicht stimmte, sobald ihr Vater den Kopf hob. Die Wangen waren eingefallen und wirkten grau, unter den Augen lagen tiefe Schatten. Franziska erschrak. So hatte er Ende Februar zuletzt ausgesehen, als er aus dem Hospital in Meran entlassen worden und vom Heilungsprozess nach der Operation komplett ausgelaugt war. Seitdem hatte er sich stetig erholt, und die Ärzte waren zuversichtlich. Ein Lichtblick, der nun gerade in der düsteren Atmosphäre verglomm.

»Was ist los? Kann ich helfen?«

Er schüttelte resigniert den Kopf.

Sie trat bis an den Schreibtisch. Das aufgeschlagene Buch war eng mit langen Zahlenreihen beschrieben.

»Sie wollten sich doch um die Bestellung und Lieferung der Bierfässer kümmern. Hinteregger hat die Tische gebracht. Er wird mit Wilhelm die letzten Arbeiten am Tresen und den Regalen vornehmen, und dann kann die Zapfanlage angeschlossen werden.« Franziska bemühte sich um einen ungezwungenen Tonfall. Ihre Erleichterung, dass er keine neuen Beschwerden hatte, sondern sich lediglich Sorgen machte, war wieder verflogen.

Ludwig Bruggmoser rührte sich kaum, saß einfach nur da und starrte auf die von Hand beschriebenen Seiten und seine mit Tinte befleckten Finger.

»Was ist los?«, wiederholte Franziska eine Spur schärfer. Ihr kam es vor, als würde einer ihrer Schüler vor ihr sitzen und nicht ihr Vater.

»Ach, Franni, davon verstehst du nichts.«

»Wie bitte?«

Er tippte müde auf das Buch. »Das sind die aktuellen Erträge und Rechnungen. Die Kooperative hat letzten Monat wieder nicht bezahlt. Dazu die Ausgaben für die Schankwirtschaft.« Er brach ab.

Franziska stemmte die Fäuste in die Hüften. »Und wovon genau verstehe ich nichts? Darf ich mal sehen?«

»Aber das ist doch nichts für eine junge Frau«, protestierte er. »Deine Mutter hat sich noch nie um die Bücher gekümmert.«

»Soweit ich das sehe, kümmert sich Ihr Erstgeborener auch nicht! Den interessiert nur, ob es für eine weitere Flasche Schnaps reicht.« Ohne nachzudenken, beugte sie sich vor und riss das Buch herum. Es brauchte keine großartigen Rechenkünste, um zu erkennen, dass das Konto des Hofes dick im Minus stand.

»Franni, das geht so nicht. Du hast schon recht, ich sollte mit Leopold ...«

»Das hier. Was ist das für eine Summe?«

Ludwig Bruggmoser seufzte und schwieg.

Sie fuhr mit dem Finger eine Kolumne entlang, in der vor jeder Ziffer ein Minus stand. »Das hier sind die Ausgaben. Kraftfutter, der Viehdoktor, Saatgut. Das sind die Einnahmen, im Moment hauptsächlich für die Milch. Minus und Plus. Was ist so kompliziert daran? Ich bringe Kindern das Rechnen bei, Tata! Das sieht ein Blinder, dass die Einnahmen nicht annähernd die Ausgaben decken. Ist das normal für den Winter, oder ist es weniger als in den Jahren zuvor? Ist es besonders wenig?«

Ludwig Bruggmoser runzelte verwirrt die Stirn. »Welchen Kindern bringst du das Rechnen bei? Hast du nicht gesagt, dass du im Gemeindebüro arbeitest?«

»Ich *würde* es den Kindern beibringen, wenn die Zeiten anders wären. Aber jetzt lenken Sie nicht ab. Wie sind die Einnahmen in den Vorjahren gewesen? Wir sind doch nicht arm, nie gewesen?« Franziska bemühte sich nach Kräften, ihre Stimme unter Kontrolle zu halten. Für einen Moment war ihr der Schreck in die Glieder gefahren. Wie konnte sie sich so verplappern? Zum Glück war es nur ihr Vater und nicht jemand, von dem ihr Konsequenzen drohten, falls er Verdacht schöpfen würde.

Dazu war Ludwig Bruggmoser zum Glück abgelenkt. Sie konnte ihm ansehen, wie sehr es ihm missfiel, seiner Tochter solche geschäftlichen Details zu verraten. Zum Teil lag es daran, dass sie eine Frau war, aber das war nicht alles. Er konnte nicht loslassen. Sobald er in der Lage gewesen war, aufrecht zu sitzen, hatte er sich wieder hinter den Schreibtisch begeben, lange bevor er seine Hofarbeiten wieder aufgenommen hatte.

»Tata, lassen Sie uns gemeinsam rechnen. Ich hatte Ihnen vorgeschlagen, dass wir ein paar Wiesen verpachten. Wenn wir das Vieh wirklich im Herbst abgeben, benötigen wir auch kein Heu mehr.«

Die Kühe im Spätherbst zu verkaufen, war der Plan gewesen, nachdem sich Franziska mit Wilhelms Unterstützung für die Schankwirtschaft starkgemacht hatte. Aber es fiel dem Hofherrn nicht leicht, die Milchwirtschaft nach über hundertfünfzig Jahren, die der Familienbetrieb bereits existierte, aufzugeben.

»Wer nimmt mir denn die Wiesen ab, wenn die schon meine Milch nicht wollen?«, knurrte er.

»Da findet sich schon einer. Wenn wir es nicht versuchen, werden wir es nicht herausfinden.« Sie wusste, dass Sepp Oberleitner Interesse hatte. Und das kam ihr nur gelegen, denn bei ihm müsste sie sich keine Sorgen machen, dass er eine allzu neugierige Nase in den Römerturm steckte, wenn er die Wiesen mähte. Schließlich saß seine Tochter zweimal in der Woche dort im Unterricht.

»Tata, ich habe noch eine Idee.«

Er lächelte gequält. »Reicht dir das Abenteuer als Gastwirtin nicht?«

»Haben Sie schon einmal darüber nachgedacht, Äpfel anzubauen?«

»Äpfel?«

»Sie wissen schon, dieses runde Obst, das auf Bäumen wächst.«

»Jetzt werde nicht frech! Franni, was soll der Unsinn?«

»Ich meine das ernst.« Sie tippte energisch auf das Buch. »Es wird eine größere Investition nötig sein, und wir müssen zusehen, welche Sorten hier am besten wachsen. Aber immer mehr Höfe stellen auf Äpfel um. Warum versuchen wir das nicht auch? Die Zeiten ändern sich. Unsere Vorfahren haben von der Milchwirtschaft gut gelebt, aber das hat keine Zukunft für uns. Vor allem, wenn Sie sich weiterhin mit der Kooperative anlegen.«

»Ich habe mich nicht mit denen angelegt! Langsam reicht es, Fräulein!«

Franziska begriff, dass sie zu weit gegangen war. Sie trat einen Schritt zurück vom Schreibtisch, verschränkte die Hände und senkte demütig den Kopf. »Alles, was ich sagen will, ist, dass sich Dinge ständig ändern. Sie haben selbst erzählt, dass unsere Familie mit Ackerbau begonnen hat. Und das Vieh dazukam und mit der Zeit mehr wurde. Jetzt bauen wir kaum noch etwas an. Ein Feld, auf dem ein paar Rüben wachsen, die sich nur schwer verkaufen lassen. Und das, was der Gemüsegarten hergibt, ist gerade genug für unseren eigenen Bedarf.«

»Das stimmt doch nicht!« Ludwig Bruggmoser schnappte empört nach Luft und riss das Buch an sich. Hektisch blätterte er darin herum, ließ den Daumen an den Zahlen entlangwandern, als könnte er so seiner Tochter beweisen, dass sie falschlag. Sie wartete geduldig. Sie wusste, dass es stimmte. Ihr Mutter hatte ihr in einem selten klaren Moment davon erzählt.

Mit einem dumpfen Knall schloss ihr Vater das Buch. »Ich habe kein Geld, um zu investieren.«

»Was, wenn wir die Kühe schon jetzt verkaufen, und nicht erst im Herbst?«

»Dann fehlt uns der Ertrag vom Senner.«

»Wie viel? Wir sollten das gründlich durchrechnen.«

»Das ist nichts für ein junges Mädchen.«

Das war zu viel. Als wäre sie nicht imstande, drei Beträge zusammenzuzählen. Franziska reckte herausfordernd das Kinn. »Geben Sie mir die Bücher, und ich werde rechnen. Sie setzen sich mit Leopold hin und machen das Gleiche. Mal sehen, wer auf welches Ergebnis kommt.«

»Bist du jetzt völlig von Sinnen, Franziska?« Ludwig Bruggmoser schlug mit der Faust auf den Tisch. Ein paar Stifte in einem Becher klirrten aneinander. Es lag mehr Verzweiflung als Wut in dieser Geste.

»Wir werden die Ergebnisse vergleichen«, fuhr sie ungerührt fort. »Und wenn sie annähernd gleich sind, habe ich bewiesen, dass ich die Bücher nicht schlechter führen würde als mein Bruder. Dann werde ich einen Investitionsplan erstellen, den wir im Laufe des Jahres umsetzen.«

»Einen Investitionsplan? Wie redest du denn?« Er schüttelte den Kopf. Doch immerhin wiederholte er nicht, dass diese

Rechnerei nichts für ein junges Mädchen wäre. Glaubte er ernsthaft, sein versoffener Erstgeborener könnte das besser als sie?

Sie streckte ihm die Hand entgegen. »Abgemacht?«

»Also gut. Abgemacht.« Zögernd schlug er ein.

Franziska lächelte siegesgewiss. Und es sollte sie der Teufel holen, wenn sie nicht ein leises stolzes Funkeln in den Augen ihres Vaters bemerkt hatte.

* * *

Obwohl Franziska an manchem Abend dachte, dass sie es niemals rechtzeitig schaffen würden, nahte irgendwann doch der letzte Tag des Aprils und damit die Eröffnung der Gartenwirtschaft.

Es war ein strahlend sonniger Frühlingstag mit warmen Temperaturen. Franziska bediente die Gäste, bis ihr die Füße brannten. Ihr freudiges Lächeln ließ sich trotz des Schmerzes jedoch nicht aus ihren Mundwinkeln vertreiben. Mit einem Ruck stemmte sie das Tablett mit den leeren Gläsern hoch und entfernte sich von dem Tisch, den sie soeben abgeräumt hatte. Von der Landstraße am Hof vorbei schlenderten bereits die nächsten Gäste heran, ein Elternpaar mit vier Kindern. Keines der Gesichter kam ihr bekannt vor.

»Wenn das kein Erfolg ist, dann weiß ich auch nicht«, erklang eine fröhliche Stimme hinter ihr.

Sie blickte über die Schulter. Leah stand dort, den Arm sittsam bei Aaron untergehakt. Hinter ihr lupfte Israel Taube seinen Hut.

Franziskas Lächeln wurde noch breiter. »Sucht euch einen Tisch aus! Da vorne unter der Linde ist einer im Schatten frei geworden. Ich komme sofort.«

»Geht ihr schon, ich helfe Franziska.« Leah löste sich von Aaron und schob ihn energisch in die angegebene Richtung.

Franziska wollte widersprechen und überlegte es sich sofort anders. Wenn Leah etwas entschieden hatte, war sie schwer davon abzubringen. Dazu wollte sie vermutlich Wilhelm einen Guten Tag wünschen, der im Haus hinter dem Tresen stand und ein Bier nach dem anderen zapfte. Sie hatten bereits das zweite Fass angestochen, und es war noch nicht einmal vier Uhr. Der Abend konnte noch lang werden.

»Es läuft gut, oder?«, fragte Leah.

Franziska schnaubte. »Mal sehen, ob das auch so bleibt, wenn das Bier ein paar Lire kostet. Aber ich gebe zu, dass das Wetter uns in die Karten spielt. Wer hätte gedacht, dass wir Ende April schon die Freisaison einläuten könnten?«

»Es werden schon ein paar hungrige Gäste kommen. Und das Essen bezahlen sie doch, oder?«

Jetzt lachte Franziska fröhlich. »Wir sind ausverkauft. Mutti schaut gerade zu, dass sie noch ein paar Krapfen bäckt. Es ist ein guter Start, das will ich nicht bestreiten. Passt schon alles.« Die Gläser auf dem Tablett klirrten. »Nein, es passt noch besser, als wir erwartet haben. Wer hätte gedacht, dass die Aussicht aufs Backen und Kochen Mutti aus der Lethargie reißen würde? Sie und Josepha sind das perfekte Duo in der Küche. Allein, die beiden so harmonisch und glücklich zu erleben, war die ganze Sache schon wert.«

»Und Wilhelm taugt vermutlich zum Wirt besser als zum Koch.«

»Das kannst du laut sagen.«

Sie lachten beide.

»Und im Herbst dann der Tanzboden im ehemaligen Kuhstall«, sinnierte Leah leise.

»Werden wir sehen. Aber ich denke schon. Die Herde zu halbieren und die Wiesen zu verpachten, war jedenfalls schon einmal ein guter Kompromiss.« Franziska dachte an die kräftezehrenden Diskussionen mit ihrem Vater. Wie vereinbart hatte sie ihm eine Rechnung vorgelegt, wie der Betrieb auf den Apfelanbau umgestellt werden könnte. Er hatte seinerseits kalkuliert und Leopold ebenso. Genau wie sie erwartet hatte, war ihr Bruder zu keinem soliden Ergebnis gekommen. Es war meilenweit von dem ihres Vaters sowie ihrem eigenen abgewichen. Das hatte Ludwig Bruggmoser zutiefst bestürzt und sogar beschämt, obwohl er kaum für die Unfähigkeit seines Sohnes verantwortlich war. Franziska hatte sich dagegen gewundert, dass Leopold es überhaupt geschafft hatte, die Zahlen einigermaßen sinnvoll zusammenzuzählen. Etwas von seiner guten Ausbildung war anscheinend doch hängen geblieben. Er war mal ein guter Schüler gewesen und seine Eltern voller Hoffnung, dass er einen erfolgreichen Weg einschlagen würde. Das war viele Jahre und ein Krieg her.

Am Ende machte Ludwig Bruggmoser sich jedenfalls nicht mehr über dieses hochtrabende Wort »Investitionsplan« lustig, sondern versprach, gründlich über alles nachzudenken. Ein paar Kühe verkaufte er sogar sofort, um an Geld zu kommen und die Küche für die Gartenwirtschaft besser auszustatten. Die verbliebenen Tiere sollten diesen Sommer noch einmal auf der Alm verbringen, im Herbst wollte er weitersehen.

Leah schaute sich suchend um. »Wo ist Leopold?«

»Keine Ahnung. Der soll nur wegbleiben, am Ende vergrault er uns mit seiner sauertöpfischen Miene noch die Gäste.«

»Wie hat er es denn aufgenommen, dass er vorläufig noch nicht Hofherr wird?«

»Hör mir auf mit dem.« Franziska ging voraus ins Haus »Poldl hat aufs Schärfste protestiert, kannst du dir ja denken. Hat herumgezetert, wir könnten das Vieh doch nicht einfach wegen meiner Spinnereien verkaufen. Aber ausnahmsweise ist er damit bei Tata auf taube Ohren gestoßen.«

»Dann musst du jetzt nur noch deinen Vater davon überzeugen, den Hof anstelle deines Bruders zu übernehmen.«

»Eher friert die Hölle zu.« Franziska brachte die abgeräumten Gläser in die Küche, wo Josepha sie in Empfang nahm. »Tata wird nicht müde, zu betonen, dass er das alles für seinen Sohn und Erben tut, um ihm einen soliden Betrieb zu hinterlassen. Und dabei findet er es keineswegs widersprüchlich, dass er all meinen Vorschlägen folgt. Zum Beispiel wird er auch die Weiden an Sepp Oberleitner verpachten, da wir für die verbliebenen Ziegen im Winter nicht mehr viel Heu benötigen. Dafür reichen die Hausweiden.«

»Die Ziegen.« Leah lachte amüsiert. »Ich habe vorhin, als wir angekommen sind, beobachtet, welche Freude die Stadtkinder an ihnen haben.«

»Oh ja, das ist für sie ein spannendes Abenteuer, die Tiere zu beobachten. Einige ganz Mutige trauen sich sogar, zu streicheln und zu füttern.«

Sie betraten den Schankraum. Bei dem Wetter saß drinnen niemand. Franziska stellte ihr leeres Tablett auf dem Tresen ab, wo es sofort von Wilhelm mit schäumenden Gläsern beladen wurde. Er summte leise vor sich hin und wirkte dabei sehr zufrieden, dass er hier allein war und seine Ruhe hatte.

»Ciao, Wilhelm.« Leah lehnte sich lässig an die Theke.

Erst jetzt sah er auf. »Leah, schön dich zu sehen.« Er reckte sich und gab ihr je einen Kuss auf beide Wangen. Sie erwiderte die Begrüßung.

Franziska biss sich auf die Unterlippe. Kein Grund, eifersüchtig zu werden. Leah hatte Aaron, Wilhelm war frei, herzlich zu begrüßen, wen und wie er wollte. Er war ihr nichts schuldig. Und dass er auf dem Hof geblieben war, musste nichts mit ihr zu tun haben. Er würde seine Gründe haben. Loyalität war sicherlich einer davon. Es war ja kein Geheimnis, wie schwer es ihrem Vater gefallen war, die Kündigung auszusprechen.

»Ohne Wilhelm hätten wir das niemals geschafft, er hat den gesamten Winter renoviert und umgebaut«, sagte sie laut, wie um sich selbst zu bestätigen.

Er grinste unbeholfen und wandte sich dem Zapfhahn zu. »Was trinkst du, Leah? Ist Aaron mitgekommen?«

»Habt ihr Apfelsaft?«

»Ja, der ist von einem Bauern aus Algund.« Wilhelm zeigte auf einige grüne Flaschen hinter sich im Regal.

»Der sollte es tun. Den nehmen wir mit einer Karaffe Sodawasser.« Leah wandte sich an Franziska. »Du musst uns nicht bedienen, ich nehme die Getränke mit. Keine Widerrede.«

Franziska lachte belustigt. »Ich werde mich nicht wehren, ich laufe sicher noch hundertmal hin und her.« Sie zog das vollgestellte Tablett vom Tresen und verließ den Raum.

An der Tür bemerkte sie, dass Wilhelm eindringlich auf Leah einsprach. »... sobald ich das Geld habe.«

»Das eilt wirklich nicht, mach dir bitte keine Sorgen.«

Franziska verharrte. Worum ging es jetzt wohl bei den beiden?

»Mir ist das peinlich«, sagte Wilhelm. »Ich habe in meinem ganzen Leben noch keine Schulden gemacht.«

Leah lachte leise. »Das wären keine Schulden, wenn du es von mir als Geschenk angenommen hättest.«

»Das wäre auch nicht richtig. Du hast ein Recht auf angemessene Bezahlung. Und außerdem ... nein.«

Franziska betrachtete die Schaumkronen auf den Biergläsern, die allmählich in sich zusammenfielen. Ihre Arme wurden lahm.

»Genug, Wilhelm. Du gibst mir das Geld, wenn du kannst. Es ist doch nicht deine Schuld, wenn er dich nicht bezahlt.«

Was bedeutete das? Wer bezahlte Wilhelm nicht? Doch nicht etwa ihr Vater? Franziska setzte sich in Bewegung, bevor sich die Schaumkronen komplett verflüchtigten.

Wie schön für die beiden, dass sie miteinander Geheimnisse teilten, bei denen sie außen vor blieb. Es mochte ja stimmen, dass es nicht um Liebesangelegenheiten ging, aber musste diese

Vertrautheit und Heimlichtuerei sein? Warum durfte sie nichts davon wissen?

Sie bediente die Gäste und ging danach in die Küche, um zu sehen, ob die Krapfen fertig waren. Als sie das nächste Mal in den Hof hinausging, sah sie, dass Leah sich zu Aaron und Israel Taube gesetzt hatte. Franziska lächelte in die Richtung und verteilte die Krapfen erst unter den Kindern und die Reste an die Eltern. In der Ferne kamen von der Straße herauf bereits neue Gäste.

Erschöpft streckte Franziska den Rücken, bis es knackte, und wischte sich den Schweiß von der Stirn. Unglaublich, wie viele Menschen anreisten. Mit ihrem Angebot von einem Ausflug ins Grüne schienen sie wirklich einen Nerv getroffen zu haben. Sie würde sich trotz der Anstrengung nicht beklagen, wenn das so bliebe. Israel Taube hatte ihnen geraten, eine Anzeige über die Eröffnung der Gartenwirtschaft in der Meraner Zeitung zu platzieren. Ironischerweise wurde die von den italienischen Faschisten kurz zuvor als deutschsprachiges Medium verboten. Offiziell gab es jetzt keine Zeitung in der Heimatsprache der Menschen mehr. Sie mussten die zensierten italienischen Zeitungen lesen oder darauf hoffen, dass ein Flugblatt heimlich in ihren Briefkästen landete. Der Bedarf wuchs. Franziskas Blick wanderte zum Tisch ihrer Freundin, die ungezwungen mit Herrn Taube scherzte. Sogar Aaron wirkte gelassener als üblich. Er hatte ein Netzwerk aufgebaut, das ausländische Zeitungen ins Land schmuggelte. Franziska wollte darüber nicht mehr als nötig wissen, dann konnte sie auch nichts verraten.

Ein schwarzes Auto bog auf den provisorischen Parkplatz vor der Scheune ein. Zwei Männer stiegen aus. Franziska spürte, wie ihr Herz schneller schlug.

Männer in Uniformen. Zwei Carabinieri.

Was wollten die denn hier? Sie und ihr Vater hatten für die Wirtschaft alle Genehmigungen eingeholt und die behördlichen Auflagen beachtet. Hier geschah nichts Verbotenes.

Bis auf ... die Sprache, in der die meisten sich unterhielten. Die Gespräche um sie herum wurden leiser oder verstummten allmählich ganz. Ein Baby weinte in die Stille, aus den Bäumen ringsum erklang das Zwitschern der Amseln. Die Männer und Frauen an den Tischen sahen sich unbehaglich um oder einander an.

Die Carabinieri beachteten niemanden. Der Jüngere zeigte auf einen freien Tisch, der Ältere, grauhaarig und mit einem gewaltigen Schnauzbart, nickte, und die beiden ließen sich dort nieder.

Franziska schluckte beklommen. Sie spürte, wie die Blicke der anderen Gäste nun auf sie gerichtet waren. Sie strich die dunkelrote Schürze ab, die sie über ihrem einfachen Leinenkleid trug. In letzter Zeit kleidete sie sich so unauffällig wie möglich, um auf keinen Fall Aufmerksamkeit zu erregen. Nicht ohne Grund.

Was half es? Die beiden Carabinieri schienen als Gäste hergekommen zu sein. Ob einer der Nachbarn sie geschickt hatte, damit sich zeigte, ob Franziskas Vater mehr Ludwig Bruggmoser oder eher Luigi Ponte war? Aber was, bitte, sollte das bringen? Gerade in den letzten Wochen hatten immer mehr Männer, die noch im vorangegangenen Sommer große Töne gespuckt hatten, die Köpfe eingezogen und ihren blauen Schurz wortwörtlich an den Nagel gehängt. Widerstand gut und schön, aber bitte nur, wenn er keine Folgen für die eigene Familie hatte. Umso besser, wenn einer der Nachbarn noch viel angepasster als sie selbst war, damit sich dann prima mit dem Finger auf denjenigen zeigen ließ.

Franziska gab sich einen Ruck und ging zu dem Tisch der Carabinieri, die ihr bereits erwartungsvoll entgegenblickten. Wenn die beiden hier zu Gast sein wollten, waren sie Gäste und wurden bedient. Bisher gab es keine Anzeichen dafür, dass die Männer vorhatten, Ärger zu machen. Dabei mussten sie gehört haben, dass hier Deutsch gesprochen wurde.

Wie gut, dass Leah sie vor einem Jahr dazu überredet hatte, Italienisch zu lernen. »*Buongiorno, che cosa desiderate?*« Sie leckte sich über die Lippen. Das war richtig, aber hoffentlich nicht zu unhöflich formuliert.

Der Jüngere neigte den Kopf, als müsste er einen Augenblick nachdenken, was die Worte bedeuteten. Dann bat er um ein Glas Rotwein und Wasser für sie beide. Der Ältere schüttelte dankend den Kopf und erklärte, ihm reiche das Wasser. Franziska nickte erleichtert. Gerade als sie sich abwenden wollte, setzte der Mann zu einem ausführlichen Monolog an. Franziska hörte zu und nickte hin und wieder. Sie glaubte, Fragen nach der Umgebung zu verstehen, aber der Sinn des Gesagten erschloss sich ihr nicht. Mit wachsender Verzweiflung ließ sie den Mann ausreden. Aus den Augenwinkeln bemerkte sie das verstohlene Grinsen des Jüngeren. Das war alles ein Test.

»*Momento, ritorno subito*«, stammelte Franziska schließlich und machte kehrt, um erst einmal ins Haus zu flüchten und dann darüber nachzudenken, wie sie damit umgehen sollte.

Wie aus dem Nichts erschien Leah neben ihr und begleitete sie in den Schankraum. »Nicht nervös werden«, erklärte sie leise, ohne Franziska anzusehen. »Das war nur ein unverbindliches Geplapper. Ein Naturbursche, der Herr, mit Begeisterung für unsere Berge und die gute Luft.«

»Spinnst du? Das war ein Test. Der hat doch Fragen gestellt. Was soll ich denn darauf jetzt antworten? Ich habe den kaum verstanden, was der von Bäumen und Bächen geredet hat.«

Leah lächelte. »*Brava*, genau das. Jetzt hol erst den Wein, dann sage ich dir, was du antworten sollst.«

Kopfschüttelnd betrat Franziska den Schankraum, wo Wilhelm sofort die Stirn runzelte, kaum dass er sie erblickte. »Was ist los?«

»Ach, ich … das …« Franziska spürte Tränen aufsteigen und wurde wütend darüber. Sie war doch sonst nicht so zartbesaitet.

Mit so etwas wie Kontrollbesuchen hatten sie doch sogar gerechnet – allerdings nicht schon am Tag der Eröffnung.

Leah packte sie am Oberarm und führte sie zu einem der leeren Tische. »Pass auf, du machst jetzt fünf Minuten Pause, und ich serviere den Signori den Wein. Ich werde sie in Grund und Boden quatschen, wenn es sein muss.« Sie gab Franziska keine Gelegenheit, zu widersprechen, und ließ sich von Wilhelm die Getränke bereitstellen. Mit resoluten Schritten verließ sie den Raum.

Wilhelm trocknete sich die Hände an einem Handtuch ab und kam zu Franziska. »Das wird schon. Mach dir keine Gedanken. Die wollten sicher nur etwas trinken, weil ihnen auf der Streife langweilig geworden war.«

»Und wenn sie uns kontrollieren wollen?« Erneut schnürte Panik Franziska die Kehle zu.

Wilhelm musterte sie gründlich. Dann nahm er sie ohne weiteres Zögern in die Arme. »So etwas wird passieren, das wussten wir. Daran werden wir uns gewöhnen müssen. Und das werden wir. Auch du. Du bist nur etwas angeschlagen, weil du in den letzten acht Wochen für zwei geschuftet hast. Das geht vorbei.« Er streichelte ihr sanft über den Rücken.

Sie legte erschöpft die Stirn gegen seine Schulter und schluckte trocken. Seine Nähe tat so gut. Wie lange hatte sie niemand mehr auf diese Weise umarmt? Ihr Trost gespendet und ihr damit ein stilles Versprechen gegeben, für sie da zu sein? Immer war sie es, die eine der Zwillingsschwestern in den Arm genommen oder versucht hatte, ihrer Mutter Zuversicht zu geben.

Am liebsten hätte sie ewig so dagestanden. Widerwillig löste sie sich, als sie hörte, wie jemand den Raum betrat.

»Alles geregelt«, erklang Leahs unbeschwerte Stimme. »Bei den beiden Herren handelt es sich um Maresciallo Marcello Capelletti, das ist der Ältere, und Brigadiere Fausto Milella. Ihre Namen und Gesichter solltet ihr euch unbedingt merken. Ich vermute, dass sie euch häufiger beehren werden, denn das ist ihr übliches Einsatzgebiet.«

Wilhelm und Franziska wandten sich ihr zu und nickten.

Sie wurde ernster. »Ich denke nicht, dass von den beiden eine Bedrohung ausgeht. Sie sind freundlich und begeistert von der Atmosphäre der Gartenwirtschaft. Aber ihr solltet immer auf der Hut sein. Immer, habt ihr verstanden? Sie sind nicht unsere Freunde. Und wenn denen irgendetwas auffällt, werden sie Ärger machen. Bleibt wachsam.«

»Natürlich.« Franziska nahm ihrer Freundin das Tablett aus der Hand und winkte Wilhelm, dass er wieder zapfen sollte. »Ich werde sie von Johanna bedienen lassen. Sie kann am besten Italienisch von uns allen. Und wenn sie mal nicht da ist, macht es Wilhelm. Dem sehen sie als zugereisten Bayern nach, wenn er die Sprache nicht gut spricht.«

»Zugereist. Meine Güte, ich lebe inzwischen seit elf Jahren diesseits der Alpen.« Er stellte ein schäumendes Bierglas auf das Tablett und füllte das nächste.

»Franni hat recht, bock nicht rum, Wilhelm. Im Gegensatz zu den Menschen aus Südtirol darfst du deine Heimatsprache ungestraft sprechen.« Leah zeigte in Richtung des Hofplatzes. »Überzeug dich selbst, wenn du es nicht glaubst. Da draußen wird nur noch ganz leise gesprochen, die Kinder wurden an die Tische gerufen und dürfen nicht mehr spielen, damit denen kein falsches Wort rausrutscht. Wie gesagt, falls die beiden Carabinieri davon etwas mitbekommen, welche Sprache gesprochen wird, überhören sie es heute großzügig. Das kann morgen ganz anders sein.«

»Oder schon in einer Stunde.« Franziska ließ die Schultern kreisen und hob das Tablett von der Theke. »Danke dir. Es geht schon wieder.«

Leah berührte kurz ihren Handrücken, schien sie umarmen zu wollen, wurde jedoch von dem Tablett mit den Biergläsern daran gehindert. Stattdessen nickte sie und zwinkerte ihr zu.

Franziska wurde rot. »Keine Ahnung, was du meinst«, murmelte sie. Zum Glück bekam Wilhelm davon nichts mit, da er gerade eine neue Holzkiste mit Apfelsaftflaschen heranschleppte.

Mit entschlossenen Schritten trug sie das Tablett hinaus und servierte die Getränke. Genau wie Leah gesagt hatte, war die unbeschwerte Stimmung verflogen. Die meisten Gäste schienen jedoch nicht gewillt, auf das Freibier zu verzichten und sich den Tag von zwei Polizisten verderben zu lassen. Die Unterhaltungen wurden leise weitergeführt, Kinder ermahnt. Die beiden Carabinieri saßen entspannt mit unter dem Tisch ausgestreckten Beinen und tranken in der prallen Frühjahrssonne ihren Wein. Die Hitze schien ihnen trotz ihrer schwarzen Uniformen wenig auszumachen.

Nach einer Dreiviertelstunde verabschiedete Maresciallo Capelletti sich freundlich und wortreich bei Franziska, lobte abermals das atemberaubende Bergpanorama und die exponierte Lage des Hofes und versprach begeistert, regelmäßig wiederzukommen. Es klang aufrichtig und keinesfalls wie eine Drohung, vor allem, da er erwähnte, das nächste Mal seine Frau mitzubringen. Und Franziska hatte sich entweder in seinen Dialekt und die Sprechweise hineingehört, oder er sprach etwas langsamer, jedenfalls konnte sie seinem Wortschwall besser folgen. So oder so erinnerte sie sich an Leahs mahnende Worte und prägte sich Staturen und Gesichter der Männer gut ein. Sie erwartete nicht, dass Maresciallo Capelletti Uniform trug, wenn seine Gattin ihn begleitete. Was ihn nicht weniger gefährlich machte, sofern es ihm in den Sinn käme, nach Deutschsprachigen Ausschau zu halten und sie seiner Behörde auszuliefern.

»Na, das war ja ein netter Besuch.« Leah tauchte neben Franziska auf, die immer noch dem abfahrenden Auto nachblickte.

»Wir werden uns daran gewöhnen. Heute waren sie jedenfalls wirklich freundlich.« Erst jetzt bemerkte sie, dass sie die Hände zu Fäusten geballt hatte, und öffnete sie. Auch ihre Schultern waren komplett verspannt. Und zu all dem hatte sich ihr Vater natürlich nicht blicken lassen.

»Es hat auch sein Gutes. Aaron hatte die Idee, hier unter den Gästen Flugblätter zu verteilen.«

»Wie bitte? Habt ihr völlig den Verstand verloren?«

»Ich habe ihm von Anfang an gesagt, dass das keine gute Idee ist, weil die Spur dann ohne Umwege zu dir oder Wilhelm führt, wenn das jemand herausfindet. Er hat das heute eingesehen. Mach dir keine Sorgen, auf dem Hof wird nichts von uns auftauchen. Es bleibt dabei, dass wir die Exemplare, die die Zwillinge verteilen, im Römerturm deponieren.«

»Bitte! Ja.« Wenn jemand den Römerturm entdeckte, war Franziska ohnehin geliefert. Da machten die Flugblätter es auch nicht mehr schlimmer. Daher hatte sie dem zugestimmt, zwar mit einem schlechten Bauchgefühl, aber irgendwie mussten die Zwillinge an das herankommen, was sie verteilen sollten. Sie konnten die Papierstöße schlecht selbst in Meran abholen. Das übernahm Wilhelm, und er achtete peinlich darauf, dass kein einziges Flugblatt noch weiter in die Nähe des Bruggmoser Hofes gelangte.

In Leahs Augen blitzte es triumphierend. Sie beugte sich an Franziskas Ohr und sprach sehr leise. »Betrachte es von der positiven Seite. Du hast heute einen wichtigen Schritt zur Annäherung gemacht.«

»Was redest du denn da?«

»An Wilhelm, meine ich.«

»Jetzt hör doch auf mit dem Quatsch. Ich wüsste nicht, dass ich je Interesse an ihm bekundet hätte.« Franziska verschränkte die Arme. Es wurde wirklich Zeit, dass Leah ging, bevor sie der Wahrheit noch weiter auf die Spur kam.

»Es sind die Handlungen, die uns ausmachen, nicht unsere Worte.«

»Ist das ein Zitat? Das klingt … verdreht. Worte auszusprechen ist doch im weitesten Sinn eine Handlung?«

»Keine Ahnung. Es gibt bestimmt ähnliche Sprichwörter.«

»Es *ist* verdreht. Es heißt: *Achte auf deine Worte, denn sie werden Handlungen.* Angeblich ein Aphorismus aus dem Talmud, aber soweit ich weiß, stammt es von einem britischen Schriftsteller.« Leise hatte sich ihnen Aaron genähert. Er trug wieder seinen Hut.

»Schon gut, du bist der größte Philosoph von uns allen. Aber darum geht es gerade nicht.« Leah rollte mit gespielter Empörung mit den Augen.

Um Aarons Mundwinkel zuckte es. Franziska hatte noch nicht erlebt, dass er Leah etwas übel nahm.

»Wir müssen los«, sagte er. »Ich habe heute Abend noch eine Verabredung und will pünktlich zurück in Meran sein.«

Leah wandte sich ein letztes Mal an Franziska: »Gut abgelenkt. Aber ich habe gesehen, was ich gesehen habe. Vorhin in der Schankstube. Behaupte jetzt nicht, es wäre nur eine tröstende Umarmung gewesen. Das war sie sicherlich. Auch.«

Franziska hielt es für besser, gar nichts mehr dazu zu sagen. Leah hatte Talent, ihr das Wort im Mund herumzudrehen. Am Ende glaubte ihre Freundin noch wirklich, sie wäre in Wilhelm verliebt. War sie nicht. Und wenn doch, hätte das ohnehin keine Zukunft. Sinnlos also, sich den Kopf darüber zu zerbrechen, was wäre, falls sie sich in ihn verlieben würde.

»Leah, noch etwas.«

»Ja?«

»Das Armband mit dem weißen Dolomitgestein, hast du das noch?«

Das Gesicht ihrer Freundin verdüsterte sich. »Das habe ich diese Woche verkauft. Ich könnte dir ein anderes anfertigen.«

Damit hatte Franziska nicht gerechnet. Traurig schüttelte sie den Kopf. »Es sollte genau dieses sein. Ich wollte es mir kaufen, als Belohnung für all die Arbeit in den letzten Wochen und meinen kleinen Triumph über Leopold. Dafür, dass mein Vater mich ernst nimmt, zumindest für den Moment. Aber ich hätte es ohnehin nicht bezahlen können. Ich hatte dich fragen wollen, ob ich in Raten … na, ist jetzt egal. Es wird jemandem Freude machen, da bin ich sicher.«

»Das wird es.« Leah wirkte schuldbewusst, wobei sich Franziska nicht recht erklären konnte, warum. Sie hatte nie erwähnt, dass sie das Armband kaufen wollte, nur, wie schön sie es fand. Es war nicht Leahs Schuld, dass es einer anderen Person gefallen hatte, die nun hoffentlich damit glücklich wurde oder jemand anderen glücklich machte.

Sie verabschiedeten sich voneinander. Franziska blieb stehen, dort, wo sie auch zuvor gestanden hatte, als die Carabinieri davongefahren waren. Sie schaute Israel Taube nach, der sein Auto mit Leah und Aaron auf der Rückbank – die vermutlich heimlich Händchen hielten – vom Hof und gen Meran lenkte. Ihre Freundin war nicht weit, und sie konnte sie jederzeit besuchen. Und dennoch überwältigte sie für einen Moment wieder das Gefühl, verlassen worden zu sein und allein zurückzubleiben.

Unsinn.

Energisch wandte Franziska sich ab und ging, um die Gäste zu bedienen, denen der Sinn danach stand, im lauen Frühlingswind sitzen zu bleiben, bis es dunkel wurde.

11
Neue Beziehungen

Dem Frühling folgte der Frühsommer ins Etschtal. Franziska konnte ihr Glück kaum fassen, dass sie in allen Belangen recht behalten hatte. Ihre Gartenwirtschaft war von Anfang an ein Riesenerfolg, brachte gutes Geld ein und wurde zwar nicht von der Nachbarschaft angenommen, dagegen umso besser von den Stadtmenschen aus Meran, die am Wochenende einen Spaziergang in der Natur machten und anschließend einen Wein trinken, dazu einen Teller Flädlesuppe oder ein Stück Apfelstrudel essen wollten. Hinzu kamen Dutzende Gäste aus Frankreich, Österreich und Deutschland sowie Familien aus Süditalien, die ihre Verwandten besuchten, die im *Alto Adige* arbeiteten. Die Aussicht vom Hof über die welligen Hügel, die in die umliegenden Berge übergingen, tat ihr Übriges. Franziska liebte den Anblick der Alpengipfel, die sich je nach Sonnenstand im steinernen Grau oder dunstigen Blau präsentierten, doch sie war ihn gewöhnt. Dass er gerade bei Fremden, die ihn nur gelegentlich genießen konnten, solche Verzückung hervorrief, war ein Geschenk und überraschte alle.

Es lief so gut, dass Franziska gezwungen war, ihren Unterricht auf weniger Stunden an Nachmittagen zu reduzieren. Ihre angebliche Tätigkeit im Büro in Lana hielt nicht mehr als Ausrede her, wenn ihre Hilfe stattdessen auf dem Hof gebraucht wurde, denn um Bedienungen anzustellen, reichten die Einnahmen dann doch noch nicht. Und es führte dazu, dass Ludwig Bruggmoser nach den ersten beiden Monaten gewillt war, zum zweiten Mal auf eine Idee seiner Tochter einzugehen. An einem verregneten Nachmittag Anfang Juni kam Franziska gerade zurück aus dem Unterricht, als Johanna sie mit den Worten empfing, sie solle sofort ins Büro kommen. Sie folgte der Aufforderung und warf im Vorbeigehen einen Blick in die Schankstube. Der Tresen war verwaist, vermutlich half Wilhelm in der Küche oder kümmerte sich im Keller um die Vorräte. Drei Tische waren besetzt. Vier Burschen, die in weißen Hemden und schwarzen Hosen aussahen wie Studenten, spielten Watten. Zwei ältere Männer in Anzügen unterhielten sich über einem Glas Rotwein. Ein geöffneter Bakelitkoffer stand neben ihnen, es schien sich um eine geschäftliche Besprechung zu handeln. Ihre Kleidung wirkte teuer, weshalb sie am ehesten für die beiden Oberklassenlimousinen infrage kamen, die draußen parkten. Den letzten Tisch belegte Leopold mit einem Begleiter von etwa Mitte zwanzig mit schwarzem Haar, einer aristokratischen Nase und dunklem Bartschatten. Auch dieser trug einen Anzug und ein weißes Hemd. Er nippte nur an seinem Wein und rutschte auf seinem Stuhl hin und her. Franziska konnte ihrem Bruder sogar aus der Entfernung ansehen, dass er nicht nüchtern war. Der Fremde tat ihr leid. Aber mit wem er sich hier in die Schankstube setzte, war seine Angelegenheit.

Sie ging weiter bis zum Büro, klopfte und trat ein, nachdem ihr Vater die Erlaubnis gegeben hatte. Auf Italienisch, wie sie erstaunt bemerkte. Ludwig Bruggmoser saß hinter dem Schreibtisch, auf dem großformatige bunte Zeichnungen in einer Reihe ausgebreitet lagen. Davor saß ein Mann, bei dem Franziska sofort dachte, dass Leopolds Tischnachbar so in zwanzig Jahren aussehen würde. Hinter ihr ertönten Schritte.

Ihr Vater erhob sich. »Franziska, da bist du ja endlich. Das hier sind Signor Domenico Bellaboni und sein Sohn Emilio. Signori, das ist meine Tochter Franziska. Leopold, da bist du, sehr gut.«

Franziska machte einen Schritt zur Seite und ließ ihren Bruder und den jüngeren Mann, der dann Emilio sein musste, durch. Sie hatten beide einen Stuhl mitgebracht. Franziska setzte sich auf den letzten freien Platz. Vage nahm sie die Alkoholfahne ihres Bruders wahr.

Ihr Vater setzte sich wieder. »Signor Bellaboni und sein Sohn führen eine Handelsgesellschaft für Obst und Gemüse. Ich habe ihn vor einiger Zeit zufällig beim Großhändler in Meran kennengelernt, als ich Vorräte eingekauft habe. Er hat mir damals seine Unterstützung angeboten, falls ich Bedarf hätte. Vielleicht ist es nun so weit. Er findet die Idee, einen Großteil unserer Weiden und den verbliebenen Acker – das sind ja nur ein paar Hektar – in Apfelbaumplantagen umzuwandeln, ganz hervorragend. Die Nachfrage nach Äpfeln steigt, und er sagt, dass die Qualität hier in der Gegend ihresgleichen sucht.«

Franziska lauschte und konnte sich nicht entscheiden, ob das nahezu fehlerfreie Italienisch ihres Vaters sie mehr beeindruckte oder der Inhalt.

Domenico Bellaboni nickte eifrig und tippte auf die Bilder. »Sie verfügen über Weitsicht, Signorina Ponte. Ich habe Ihrem Vater erklärt, was er alles beachten muss.« Er sprach langsam und betont, sodass Franziska ihm gut folgen konnte. »Fürs Erste nur die Grundlagen, versteht sich. Sie haben gute Böden hier, und wenn Sie eine Mischung aus verschiedenen Apfelsorten pflanzen, haben Sie über einen langen Zeitraum einen guten Ertrag.«

»Was meinen Sie damit?«

Seine Augen leuchteten erfreut auf, als er Franziskas Interesse wahrnahm. »Apfel ist nicht gleich Apfel, sie unterscheiden sich nicht nur im Geschmack und Aussehen. Sie müssen auf den richtigen Standort achten, die Feuchtigkeit, Sonneneinstrahlung oder auch Erntezeit. Unter wirtschaftlichen Aspekten ist wichtig, wie gut die Äpfel sich transportieren und lagern lassen. Es gibt Tausende Sorten.«

»Tausende? Sie übertreiben.«

»Keineswegs. Schon die alten Römer haben Äpfel angebaut, das ist eine jahrtausendealte Kulturgeschichte.«

»Können Sie uns denn Empfehlungen geben?«, fragte Franziska. Sie fühlte sich von der bloßen Vorstellung erschlagen. Sie hatte nicht erwartet, dass es eine ganze Wissenschaft zu sein schien, ein paar Obstbäume anzupflanzen.

»Natürlich, selbstverständlich, dafür sind mein Sohn und ich hier.« Er strahlte über das ganze Gesicht. »Wir haben unser Geschäft mit dem Großhandel von Obst und Gemüse begonnen, das ist unsere zweite Profession. Die Nachfrage speziell an Äpfeln ist ungebrochen hoch. Und so kam ich auf die Idee, neue Lieferanten zu gewinnen. Wir beraten und unterstützen beim Anbau der Setzlinge. So ein Baum braucht einige Jahre, einen guten Apfel ernten Sie nicht von heute auf morgen. Wir haben in Ligurien eine Kooperation mit Baumschulen, die uns Pflanzen kultivieren.« Er deutete auf zwei Zeichnungen und gab Franziska und ihrem Vater die Gelegenheit, sie anzusehen. Es waren Apfelsorten in verschiedenen Farben, dazu der jeweilige Blütenstand in Weiß bis hin zu zartem Rosa.

»Ich empfehle für den Anfang eine Mischung aus Äpfeln mit verschiedenen Erntezeiten. Im Sommer den Gravensteiner, zum Winter hin den Maschanzker oder den bewährten Weißen Rosmarin. Letzterer wird seit über hundert Jahren in der Gegend um Bozen kultiviert. Saftig und würzig im Geschmack, den haben Sie ganz bestimmt schon gekostet.« Er schloss verzückt die Augen.

Franziska spürte, wie sich ihre Lippen ganz von selbst zu einem Lächeln verzogen. Die Begeisterung des Mannes war ansteckend. Und ihr fiel auf, dass er *sie* ansprach, und nicht etwa Leopold. Als wolle er sie überzeugen, nicht ihren Bruder und zukünftigen Hofherrn. Wusste er, dass der Saufbold sein Geschäftspartner werden würde, sobald ihr Vater eines Tages doch Ernst machte und seinem Ältesten den Hof überschrieb?

Sie nickte nachdenklich und wandte sich an ihren Vater. »Wir könnten mit den beiden Weiden unten an der Straße beginnen. Wir pflanzen vier bis sechs Sorten und testen aus, was am besten wächst. So reduzieren wir das Risiko. Wenn es nicht klappt, säen wir wieder Gras und verpachten.« Die fremde Sprache klang ungewohnt in ihren Ohren, aber sie hatte in den letzten Wochen immer wieder die Gelegenheit gehabt, mit italienischsprachigen Gästen zu üben. Sie wurde besser.

»Wie sollen wir das finanzieren?« Ludwig Bruggmoser wirkte gequält, hin- und hergerissen zwischen den neuen Möglichkeiten und der Angst vor dem Scheitern.

Domenico Bellaboni zeigte Verständnis und winkte seinem Sohn zu.

Emilio richtete sich auf seinem Stuhl auf. »Ich werde Sie zu den verschiedenen Baumarten beraten, und wenn Sie sich verpflichten, uns ein Vorkaufsrecht einzuräumen, besuche ich Sie in Zukunft regelmäßig bis zur dritten Ernte. Gutes Wachstum ist auch in unserem Interesse.« Er sprach ruhig und bescheiden, beinahe, als wäre es ihm unangenehm, sein Gegenüber von etwas überzeugen zu müssen.

Sein Vater lächelte nachsichtig. »Emilio sollte erwähnen, dass er ausgebildeter Gärtner ist. Er hat auf den Plantagen in Ligurien gelernt. Er ist der Fachmann für das Pflanzliche, ich kümmere mich um die kaufmännischen Angelegenheiten.« Er wurde ernst. »Ich will Ihnen nicht verheimlichen, dass es eine größere Investition sein wird, wenn es sich lohnen soll. Sie werden einen Kredit aufnehmen müssen. Auch hierbei kann ich Sie unterstützen, aber letzten Endes sind Sie es, der die Bank überzeugen muss, Signor Ponte.«

Ihr Vater zog ein Gesicht, als bekäme er Zahnschmerzen. Franziska wusste genau, was er dachte. Noch ein Wagnis, mit dem er scheitern konnte. Für die Gastwirtschaft hatte er bisher keinen Kredit aufnehmen müssen, es reichte gerade so, auch, weil sie vieles selbst in die Hand genommen hatten. Wilhelm hatte die komplette Einrichtung der Schankstube gezimmert – von den Tischen und Stühlen abgesehen, die Hinteregger ihnen geliefert hatte. Und sie planten, auch den Kuhstall im Herbst selbst zum Tanzboden umzubauen.

Aber die Apfelbäume konnten sie schlecht selbst züchten. Sie würden Setzlinge und Dünger kaufen müssen, neue landwirtschaftliche Geräte benötigen.

Leopold hustete. »Das wird alles teuer, Tata«, sagte ihr Bruder auf Deutsch. »Das muss ich dann wieder doppelt und dreifach reinholen, wie soll ich das denn schaffen?«

»Ja, deshalb sitzt du hier«, erwiderte sein Vater ihm auf Italienisch. »Du musst die Entscheidung verantworten.«

»Dann vergiss es. Ich werde mich doch nicht krumm schuften, nur damit wir ein paar Experimente wagen. Das Vieh und die Weiden haben uns immer gut ernährt.«

Ludwig Bruggmoser wurde rot, doch er beherrschte sich. »Das Vieh ist schon zur Hälfte verkauft, hast du das schon vergessen?« Jetzt war er ebenfalls ins Deutsche gewechselt.

»Nein, aber das ist gar nicht gut. Ich habe mir das überlegt, ich verkaufe den Rest nicht.«

»Was soll denn dieser plötzliche Sinneswandel, Leopold? An wen willst du die Milch denn verkaufen?«

»Sinneswandel? Das war ihre Idee.« Ein anklagender Zeigefinger stieß in Franziskas Richtung. »Ich rede mit meinen Freunden. Das mit der Milch kann ich schon wieder geradebiegen. Mit Kühen kenne ich mich halt aus. Mit Apfelbäumen nicht.« Er verschränkte mit störrischer Miene die Arme.

Franziska beobachtete, wie Domenico Bellaboni mit seinem Sohn einen Blick tauschte. Es störte sie, dass sie der Unterhaltung nicht mehr folgen konnten, doch es sah ganz so aus, als erlebten sie das nicht zum ersten Mal. Oder täuschte sie sich, und die beiden verstanden sehr wohl, um was es ging? Sie schämte sich jedenfalls für ihren Bruder.

Sie wandte sich an die beiden Männer und formulierte im Geiste die entsprechenden Sätze. »Wir werden das in der Familie besprechen, haben Sie herzlichen Dank erst einmal. Könnte ich Ihnen die Weiden zeigen, die wir für den Anbau ins Auge gefasst haben? Dann können Sie sich direkt ein Bild machen und Sorten empfehlen, die auf dem Boden dort gedeihen.« Noch bevor sie zu Ende gesprochen hatte, bemerkte sie Grammatikfehler und ärgerte sich.

Doch Vater und Sohn Bellaboni lächelten dankbar und stimmten interessiert zu. Emilio hielt sich nur mit Mühe davor zurück, direkt aufzuspringen.

Leopold presste die Lippen zu zwei schmalen Strichen zusammen. Sein Gesicht sah aus wie der Himmel kurz vor einem Sommergewitter.

Sein Vater warf ihm einen warnenden Blick zu. »Das ist eine hübsche Idee, Franni. Signor Bellaboni, dann verabschiede ich mich für heute. Ihre Visitenkarte habe ich, ich werde mich baldmöglichst melden.«

Franziska verstand den Wink. Sie sprang auf und hielt die Tür auf. Emilio flüchtete sofort nach draußen. Domenico Bellaboni verabschiedete sich hastig, raffte die Zeichnungen zusammen und verließ das Zimmer. Franziska schaute noch einmal über die Schulter. Ihr Vater saß zusammengesunken hinter dem Schreibtisch, ratlos, niedergeschlagen. Leopold war sich dagegen überhaupt keiner Schuld bewusst. Breitbeinig stand er im Raum, als wollte er seinen Vater auffordern, den Platz zu räumen, damit er ihn einnehmen konnte, wortwörtlich. Franziska meinte, seinen schlechten Atem riechen zu können, aber das war sicherlich Einbildung. Sie rümpfte die Nase und verließ den Raum.

Das musste ihr Vater klären. Ihr dagegen wurde mit jedem Tag mehr bewusst, wie sehr sich dieser Generationenwechsel auch auf ihr Leben auswirken würde. Sie hatte das bisher erfolgreich verdrängt. Die Freude, mit den Zwillingen, Wilhelm und sogar ihrer Mutter die neuen Aufgaben der Wirtschaft zu übernehmen, hatte es unwirklich werden lassen. Jetzt war ihr die Erkenntnis wieder mit voller Wucht vor die Füße geschleudert worden. Leopold war komplett unfähig, vernünftig zu handeln, dachte nicht einmal die einfachsten Dinge zu Ende. Siehe da diese Schnapsidee, die Kühe doch zu behalten, obwohl dies zum sicheren wirtschaftlichen Ruin führte. Und auch ihr Vater musste es wissen. Ansonsten würde er die gesamte Angelegenheit mit der Überschreibung des Hofes nicht Tag für Tag weiter vor sich herschieben. Er redete zwar ständig davon, aber soweit Franziska wusste, hatte er bisher keine rechtlich notwendigen Schritte eingeleitet, nicht einmal einen Termin beim Notar vereinbart. Immer noch traf Ludwig Bruggmoser eigene Entscheidungen über die Zukunft des Hofes. Dieses Gespräch mit den Bellabonis war für Leopold genauso überraschend gekommen wie für Franziska selbst.

Sie konzentrierte sich auf ihre Aufgabe und lächelte Domenico Bellaboni strahlend an. »Kommen Sie, es ist nicht weit. Haben Sie Regenschirme dabei? Sonst leihen wir Ihnen welche. Und unterwegs erzählen Sie mir alles über die Sorten, die hier am besten wachsen würden. Ich bin sicher, dass mein Vater es mindestens auf einer Weide versuchen wird.« Es fiel ihr schwer, ihre Zufriedenheit zu verbergen. Immerhin war der Apfelanbau ihre Idee gewesen. Ihr Vater hatte auf sie gehört. Auch wenn er das vermutlich nicht zugeben würde.

* * *

Zwei Stunden später kehrte Franziska nass, aber zufrieden zurück ins Haus. Die Signori Bellaboni gefielen ihr, alle beide. Sie waren freundlich und zurückhaltend gewesen, hatten nicht versucht, ihr etwas aufzuschwatzen, und auf all ihre Fragen zufriedenstellende Antworten gegeben. Sie musste ihren Vater unbedingt dazu bringen, es mit dem Apfelanbau zu versuchen. Dadurch, dass die Bellabonis sich nicht um die nachbarschaftlichen Querelen scherten – und ganz sicher kein Problem damit hatten, dass die Familie Ponte mit ihnen Geschäfte machte –, waren sie unabhängiger von den Launen der anderen Bauern. Die einzige Frage war, wie sie es schafften, die Zeit von der Investition bis zur ertragreichen Ernte zu überbrücken, aber da würde sich schon eine Lösung finden. Sie würde Leah fragen. Die Taubes kannten halb Meran, sie würden wissen, welche Bank ein vertrauenswürdiges und faires Angebot machen konnte.

In der Schankstube war es still. Kein Wunder, der Himmel hatte seine Schleusen komplett geöffnet. Auf dem Hofplatz schäumten die Pfützen, und es sah nicht danach aus, dass es so bald aufhören würde. Wer nicht musste, verließ seine Wohnung heute nicht mehr.

Franziska hörte leisen Gesang aus der Küche. Sie öffnete die Tür und betrat den Raum. Kuchenduft schlug ihr entgegen, der ihr sofort das Wasser im Mund zusammenlaufen ließ. Ihre Mutter beugte sich gerade über den Backofen und zog schwungvoll ein dampfendes Blech hervor.

»Franni, mein Spatz, ich habe einen Streuselkuchen gebacken. Für uns, die Familie, nicht für die Gäste. Der Stefan hat erst letzte Woche gesagt, wie gern er den mag.«

Franziska erschrak. »Woher kennen Sie Stefan? Haben Sie ihn letzte Woche in Meran getroffen?«

»Ja, es war eine Freude, ihn wiederzusehen. Und er wollte Kuchen.«

Ihre Mutter backte Kuchen für Stefan Gruber, den Hüter der Druckerpresse? Vermutlich wäre es ja nicht schlimm, wenn Teresa Bruggmoser von den Flugblättern erführe, aber wie konnte das sein? War das alles ein Zufall?

»Wieso backen Sie Kuchen für einen Fremden?« Oder hatte Stefan ihr den Auftrag erteilt? Sie hatten vor einigen Wochen für eine Geburtstagsfeier einer Kundin drei Bleche Kuchen gebacken, und es war gut bezahlt worden. Aber die Lieferung war zeitaufwendig und umständlich gewesen, daher sollte es bei der einen Ausnahme bleiben.

Ihre Mutter summte weiter vor sich hin und beachtete Franziska nicht. Mit geübten Handgriffen löste sie den Kuchen vom Blech und beförderte ihn auf ein Gitter zum Auskühlen. Der Duft erfüllte die gesamte Küche.

»Mutti, bitte! Warum Stefan? Woher kennen Sie ihn?«

»Was ist denn das für eine Frage?«

»Ich wundere mich nur.«

»Er hat sich den Kuchen gewünscht, und ich habe so lange schon nichts mehr für ihn gebacken.«

»Aber woher kennen Sie ihn?«

»Wer sollte ihn kennen, wenn nicht die eigene Mutter? Franni, wirklich, das reicht jetzt. Geh und nimm das gute Geschirr, dann essen wir in der Stube.«

»Mutti.«

Teresa Bruggmoser trug das Backblech zum Spülstein und begann, es abzuwaschen.

»Mutti!«

»Ja, mein Spatz?«

»Es gibt keine Stube mehr. Dort ist unser Schankraum.«

»Ach, ja.«

Franziska ballte die Hände zu Fäusten und unterdrückte den Impuls, ihre Mutter zu schütteln, bis sie wieder zu Verstand kam. Sie ahnte inzwischen, wo das Missverständnis lag.

»Wer isst denn sonst noch mit? Außer dem Stefan, meine ich.«

»Du stellst seltsame Fragen. Was ist denn los mit dir?«

»Ich will nur wissen, für wie viele Personen ich decken soll.«

»Alle deine Brüder, du, dein Vater und ich. Ist das so schwer?«

»Mutti, Stefan ist tot. Seit fast zwölf Jahren schon.«

»Unsinn. Ich habe letzte Woche mit ihm gesprochen. Es geht ihm gut.«

Franziska schloss die Augen und zählte bis zehn. »Stefan ist im Spätsommer 1914 in Galizien gefallen, Mutti. Direkt in den ersten Schlachten des Großen Krieges. Rudolf ein Jahr darauf am Isonzo. Andreas lebt in Amerika. Nur Leopold und ich sind noch hier, Mutti.«

Ihre Mutter hielt inne, die Hand mit dem tropfenden Spüllappen erhoben. Sie schaute Franziska mit einem seltsamen Ausdruck völliger Klarheit an. »Ich finde das ziemlich geschmacklos, Franziska. Mit so etwas solltest du keine Scherze treiben.«

»Aber, Mutti!« Sie spürte wütende Tränen aufsteigen und ballte hinter ihrem Rücken die Hände zu Fäusten. Was geschah hier nur mit ihrer Mutter? Warum?

»Geh und deck jetzt den Tisch ein. Ich erkenne dich ja gar nicht wieder. Und du willst Lehrerin werden? Dann sei ein gutes Vorbild und gehorche deiner Mutter.«

»Dass, ich …« Sie schwankte und hielt sich am Besenschrank neben der Tür fest. Ihr war, als würde ihr jemand den Boden unter den Füßen wegreißen. Teresa Bruggmoser hatte völlig den Bezug zur Realität verloren.

Ihre Mutter beugte sich wieder übers Spülbecken und beachtete sie nicht weiter. Die Klinke der Küchentür klickte, und Josepha huschte herein. Mit großen Augen wanderte ihr Blick zwischen Franziska und ihrer Tante hin und her. Franziska wollte etwas sagen, aber ihr fehlten die Worte. Ihr Mund war klebrig und trocken. Machtlos winkte sie dem Mädchen zu.

Josepha konnte unmöglich wissen, was hier vor sich ging. Dennoch schien sie etwas zu begreifen. Sie ging wortlos an Franziska vorbei und stellte sich neben Teresa Bruggmoser ans Spülbecken. Sanft entwand sie der alten Frau den Lappen und begann schweigend das Blech zu schrubben.

Einen Moment lang schien die Situation einzufrieren. Franziska beobachtete fasziniert und mit Grauen, wie ihre Mutter Josepha betrachtete, als fragte sie sich, wer sie war und was sie hier tat. Dann ging eine Veränderung in ihrem Gesicht vor, es bekam wieder diesen abwesenden, melancholischen Ausdruck, mit dem sie die Welt von ihrem Inneren fernhielt. Die rechte Hand tastete in die Schürzentasche, wo vermutlich eine ihrer vielen Rosenkranzketten ruhte. Ihre Lippen formten lautlos Worte.

Franziska hielt den Anblick nicht mehr aus. Sie machte auf dem Absatz kehrt und stürzte aus der Küche. Mit einem Knall, der den Türrahmen erzittern ließ, fiel die Tür hinter ihr zu.

»Immer langsam, du ziehst ein Gesicht, als wäre der Leibhaftige hinter dir her. Ich wollte dir gerade die Post bringen.«

Franziska riss den Kopf hoch und starrte verwirrt in Wilhelms freundliches Gesicht. Er hielt einen Brief in die Höhe, als wolle er sie wie ein Kind damit locken. Als sie nicht reagierte, erstarb sein fröhliches Grinsen und schlug in Besorgnis um.

Hastig winkte Franziska ab. »Es ist nichts. Nur Mutti, sie hat wieder eine dieser … sie glaubt, meine Brüder seien noch am Leben. Sie behauptet, Stefan habe letzte Woche mit ihr gesprochen und sich Kuchen gewünscht. Inzwischen scheint sie wieder bei sich zu sein.«

Wilhelm ließ die Hand mit dem Brief sinken. Er machte eine unsichere Bewegung, als wolle er sie umarmen, doch Franziska verschränkte rasch die Arme. In der Küche war sie den Tränen nahe gewesen, wenn sie seinen Trost jetzt zuließ, würden alle Dämme brechen. Und sie wollte nicht herumheulen, nicht jetzt, nicht heute, denn mit der Bekanntschaft der Bellabonis war es eigentlich ein guter Tag gewesen.

»Ich sollte mich allmählich an solche Augenblicke gewöhnt haben. Mutti entgleitet die Realität immer wieder.«

»Ich glaube nicht, dass wir uns an so etwas gewöhnen können. Du machst dir Sorgen, das ist doch verständlich.« Er zögerte nachdenklich. »Ich hätte nur erwartet, dass diese Behandlung in Meran irgendwann einmal zum Erfolg führt.«

Franziska schnaubte abfällig. »Die macht es eher schlimmer, scheint mir. Ich würde zu gern einmal bei einer Sitzung dabei sein, aber ich darf nicht.« Sie war müde und erschöpft, wollte allein sein. »Was ist das für ein Brief?«, fragte sie rasch, weil sie das Thema nicht weiter vertiefen wollte.

»Von Andreas. Ich habe auch einen bekommen, meinen ersten.«

»Was schreibt er dir?«

»Vermutlich dasselbe wie dir.« Wilhelm weigerte sich, mehr zu sagen, seine gute Laune schien endgültig dahin.

Dankend nahm Franziska den Brief aus seinen Händen und zog sich in ihr Zimmer auf ihr Bett zurück. Ihr war danach, sich die Bettdecke über den Kopf zu ziehen. Je nachdem, welche Neuigkeiten ihr Bruder schrieb, würde sie diesem Drang nachgeben können.

Liebste Franni,
danke für Deinen Brief. Ich wünsche Tata alles Beste und hoffe sehr, dass er sich weiterhin auf dem Wege der Besserung befindet. Es war ein Schock, von seiner Krebsdiagnose zu lesen. Meran hat unter der Ärzteschaft einen so guten Ruf, der sogar bis hierhergedrungen ist, da ist es eine Erleichterung zu hören, dass sie ihn dort gut versorgt haben. Meine Frage nach Mutters Zustand hast Du dagegen nicht beantwortet. Absichtlich?
Ich möchte Dir heute gute Neuigkeiten schreiben: Ich werde heiraten! Meine Auserwählte heißt Wanda O'Reilley. Sie ist, wie Du anhand des Nachnamens bestimmt schon vermutest, gebürtige Irin. Jetzt kann ich es Dir beichten: Ich kenne sie seit dem ersten Tag hier in New York. Wir haben uns am Schalter der Einwanderungsbehörde kennengelernt, wo sie

mit ihren Eltern hinter mir gewartet hat. Im Nachhinein habe ich erfahren, dass ich ihre Mutter augenscheinlich an ihren verstorbenen Sohn erinnere und dass ich – lach nicht! – einen ziemlich verhungerten Eindruck gemacht haben muss. Sie haben mich, nachdem die ganzen Formalitäten erledigt waren, zum Essen eingeladen. Es war der Beginn einer wunderbaren Freundschaft – und wurde mit der Zeit mehr.
Und die zweite Neuigkeit hängt unmittelbar mit der ersten zusammen: Ich werde Vater. Deshalb muss es mit der Heirat auch recht schnell gehen, Du verstehst schon. Eigentlich hatten wir geplant, euch im Herbst zu besuchen und dann im Winter, wenn der Tanzboden im Kuhstall fertig ist (ich finde diese Idee immer noch ganz wundervoll, einen Kuss für Dich!), mit allen groß zu feiern.

Das Schriftbild veränderte sich. Als habe ihr Bruder den Brief unterbrochen und zu einem späteren Zeitpunkt erst den Mut gefunden weiterzuschreiben.

Aus diesem Plan wird nichts. Nicht nur, weil für Wanda in ihrem Zustand das Reisen dann schwiwig wird, sondern auch, weil ich einen neuen Arbeitsvertrag bekommen habe. Ich werde mindestens ein weiteres Jahr hierbleiben. Dann werden wir als Familie gemeinsam entscheiden. Wanda ist bereit, mit mir nach Südtirol zurückzukehren. Aber ich muss gestehen, dass wir beide hier inzwischen angekommen sind. Wir haben einen tollen Freundeskreis, ihre Eltern sind wundervoll und behandeln mich wie einen Sohn. Wir kennen Menschen aus dem Deutschen Reich, Italien, Irland und Frankreich. Sogar eine Mexikanerin, die in einer Nachtbar als Sängerin arbeitet (und bevor Du auf falsche Gedanken kommst: Esmeralda ist das bodenständigste

Mädchen, das ich je kennenlernen durfte. Aber mit einer Stimme, die Dich umwirft!).
Du hattest recht, Franni. Nicht nur die Arbeit macht mir Spaß und erfüllt mich mit Stolz. Es stimmt auch sonst alles. Ich vermisse Dich und Wilhelm und ein bisschen sogar Leahs Großmaul.
In Liebe, Anderl

Er musste es nicht schreiben, sie verstand es auch so. Sein Leben war dort besser als hier, glücklich, voller Freundschaft und Liebe. Voll von allem, von dem er lange glaubte, dass es ihm hier verwehrt blieb. Was zum Teil stimmte. Dazu die Erinnerungen an den Krieg und die ersten schweren Jahre danach. Franziska ließ die Hand mit dem Brief sinken und kämpfte abermals mit den Tränen. Der heutige Tag schien es sich zur grausigen Aufgabe gemacht zu haben, ihr vor Augen zu führen, dass sie ein Familienmitglied nach dem anderen verlor. Immerhin lebte Andreas und war trotz seiner Erlebnisse im Krieg bei Verstand geblieben. Er war *nur* weggelaufen, mehr nicht. Sie verstand das sogar. Jetzt hatte er es geschafft, sich eine neue Zukunft aufzubauen. Eine Frau gefunden, die er liebte. Sein Leben klang frei und unbeschwert – das war es sicherlich nicht immer, aber die Möglichkeiten schienen größer. Hier dagegen wurde das Leben jeden Tag ein bisschen komplizierter.

WINTER 1926

12
Widerstand

Sorgfältig faltete Wilhelm die beiden abgetragenen Leinenhemden und legte sie zu den anderen Kleidungsstücken in die Tasche, die neben dem Tisch stand. »Ich weiß gar nicht, wie ich das wiedergutmachen soll.«

Stefan Gruber stellte zwei Tassen mit heißer Milch auf den Tisch und setzte sich. »Jetzt reicht es aber. Das sind zwei alte Hemden, mehr nicht. Der Rest ist Lumpen. Ich weiß wirklich nicht, was Johanna damit anfangen will.«

»Das ist ihre Sache. Ich gehe jedenfalls nicht davon aus, dass sie abgelegte Männerhosen trägt.«

»Sicher nicht. Da müsste sie um die Hüften noch ordentlich zulegen.«

Sie lachten beide.

Wilhelm setzte sich und nahm einen Schluck, wobei er sich um ein Haar die Zunge verbrannt hätte. Die Milch hatte eine Haut gebildet. Er stupste mit dem Finger in die Tasse und angelte nach der hauchdünnen Schicht. Von Stefans angewidertem Gesichtsausdruck ungerührt, aß er sie. »Spaß beiseite. Johanna und Josepha fertigen aus den Stoffresten wahre Kunstwerke. Die alte Bruggmoser hat den Zwillingen ihre Nähmaschine überlassen, da sie nicht mehr gut genug sieht. Sie nähen aus den Lumpen Puppen und Stofftiere, und Kleidung. Was gar nicht mehr zu gebrauchen ist, schneiden sie in feine Schnipsel und nutzen diese zum Füllen. Es ist erstaunlich, was sie für Figuren daraus zaubern. Franziska hat eine Vitrine in der Schankstube eingerichtet, und immer wenn am Wochenende Kinder mitkommen, werden welche verkauft.« Wilhelm lächelte gutmütig. »Die beiden teilen das Geld unter sich auf. Franziska hat dafür gesorgt, dass sie es komplett für sich behalten dürfen.«

»Lass mich raten. Der Bruggmoser wollte einen Anteil, weil die Zwillinge bei ihm wohnen und essen.«

»Nein, der ist nicht so. Aber Leopold wollte es. Wenn er den Hof Ende des nächsten Jahres übernimmt, wird alles anders.« Er trank hastig, damit der Knoten, den er bei dem Gedanken im Hals verspürte, gar nicht erst größer werden konnte.

Stefan fischte mit einem Kaffeelöffel die Haut auf seiner Milch aus seiner Tasse. »Aber er findet es in Ordnung, dich seit Monaten nicht zu bezahlen?«

Genauer gesagt seit Anfang des Jahres, und inzwischen war es Ende Oktober. Aber das musste Stefan nicht wissen.

»Nein, das findet er nicht in Ordnung. Er hat mir mehrfach gesagt, ich solle mir eine neue Arbeit suchen. Ich habe im Sommer beim Oberleitner Heu gemäht und dafür einen Tagelohn bekommen.« Wilhelm bemühte sich nach Kräften, sich die Zerrissenheit, die er bei dieser Sache empfand, nicht anmerken zu lassen. »Aber ich will mir keinen neuen Hof suchen. Franziska arbeitet auch ohne Lohn.«

Stefan nickte mit spöttischer Zustimmung. »Sie gehört auch zur Familie.«

Er dagegen nicht. Das war das ganze Dilemma. Formal war er ein Knecht, ein Arbeiter, der auf dem Hof angestellt war. Es fühlte sich nach all den Jahren nur anders an. Er hatte kein anderes Zuhause. Und mit jedem Tag, den er seinen Abschied hinauszögerte, wurde es schwieriger. Als Franziska ihn vor fast einem Jahr gefragt hatte, ob er nicht bleiben könne, hatten sie beide nicht damit gerechnet, dass es finanziell so knapp werden würde. Sie wusste nach wie vor nicht, dass er keinen Lohn erhielt. Er setzte alles daran, dass sie es nicht erfuhr. Sie würde ausrasten. Was dann passierte, wollte er nicht erfahren.

Stefan stellte die Milchtasse zur Seite und beugte sich über den Tisch. »Jetzt red halt mit der Franziska. Sag ihr, dass du sie liebst. Und wenn sie dich nicht will, dann kannst du gehen und musst dich hinterher nicht fragen, ob es zwischen euch anders hätte kommen können.«

»Wie oft soll ich dir das noch erklären? Sie ist die Tochter meines Dienstherrn, und noch dazu gebildet. Ich bin ein Knecht, der nichts gelernt hat, außer hart zu arbeiten und das Vieh zu versorgen.«

»Wilhelm Leidinger! Wir leben im zwanzigsten Jahrhundert. Das Kaisertum und viele Privilegien des Adels sind abgeschafft, hier in Südtirol erst recht. Sie ist doch nicht von Stand, und außerdem hatten deine Eltern auch mal einen Hof. Dafür, dass der im Krieg abgebrannt ist, kannst du doch nichts. Und es macht dich nicht zu einem schlechteren Mann. Was hast du zu verlieren?«

Er antwortete nicht. Was sollte er schon sagen? Stefan hatte in allen Punkten recht. War es wirklich ausgeschlossen, dass Franziska Ja sagte? Sie mochte ihn, da war er sich sicher.

Nur war er mittellos. Er hatte soeben von seinem Freund zwei abgelegte Hemden angenommen, mit denen er über den Winter kommen musste. Wer würde so jemanden wollen?

»Vielleicht frage ich sie, wenn im Januar der Hof auf ihren Bruder überschrieben wird. Wir könnten nach Wien gehen, dort kann sie vielleicht als Lehrerin arbeiten, wer weiß?« Dieselben Träume, seit Monaten. Er fantasierte von diesem Leben in Wien und brachte es doch nicht über sich, den ersten Schritt zu wagen und Franziska zu fragen, ob sie sich das vorstellen könnte.

»Es könnte aber noch dauern, oder? Du hast gesagt, dem Bruggmoser gehe es wieder besser. Eigentlich wollte er den Hof doch schon längst überschrieben haben. Was, wenn er noch länger damit wartet? Besser wäre das, wenn du mich fragst. Aber das weiß der alte Bauer selbst, er ist nicht dumm. Als ich

Leopold vor ein paar Wochen begegnet bin, konnte der kaum sprechen, so sternhagelvoll war der. Mit dem wird das nix mehr.«

Wilhelm zog nur die Schultern hoch. Alle wussten, dass Ludwig Bruggmoser die Entscheidung immer wieder hinauszögerte. Erst Anfang des Jahres die Operation, dann der langwierige Genesungsprozess. Seit der Idee mit der Apfelplantage im Frühsommer schien die Übertragung des Hofes in weite Ferne gerückt zu sein, denn Leopold war mit der Idee überhaupt nicht einverstanden. Aber noch hatte sein Vater das Sagen, und im Oktober waren die ersten Reihen Baumsetzlinge eingepflanzt worden. Wilhelm hatte ein gutes Gefühl dabei – auch bei dem Gedanken wurde ihm schwer ums Herz: Er hatte die ersten Bäumchen gepflanzt, den Grundstein für ein neues Kapitel in der Geschichte des Hofes mit gelegt. Er würde so gern erleben, ob die Idee wortwörtlich Früchte trug.

»Wenn du mich fragst, Stefan, dann wird Franziska einen Italiener heiraten.«

»Einen Italiener? Spinnst du? Warum sollte sie?«

»Was, wenn ich dir sage, dass dieser Großhändler Bellaboni seinen Sohn immer wieder motiviert, Franziska schöne Augen zu machen? Ich muss zugeben, dass die Bellabonis nett und freundlich sind, sie haben uns alles beigebracht, was wir wissen müssen, damit die Setzlinge über den Winter kommen. Aber natürlich ist da viel Berechnung im Spiel. Der Händler hat etwas davon, wenn wir gute Ernten einfahren. Jedenfalls stiftet er seinen Sohn immer wieder an, Balztänze aufzuführen, wenn Franziska in der Nähe ist. Emilio ist das peinlich, aber er fügt sich und tut, was sein Vater von ihm erwartet. Und er ist, rational betrachtet, eine gute Partie.«

Wilhelm hieb mit der Faust in die Handfläche. Vielleicht wäre es einfacher, wenn Emilio Bellaboni ein Dreckskerl wäre, der Franziska belästigte. Dann könnte er ihm seine Meinung sagen, ihn in die Schranken weisen. Aber diesem zurückhaltend freundlichen Hundeblick war schwer zu entsagen. Der Italiener strahlte mit jeder Pore aus, dass er Franziska wertschätzte und sie gut behandeln würde. Mehr allerdings auch nicht. Aber alles andere, ob er sie liebte oder die Werbung eher dem Wunsch des Vaters entsprach, ging Wilhelm kaum etwas an. Er war zwar neugierig, zu erfahren, warum Emilio sich so verhielt, aber letzten Endes war es Franziskas Entscheidung, ob sie dem nachgab oder nicht. Ihr Glück musste sie selbst finden.

Stefan lächelte unschuldig. »Du musst es ja wissen.« Er sprang auf. »So, und jetzt sieh zu, dass du die Tasche ablieferst. Die Nachrichten auf den Flugblättern werden mit jeder Stunde älter.«

Wilhelm erhob sich. »Glaubst du eigentlich, dass es etwas bringt?«

»Was soll etwas bringen?«

»Na, die Flugblätter. Fragst du dich nicht manchmal, ob wir damit etwas bewirken? Kommt das, was drinsteht bei den Menschen an? Vertrauen sie darauf, dass es stimmt? Nein, mehr noch, liest sie überhaupt jemand?«

Stefan legte die Hand ans Kinn und nickte nachdenklich. »Jetzt verstehe ich, was du meinst. Doch, ich habe mir diese Fragen schon gestellt. Anfangs habe ich hin und wieder mitbekommen, wie Leute beim Einkaufen darüber getuschelt haben. Im Laufe der Zeit nicht mehr. Aber es wird allgemein immer weniger geredet, das Misstrauen wächst Tag für Tag. Das ist ja gerade das Schlimme an dieser ganzen Entwicklung.«

»Wenn unsere Flugblätter also gelesen werden, werden wir nichts davon erfahren?«

»Vermutlich. Und ehrlich gesagt ist mir das lieber so. Denn die Nächsten, die mit uns über die Flugblätter reden wollen, könnten die Carabinieri sein.«

»Das stimmt leider.« Wilhelm hob die Tasche auf. In den untersten Lumpen waren drei Papierstapel eingewickelt. Mit jedem Monat wurden sie vorsichtiger, Stefan hatte schon ganz recht. Vielleicht war es besser, wenn sie nichts davon erfuhren, wer die Verteilung der Flugblätter befürwortete und wer nicht, denn Letztere konnten ihnen gewaltig schaden. So wie Wolfgang Senner, dem Schüler, der auf ihrer ersten geheimen Versammlung dabei gewesen war. Die Carabinieri hatten ihn eines Nachts beim Verteilen erwischt. Seitdem wagten sie nicht mehr, große Mengen zu transportieren. Das war diese Woche das zweite Mal, dass Flugblätter in Richtung der Dörfer unterwegs waren. Davor hatte Leah welche unter den Autositzen versteckt, als sie mit ihrem Vater einen Sonntagsausflug in die Schankwirtschaft ihrer besten Freundin machte.

»Wie geht es Wolfgang?« Wilhelm warf sich die Tasche über die Schulter.

»Geht so. Er wird vermutlich den Rest seines Lebens humpeln. Sie haben ihn übel am linken Knie erwischt.«

»Der arme Kerl.«

»Aaron versucht, über seine Beziehungen eine Stelle für ihn in Wien als Schreiber in einer Kanzlei zu besorgen. Schreiben kann der Bursche, und wenn jemand es schafft, ihn zu vermitteln, dann Aaron.«

»Und Elsa Burghofer? Wird sie ihren Enkel ziehen lassen?«

»Die Elsa brennt für diese Sache, die würde Wolfgang auch verkaufen, wenn es sein müsste.« Stefan lachte. »Nein, im Ernst, es fällt den beiden sehr schwer, sich zu trennen. Aber für Elsa zählt jetzt, dass der Bursche in Sicherheit gebracht wird. Eine weitere Tracht Prügel von den Carabinieri überlebt der nicht.« Der fröhliche Ausdruck auf Stefans Gesicht verschwand. »Er ist nicht der Erste und wird auch nicht der Letzte sein, den sie versuchen, mit Prügeln zu brechen. Es ist immer dasselbe.« Er klopfte Wilhelm zum Abschied auf die Schulter. »Du musst los. Franziska sollte ihre Vorräte inzwischen eingekauft haben.«

»Stimmt. Mach's gut, mein Freund.« Wilhelm nahm seinen Hut vom Tisch, setzte ihn auf und verließ die Wohnung durch die Hintertür, wie meistens.

* * *

Eine Stunde später lenkte Wilhelm den Leiterwagen mit den beiden Haflingern aus der Stadt. Neben ihm zitterte Franziska vor Kälte, obwohl sie in eine Wolldecke gehüllt war.

»Das Nächste, was Tata anschaffen sollte, ist ein Auto«, murmelte sie.

»Das wird noch dauern.«

»Schon klar. Zum Glück sind die beiden treuen Damen noch nicht so alt. Vielleicht sollten wir sie noch einmal decken lassen.« Sie wies mit dem Kinn auf die Stuten und zog sich ihre Mütze etwas tiefer ins Gesicht.

Wilhelm rieb sich die Hände, er hatte seine Handschuhe zu Hause vergessen. Es dämmerte bereits, und seitdem die Sonne hinter den Bergen verschwunden war, schien es schlagartig noch kälter geworden zu sein. Er bräuchte dringend einen neuen Wintermantel. Er hielt sich für einen genügsamen Menschen, aber in Lumpen wollte er sich auch nicht hüllen.

Sie fuhren auf die Brücke über die Etsch zu, wo sich einige schwarze Autos in der Dunkelheit abzeichneten.

»Was ist denn jetzt schon wieder los?«, entfuhr es Wilhelm. Da schienen Uniformierte zu sein. Gar nicht gut.

»Eine Straßensperre.« Franziska setzte sich etwas aufrechter. »Dürfen wir noch unterwegs sein?«

»Es ist erst zehn vor fünf. Ich wüsste nicht, warum nicht.«

»Weil sie sich immer wieder etwas Neues einfallen lassen?«

Ein junger Carabiniere kam auf sie zu und befahl ihnen, an den Straßenrand zu fahren. Wilhelm gehorchte und lenkte das Gespann zur Seite. Außer der Tasche mit den Lumpen hatten sie lediglich ein paar Einkäufe dabei, hauptsächlich Lebensmittel für die Wirtschaft.

»Kontrolle, was führen Sie mit sich?«

Wilhelm unterdrückte ein gereiztes Stöhnen. Der Bursche war kaum zwanzig und musste sich vor seinen Vorgesetzten offenbar beweisen. Schneidige Sprache, zackige Bewegungen. Alles völlig unnötig, die Menschen, die hier lebten, waren es inzwischen gewohnt und ließen diese willkürlichen Aktionen einfach über sich ergehen. Es nutzte nichts. Wer aufbegehrte, fing sich schnell eine Tracht Prügel ein, und das für nichts.

Franziska übernahm die Auskünfte und erklärte ausführlich und in einem freundlichen Ton, was sich auf dem Wagen befand. Ihr Italienisch stand dem ihres Vaters inzwischen kaum nach, da sie den ganzen Sommer über beim Bedienen der Gäste sowie bei den Gesprächen mit den Bellabonis hatte üben können.

Der Carabiniere beugte sich über die offene Ladefläche. In einigen Metern Entfernung hatten sich zwei Ältere aufgestellt, die Daumen hinter die Gürtel geklemmt, und beobachteten ihren Schützling.

»Die Tasche da, was ist da drin?«, herrschte er Wilhelm an. Der schaute verzweifelt zu Franziska.

»Lumpen. Daraus wird Kinderspielzeug genäht«, antwortete sie.

»Stimmt das? Hast du nichts zu sagen?« Der Carabiniere wandte sich wieder an Wilhelm. Der nickte nur.

»Antworte!«

»Er versteht Sie, aber er spricht kaum Italienisch, nur Deutsch. Er ist ein Gast aus Bayern auf unserem Hof«, erklärte Franziska freundlich.

Wilhelm hörte die mühsam unterdrückte Schärfe in ihrer Stimme heraus. Es fiel ihr schwer, den Burschen nicht wie einen Schuljungen zurechtzuweisen.

Der junge Carabiniere warf einen verunsicherten Blick zurück zu seinen Vorgesetzten. In Südtirol war es verboten, Deutsch zu sprechen, aber galt das auch für einen bayerischen Touristen? Zum Glück bemerkte der Kerl nicht, dass es nicht furchtbar logisch war, dass ein Gast seine Gastgeberin kutschierte. Franziskas Idee war klug gewesen, denn sie wussten beide nicht, ob einem Ansässigen aus Bayern nicht auch verboten wäre, Deutsch zu sprechen. Einem Gast hingegen sicher nicht. Ein Gast war willkommen, solange er keinen Ärger machte und Geld ins Land brachte.

Der Carabiniere beugte sich abermals über die Ladefläche. Er schien verzweifelt nach etwas Ausschau zu halten, mit dem er seine Macht demonstrieren konnte. Das würde ihm nicht gelingen, indem er Säcke mit Mehl aufriss oder Eier zerschlug.

»Lumpen? Öffnen Sie die Tasche, sofort!«

Wilhelm übergab Franziska die Zügel und kletterte nach hinten. Jetzt galt es, sich so unschuldig und kooperativ wie möglich zu zeigen. Dabei war ihm, als könne sein Gegenüber sein Herz klopfen hören, so laut schlug es.

Er zog die Tasche heran, öffnete sie. Solange der Mann sie nicht anhob und sich über das Gewicht wundern konnte, könnte es gut gehen. Er würde sich nicht bis nach unten durchwühlen.

Oder?

Der Carabiniere zog erst eins, dann das zweite Hemd heraus, die ganz oben lagen. »Sehr gut erhaltene Lumpen. Erstaunlich, was die Leute alles wegwerfen.«

»Nehmen Sie sie, wenn Sie möchten.« Wilhelm machte eine nachlässige Handbewegung. Ihm war inzwischen ganz warm geworden. Er nahm seinen Hut ab und vergrub eine Hand in den Haaren.

Der Carabiniere legte die beiden Hemden zur Seite und wühlte in der Tasche herum. Inzwischen waren auch die beiden

Älteren neugierig näher gekommen. Kopfschüttelnd hielt der Carabiniere eine kaputte Hose in die Höhe. Ein Bein bestand nur noch aus langen Fetzen.

»Was machen Sie damit?«, fragte er an niemand Bestimmten gerichtet.

Franziska räusperte sich energisch. »Wie ich vorhin sagte: Daraus wird Kinderspielzeug genäht.« Jetzt wurde ihr Ton schärfer, ihre Geduld war am Ende. »Sie können sich gern persönlich davon überzeugen, Signore. Kommen Sie als Gast zu uns. Am Wochenende wird es schneien. Wir werden den Kamin in der Schankstube einheizen, und Sie können bei einem Stück Kuchen die Aussicht genießen. Und dann schauen Sie sich die Puppen und Tiere an, die wir nähen. Sie können sie sogar für Ihre Neffen und Nichten oder für Ihre Angebetete kaufen. Es sind sehr beliebte Geschenke.«

Der Jüngere arbeitete sich immer tiefer in die Tasche. Wilhelm hielt den Atem an. Nicht mehr lange, und er würde die Flugblätter entdecken. Die Frage, was sie bewirken könnten, wäre gleich beantwortet. Dafür würden die Behörden ihn des Landes verweisen, wenn er nicht sogar ins Gefängnis kam. Wenn nur Franziska schwieg, dann würde er alles auf sich nehmen. Weder sein Dienstherr noch seine Tochter hatten etwas mit solch subversiven staatszersetzenden Machenschaften zu tun. Er würde niemanden mit hineinziehen. Das war es also. So würde es enden.

Eine Hand legte sich auf Wilhelms Schulter. Um ein Haar hätten seine Knie nachgegeben. Er packte die Querstrebe des Leiterwagens so fest, dass seine Knöchel weiß hervortraten. Er hielt sich daran fest und wandte sich um.

Einer der beiden Älteren stand hinter ihm. Jetzt legte er die zweite Hand auf die Schulter des jungen Carabiniere. »Das reicht, Rocco. Die beiden führen nichts Böses im Schilde.«

Wilhelm schaute genauer hin. Der Mann trug einen grau gesprenkelten Vollbart, dennoch kam ihm das Gesicht bekannt vor.

Franziska beugte sich vom Kutschbock. »Maresciallo Capelletti?«

»*Piacere*, Signorina.« Er ließ die Hand von Wilhelms Schulter gleiten und gab Rocco gleichzeitig einen Stoß. »Jetzt lass gut sein. Es ist, wie Signorina Ponte sagt, die machen Puppen daraus. Nimm die guten Hemden mit, wenn du willst, aber lass ihnen die Lumpen. Sonst kriegst du Ärger mit meiner Frau, die braucht nämlich Nachschub für unsere Enkel zu Weihnachten.« Er lächelte zu Franziska auf. »Wir kommen am Wochenende! Gibt es Apfelstrudel?«

»Sicherlich, kein Problem. Es wird genügend für alle da sein.«

»Gut. Und falls das möglich ist, legen Sie drei von diesen Hunden zurück. Diese lang gestreckten, wissen Sie?«

»Die bekommen wir sicher bis zum Wochenende angefertigt, falls keine mehr vorrätig sind.«

»*Perfetto*. Und jetzt halt die Kutsche da vorne an, Rocco, wird's bald?«

Er legte grüßend zwei Finger an die Stirn und wandte sich ab. Rocco warf erst Wilhelm, dann Franziska einen langen Blick zu und griff dann nach den beiden Hemden. Ohne ein weiteres Wort folgte er Maresciallo Capelletti. Der dritte Carabiniere war schon längst in Richtung Straßenmitte gewandert und stoppte gerade einen Einspänner.

Wilhelm musste sich zwingen, seine Finger von der Querstrebe zu lösen. Mit wenigen Handgriffen warf er die restlichen Lumpen zurück in die Tasche und stieg mit zitternden Knien auf den Kutschbock. Franziska behielt die Zügel und lenkte das Gespann über die Brücke.

Beide sagten kein Wort. Kaum hatten sie die Etsch überquert, wurde es noch kälter. Wilhelm schlug den Mantelkragen hoch. Er könnte nicht sagen, warum er zitterte. Sie alle hatten gewusst, welches Risiko mit den Flugblättern verbunden war. Aber in Stefans warmer Stube und sicher vor feindlichen Augen und Ohren ließ sich leicht reden. Das war schlimmer als ein Gefecht im Krieg. Dort waren die Regeln einfach: schießen oder erschossen werden. Hier dagegen, und es war ihm ein Rätsel, warum er das erst jetzt zu begreifen schien, waren die Machtverhältnisse unausgeglichen. Wenn die Behörden ihn erwischten, war er ihnen ausgeliefert. In was hatte er Franziska damit nur hineingezogen?

Franziska schnalzte, und die Haflinger trabten an. »Ich weiß, was du gerade denkst. Aber die Sache mit den Flugblättern macht mir gar nicht so viel Kopfzerbrechen. Letzte Woche waren Italiener beim Hinteregger in der Werkstatt. Ich kann mich schon gar nicht mehr an die fadenscheinigen Gründe erinnern, aus denen sie herumschnüffeln wollten. Der Franz hat sie fortschicken können. Aber eines Tages werden sie feststellen, dass hinter dieser unauffälligen Tür in der Holzpaneele weder ein Lager noch ein Büro ist, sondern meine Winterschule. Oder der Capelletti wandert mit seiner Frau arglos in den Römerturm, weil sie ein paar hübsche Blumen am Wegesrand gesehen haben.«

Der Fahrtwind prickelte Wilhelm auf den Wangen. Er schlug die Hände vors Gesicht. Noch immer war er der Panik nahe, doch die Erleichterung ließ ihn auflachen. Er fühlte sich ein wenig irre.

Es war gut gegangen. Diesmal. Es hatte ihn nur zwei Hemden gekostet. Er musste sich jetzt dringend etwas einfallen lassen, wie er ohne Geld an ein paar neue herankam.

* * *

Es war ruhig geworden. Der erste Schnee hatte die Landschaft in friedvolles Weiß gehüllt, die Narben in den Hügeln und Bergflanken glatt geschliffen.

»Nicht zu fassen, dass die Leute Spaß daran haben, durch den Schnee zu spazieren.« Johanna sprach undeutlich, da sie einen Haufen Stecknadeln zwischen die Lippen geklemmt hatte.

Wilhelm unterdrückte den Impuls, mit den Achseln zu zucken, da er sonst nur wieder ermahnt würde, still zu stehen. »Das kann uns doch egal sein. Solange sie hinterher bei uns etwas essen und trinken, sind sie mir willkommen.«

Josepha nickte und zog fröstelnd die Schultern unter dem Häkeltuch zusammen. Obwohl es im Zimmer der Zwillinge warm war, schien sie wie immer zu frieren. Wilhelm fragte sich schon seit einiger Zeit, ob sie nicht einmal gründlich von einem Arzt untersucht werden müsste. Sie saß in der Nähe des Kamins und stickte einer von Johanna zuvor genähten Katze ein Gesicht.

»Nicht zappeln!« Johanna stieß einen leisen Fluch aus.

Wilhelm spürte einen Ruck an seinem linken Arm und schielte nach unten, weil er es nicht einmal wagte, den Kopf zu drehen.

»Das wird nichts!« Johanna sprang auf, warf die Nadeln in eine Dose auf dem Tisch und riss Wilhelm die Stoffbahn von der Brust. »Es tut mir leid. Ich kann viel. Und mit einiger Geduld und Übung bringe ich vielleicht auch ein einfaches Hemd zustande. Aber es soll ja schon auch nett anzusehen sein, wenigstens. Bitte kaufe dir was Neues.«

Mutlos ließ Wilhelm sich auf den Stuhl neben Josephas Bett plumpsen, der ihr normalerweise als Nachttisch diente.

»Was ist nur los? Du bist doch kein Geizhals und verprasst deinen Lohn für Schnaps oder Bier.«

»Gott bewahre, da reicht mir Leopold als schlechtes Beispiel.«

»Was ist es dann?«

Allmählich gingen Wilhelm die Ausreden aus.

Johanna schnalzte mit der Zunge und warf ihrer Schwester einen verschwörerischen Blick zu. »Weißt du was? Wir leihen dir das Geld für zwei Hemden.«

»Das kann ich nicht annehmen.«

»Gut, ich versuche es anders: Dürfen wir dir ein Geheimnis anvertrauen?«

»Ich werde schweigen, Hand drauf.«

»Wir sparen auf eine Reise ans Meer. Wir möchten nach Frankreich, an den Atlantik. Nur einmal für ein paar Tage, das reicht schon. Das ist unser Wunschtraum, seitdem Anderl von diesem Anblick geschwärmt hat.«

Wilhelm lächelte warm. »Das klingt schön, und das werdet ihr schaffen.« Was hatte das mit seinem Hemdenproblem zu tun?

Johanna sammelte die Nähutensilien ein und stopfte alles in einen Korb mit Klappdeckeln. »Ja. Werden wir, darauf kannst du dich verlassen. Aber das wird dauern. Vielleicht haben wir übernächstes Jahr das Geld zusammen. Wenn nicht, dann eben den Sommer darauf.« Sie schaute auf. »Was ich damit sagen will: Es kommt nicht auf ein paar weitere Tage an, die es länger dauert. Du gibst uns das Geld einfach zurück, wenn du deinen nächsten Lohn bekommst. Oder deinen übernächsten. Es hat Zeit. Wir vertrauen dir.«

Wilhelm beugte sich vor und stützte sich auf die Knie. Er bemerkte, dass Josepha ihre Stickarbeit zur Seite gelegt hatte und mit dem Holzstück spielte, das er ihr im vorletzten Sommer nach der Heuernte geschenkt hatte. Das Stückchen, von dem sie beide fanden, es sähe aus, wie ein Esel. Die beiden »Ohren« waren schon ganz glatt gerieben.

Die Zeit raste voran und verging doch nicht schnell genug.

»Johanna, wäre ich ein Halunke, würde ich darauf einschlagen und hätte euer Vertrauen nicht verdient. Ich zahle es *von meinem nächsten Lohn* – ja, das könnte ich versprechen. Nun, mein Geheimnis ist, dass mir euer Onkel seit Monaten nichts zahlt. Ich weiß nicht, wann ich meinen nächsten Lohn erhalte. Oder ob überhaupt.«

»Wie bitte?«

»Du hast richtig gehört. Ich habe das letzte Geld voriges Jahr im November bekommen. Meine Ersparnisse sind aufgebraucht.«

Johanna öffnete den Mund und schloss ihn wieder. Josepha schüttelte nur den Kopf und zog das Tuch enger um ihre Schultern.

»Weiß Franziska davon?«

»Kein Wort zu ihr!«

»Schon gut, wir sagen nichts. Aber Onkel Ludwig, was sagt der?«

»Es ist ihm unangenehm, er macht es ja nicht aus Boshaftigkeit. In all den Jahren, die ich auf dem Hof arbeite, hat er die Zahlung niemals gesäumt und an den Festtagen immer großzügig etwas draufgelegt. Anfangs hat er mich vertröstet. Dann hat er gar nichts mehr gesagt.« Wilhelm stockte. »Und letzten Monat, als ich nachgefragt habe, hat er mich daran erinnert, dass er mich doch entlassen habe. Zum Ende des letzten Jahres.« Er faltete die Hände zwischen den Knien und starrte darauf.

»Das ist doch Blödsinn!« Johanna stellte den Korb mit einem dumpfen Knall unter den Tisch mit der Nähmaschine. »Du arbeitest, also musst du auch Lohn bekommen. Du gehörst schließlich nicht zur Familie.«

Das hatte er schon so oft gehört, und es schmerzte wie beim ersten Mal, weil er anders empfand. Franziska war seine Mitverschwörerin, seine Vertraute, sein Anker. Die Zwillinge waren wie seine Schwestern, die der Krieg ihm genommen hatte. Sogar Teresa war ihm nahe, zwar oft entrückt, aber dennoch wie ein guter Geist oder Schatten, der die Familie durch seine bloße Anwesenheit zusammenhielt. Einzig Ludwig Bruggmoser und sein Sohn blieben, was sie immer gewesen waren, sein heutiger und der zukünftige Dienstherr.

»Es ist kein Geld da, Johanna. Es ist alles in den Umbau geflossen, in die Baumsetzlinge und jetzt in den Tanzboden. Der

Hinteregger hat einen guten Preis gemacht, aber er liefert das Holz nicht umsonst. Und es ist ja nicht so, dass ich gar nichts bekomme. Ich habe ein Zimmer, genug zu essen, kann die Kutsche oder eins der Pferde nehmen, wenn ich in die Stadt muss. Viel mehr braucht es nicht.«

»Ein Hemd und eine Hose vielleicht? Du bist ja nicht mehr zu retten, Wilhelm. Und was willst du tun? Irgendwann ist Leopold der Herr im Haus. Der wird dir sicher nicht die Schulden seines Vaters auszahlen.« Johanna verzog angewidert das Gesicht. »Falls er das könnte. Der ist schon lange nicht mehr nüchtern genug, um bis drei zählen zu können.«

Was gab es darauf zu sagen? Jedes Wort entsprach der Wahrheit.

Josepha rührte sich in ihrem Sessel. Sie wandten sich ihr zu.

Das stille Mädchen streckte die Handfläche aus und bot den kleinen Holzesel dar. »Dann musst du anders Geld verdienen.« Sie sprach so leise, dass Wilhelm Mühe hatte, sie zu verstehen.

»Nur wie? Ich kann weder nähen und noch sticken.« Er schaffte es, einen Knopf anzunähen oder ein Loch zu flicken, das hatte er im Krieg oft genug tun müssen. Meistens hielten die Nähte, aber einen Schönheitspreis würde er damit nicht gewinnen.

Josepha hauchte etwas.

Johanna klatschte begeistert in die Hände. »Natürlich, das ist es! Und das kannst du.«

»Was? Was kann ich?«

»Das Holz! Du hast einen Esel aus diesem Holzstück gemacht.«

»Habe ich nicht, das sah zufällig vorher schon so aus.«

»Aber du hast es doch nachträglich bearbeitet.«

Josephas dunkle, ernste Augen richteten sich auf ihn. Ihr Blick durchdrang ihn bis in die Eingeweide. »Du hast den Esel aus dem Holz befreit. Du kannst das.« Hatte sie das wirklich gesagt, oder hatte er sich das eingebildet?

Johanna war bereits bei den praktischen Fragen angelangt. »Du bittest den Hinteregger um Holzabfälle. Der wird schon das eine oder andere Stück übrig haben. Dann brauchst du noch ein paar Werkzeuge. Dafür leihen wir dir das Geld. Nein, keine Widerrede, das ist deine Chance. Das probierst du. Du zahlst es von deinen ersten Verkäufen zurück. Was hast du zu verlieren? Mehr, als dass es nichts wird oder niemand es kauft, kann nicht passieren.«

»Aber wenn es nicht funktioniert, kann ich das Geld für die Werkzeuge nicht zurückzahlen.«

»Ich glaube, das nennt sich Risikoinvestition. Hat uns Franziska einmal erklärt. Dann haben wir aufs falsche Pferd gewettet und verloren. Das kann passieren, Pech gehabt. Wenn es klappt, bekommen wir Zinsen, wenn du dich damit besser fühlst.«

»Damit bin ich einverstanden.«

»So, und außerdem nimmst du jetzt das Geld für ein Hemd von uns an. Wir schenken es dir.«

»Nein, ich weigere mich, das anzunehmen.«

»Du bist ein sturer Bock. Du hast uns zu unseren Namenstagen immer etwas geschenkt und wir dir noch nie. Warum also nicht? In diesen Fetzen kannst du dich nicht vor dem Hinteregger sehen lassen und ihn nach Reststücken fragen. Du sollst was hermachen.« Johannas Ton ließ keinen Zweifel daran, dass die Diskussion für sie beendet war.

Wilhelm schwieg. Sein Blick wanderte hilflos zwischen den beiden hin und her. Josepha nickte ihm auffordernd zu. Er fand es unhöflich, ein Geschenk abzulehnen, und die beiden meinten es ernst. Dennoch fühlte es sich für ihn ein wenig wie Raub an, von den beiden einen Teil ihres ersten selbst verdienten Geldes anzunehmen.

Johanna verdrehte die Augen. »Jetzt nimm es schon an. Bitte!«

»Also gut, ihr habt mich überzeugt.«

Johanna streckte die Hand aus. Wilhelm schlug ein, und es war entschieden. Zugleich breitete sich eine wohlige Wärme in seiner Brust aus.

Doch, sie waren seine Familie. Nicht auf dem Papier. Aber hier fühlte er sich zu Hause, er sorgte sich um sie und sie sich auch um ihn. Hatten die Zwillinge das nicht gerade bewiesen? Er würde für diese Menschen alles tun. Wenn er nur noch eine Idee hätte, wie er Franziskas Herz erobern könnte.

13
Das italienische Angebot

Der Sonntag zum vierten Advent brach als trüber Nebelmorgen an. Franziska quälte sich um sechs Uhr aus dem Bett und zog sich das älteste Kleid an, das sie finden konnte. Ihr war, als hätte sie gar nicht geschlafen. Sie war erst nach zwei Uhr früh ins Bett gefallen.

Sie schlurfte die Stiege hinab und durch die Flure in den ehemaligen Kuhstall. Sie betrat ihn, stieß die hölzerne Tür hinter sich zu und ließ ihren Blick verdrossen über das Chaos schweifen, das sich vor ihr ausbreitete.

Die Kühe waren im September gar nicht mehr in den Stall zurückgekehrt, sondern direkt zu ihrem neuen Besitzer gezogen, einem befreundeten Bauern des Senners. Die kleine Ziegenherde lebte nun im Anbau unter den beiden Schlafkammern, von denen Wilhelm eine bewohnte und die andere einst für die Magd zur Verfügung gestanden hatte.

Die Kühe waren noch keine Woche verkauft, da hatte Wilhelm sich sofort mit Feuereifer an den Umbau des Kuhstalls begeben. Unterstützt wurde er von Franzl Hinteregger, dem Sohn des Tischlers, der im Herbst die Schule beendet hatte. Als Erstes hatten die beiden einen Parkettboden eingezogen, der jetzt nach der ersten durchfeierten Nacht verschmiert und gräulich aussah. Von dem honiggelben Holzschimmer war nicht mehr viel zu erkennen.

Franziska stöhnte angesichts der Arbeit, die vor ihr lag. Sie ging als Erstes hinter die lange Theke zur Linken und füllte einen Eimer mit heißem Wasser und Schmierseife. Die herumliegenden abgerissenen Girlanden, Scherben und sonstigen Müll hatten sie bereits aufgesammelt, nachdem die letzten Feiernden gegangen waren. Sie schnappte sich den Schrubber und kippte den Eimer kurzerhand mitten im Raum aus.

Nachdem die Trennwände der Pferche verschwunden waren, war ihr der Raum viel größer vorgekommen. Jetzt wirkte er noch größer. Ihr standen einige Stunden Schrubberei bevor.

Franziska hielt noch einmal inne und drehte die langen Haare zu einem Knoten auf. Dann begann sie zu putzen, während ihre Gedanken durch den Raum wanderten. Sie wusste, wofür sie das hier tat. Gab es da nicht diesen Spruch, mit Wünschen vorsichtig zu sein, da sie in Erfüllung gehen könnten? Falls das stimmte, war sie keineswegs vorsichtig genug gewesen. Ihre Idee mit dem Tanzboden hatte eingeschlagen wie eine Bombe – ja, und genau so sah es um sie herum aus. Sie lachte und packte den Schrubber fester.

Es war gut. Und es war eine Perspektive. Franziska merkte mit jedem Monat mehr, dass sie eine Aufgabe brauchte, eine Arbeit, die sie erfüllte. Das Unterrichten machte ihr große Freude, doch die Heimlichtuerei und die ständig mitschwingende Sorge, eines Tages entdeckt zu werden, machten sie mürbe. Sie hatte sich offiziell als Lehrerin beworben, hoffte, dass ihre Italienischkenntnisse inzwischen ausreichend waren, doch sie rechnete sich keine ernsthaften Chancen aus. Es strömten genug gebildete Männer aus dem Süden herbei, um hier zu arbeiten. Dass die bei der Besetzung der Stellen bevorzugt wurden, war nicht nur ein offenes Geheimnis, es war auch logisch. Die Regierung wollte die Italienisierung vorantreiben, wurde immer rigoroser darin, alles, was sie als Deutsch beziehungsweise Südtirolerisch einstuften, zu tilgen.

Die Bedienung der Gäste dagegen machte ihr Spaß und war größtenteils unverfänglich, solange sie sich nicht in Gespräche über politische Ansichten verwickeln ließ, was sie grundsätzlich nicht tat. Nicht mehr. Sie hatte während ihrer Zeit in Innsbruck an Diskussionsrunden teilgenommen und sich leidenschaftlich an Debatten beteiligt. Jetzt sprach sie mit niemandem mehr außer Wilhelm und Leah über solche Themen, nicht einmal mit ihrem Vater. Es war zu gefährlich.

Sie war an der kurzen Wand gegenüber der Theke angekommen, wo Wilhelm und Franzl über die gesamte Breite eine hölzerne Empore gezimmert hatten. Sie hielt inne und streckte ihr schmerzendes Kreuz.

Unter den Fenstern hatten sie einige wenige Zwischenwände der ehemaligen Stallboxen stehen gelassen, gründlich gereinigt und Sitzbänke hineingestellt. Die Zwillinge hatten über Wochen Gardinen, Tischdecken, Sitzkissen und Lampenschirme genäht. Das Ganze hatte dann ein Bekannter von Stefan Gruber für einen günstigen Preis elektrifiziert. Gestern Abend hatte dann die erste große Veranstaltung stattgefunden. Ein vermögender Arzt hatte für die Feier zur Approbation seines Sohnes gebucht. Und sie hatten im Laufe des Abends direkt drei weitere Anfragen für Familienfeiern im Januar und Februar erhalten, von der steigenden Bekanntheit der Gartenwirtschaft, die sich zu einem beliebten Ausflugsziel gerade der Meraner Gesellschaft entwickelt hatte, ganz zu schweigen. Ein Erfolg auf ganzer Linie. Es sicherte der Familie ein Auskommen in diesen unsicheren Zeiten. Die italienische Behörde stand solchen Freizeitangeboten wohlwollend gegenüber, solange in den Weinkellern oder Hinterzimmern keine Revolutionen geplant wurden, was Franziska mit Wilhelms Unterstützung zu verhindern wusste. Sie merkten sich allerdings die Gesichter derjenigen, die Reden schwangen, die nicht im Sinne der Machthaber waren. Wenn sie die Leute kannten, war es gut möglich, dass diese in den Tagen nach dem Besuch der Wirtschaft ein frisch gedrucktes Flugblatt im Briefkasten hatten.

Jetzt musste nur noch die Saat der Apfelbäume aufgehen, und der Familie würde es wieder gut gehen. Zumindest wirtschaftlich. Was den Zusammenhalt anbelangte, wurde es schwieriger. Noch ein Jahr wollte ihr Vater den Betrieb führen, gemeinsam mit Leopold. Ab dem ersten Januar 1928 würde ihr Bruder das alleinige Sagen haben. Und dieses Mal würde es nicht bei der Ankündigung bleiben. Die ersten amtlichen Termine waren bereits für den kommenden Januar vereinbart. Jetzt wurde es endgültig. Dass ihr Vater sich trotz allem, was Franziska ihm an Kompetenzen und klugen Ideen präsentiert hatte, anders entschied, war nicht zu erwarten. Insgeheim hatte sie immer noch darauf gehofft, dass er anders planen würde, ihr den Hof überließ. Aber das passte nicht in sein konservatives Weltbild. Eine Tochter erbte nicht, damit hatte es sich. Und so blieb das Wunder aus. Leopold und niemand anders war der Erbe und würde den Hof bekommen.

Und dann?

Franziska holte den Eimer und wischte die dreckige Brühe auf, bevor sie eine zweite Ladung Wasser verteilte und mit zusammengebissenen Zähnen schrubbte. Das hier war ihre Idee gewesen. Sie und die Zwillinge hatten mit angepackt, doch den größten Anteil hatte Wilhelm gehabt. Die Tage, in denen Leopold geholfen hatte, konnte sie an einer Hand abzählen. Wie sollte das weitergehen? Sie würde sich jedenfalls nicht für ihren Bruder krumm schuften, und, sofern sie das verhindern konnte, auch nicht die Zwillinge. Wilhelm musste das selbst wissen.

Das war auch so etwas. Warum arbeitete Wilhelm ohne Lohn? Seit einem Jahr. Franziska hatte es erst vor einigen Tagen herausgefunden. Eher zufällig war ihr aufgefallen, dass der Posten bei den Ausgaben im Wirtschaftsbuch ihres Vaters fehlte. Daraufhin war ihr das Gespräch zwischen Leah und Wilhelm wieder eingefallen, das sie unfreiwillig belauscht hatte. Da hätte sie es eigentlich schon begreifen müssen. Aber es war der Tag der Eröffnung gewesen, und sie hatte es in all dem Trubel vergessen und auch später nicht mehr weiter darüber nachgedacht. Wilhelm selbst hatte nicht einmal etwas angedeutet.

Franziska schämte sich deswegen ein wenig, weil sie fand, dass es ihre Pflicht gewesen wäre, es zu bemerken. Was war der Einblick in die Wirtschaftsbücher ansonsten wert?

Sie war froh darum, dass Ludwig Bruggmoser sie in die Bücher schauen ließ, wenn auch widerwillig. Stets betonte er, wie wenig er ihr zutraute und dass es sich für eine junge Frau nicht gehöre, sich mit so etwas zu beschäftigen. Dabei war sie gut, und das wusste sie. Soweit sie es beurteilen konnte, war es ihr einziges Versäumnis, dass sie Wilhelms nicht erfolgte Lohnzahlungen übersehen hatte. Und obwohl sie nun seit einem Jahr bewies, dass sie nicht schlechter rechnete und sogar klüger kalkulierte als Leopold, blieb ihr Vater befangen, weil sie seine Tochter war und nicht sein Sohn. Als ob das Geschlecht etwas damit zu tun hätte, wie jemand seinen Verstand gebrauchte.

Die Tür klickte auf, und ein Schwall kühler Luft zog durch den Raum. Johanna steckte den Kopf durch den Spalt.

»Franziska? Warum hast du mich nicht geweckt?«

»Passt schon. Die Arbeit macht mir nichts, ich kann gut dabei nachdenken.«

Johanna betrat den Raum und holte sich den Eimer und ging zur Theke. »Ich war dran mit dem Ziegenfüttern, aber Wilhelm ist schon im Stall.« Ohne große Worte zu verlieren, packte sie mit an.

Im vorderen Teil des alten Gebäudes hörten sie, wie die Familie erwachte – mit Ausnahme von Leopold, der nach dem gestrigen Saufgelage bis Mittag schlafen würde. Teresa Bruggmoser ging es jeden Tag, den es auf Weihnachten zuging, schlechter. Doch selbst sie schaffte es, aufzustehen und für alle ein Frühstück zuzubereiten, bevor sie sich in die Kapelle zurückzog, um zu beten. Das tat sie so lange, bis sie jemand zurück ins Haus holte, bevor sie anfror. Franziska hatte einen Haufen Decken auf dem Boden ausgebreitet und sogar vor die Wände gehängt. Vormittags entzündete Wilhelm einen Feuerkorb und schaute regelmäßig, dass die Glut nicht ausging, doch die Kapelle blieb ein Eisloch. Das wäre ihr gerade recht so, um den Schmerz der Sünde deutlicher zu fühlen, hatte ihre Mutter erklärt. Franziska fragte sich in solchen Momenten, was Teresa Bruggmoser noch groß an Sünden auf dem Konto haben mochte, wo sie seit Jahren kaum etwas anderes tat, als zu beten. Am liebsten hätte sie ihre Mutter gepackt und sie geschüttelt, bis sie wieder zu Verstand kam. Stattdessen schaute sie nur hilflos zu, genau wie ihr Vater und alle anderen.

Nach etwa einer Stunde hatten Franziska und Johanna den Tanzboden wieder vorzeigbar hergerichtet. Die nächste Feier konnte stattfinden.

»Franziska? Da ist jemand an der Tür und will dich sprechen.« Wilhelm erschien im Eingang und war wieder verschwunden, bevor sie fragen konnte, wer es war.

Johanna stützte sich auf den Schrubber. »Nanu? Hat der schlechte Laune? Sieht ihm gar nicht ähnlich.«

»Vielleicht passt ihm der Gast nicht.« Oder er macht sich Gedanken, von welchem Geld er Weihnachtsgeschenke kaufen sollte. Im letzten Jahr hatten sie an einem Nachmittag zwischen den Feiertagen und Neujahr mit Leah, Aaron, Stefan und drei der anderen jüngeren Mitverschwörer gefeiert und sich kleine Geschenke gemacht. Den Zwillingen hatte Wilhelm je ein Buch geschenkt. Franziska hatte schon überlegt, ob sie ihrem Vater etwas geben sollte, damit er seinem Knecht einen Teil des ausstehenden Monatslohns geben konnte. Von ihr würde Wilhelm keine Lira annehmen. Nur hatte sie selbst kaum Geld. Sie bekam von den Eltern ihrer Schülerinnen und Schüler etwas zugesteckt, aber das war nie viel.

Das musste warten. Franziska schüttelte ihre Haare aus und flocht sie neu zu einem Zopf. Sie strich den Rock ihres Kleides ab, aber gegen die Schmutzflecke konnte sie nichts ausrichten. Kurz erwog sie, sich umzuziehen, doch sie wollte den Besuch nicht länger als unbedingt nötig warten lassen.

Sie ging in den Flur zum Hauseingang und stockte auf der Stelle.

»Buongiorno, Emilio! Mit Ihnen habe ich gar nicht gerechnet.«

Emilio Bellaboni nahm den Hut ab und deutete eine Verbeugung an. »Es ist eine Freude, Sie zu sehen, Signorina Ponte.«

»Das ist …, wenn ich gewusst hätte …« Sie kratzte verlegen an einem Schmutzfleck und bemerkte auch noch einen Riss im Stoff des Kleides. Jetzt wurde ihr ihr Aussehen peinlich. Emilio legte Wert auf Äußerlichkeiten, und es war Franziska wichtig, was er von ihr dachte. Sie war fest entschlossen, aus der Bekanntschaft mit den Bellabonis eine langjährige Geschäftsbeziehung zu machen, selbst wenn es ihr und ihren Eltern bald nichts mehr nutzen würde. Was hatte Wilhelm sich nur dabei gedacht, ihr nicht zu sagen, wer hier gekommen war?

»Die Wirtschaft ist noch nicht geöffnet«, stammelte sie. »Aber wir könnten uns dennoch dorthin setzen. Möchten Sie einen Tee oder Milch? Wir haben auch Kaffee, selbstverständlich. Möchten Sie frühstücken?«

»Ich wollte vor allem mit Ihnen sprechen. Ich bin auf der Rückreise von einem Geschäftstreffen nach Ligurien und werde vermutlich bis zur Apfelblüte keine Gelegenheit bekommen, hier vorbeizuschauen. So lange wollte ich nicht warten.« Er machte einen Schritt auf sie zu, als wollte er sie umarmen, blieb aber zwei Armlängen vor ihr stehen. Jetzt erst sah sie, dass er ein Päckchen in einer Armbeuge hielt.

Franziska wurde ganz flau. Sie ahnte nichts Gutes. Nein, eigentlich wäre es eine nette Geste, falls er tatsächlich vorhatte, ihr ein Geschenk zu machen, aber mit welcher Absicht? Sie schätzte den jungen Mann, der nur wenig sprach, außer wenn es um Apfelbäume ging. Schätzte ihn sehr – mehr aber auch nicht. Ihr war sehr wohl aufgefallen, dass sein Vater ihn mehrfach dazu motiviert hatte, um sie zu werben, doch er tat es auf eine so schüchterne und zurückhaltende Art, dass sie bisher erfolgreich so hatte tun können, als bemerke sie nichts davon. Zudem war ihr bisher schleierhaft, was Emilio selbst für Absichten verfolgte.

Sie sammelte sich und holte Luft. »Bitte setzen Sie sich in die Schankstube. Ich hole uns Kaffee, und dann frühstücken wir gemeinsam und können uns in Ruhe unterhalten.«

Er nickte höflich und ging. Franziska machte auf dem Absatz kehrt und wäre beinahe mit Johanna zusammengeprallt.

Die Jüngere grinste bis über beide Ohren. »Lauf du hoch in dein Zimmer und zieh dich um. Ich koche derweil Kaffee und schneide etwas Brot auf.«

»Hast du alles mit angehört?«

»Der schaut drein, als wollte der dir einen Heiratsantrag machen. Und als wäre ihm diese Idee zugleich unangenehm.«

»Auf was für absurde Ideen du kommst.« Franziska überlief eine Gänsehaut, weil ihre eigenen Gedanken gerade noch in eine ähnliche Richtung gewandert waren. Aber in Emilios Blick, mehr noch in seinem gesamten Auftreten lag etwas, das kaum eine andere Deutung zuließ.

Ein Schritt nach dem nächsten, ermahnte sie sich. Erst einmal ein besseres Kleid, einmal durch die Haare kämmen und die Zähne putzen. Und dann darauf hoffen, dass der Kaffee ihr die richtige Inspiration einbrachte.

* * *

»Seit wir die Wirtschaft eröffnet haben, gibt es im Haus immer echten Kaffee, das schätze ich sehr.« Franziska schenkte Emilio Bellaboni und sich aus der Porzellankanne ein, die Johanna zusammen mit Brot, Käse und Schinken auf einem Schneidebrett bereitgestellt hatte.

Emilio nippte und nickte anerkennend. »Wenn der Kaffee sich gut verkauft, sollten Sie über eine Espressomaschine nachdenken. Auf der Messe in Mailand werden jedes Jahr neue Modelle präsentiert. Diese Maschinen von Bezzera zum Beispiel arbeiten mit Druck. Und der Kaffee ist unvergleichlich gut. Gerade die italienischen Gäste aus dem Süden, die gern starken Mokka trinken, werden Ihnen die Türen einrennen.«

»Diese Geräte sind doch sicher teuer?«

»Sie haben ihren Preis, das ist richtig. Aber es lohnt sich, glauben Sie mir. Und wenn erst weitere Anbieter auf den Markt kommen, was ganz sicher in den kommenden Jahren der Fall sein wird, wird die Anschaffung günstiger.« Ein leises Klirren summte durch den Raum, als er seine Tasse abstellte. Emilio griff unter den Tisch, holte das eingewickelte Päckchen hervor und stellte es mitten zwischen sie beide auf den Tisch.

Franziska dachte darüber nach, ob es unhöflich wäre, wenn sie etwas äße, doch sie hatte seit dem Aufstehen gearbeitet und schon weiche Knie. Sie schnitt sich einen Kanten Brot und ein Stück Schinken ab und begann zu essen. Mit einem Wink forderte sie ihren Gast auf, ebenfalls zuzugreifen, doch er ignorierte sie und legte stattdessen die Hände wie zum Gebet aneinander.

»Ich wollte vor allem zunächst mit Ihnen allein sprechen, Signorina Ponte. Es wird, wie gesagt, in den nächsten Monaten schwirig für mich, eine weitere Gelegenheit zu finden. Im Frühjahr, wenn Ihre Apfelbäume zum ersten Mal blühen, sollte sich Ihre Aufmerksamkeit auf diese Schätze richten.« Er wirkte mit jedem Wort aufgekratzter.

Verstohlen schnupperte Franziska, ob er sich für das, was er sagen wollte, Mut angetrunken hatte, doch sein Atem roch nicht nach Alkohol. »Sie vergessen, dass es meine erste und letzte Blüte sein wird.«

»Was wollen Sie damit andeuten?«

»Mein Bruder Leopold wird im Verlauf des nächsten Jahres die Geschäfte nach und nach übernehmen, und zu Ende Dezember ist er dann offiziell der alleinige Hofbesitzer. Ich denke daher nicht, dass ich über das kommende Jahr hinaus noch viel für die Apfelbäume tun kann.«

»Heißt das, Sie werden den Hof verlassen? Was haben Sie denn vor?« Er lehnte sich zurück. »Das ist für unser Projekt jedenfalls keine gute Nachricht. Nichts für ungut, ich schätze Ihren Bruder selbstverständlich und werde mit ihm weiterhin zusammenarbeiten.«

Franziska lächelte säuerlich. Die Frage war eher, ob Leopold trotz aller Bemühungen seines Vaters mit den Italienern zusammenarbeiten würde. Sie alle hatten so weit wie möglich versucht, Leopold von den Geschäften mit den Bellabonis fernzuhalten, damit ihre Partner keinen schlechten Eindruck bekamen. Was bei genauerer Betrachtung weder sinnvoll noch möglich war, denn zum einen musste der zukünftige Hofherr wissen, um was es ging, und zum anderen war Leopold neugierig genug. Er war zur Überraschung aller häufig wie aus dem Nichts aufgetaucht und hatte – zumindest körperlich – an den Besprechungen teilgenommen. Und aus seiner Ablehnung gegenüber der Idee, zukünftig auf Äpfel statt auf Kühe zu setzen, keinen Hehl gemacht.

Unbewusst spielte Emilio mit seinem Kaffeelöffel. Er schien darauf zu warten, dass Franziska ihm eine Antwort auf seine Frage gab. Aber abgesehen davon, dass sie keine parat hatte, würde sie ihre Zukunftspläne sicherlich nicht mit einem Wildfremden besprechen.

Sie steckte sich den letzten Bissen Schinken in den Mund und konzentrierte sich ganz auf das salzige Aroma.

Er beugte sich wieder vor und schob ihr nach einem kleinen Zögern das Päckchen entgegen. »Dann komme ich ja vielleicht genau zur rechten Zeit. Ich habe nämlich lange nachgedacht.

Über Sie, über uns. Und falls Sie einverstanden sind, würde ich Ihren Vater gern um Ihre Hand bitten.«

Franziska schluckte das Schinkenstück hinunter. Ihr fehlten die Worte.

Emilio gab dem Päckchen einen Schubs. »Verstehen Sie mich nicht falsch, das ist kein offizieller Antrag. Wir kennen uns ja kaum. Das hier ist auch nur ein kleines Weihnachtsgeschenk, ich habe es gestern in Meran gekauft, wo ich logiert habe. Ich möchte einfach, dass Sie darüber nachdenken, was Sie mir antworten werden, sollte ich Ihren Vater fragen.« Er nestelte an einer Ecke des Päckchens herum. »Sie imponieren mir, Signorina Ponte. Ich möchte Sie nicht bedrängen. Aber wenn es eine Frau gibt, mit der ich mir eine gemeinsame Zukunft vorstellen kann, dann mit Ihnen.«

Franziska rührte sich nicht. Ihr Verstand versuchte immer noch, das nachzuholen, was ihre Augen und Ohren gerade wahrgenommen hatten. Es gelang nur mäßig.

Mit einem schüchternen Lächeln ließ Emilio die Ecke des Päckchens wieder in Ruhe. »Nun nehmen Sie es schon. Denken Sie darüber nach. Es reicht, wenn Sie mir eine Antwort geben, wenn ich das nächste Mal wieder herkomme.« Schlagartig schien ihm nun selbst bewusst zu werden, was er gerade gesagt und getan hatte. Seine Wangen röteten sich. Er schlug die Augenlider nieder. Hastig schob er den Stuhl zurück, sodass die Beine mit einem hässlichen Kratzen über den Holzboden schrammten. Dann raffte er den Mantel, den er über die Lehne gehängt hatte, nahm Hut und Handschuhe von einem anderen Stuhl, verbeugte sich und lief mit einer gemurmelten Verabschiedung aus dem Raum. Wenige Sekunden später fiel die Haustür ins Schloss.

Franziska stieß den Atem aus. Sie hatte gar nicht bemerkt, dass sie ihn angehalten hatte.

Johanna erschien im Türrahmen und spähte neugierig in den Raum. »Was hast du dem armen Signor Bellaboni denn angetan? Der war ja völlig aufgelöst.«

»Wenn ich das wüsste. Er scheint sich heute Morgen spontan in den Kopf gesetzt zu haben, mir einen Heiratsantrag zu machen. Und so plötzlich, wie ihm die Idee gekommen ist, hat ihn der Mut verlassen, kaum dass er hier saß.« Sie zog das Päckchen zu sich heran und betrachtete es von allen Seiten. Es war unerwartet leicht.

Johanna setzte sich auf Emilios Platz. »Na? Und?«

»Was meinst du?«

»Wie lautet deine Antwort? Nimmst du ihn an?«

»Er hat mir keinen Antrag gemacht.« Franziska zögerte, versuchte, das Geschehen einzuordnen. »Er hat mich vielmehr … vorgewarnt, dass er gedenkt, es zu tun. Ich verstehe das nicht.« Es könnte ein Test gewesen sein. Er wollte sehen, wie sie reagierte, um sich nicht zu blamieren, falls er wirklich zu ihrem Vater ging und um ihre Hand anhielt. Aber würde Emilio denn fragen, falls er ein Nein erwartete? Tat er es aus eigener Überzeugung, oder weil sein Vater ihn dazu trieb? Hatte sie überhaupt die Möglichkeit abzulehnen? Sie würde im nächsten Jahr fünfundzwanzig werden. Ein Alter, in dem ihre früheren Freundinnen schon erste Kinder auf die Welt gebracht hatten.

Sie hatte bisher kein Bedürfnis gehabt, sich damit zu beeilen. Doch wenn sie darüber nachdachte, welche Veränderungen Ende des kommenden Jahres bevorstanden, sollte sie allmählich über ihre Zukunft nachdenken. Dringend sogar. Es ständig vor sich herzuschieben, brachte sie nicht weiter.

»Lass das Schicksal entscheiden.« Johanna deutete auf das Päckchen. »Wenn dir sein Geschenk gefällt, sagst du Ja, wenn nicht, soll dein Vater ihn zum Teufel jagen.«

»Das sollte er auf keinen Fall, dann ist es nämlich aus mit unseren Apfelträumen. Wir brauchen Emilio.« Und das könnte, wurde ihr bewusst, der Grund sein, warum er es so kompliziert machte. Emilio und sein Vater verfolgten wirtschaftliche Interessen, auch für die beiden gab es ein gewisses Risiko. Daher wollte er vielleicht nicht, dass sie ihn aus reinem Pflichtgefühl heiratete. Wenn das stimmte, war es ein dicker Pluspunkt. Schon immer war Emilio zurückhaltend und umsichtig, legte Wert darauf, dass sie seine Erklärungen verstanden, wenn er sie über die Apfelbaumzucht belehrte, statt nur blind dessen Folge zu leisten, was er ihnen sagte. Sie könnte Nein sagen, und er würde es vermutlich sportlich nehmen. Aber war das die Antwort, die sie geben *wollte* oder *sollte*? Rein von der vernünftigen Seite aus betrachtet? Und andersherum, war das die Antwort, die er hören wollte? Er schien für diesen Besuch all seinen Mut zusammengenommen zu haben, aber sein abrupter Aufbruch glich eher einer Flucht. Es wirkte beinahe, als wäre der Antrag – nein, die Ankündigung des Antrags – nicht ernst gemeint.

Eine Heirat aus Liebe, das war etwas für junge Mädchen in Schundromanen. Nichts sprach gegen Emilio Bellaboni, ganz im Gegenteil. In den Augen ihres Vaters wäre er sicherlich angemessen. Sie öffnete das Paket und hielt einen Seidenschal in den Händen. Die modernen Blockstreifen in Gelb und Lila passten perfekt zu ihrer Haarfarbe. Franziska seufzte leise. Der Schal war wunderschön und hatte sicherlich ein Vermögen gekostet. Aber die Gelegenheiten, an denen sie so etwas tragen könnte, ließen sich an einer Hand abzählen. Nun, vielleicht war das ebenfalls ein Hinweis darauf, dass sich dieser Umstand ändern würde, wäre sie erst einmal Signora Bellaboni.

»Guten Morgen, die Damen. Lasst euch nicht stören.« Wilhelm rauschte in den Raum, voll beladen mit Weinkartons.

»Guten Morgen, Wilhelm.« Johanna erhob sich und zupfte sich den Rock gerade. »Ich muss zurück in die Küche. Wir sind fertig mit dem Tanzboden, oder?«

»Fürs Erste ist es gut, danke für deine Hilfe.«

Johanna winkte ab. »Wir müssen alle ran, wenn das was werden soll, meinst du nicht? Bis später.«

Wilhelm ging an ihnen vorbei und stellte die Kartons auf der Theke ab.

Franziska betrachtete seinen breiten Rücken, die starken Schultern, den vertrauten Wirbel in dem blonden Schopf. Sogar sein Geruch war ihr vertraut, Stroh und Holz, heute mit einer Note Ziegendung. Warme Aromen. Dieses Erdige, Natürliche, das war Wilhelm.

Er ging hinter den Tresen, lächelte ihr flüchtig zu und begann, die Weinflaschen in die Regale zu räumen, wobei sie gelegentlich aneinanderklirrten.

Franziska wandte den Blick ab und betrachtete Emilios halb ausgetrunkene Kaffeetasse. Wofür stand der Italiener aus Ligurien? Äpfel, sicherlich. Zurückhaltende Freundlichkeit. Darüber hinaus? Sie dachte nach, versuchte, sich im Geiste sein Gesicht vorzustellen, seine Farben, Gerüche. Da war nichts.

Und bei Wilhelm? Allein mit seinen Gesten könnte sie ein ganzes Buch füllen. Seine tausend verschiedenen Arten zu lächeln, flüchtig, so wie vorhin, wenn er ihr während der Arbeit einen Blick schenkte. Zufrieden, wenn er sein Tagewerk getan hatte, liebevoll, wenn er Josepha beobachtete, die er heimlich in sein Herz geschlossen hatte, auch wenn er das vermutlich niemals offen zugeben würde, es ihm vielleicht nicht einmal selbst bewusst war. Sogar wenn er mit Leopold zusammenarbeiten musste, lächelte er gelegentlich, dann erschien es wehmütig. Sein Lächeln war wie er, natürlich, voller sanfter Erdtöne, rotbrauner Wärme, grünem Leuchten, goldgelber Freude.

Ein Scheppern hinter dem Tresen, gefolgt von Wilhelms unterdrücktem Fluch, riss Franziska aus ihrer Versunkenheit.

»Nichts passiert«, rief er.

Sie stand auf und räumte das Geschirr ab, steckte sich ein letztes Stück Käse in den Mund. Dabei schüttelte sie den Kopf über sich selbst.

Grünes Leuchten? Was war denn in sie gefahren? Hatte sie sich zuvor Inspiration durch den Kaffee gewünscht, war das jetzt etwas zu viel des Guten. Sie sollte zusehen, dass sie wieder ans Arbeiten kam. Heute Nachmittag stand die letzte Unterrichtsstunde in diesem Jahr an. Besser, sie befasste sich noch einmal mit den Liedtexten der deutschen Weihnachtslieder, die sie durchnehmen wollte. Dann kam sie wenigstens nicht auf wirre Gedanken. Und musste fürs Erste keine Antwort finden, die sie Emilio Bellaboni geben würde, sollte er bei ihrem Vater wirklich um ihre Hand anhalten.

SOMMER 1927

14
Verrat

Franziska stand vor dem Römerturm und verabschiedete Agnes Oberleitner als letzte Schülerin des heutigen Tages. Aufgrund der anstehenden Heuernte hatte sie den Unterricht vorzeitig ausgesetzt. Wenn das Heu eingebracht war, begannen sowohl in den staatlichen als auch in Franziskas Schule die Sommerferien.

Sie wartete, bis das Mädchen auf dem Pfad oberhalb des Turms außer Sichtweite war, dann erst ging sie zurück in den Raum und verschloss die Fenster sorgfältig mit den Holzläden. Nicht zu glauben, dass es bereits der dritte Sommer war, in dem sie ihren heimlichen Unterricht gab. Seit dem unheilvollen Brief mit dem Berufsverbot im Frühling vor zwei Jahren hatten sich so viele Dinge verändert. Dieser Sommer würde der erste ohne Heuernte auf dem Bruggmoser Hof sein.

Wilhelm hatte sich bei Sepp Oberleitner als Tagelöhner verdingt. Franziska war froh darum, denn er hatte immer noch kaum Geld. Sie hatte nach den guten Einnahmen mit Familienfeiern im Frühjahr darauf bestanden, dass er endlich einen Teil seines ausstehenden Lohns erhielt. Ihr Vater hatte sich geziert, was ihm gar nicht ähnlich sah, doch seine Sorge, neue Schulden aufnehmen zu müssen, war größer. Er wollte ein kleines Polster für unvorhergesehene Anschaffungen bilden. Natürlich sprudelte das Geld noch nicht, und der Kredit bei der Bank, den sie für weitere Baumschösslinge aufgenommen hatten, wollte bedient werden. Aber Wilhelm stand das Geld zu, und so gingen ihrem Vater die Argumente aus, und er zahlte.

Darüber hinaus hatte Wilhelm Franziska versprochen, dass er und Sepp Oberleitner ein waches Auge auf den Turm haben würden, damit sich ihm keiner der Erntehelferinnen und -helfer näherte. Die Strafen, die die Faschisten gegen den Widerstand der Italienisierung verhängten, wurden immer drakonischer. An manchen Tagen hatte Franziska Magenkrämpfe vor Angst, die Carabinieri könnten sie erwischen.

Sie schaute sich in dem dämmrigen Raum um und war zufrieden. Die Kinder hatten die Tische und Stühle betont nachlässig auf einen Haufen gestapelt. Die Bücher und Schreibtafeln hatten sie im oberen Stockwerk hinter einer locker aufgeschichteten Wand aus Steinen versteckt. Wer hier flüchtig reinschaute und nicht gezielt suchte, sah ein Lager mit alten Möbeln, mehr nicht. Was noch auffallen könnte, waren der fehlende Staub und Spinnweben. Aber das würde sich in wenigen Tagen auch erledigt haben.

Sorgfältig verschloss sie die Tür und machte sich auf den Heimweg. Nachdem sie die Bäume um den Turm hinter sich gelassen hatte und sich auf dem Waalstieg befand, konnte sie in der Ferne die Menschen hangabwärts auf den Weiden arbeiten sehen. Überall wurde geschuftet, denn das gute Wetter sollte laut den Prognosen der Älteren bald umschlagen.

Zu schade, dass der Bruggmoser Hof in der Nachbarschaft immer noch in Ungnade stand. Die Leute könnten abends gemeinsam in der Gartenwirtschaft ein Glas auf ihre getane Arbeit trinken und in den Sonnenuntergang schauen. Es war nicht so, dass keine Gäste kamen, aber unter der Woche waren es nur wenige und dann überwiegend Fremde, die Italienisch sprachen. Franziska sehnte sich danach, wieder einmal unbeschwert Deutsch zu sprechen, mit den Bauern und dem Kurat, der Bäckerin und den Mägden, den Nachbarinnen und Nachbarn, zu denen einst Freundschaften bestanden hatten.

Von den neun Kindern, die Franziska unterrichtete, wusste sie, dass manch Vater oder Mutter längst eingesehen hatte, wie weitsichtig Ludwig Bruggmoser gewesen war, weil er sofort bereit gewesen war, sich an die neuen Machthaber anzupassen, allem voran ihre Sprache zu lernen. Es machte das Leben, das an vielen Stellen komplizierter wurde, einfacher. Er hatte viel aufgegeben und etwas gewagt. Es schien sich allmählich auszuzahlen.

Was natürlich nicht bedeutete, dass sich auch nur einer seiner ehemaligen Weggefährten dafür entschuldigte, dass er ihn geschnitten hatte, oder ihm gar eine neue Freundschaft anbot. Vielmehr wurde ihm jetzt der Erfolg geneidet.

Franziska war zwiegespalten. Ihr wurde schlecht, wenn sie mitbekam, wie sehr ihr Vater vor den Behörden katzbuckelte, als wären die Männer, meistens fett und in guten Anzügen, höhere Wesen. Luigi Ponte gab sich und seine Identität völlig auf, verriet die Traditionen seiner Familie. In solchen Momenten verstand sie den Hinteregger, Oberleitner und die anderen Bauern. Zugleich half es, die Sprache der Machthaber zu beherrschen, einschließlich der Zwischentöne. Musste immer alles schwarz und weiß sein, gab es keine Kompromisse? Ein gewisses Maß an Anpassung zum Wohle der Familie, ohne gleich all die alten Werte aufzugeben?

Die Tatsache, dass Italien sich in eine Diktatur entwickelte, machte es nicht einfacher. Das Misstrauen zwischen den Menschen untereinander wuchs, die Ungleichheit zwischen denen, die die Macht innehatten, und denen, auf deren Kosten die Macht missbraucht wurde, wurde größer. Wenn sie Aaron Glauben schenken wollte, und das tat sie, mochte Südtirol besonders viele Repressalien treffen, doch im Rest des Landes erging es vielen Menschen nicht besser, seitdem Mussolinis Regierung sie zu Feinden erklärt hatte. Und der Duce sah in einer Menge Leute eine Bedrohung: Seien sie Anhängerinnen und Anhänger des Kommunismus, des Sozialismus oder anderer *staatszersetzender*

Strömungen. Kaufleute, die sich angeblich auf Kosten des Staates bereichert hatten und enteignet wurden. Menschen, die sich auf einer Bühne über ihn lustig gemacht oder in einer Zeitung einen kritischen Artikel verfasst hatten. Die Anklagen kamen immer schneller, die angeblichen Vergehen wurden immer banaler.

»Hallo, Franni.«

Franziska erschrak beinahe zu Tode, weil sie einen losen Moment lang glaubte, jemand habe ihre Gedanken erraten und wolle sie jetzt verhaften. Doch es war nur ihr Bruder, der ihr vom Hof kommend den Weg querte.

»Hallo, Poldl. Gehst du hinauf zu den Weiden?« Sie deutete auf die Sense, die er geschultert hatte.

Er schaute sie böse aus blutunterlaufenen Augen an. »Bei den Apfelbäumen kann ich nix tun«, lallte er mit schwerer Zunge. »Aber was braucht's das Heu ohne Vieh? Nix mach i'.«

»Wie bitte?« Franziskas Herz klopfte noch immer heftig. Seltsame Antwort. Aber ihr Bruder war schon wieder abgefüllt bis unter die Haarspitzen, das war vermutlich der Grund. Dabei war es gerade mal zwei Uhr durch.

»Geh schon.« Er machte einen Schritt auf sie zu und schob sie zur Seite. Ohne ein weiteres Wort stieg er den Weg hangaufwärts.

Franziska schaute ihm nach und ging dann weiter. Wer war sie, die unergründlichen Wege ihres Bruders zu hinterfragen? Nur noch ein halbes Jahr, dann war er der Alleinherrscher. An manchen Tagen führte er sich jetzt schon so auf, lediglich die Anwesenheit seines Vaters sorgte dafür, dass er sich einigermaßen zurückhielt. Seit diesem Jahr war er meistens auf dem Hof unterwegs, *um nach dem Rechten zu schauen,* wie er behauptete. So musste ihn immerhin niemand mehr suchen und in einem Heustadel einer fernen Alm einsammeln, schlimmstenfalls nach Hause schleifen, wenn er nicht auf den eigenen Beinen laufen konnte. Anfangs hatte Franziska das für eine Verbesserung gehalten. Inzwischen ging ihr schon Leopolds Anblick auf die

Nerven. Er war übellaunig, unberechenbar und störte allein durch Anwesenheit.

Franziska erreichte den Hof. Auf dem Platz vor dem Haus hatten sie die Tische so aufgestellt, dass die Gäste uneingeschränkte Sicht auf das tolle Bergpanorama hatten. Wegen dieser Aussicht kamen am Wochenende ganze Scharen. Ein Glücksfall, niemand hatte zuvor darüber nachgedacht.

Johanna wirbelte zwischen den Tischen hin und her und bediente die Gäste. Es machte ihr Freude, das war ihr anzusehen. Franziska schaute sich suchend um und entdeckte ihre Schwester Josepha allein an einem Tisch unter den ausladenden Zweigen einer Kastanie. Sie werkelte an etwas herum. Franziska ahnte, was es sein könnte. Neugierig trat sie näher.

»Grüß dich, Josepha, was machst du da?« Ihr fiel sofort die matte Gesichtsfarbe des Mädchens auf, seit dem letzten Winter hatte sie häufig Fieber gehabt. Niemand konnte sich erklären, wo es herrührte. Eine normale Erkältung oder Grippe wäre das jedenfalls nicht, da waren die Ärzte sich einig.

Josepha stellte einen Pinsel in ein Wasserglas und legte einige Holzstücke untereinander. Auf quadratischen Tafeln waren Tiere herausgearbeitet, deren Vertiefungen Josepha mit Farbe gefüllt hatte. Die Menagerie war deutlich zu erkennen: ein kauerndes Kaninchen in Weiß, ein aufrecht stehendes Murmeltier in hellem Beige, ein Eichhörnchen mit buschigem Schwanz in Rot.

»Darf ich?«

Josepha nickte.

Ehrfürchtig nahm Franziska eine Tafel auf. »Wunderschön. Wilhelm wird immer besser. Nein, ihr werdet immer besser. Die Kinder werden begeistert sein. Du hast immer so wundervolle Ideen, Josepha.«

Die teigige Farbe auf den Wangen des Mädchens wurde etwas dunkler. »Wir müssen noch die Entfernung messen und auf die Tafeln schreiben.«

Franziska nickte. »Du hast recht, sonst ist es ja kein richtiger Wanderweg. Und hier am Hof muss Wilhelm uns eine große Tafel bauen, darauf zeichnest du die Karte der Umgebung und markierst die Wege. Dann ist es wirklich wie in den großen Wandergebieten der Alpen. Na gut, ohne direkten Pfad bis auf die Berggipfel, die können die Gäste nur aus der Ferne bewundern. Aber für einen anspruchsvollen Sonntagsspaziergang reicht es, dazu anschließend zur Belohnung ein Stück hausgemachter Kuchen mit echtem Kaffee. Ich bin sicher, dass es ein Erfolg wird.«

Josepha griff nach dem Pinsel und arbeitete weiter. Franziska legte die Tafel zu den anderen, drückte kurz die Schulter ihrer jungen Cousine und verabschiedete sich. Sie wandte sich um und sah aus der Ferne ein schwarzes Auto heranrollen. Sie müsste sich schon sehr täuschen, wenn das nicht Domenico Bellaboni war. Auch das noch.

Abwartend blieb sie nahe dem Tisch stehen und beobachtete, wie der Großhändler aus Ligurien ausstieg. Zu ihrer Erleichterung war er ohne Begleitung gekommen. Ihre Antwort an Emilio stand immer noch aus, und obwohl er seit der Apfelblüte einige Male auf den Hof gekommen war, hatte er sie bisher nicht wieder gefragt. Franziska fand das merkwürdig, aber auch erleichternd. Von selbst würde sie ihn sicherlich nicht darauf ansprechen. Je länger sich das hinzog, umso besser. Denn sie wollte nicht Ja sagen. Genauso wenig wollte sie aber den wichtigsten Geschäftskontakt ihrer Familie vor den Kopf stoßen.

Erst als Domenico Bellaboni im Haus verschwunden war, wagte Franziska sich über den Platz. Sie wollte in die Küche und etwas essen. Danach würde sie schon eine Beschäftigung finden, bei der sie allen aus dem Weg gehen konnte.

* * *

Es saßen nur noch wenige Gäste an den Tischen, sodass Franziska sich am Abend mit den Zwillingen selbst hinaussetzen und in Ruhe essen konnte. Ihre Mutter hatte als Tagesgericht Polenta in Scheiben gebraten und mit frischem Salat angerichtet. Ein Rezept, das ebenfalls die Bellabonis ins Haus gebracht hatten und bei allen Gästen – sogar den Einheimischen – sehr gut ankam. Wilhelm war gerade von der Weide zurückgekehrt und hatte sich mit einem Bier zu ihnen gesetzt. Er hatte einen ordentlichen Sonnenbrand auf den Oberarmen und roch nach warmer Haut, Erde und Heu.

Schweigend genossen sie diesen Moment, in dem sie einfach nur gemeinsam dasitzen konnten.

Dann bog ein Auto auf den Hof, und Franziska blieb der Bissen im Hals stecken. Es waren die Carabinieri, die inzwischen vertrauten Gesichter von Maresciallo Capelletti und Brigadiere Milella. Seit dem unfreiwilligen Zusammentreffen bei der Kontrolle in Meran hatte Franziska jedes Mal ein ungutes Gefühl. Wenn sie auftauchten, konnte sie erst wieder aufatmen, wenn sie verschwunden waren.

Maresciallo Capelletti blickte sich auf dem Hof um und steuerte dann geradewegs auf Franziskas Tisch zu.

»Signorina Ponte?«

»Ja?«

»Kommen Sie mit mir. Brigadiere Milella wird in der Zwischenzeit Ihre privaten Räume durchsuchen.«

»Mitkommen? Warum? Wohin?«

»Ich kann Sie in Handschellen legen und hinter mir herschleifen. Wird's bald?« All die vertraute Freundlichkeit war aus dem Gesicht des Mannes gewichen. Hinter ihm spiegelte sich Schadenfreude auf der Miene des Brigadiere.

Franziska erhob sich, kreidebleich, strich noch ihren Rock glatt. »Johanna, zeig dem Signore mein Zimmer und lass ihn sich dort umsehen. Maresciallo Capelletti, Signore, ich stehe zu

Ihrer Verfügung.« Krampfhaft bemühte sie sich, nicht in Wilhelms Richtung zu blicken. Sie kannten ihn als Wirt, der ihnen das Bier zapfte. Sie musste ihn da raushalten, um jeden Preis. Und da die Carabinieri weder an ihn noch an die Zwillinge einen zweiten Blick verschwendeten, konnte es nicht um die Flugblätter gehen.

Langsam ging sie um den Tisch herum. »Ach, und Josepha, sagst du dem Franzl Bescheid, dass ich heute später komme?«

»Franzl?«, flüsterte das Mädchen.

»Ich mache das, mach dir keine Sorgen«, sagte Wilhelm beiläufig. Er hatte verstanden. Nur der Sohn des Tischlers Franz Hinteregger wurde in der Gegend Franzl genannt. Er musste gewarnt werden, falls sie auf die Idee kamen, dass sich im Winter hinter der Schreinerwerkstatt ebenfalls Verbotenes tat. Wie viel wussten die Carabinieri?

Äußerlich gefasst entfernte sich Franziska einige Schritte vom Tisch. Innerlich bebte sie vor Angst. Capelletti folgte ihr so dicht auf, dass sie ihn schnaufen hören konnte.

Sie wandte sich ihm zu. »Und wohin?«

»Ich würde mir den sogenannten Römerturm gern einmal aus der Nähe ansehen.«

Franziska nickte wie in Trance. Sie hatte richtig vermutet. Sie zwang ihre Füße, die richtige Richtung einzuschlagen. Was nutzte es, jetzt noch irgendetwas zu leugnen? Besser, sie zeigte sich kooperativ. Was nicht bedeutete, dass sie bereit war, jemanden zu verraten, auch wenn irgendwer in ihrer Umgebung mit weniger Loyalität gesegnet war. Wer hatte sie bloß verraten?

Franziska ging voraus in die einbrechende Dämmerung, schloss den Turm auf und winkte Capelletti hinein. Nachdem ihre Augen sich an die Dunkelheit gewöhnt hatten, erschrak sie zu Tode. Wer auch immer sie angeschwärzt hatte, hatte bereits ganze Arbeit geleistet. Auf einem Tisch waren die gesamten

Schulbücher gestapelt, Lernkarten und Poster. Das alles hatte sie erst vor wenigen Stunden mit ihren Kindern sorgfältig über die Leiter nach oben geschleppt und versteckt.

Capelletti trat an den Tisch, nahm ein Buch und blätterte darin herum. Dann ließ er es los, als handele es sich um eine heiße Kartoffel. Das Buch fiel zu Boden. Seiten raschelten und zerknickten. Bei dem Anblick überlief Franziska eine Gänsehaut. Für sie war ein Buch ein Symbol für das, wofür sie einstand, für Neugier, Wissen, Heimatliebe.

»Signorina Ponte, uns ist zu Ohren gekommen, dass Sie hier Kinder in Deutsch und Heimatkunde unterrichten. Wir können es kurz machen: Gestehen Sie das?«

Sie räusperte sich mehrmals. Wollte antworten, doch die staubige Luft legte sich auf ihre Zunge. Sie brachte kein Wort über ihre Lippen.

»Ist auch egal«, schnauzte Capelletti. »Die Beweise hier sind erdrückend.« Er machte eine flinke Bewegung auf sie zu, packte sie am Unterarm und zog sie grob ins Freie. »Ich nehme Sie mit zum Verhör. Unterwegs können Sie sich überlegen, was Sie uns freiwillig gestehen und was wir aus Ihnen herausprügeln müssen.«

* * *

Unter anderen Umständen hatte Franziska die Fahrt in dem Auto aufregend gefunden. Sie hatte erst selten Gelegenheit dazu gehabt. Es war so anders, viel komfortabler als in einer Kutsche. Doch die Angst und die Ungewissheit dominierten ihr Denken. Hinzu kam die bohrende Frage, wer sie verraten hatte. Von ihrem Unterricht wussten viele. Sie hatte in mehr als zwei Jahren seit dem Frühjahr 1925 sicherlich vierzig Kinder unterrichtet. Das machte rund achtzig Mütter und Väter. Dazu noch die Gesellen vom Hinteregger, zwei junge Männer aus Lana und Marling. Fast alle, die Aarons Widerstandsgruppe angehörten. Unterm Strich waren das also mindestens hundert Personen.

Der Turm. Die Tür des Turms war noch verschlossen gewesen. Außer ihr hatte nur Wilhelm einen Schlüssel, den er manchmal an Stefan Gruber weitergab, damit der dort Flugblätter deponieren konnte. Ihren eigenen Schlüssel bewahrte sie in einer verborgenen Nische ihres Nachttischschränkchens auf, wo die Zwillinge ihn herausnehmen und wiederum Flugblätter abholen konnten. Letzten Sommer hatte Franzl Hinteregger den Schlüssel eine Zeit lang bekommen, damit er Möbel reparieren konnte. Er könnte eine Kopie gemacht haben.

Franziska schlang sich die Arme um den Oberkörper, während die Landschaft wie an einem Band an ihr vorbeizog. Die Nacht brach an. Der Himmel war sternenklar, der Mond fast voll. Es war eine dieser lauen Sommernächte, die nicht ganz dunkel wurden. In Sichtweite schimmerten bereits die Lichter der ersten Häuser von Meran.

Franzl, die Zwillinge, drei ihrer ersten Schülerinnen und Schüler. Wilhelm und Stefan Gruber, Verschwörer der ersten Stunde. Das ergab keinen Sinn. Sie hätten doch nicht mehr als zwei Jahre gewartet, um sie ans Messer zu liefern? Sie hatte mit niemandem von ihnen je Streit gehabt. Es musste jemand anderes sein. Nur wer? Und warum?

Milella parkte das Auto vor einem abweisenden grauen Gebäude mit vergitterten Fenstern. Capelletti stieg ohne ein Wort aus und ging vor. Milella riss die hintere Tür auf und zerrte Franziska aus dem Wagen.

»Ich komme mit, es gibt keinen Grund, so grob zu werden.«

Seine Antwort bestand darin, so fest zuzupacken, dass sich seine Finger schmerzhaft in ihren Oberarm bohrten. Er warf die Autotür zu und zerrte sie hinter sich her ins Innere des Gebäudes.

Sie begegneten niemandem auf dem Weg in den Verhörraum, der im Keller lag. Ein kahler quadratischer Raum mit einem metallenen Tisch und zwei Stühlen. Von der Decke hing eine nackte Glühbirne, die hin und wieder flackerte, aber nicht ausging.

Rüde wurde Franziska in den Raum gestoßen und dann losgelassen. Sie taumelte einen Schritt und fing sich.

»Setzen!«

Eilig folgte sie der Anweisung und faltete die Hände in den Schoß. Sie trug nur ein einfaches Sommerkleid aus Leinen und fröstelte, wobei sie nicht sicher war, ob es wirklich an der Kälte lag. Die gesamte Atmosphäre des Raums war kalt und abweisend. Was sicher Absicht war. Außerdem lag ein vager Geruch nach Urin in der Luft.

Milella legte einige Papiere und ein Buch auf den Tisch. Er verließ den Raum.

Franziska rührte sich nicht und lauschte den sich entfernenden Schritten. Nachdem sie gänzlich verhallt waren, blieb nur noch ein tiefes elektrisches Brummen, das vermutlich irgendwo von der Stromleitung herrührte.

Sie dachte darüber nach, dass sie Angst haben müsste. Aber seit sie in den Raum geführt worden war, hatte sich in ihr eine stoische Ruhe ausgebreitet. Sie hatte damit gerechnet, dass genau dies eines Tages passieren würde. In Gedanken hatte sie die Situation unzählige Male durchgespielt. Sie würde jetzt ein Spiel daraus machen, was von ihren Befürchtungen wahr wurde. Ein Punkt für das, was eintraf. Sie würde sich darauf konzentrieren, möglichst viele Punkte zu machen.

Sie setzte sich etwas aufrechter hin. Die Sekunden wurden zu Minuten. Vermutlich war das schon Teil der Taktik, sie mürbe zu machen, und damit der erste Punkt. Aber sie konnte sich gut allein mit ihren Gedanken beschäftigen. Oder in dem Buch lesen, das Milella vor sie auf den Tisch gelegt hat. Warum nicht, es war ihr Eigentum.

Sie griff danach und nickte gedankenvoll. Ein Gedichtband von Joachim Ringelnatz. Der Brigadiere verstand sicher kein

Wort davon, aber den Namen, den würde er von einer der Listen wiedererkannt haben, die seine Behörde führte. Ein deutscher Dichter, sicherlich reichte das schon. Ringelnatz' Texte waren über die verbotene Sprache hinaus frivol und parodistisch.

Franziska wollte nach einem kleinen Notizheft greifen, als das elektrische Brummen von klackenden Stiefelabsätzen übertönt wurde. Im nächsten Augenblick rauschte Capelletti herein und setzte sich ihr gegenüber auf den Stuhl.

Jetzt wurde Franziska doch mulmig. Auf eine distanzierte Art hatte sie den Mann und seine kleine, ständig in Schwarz gekleidete Frau gemocht. Er war stets freundlich gewesen, hatte den Zwillingen immer ein großzügiges Trinkgeld gegeben. Seine Frau hatte ihnen mindestens sechs selbst genähte Tiere abgekauft.

Jetzt machte er keinen Hehl aus seiner Abscheu.

»Signorina Ponte, Sie stehen unter Verdacht, Kinder illegal auf Deutsch und über die deutsche Sprache unterrichtet zu haben. Wir haben im sogenannten Römerturm ein verstecktes Klassenzimmer entdeckt, möglicherweise Teil des Netzwerks aus sogenannten Katakombenschulen. Stimmt das?«

»Was meinen Sie? Ob es stimmt, dass ich unter Verdacht stehe, oder ob es stimmt, dass ich eine Katakombenschule betreibe?«

»Ich würde an Ihrer Stelle weniger vorlaut sein.« Capelletti fuhr sich mit der Hand durch den Bart. Seine Stimme hatte sich der Temperatur in dem Gewölbe angepasst.

Franziska hob beschwichtigend die Hände. »Ich entschuldige mich. Ja, ich bin als Lehrerin ausgebildet worden, da neige ich meinem Beruf entsprechend dazu, zu belehren. Aber nur, weil ich eine Lehrerin sein möchte, heißt das noch nicht, dass ich heimlich unterrichte. Sie können sicherlich prüfen, dass ich mich offiziell beim Schulamt beworben habe.«

»Haben Sie in diesem Römerturm Unterricht gegeben?«

»Das könnte doch jeder machen.«

Capelletti sprang auf und langte über den Tisch, sodass dessen Beine unangenehm über den felsigen Boden schrammten. Franziska zuckte instinktiv zurück, doch die harte Backpfeife erwischte sie dennoch. Der Raum drehte sich, Lichtblitze tanzten vor ihren Augen.

»Haben Sie Kindern Deutschunterricht gegeben?«

Sie schmeckte Blut, hatte sich auf die Innenseite der Wange gebissen. Sie betastete die Stelle mit der Zunge. Körperliche Züchtigung, damit hatte sie den zweiten Punkt errungen. »Kann ich bitte ein Glas Wasser haben?«

»Erst wenn Sie meine Frage beantwortet haben!« Capelletti ließ sich zurück auf den Stuhl fallen und verschränkte die Arme.

»Deutschunterricht ist verboten. Ich mache nichts Verbotenes.«

»Sie machen es sich nur noch schwerer. Wessen Kinder waren dabei? Ich will Namen.«

»Ich kann Ihnen keine nennen, ich bedauere.«

»Sie werden bald etwas ganz anderes bedauern.«

»Vermutlich.« Ein Teil von Franziskas Verstand schien sich von ihrem Kopf zu lösen, hinauf unter die Decke zu schweben und mit einer Mischung aus Fassungslosigkeit, Faszination und Anerkennung auf sie hinabzublicken. Sie hatte sich nie für mutig gehalten. War das überhaupt mutig, ihr Verhalten? Oder war es bodenlos dumm? Würde sie ihren Vater fragen, wäre seine Antwort einfach: *Schau zu, wie du möglichst unbeschadet aus der Sache wieder herauskommst.*

Capelletti schwieg und betrachtete sie wie ein ekliges Insekt. Sie vernahm wieder das Brummen, sonst nichts. Verstohlen rieb sie die Waden aneinander, da die Kälte allmählich aus dem Stein in ihre Glieder sickerte.

Der Carabiniere stemmte sich mit beiden Armen auf den Tisch und erhob sich. Franziska spannte sich an, erwartete die nächste Attacke. Doch Capelletti zupfte nur seine Manschetten zurecht und strich sich das Revers gerade. Er nahm die Papiere und das Buch und verließ damit den Raum. Eine hölzerne Tür fiel hinter ihm zu, und es klang, als würde ein Riegel vorgeschoben. Franziska war allein.

Ihre Wunde im Mund hatte aufgehört zu bluten, doch der Durst wurde schlimmer. Sie steckte einen Finger in den Mund und saugte daran. Sie rechnete nicht damit, dass sie etwas zu trinken bekam. Dritter Punkt. Was kam als Nächstes, würde ihr Punkt vier einbringen? Wie lange wollten sie sie hier festhalten? Wie spät war es? Sie hatte jegliches Zeitgefühl verloren. *Sie werden dich schmoren lassen*, hatte Aaron einmal gesagt. *Sie haben Zeit. Sie können dich stundenlang irgendwo warten lassen. Warten ist grundsätzlich anstrengend, und du wirst noch unruhiger, weil du nicht absehen kannst, was auf dich zukommt.*

Aaron hatte den Mitgliedern der Verschwörung auf der letzten Versammlung einen Einblick in Verhörmethoden gegeben. Als Jurist hatte er Erfahrungen auf diesem Gebiet sammeln können. Er hatte auch gesagt, dass sie einen Anwalt fordern sollten. Franziska bezweifelte allerdings, dass sie ihrer Forderung nachkommen würden. Und falls doch, was konnte ein Anwalt gegen diese Willkür schon ausrichten?

Diese Versammlung war das letzte Treffen gewesen. Danach war Aaron zunächst nach England abgereist. Seit er im Frühjahr zurückgekehrt war, hatte er entschieden, dass größere Versammlungen zu gefährlich wären. Seitdem trafen sie sich nur noch zu zweit oder zu dritt.

Sie atmete durch und zwang sich zu einem Lächeln. Sie spürte, dass es eher kläglich ausfiel. Natürlich sollte sie nach einem Anwalt verlangen. Wenn die Carabinieri der Bitte nicht nachkamen, wäre das wieder ein Punkt, und den sollte sie nicht verschenken, wenn sie das Spiel ernst nahm, oder?

Sie zog die Beine hoch auf den Stuhlsitz, umklammerte ihre Knie. Sie legte die Stirn ab und schloss die Augen. Das Brummen war lauter geworden. Wenn die Glühbirne flackerte, setzte es einige Sekunden aus.

Franziska versuchte die Sekunden zu zählen. Minuten flossen dahin, zäh wie Melasse. Punkt vier fürs Warten hatte sie sich auf jeden Fall verdient. Und ihr wurde immer kälter.

Sie ließ die Beine wieder zu Boden gleiten und rieb sich die Arme. Stand auf und ging drei Schritte, erreichte die Wand, sechs Schritte zurück, erreichte die gegenüberliegende Mauer. Grob verputzter Stein, der an manchen Stellen weiß ausflockte. Sie setzte sich wieder.

* * *

Franziska hatte nicht die geringste Ahnung, wie lange sie gewartet hatte, als die Tür wieder geöffnet wurde. Draußen musste es inzwischen tiefste Nacht sein. Nicht Capelletti, sondern ein hagerer Fremder in Zivil betrat den Raum. Er legte ein Formular und einen Füller vor ihr auf den Tisch und verließ mit einem gelangweilten »Ausfüllen!« den Raum. Franziska mühte sich ab, verstand das geschwollene Italienisch kaum. Es ging um die beruflichen Tätigkeiten, die sie in den letzten drei Jahren ausgeübt hatte. Sie schrieb über die Arbeit auf dem Bauernhof und in der Schankwirtschaft, befüllte die gestrichelten Linien nach bestem Wissen. Ihr schriftliches Italienisch war lausig. Wenn das ein Test war, nach dem ihre Loyalität bemessen wurde, würde sie durchfallen.

Der Mann schien draußen gewartet zu haben. Kaum hatte sie den Stift zur Seite gelegt, kam er zurück und riss ihr das Blatt aus den Händen.

»Ich würde das gern noch einmal durchlesen und gegebenenfalls korrigieren«, protestierte Franziska.

»Nicht nötig.« Er nahm den Stift und war wieder verschwunden.

Franziska überlegte sich gerade, ob das mit dem Formular eine Schikane gewesen war, die ihr einen weiteren Punkt einbringen könnte, da öffnete sich die Tür abermals. Herein trat ein schwarzhaariger Mann mit einer Hakennase, dichten Brauen und unerbittlichen Augen. Er war athletisch gebaut, als würde er jeden Morgen vor dem Frühstück einen Marathon absolvieren und anschließend hundert Liegestütze machen. Turnvater Jahn hätte seine helle Freude an ihm.

In den Händen hielt er das Formular und ihr Notizbuch. Zunächst ohne sie eines Blickes zu würdigen, setzte er sich.

Franziska kannte sich mit den Rangabzeichen der Carabinieri nicht aus, aber der Mann hatte Sterne statt Streifen auf der Schulterklappe der Uniformjacke. Das galt vermutlich mehr. Sollte sie sich geschmeichelt fühlen, weil die Behörden sie so wichtig nahmen?

»Signorina Ponte, dieses Notizbuch haben wir in Ihrem Zimmer gefunden. Gehört es Ihnen?«

»Wenn das hier noch länger dauert, möchte ich bitte einen Anwalt, der meine Rechte vertritt.«

Der Mann senkte die dichten Brauen, Verwunderung in seinem Blick. Aus Achtung? Oder Verachtung?

»Ihre ... Rechte?«

»Ja. Als Staatsbürgerin dieses Landes habe ich Rechte, oder nicht?« Erst jetzt fiel ihr auf, dass der Mann sich gar nicht vorgestellt hatte.

»Wenn Sie meine Fragen beantworten, geht es ganz schnell, Signorina.«

»Ich würde dennoch gern einen Anwalt bemühen.«

»Ist das Ihr Notizbuch?«

Franziska zuckte mit den Schultern.

Ihr Gegenüber seufzte laut. Dann schlug er das Notizbuch auf einer mit einem Zettel markierten Seite auf und legte es neben das Formular vor sie hin.

»Das ist, wie unser Übersetzer festgestellt hat, ein Gedicht, das Ihrer Heimat Südtirol huldigt, die schöne Sprache und die Bräuche lobt.«

»Ist das etwa verboten?«

»Es zersetzt die Treue zu Italien.« Er sagte das eher gleichgültig, wie zu einem Kind, von dem er erwartete, dass es ohnehin zu dumm wäre, sein Verhalten als falsch zu begreifen.

Franziska begriff sehr wohl, was das bedeutete.

Der Mann sah sie an, sein Blick schien ihr bis ins Mark zu dringen. »Es gibt einen Spielraum, wissen Sie? Ich kann Sie verwarnen und mit einer Geldbuße bestrafen. Ich kann Sie einkerkern, und ich kann Sie nach Süden auf eine einsame Insel verbannen lassen. Es liegt ganz bei Ihnen.«

»Es muss schrecklich sein, in Süditalien.«

»Wie bitte?«

»Na, schauen Sie, Ihre Landsleute kommen hierher, um hier zu leben und zu arbeiten. Offenbar hält sie dort unten nicht viel, dabei ist es doch ihre Heimat. Sie alle scheinen dieses Gefühl nicht zu kennen. Diese Liebe zu der Region, in der sie leben und aufwachsen, Wurzeln schlagen. Oder etwas Vergleichbares. Im Gegenteil, Sie drohen mir damit, dass es das Schlimmste wäre, nach dort unten auf eine Insel verbannt zu werden. Daraus schließe ich, dass es sehr schrecklich sein muss, im Süden.«

Immerhin hatte sie eine Reaktion provoziert. Der Mann starrte sie offen verwundert an, ihm schien keine passende Antwort einzufallen. Er schürzte die Lippen, schüttelte ungläubig den Kopf. Dann verwandelte sich seine Miene zu Stein, wurde abweisend und undurchdringlich. Er schlug das Notizbuch zu und raffte das Formular zusammen.

»Sie halten sich für schlau. Mit diesem Formular haben wir eine Schriftprobe von Ihnen, Signorina Ponte. Diese Schrift stimmt mit der in diesem Notizbuch überein. Mehr brauche ich nicht. Ich werde eine Anklage gegen Sie wegen staatszersetzenden Verhaltens vorbereiten.« Er erhob sich und verließ ohne ein weiteres Wort den Raum. Das Geräusch des Riegels, der vorgeschoben wurde, hatte etwas Endgültiges.

Niemand kam mehr. Franziska blieb allein mit der Kälte, dem Licht und dem Brummen.

15
Die Macht des Vaters

Es musste der nächste Morgen sein. Zumindest roch Capelletti nach Seife, und seine Haare glänzten feucht, als er den Raum betrat. Die Uniform saß, sie war tadellos gebügelt.

Franziska versuchte vergeblich, den zerknitterten Rock glatt zu streichen. Ihre Haut schimmerte bläulich, ihre Zehen spürte sie schon gar nicht mehr. Sie trug ihre Haare offen über den Schultern, das mochte ungebührlich sein, aber wenigstens wärmte es etwas im Nacken. Sie hatte keine Minute die Augen geschlossen. Sie war auf und ab gegangen, war herumgehüpft, um warm zu werden, hatte sich irgendwann in einer Ecke des Raums erleichtern müssen, was den stechenden Geruch nach Ammoniak verstärkte. Ihre Zunge war ein geschwollener Klumpen in ihrem Mund. Den Durst spürte sie schon gar nicht mehr.

Müde hockte sie auf dem Stuhl. Sie hatte vergessen, wie viele Punkte sie errungen hatte. Die vergangenen Stunden – die Nacht? – im flackernden Licht und dem Brummen, das sich inzwischen in ihre Gehirnwindungen eingegraben zu haben schien, reichten, um das Spiel zu gewinnen. Sie wollte nur noch nach Hause.

»Signorina Ponte, bitte unterschreiben Sie dieses Formular.«
»Was ist das?«
»Unterschreiben Sie, dann können Sie gehen.«
Hatte er das gerade wirklich gesagt? Franziska bekam einen Stift in die Hand gedrückt und versuchte, sich auf die schwarzen tanzenden Punkte auf dem Blatt Papier zu konzentrieren. Capelletti tippte ungeduldig auf eine Linie am Seitenende.

»Ist das mein Geständnis?«, versuchte sie es abermals. Sie war zu müde, um die Worte zu lesen, geschweige denn, ihren Inhalt zu verstehen.

»Reine Formalie.«

Franziska riss sich zusammen, bewegte lautlos die Lippen, während sie las. Waren das die Entlassungspapiere? Sie verpflichtete sich zu ... was? Sie verstand es nicht.

Müde ließ sich den Stift sinken. »Ich möchte bitte wissen, was da steht.«

»Sie können gern hierbleiben. Wenn Sie sich hier wohlfühlen?«

»Bleiben? Heißt das, ich kann gehen?«

Capelletti verzog den Mund, als wolle er ausspucken. »Habe ich das nicht vorhin gesagt? Wenn Sie unterschreiben, bringe ich Sie hinaus.«

Franziska war nicht schlauer als zuvor, aber was hatte sie ernsthaft noch zu verlieren? Hastig kritzelte sie ihren Namen auf die Linie. Capelletti entriss ihr das Papier und den Stift und nickte mit dem Kinn Richtung Tür. »Und jetzt raus hier. Aber wir sehen uns wieder, Signorina, verlassen Sie sich darauf.«

Franziska stolperte zum Ausgang. Sie verschränkte schützend die Arme, kam sich nackt vor, obwohl ihr Kleid hochgeschlossen war. Doch sie war überzeugt, dass es ihr anzusehen war, wie elend sie sich fühlte. Und dabei war es nur eine Nacht in einem kalten Gewölbe gewesen. Wie musste das erst sein, wenn sie einen über Tage oder Wochen einkerkerten oder ständig prügelten?

Ein ihr unbekannter Brigadiere nahm sie mit einem ausdruckslosen Gesichtsausdruck in Empfang, scheuchte sie vor sich her die Kellertreppe hinauf und weiter in einen sonnendurchfluteten Raum. Die Silhouette einer Person zeichnete sich im Gegenlicht vor dem Fenster ab. Franziska blieb stehen und blinzelte geblendet.

Franziska bekam einen leichten Stoß und taumelte in den Raum. Die Person am Fenster drehte sich um.

»Sie wissen ja, wo es hinausgeht.« Mit diesen Worten war der Brigadiere verschwunden.

Endlich hatten Franziskas Augen sich an das grelle Licht gewöhnt. Sie spürte, wie die Wärme wohltuend ihre Haut berührte.

Es war ihr Vater, der ihr entgegenkam. »Franziska. Franni.«

»Tata!« Sie warf sich ihm entgegen, und er schloss die Arme um sie, klopfte ihr verlegen auf den Rücken. Zitternd holte sie tief Luft, sog den vertrauten Geruch und die Wärme ein. Dabei konnte sie ein erleichtertes Schluchzen nicht verhindern.

»Ist ja gut, es ist vorbei. Ich darf dich mit nach Hause nehmen. Komm.«

Der Albtraum war vorbei? Sie konnte es kaum glauben. Widerwillig löste sie sich aus seinen Armen. Er machte eine auffordernde Geste.

»Danke, Tata.«

»Als ob ich es zulassen würde, dass sie meine Tochter hinter Gitter sperren. So weit kommt's noch.« Er winkte ab. »Wir sprechen uns später. Erst einmal bringe ich dich nach Hause.« Er wandte sich zur Tür.

Gemeinsam verließen sie den Raum.

* * *

Zur Mittagszeit saß Franziska gebadet und in einem frischen Kleid an einem Tisch in der Sonne mit einem Becher Kaffee – richtigem Kaffee, wie für die Gäste, kein Ersatzgetränk. Selten hatte sie den Geschmack mehr genießen können. Der Tisch stand etwas abseits. So hatte sie ihre Ruhe vor den wenigen Mittagsgästen. Es war kaum etwas los. Ausnahmsweise war Franziska dankbar dafür.

Obwohl es warm war und die nahe Hauswand die Wärme zusätzlich reflektierte, hatte sie noch immer eine Gänsehaut. Sie verstand sich selbst nicht mehr. Was war ihr schon großartig geschehen? Eine Nacht in einem kalten Kellerloch ohne Nahrung oder Wasser, eine Maulschelle, ein paar Fragen. Wenn sie Aarons Erzählungen glaubte, ging es in so manch einer Vernehmung sehr viel rauer zu.

Dennoch war es schrecklich gewesen. Weil sie wusste, dass es anders hätte laufen können. Weil sie wusste, was ihr blühte, wenn sie ihr nachweisen könnten, dass sie die Kinder im Römerturm unterrichtet hatte. Dann würde sie nicht mit einer Nacht davonkommen. Und weil es jemanden gab, der ihr das eingebrockt hatte. Das konnte wieder passieren. Jederzeit. Nicht nur ihr. Wilhelm. Leah und Aaron. Den Zwillingen.

Sie wurde sich bewusst, dass sie den Becher umklammerte, als könnte sie ihn zerdrücken. Finger für Finger löste sie ihre Hände und stellte das Gefäß ab.

»Hier bist du.« Ludwig Bruggmoser tauchte aus dem Anbau auf und setzte sich zu ihr.

Unbehaglich ließ Franziska die Musterung ihres Vaters über sich ergehen. Sie wagte es nicht einmal, ihm in die Augen zu sehen. Sie kannte ihn gut genug, um zu wissen, dass er sich in Grund und Boden schämte.

»Ich muss mit dir reden.«

Und der Ton, den er anschlug, bestätigte ihre schlimmsten Befürchtungen. Es war ihm selten anzumerken, denn er verlor nach außen hin niemals die Fassung. Aber sie war sich sicher, dass er hinter der nüchternen Fassade vor Wut kochte.

»Zum Ersten, damit wir uns nicht falsch verstehen: Ich habe eine Kaution für dich hinterlegt. Wenn du noch einmal etwas anstellst, was die Aufmerksamkeit der Carabinieri auf dich lenkt, hänge ich mit drin.«

»Aber das …«

»Erinnerst du dich an unsere Unterhaltung, als du gerade diesen Brief bekommen hast, in dem sie dir das Unterrichten verbieten?«

Sie schüttelte verwirrt den Kopf.

»Ich habe dir geraten, es auf sich beruhen zu lassen. Du warst aufsässig. Und ich habe dir erklärt, dass dein Name auch einen Besitzanspruch symbolisiert, weißt du das noch? Weil es dich so empört hat, dass ich mich nun Ponte nennen werde, so wie die Behörden es vorschreiben.«

Zögerlich nickte sie. Worauf wollte er hinaus?

»Nun also, Signorina Ponte, du hast seitdem nicht geheiratet. Das heißt, dass ich als dein Vater, dessen Namen du trägst, immer noch für dich verantwortlich bin. Und dieser Verantwortung will ich gerecht werden, darauf kannst du Gift nehmen.«

Sie riss erschrocken die Augen auf. So hatte sie ihren Vater noch nie erlebt.

»Du wirst ab sofort auf dem Hof bleiben und ihn nur noch mit meinem Einverständnis verlassen.« Er wies Richtung Parkplatz. »Da vorne an der Straße ist Ende für dich, habe ich mich klar genug ausgedrückt?«

»Wieso ...?«

Er senkte die Augenbrauen und fixierte sie mit seinem Blick. »Gestern hat Domenico Bellaboni im Namen seines Sohnes vorgeschlagen, dass ihr beiden heiratet. Ich habe mir Bedenkzeit erbeten. Zum Glück hatte er den Hof schon verlassen, als du verhaftet wurdest. Jetzt hat sich alles geändert.« Er stockte und holte Luft.

Dieses Mal wagte Franziska nicht, ihn zu unterbrechen.

»Du wirst Emilio heiraten. Wenn er dich noch nimmt und nicht die Flucht ergreift, sobald er erfährt, weswegen du verhaftet wurdest.«

Weswegen wurde sie denn verhaftet? Wie lautete die Anklage? Sie wusste es nicht einmal selbst.

»Das kann ich sehr gut selbst entscheiden«, hörte sie sich sagen.

»Nein, mein liebes Fräulein, genau das kannst du nicht!« Ludwig Bruggmosers Faust donnerte auf den Tisch, dass der Kaffeebecher hüpfte. »Ich entscheide das. Weil ich die Verantwortung für dich trage, hast du das immer noch nicht begriffen? Es ist entschieden, und ich wünsche keine Diskussion darüber!«

Nur langsam sickerten die Worte in ihren Verstand und ergaben Sinn. »Ich soll einen Fremden heiraten? Den Sie ausgesucht haben?«

»Emilio Bellaboni ist ein netter Mann und dazu integer und wohlhabend. Es ist ein gutes Angebot.«

Das war unfassbar, wie der eine Vater den Sohn und der andere die Tochter verschacherte. Warum fragte Emilio nicht wenigstens selbst? »Und darauf lassen wir uns ein, Tata?«

Sein Blick wurde etwas weicher. »In Ligurien bist du in Sicherheit. Das ist jetzt erst einmal das Wichtigste.«

»In Sicherheit, vor wem?«

»Vor den Behörden.«

»Ich will aber gar nicht in Sicherheit sein. Ich will hierbleiben!«

»Hierbleiben? Mein liebes Kind, es war doch klar, dass du den Hof verlässt, wenn du einen angemessenen Mann gefunden hast. Dein Bruder erbt den Hof, und du wirst woanders leben. Das ist nun einmal so.«

»Nur weil es immer schon so war, muss es nicht so bleiben. Leopold wird den Hof ohne mich zugrunde richten!«

Ludwig Bruggmoser schnalzte ungehalten mit der Zunge. »Das ist nicht deine Angelegenheit. Du wirst nach Ligurien gehen, und damit basta.«

Franziska schloss die Augen. »Kann ich nicht wenigstens in Südtirol bleiben? Hier findet sich doch sicher ein *angemessener* Mann. Genau das werfen die mir doch vor, dass ich meine Heimat liebe und schnulzige Gedichte über die Berge verfasse.« Sie warf sich gegen die Stuhllehne. Erschöpfung machte sich in ihr breit. So ganz hatte sie die vorangegangene Nacht noch nicht weggesteckt.

Ludwig Bruggmoser kam schwerfällig auf die Beine. »Sicherlich gibt es hier gute Bauernsöhne, aber du scheinst vergessen zu haben, dass wir nicht mehr gut angesehen sind. Dich wird niemand mehr haben wollen.«

»Mich haben wollen?« Franziska war fassungslos. Ihr Vater sprach über sie, als wäre sie eine Milchkuh.

Sie wollte ansetzen, um erneut zu protestieren, doch er schnitt ihr mit einer Geste das Wort ab. »Wenn Bellaboni das nächste Mal kommt, spätestens im September, wenn die ersten Äpfel reif sind, werde ich ihm sagen, dass wir die Hochzeit arrangieren. Und was du dabei willst, mein Fräulein, interessiert nicht. Denn ganz offenbar bist du nicht in der Lage, selbst zu entscheiden, was gut für dich ist. Sonst hättest du diesen Unsinn mit dem Unterricht im Römerturm gar nicht erst angefangen. Wie konntest du nur?«

»Es ist meine Berufung!«

»Falls sie beweisen können, dass du das warst, werden die dich für den Rest deines Lebens wegsperren. Dir scheint nicht einmal nach deiner Verhaftung klar zu sein, welche Konsequenzen das hat.«

»Welche denn? Dass jetzt nicht nur die Südtiroler Nachbarn, sondern auch die italienischen Behörden schlecht von dir denken? Nur darum geht es dir doch.«

Kaum dass ihr die letzten bitteren Worte über die Lippen gerutscht waren, bereute sie sie. Sie machte sich auf einen Wutausbruch gefasst. Doch ihr Vater war schon wieder ganz er selbst, stoisch, dem Schicksal ergeben, was immer es für ihn bereithielt. Er sah sie nur einen viel zu ruhigen und quälend langen Moment an.

»Es geht mir darum, dass du in Sicherheit bist«, wiederholte er. »Mehr nicht.« Er wandte sich ab und ging Richtung Haus.

»Tata. Wer hat mich verraten?«

Außer einem kurzen Kopfschütteln, das sie sich genauso gut eingebildet haben konnte, reagierte er nicht und verschwand ins Innere.

* * *

Franziska wusste nichts mit sich anzufangen. Nachdem die letzten Gäste vom Mittag gegangen waren, wurde es ruhig in der Wirtschaft. Ihre Mutter und Josepha werkelten in der Küche herum, Leopold schlief noch. Ludwig Bruggmoser und Wilhelm waren in den Apfelhainen unterwegs. Nicht einmal dort durfte sie hin, und sie war nicht so töricht, das Verbot ihres Vaters schon am ersten Tag zu missachten. Besser, sie blieb für einige Tage ganz die brave Tochter und auf dem Hof, dann würde er ihr vielleicht wieder mehr Freiheit einräumen.

Das mit der Heirat dagegen …? Sie hatte immer mehr das Gefühl, dass da etwas nicht stimmte. Es war über ein halbes Jahr her, dass Emilio Bellaboni kurz vor Weihnachten vor der Tür gestanden und seinen Antrag angekündigt hatte, damit sie darüber nachdenken konnte. Sie schätzte und nutzte sein Geschenk, das sich herrlich als Schultertuch für laue Sommernächte eignete. Doch der eigentliche Antrag war bis heute nicht erfolgt, ihre Antwort hatte nach wie vor ausgestanden. Und dann tauchte gestern sein Vater auf und verhandelte mit ihrem Vater eine Heirat? Das ergab doch alles keinen Sinn …

An jedem anderen freien Tag ohne Pflichten und ohne Unterricht hätte sie sich auf den Weg nach Meran gemacht, um mit Leah darüber zu sprechen. Doch sie durfte nicht. Es war wirklich nicht zu fassen, sie konnte problemlos Tage auf dem Hof verbringen, ohne dass ihr langweilig wurde. Doch jetzt würde sie nichts lieber tun, als einen Spaziergang zu machen, in die Stadt zu fahren, alles, nur nicht auf das trutzige Gebäude und den Platz mit den Tischen der Gartenwirtschaft starren.

Sie schlenderte Richtung Anbau und betrat den neuen Ziegenstall. Die Verschläge lagen verlassen, die Tiere waren Tag und Nacht auf der Hausweide, solange es nicht regnete. Der Stall war sauber gekehrt und frisch eingestreut. Wäre da nicht der vage Geruch nach Ziege, würde Franziska es kaum glauben, dass er im Moment überhaupt benutzt wurde. Eine Hummel verirrte sich durch ein gekipptes Fenster, brummte laut durch den Raum und verschwand durch die Tür.

Franziska schaute sich um, fand aber nicht einmal einen Strohhalm, den sie wegräumen konnte. Was das anbelangte, war Wilhelm penibel. Sie wandte sich wieder ab und verließ den Stall.

Draußen hörte sie, dass sich von der Straße her ein Auto näherte. Nur wenige Menschen besaßen ein Auto und kamen damit auf den Hof. Vor allem um diese Uhrzeit. Gut möglich, dass es wieder die Carabinieri waren, die einen neuen Grund gefunden hatten, sie zu verhaften. Einen Moment lang widerstand sie der Versuchung, einfach kehrtzumachen und davonzulaufen.

Zitternd lehnte sie sich gegen die gekalkte Mauer des Anbaus. Sie musste sich beruhigen. Sie konnte nicht jedes Mal in Panik geraten, sobald sie ein Motorengeräusch hörte.

Sie zwang ihren Blick Richtung Auffahrt, bis endlich das Gefährt in Sicht kam. Es war der Wagen von Israel Taube. Franziska schloss die Augen und lachte erleichtert auf. Ihr Herz pochte immer noch wie wild. Mit zitternden Knien ging sie über den Hof. Leah sprang aus der Beifahrerseite heraus und lief zum Haus, ohne sich großartig umzusehen. Verdutzt folgte Franziska ihr, winkte im Vorbeigehen Leahs Vater zu, der hinter dem Lenkrad mit laufendem Motor wartete.

Sie betrat den Flur und folgte den Stimmen, die sie aus dem Schankraum schallen hörte. Leah schien es sehr eilig zu haben. Mit wem sprach sie?

Franziska drückte die halb offen stehende Tür weiter auf und schaute hinein. Sie sah gerade noch, wie Wilhelm ein Päckchen in seiner Hosentasche verschwinden ließ. Er und auch Leah blickten auf, ihre Mienen wie die von Kindern, die beim Naschen erwischt worden waren.

Leah fing sich als Erste wieder. Sie breitete die Arme aus und kam auf Franziska zu. »Grundgütiger, ich bin so froh, dass sie dich haben gehen lassen. Wilhelm hat mir schon alles erzählt. Wenn ich irgendetwas für dich tun kann?«

Franziska machte sich ganz steif. War es möglich, dass Leah oder Wilhelm sie verraten hatten? Um sie loszuwerden? Daher auch der Verdacht wegen der Schule und nicht wegen der Verbreitung subversiver Schriften?

»Was hast du Wilhelm gerade gegeben?«

»Ich? Nichts. Du hast dich verguckt.«

»Wie bitte?« Was lief da zwischen den beiden?

Wilhelm hob die leeren Hände. »Da war nichts, Franziska.«

Franziska befreite sich aus der Umarmung und trat einen Schritt zurück. »Ihr habt also Geheimnisse«, zischte sie leise, weil Wilhelm es nicht hören sollte. »Dann kann ich auch gleich auf eure Freundschaft verzichten! Na schön, ich werde euch nicht stören! Viel Spaß noch miteinander!« Sie machte auf dem Absatz kehrt und rannte hinaus.

16
Blut ist dicker als Wasser

Wilhelm hörte noch, wie Franziska Leah angiftete, verstand ihre Worte jedoch nicht. Mit dem nächsten Wimpernschlag war sie hinaus und verschwunden.

Er fuhr sich mit beiden Händen durch die Haare. »Das hat sie alles viel mehr mitgenommen, als ich erwartet hatte.« Betroffen blickte er zur Tür, hörte, wie Franziska die Stiege hinaufstürmte und die Tür zu ihrem Zimmer zuwarf.

Leah biss sich auf die Unterlippe und ließ die Schultern sinken. Dann wandte sie sich ihm zu. »Dann gibst du ihr das Armband jetzt. Sofort. Heute. Und außerdem sagst du, was du für sie empfindest.«

»Was ich für sie …? Woher willst du wissen, was ich für sie empfinde? Du spinnst doch.«

»Hast du mir nicht gerade ein Geschenk für sie abgekauft?«

»Ein Abschiedsgeschenk. Es sollte etwas Besonderes sein.« Er bemühte sich, so zu tun, als fände er das normal und angemessen, der Tochter seines Dienstherrn ein sündhaft teures Geschenk zu machen, sobald er den Hof verlassen würde.

Wütend sprang Leah auf ihn zu. »Jetzt lauf ihr schon nach! Du willst das doch nicht ernsthaft jetzt diskutieren! Sie braucht dich.«

Er wich einen Schritt zurück. »Es wäre besser, du gehst. Sie braucht eine Vertraute, eine Freundin. Ich bin zum Ende des Sommers ohnehin fort.«

»Herrgott, sie glaubt, dass du sie verpfiffen hast!« Leah stach mit dem Finger nach ihm, als wolle sie ihm die Augen auskratzen.

Er hob abwehrend die Hände. Dann erst wurde ihm bewusst, was sie gesagt hatte. »Ich? Warum sollte ich?«

»Genau, warum solltest du? Wenigstens das musst du ihr klarmachen. Mach schon. Ich muss los, mein Vater wartet draußen auf mich.«

Bevor es ihr noch einfiel, ihn bis zu Franziskas Zimmer zu zerren, knurrte er ein »Schon gut« und verließ den Raum. Zwei Stufen auf einmal nehmend, lief er hinauf ins obere Geschoss und klopfte an ihre Zimmertür.

»Verschwinde, Leah. Lass mich in Ruhe!«

»Hier ist Wilhelm.«

Stille.

Er tastete nach der Schachtel in seiner Hosentasche. »Franziska, ich muss mit dir reden, Leah hat gesagt ...«

Die Tür flog auf. »Du wagst es, mir noch unter die Augen zu treten.«

»Jetzt hör mal zu, ich habe ganz sicher nichts ...«

Ihre Augen blitzten vor Wut. »Wer sonst, Wilhelm?«, fragte sie leise. »Die Eltern meiner Kinder würden selbst mit drinhängen. Und von meiner geheimen Schule mögen eine Menge Leute wissen. Aber den Standort kennen nur du, ich, die Zwillinge und Franz Hinteregger. Kein einziger Vater oder irgendeine Mutter kennt ihn. Nicht einmal Leah weiß davon.«

Wilhelm war zu bestürzt, um etwas zu erwidern. Sie glaubte es also wirklich? Er schüttelte den Kopf. »Das kann nicht wahr sein.«

»Was?« Sie fauchte wie eine Katze, die ein Hund in die Ecke getrieben hatte.

Wilhelm blickte sich nervös zu allen Seiten um, doch der Flur lag staubig und verlassen im Licht der Nachmittagssonne.

»Lass mich rein.«

»Ich denke ja gar nicht daran! Dir kann das doch alles herzlich egal sein! Lange werde ich ohnehin nicht mehr hier sein.« Sie ließ die Türklinke los und wandte sich ab. Ihre Energie war mit einem Schlag verpufft. Sie umrundete einen Haufen Bücher auf dem Boden und setzte sich auf die Bettkante.

Wilhelm schob die Tür auf. Er war noch nie in ihrem Zimmer gewesen, aber er konnte sich nicht vorstellen, dass es immer so aussah. Die Türen eines Kleiderschranks standen offen, der gesamte Inhalt lag davor. Eine Blumenvase auf der Fensterbank war umgestürzt. Das Wasser war inzwischen getrocknet, hatte jedoch einen dunklen Rand auf dem Holz hinterlassen.

»Ach du Schande.« Er blieb mitten im Raum stehen. Jetzt erinnerte er sich, dass die Zwillinge ihm erzählt hatten, die Carabinieri hätten Franziskas Zimmer durchsucht. Sie hatten auch Dinge mitgenommen.

»Jetzt sag, was du zu sagen hast, und dann lass mich allein.«

Er ging zum Schreibtisch, hob den Stapel Bücher von dem Stuhl davor, legte ihn ab und setzte sich. Vergeblich suchte er nach den richtigen Worten.

»Wird's bald, Wilhelm? Du siehst doch, dass ich aufräumen muss.« Sie machte eine hilflose Geste, die das Chaos in dem Raum umfasste, rührte sich jedoch nicht von der Stelle.

»Ich war es nicht.«

»Wer dann?«

Er wich ihrem bohrenden Blick aus. Er musste sich aus dieser Sache heraushalten, das war eine Familienangelegenheit.

»Du weißt es.«

Er nickte.

»Dann sag es mir! Wie soll ich sonst wissen, wem ich hier noch trauen kann?«

Wilhelm erschrak über die Bitterkeit der letzten Worte. Er schüttelte nur den Kopf, tastete mit der Hand nach der Schachtel in seiner Tasche »Du kannst mir trauen. Aber das ist ... es geht mich nichts an.« Damit, dass er es aussprach, wurde es nicht richtiger. Es betraf Franziska, und wie es ihr ging, war ihm viel zu wichtig.

»Du machst es dir gerade ziemlich einfach.«

»Nein, das ist es nicht.« Er suchte nach den richtigen Worten, aber ihm wollte nichts einfallen. Er sollte es ihr sagen. Aber was dann? Er traute dem alten Bruggmoser zu, dass er ihn dafür vom Hof jagte, so blind und taub, wie er sich in Bezug auf die Fehler seines Sohnes stellte.

»Es tut mir leid«, murmelte er.

»Schon gut. Du wirst deine Gründe haben.« Sie sagte es ganz sanft, nicht vorwurfsvoll.

Wilhelm schwieg, rang weiter mit sich. Dann bemerkte er Franziskas fragenden Blick, und ihm wurde bewusst, dass er noch immer die Hand um die Schachtel hielt. Er zog sie hervor. Leah hatte das samtene Kästchen kunstvoll mit einer goldenen Schleife verziert. Er zupfte an den Schlingen, bis sie perfekt ausgerichtet waren. Dann präsentierte er Franziska sein Geschenk auf dem Handteller.

Schweigend betrachtete sie es, blieb wie versteinert auf der Bettkante sitzen.

Er räusperte sich. »Ich werde den Hof im Herbst verlassen. Endgültig. Unter deinem Bruder kann ich nicht arbeiten. Das hier ist mein Abschiedsgeschenk, damit du die gute Zeit nicht vergisst, die wir hatten.« *Damit du mich nicht vergisst,* hatte er sagen wollen, doch die Worte kamen ihm nicht über die Lippen. Es klang nach einer Vertrautheit, die gerade jetzt abhandengekommen war.

»Prima, dann sind wir ja schon zwei, die fortgehen. Immerhin ist es deine freie Entscheidung.«

»Wie bitte?«

»Mein Vater *Luigi Ponte* hat entschieden, dass ich Emilio Bellaboni heirate und mit ihm als treusorgende Ehefrau nach Ligurien gehe.« Sie verschränkte die Arme und reckte das Kinn.

»Das –« Wilhelm blieb der Mund offen stehen. Sein immer noch ausgestreckter Arm begann zu verkrampfen.

Dann huschte ein Schatten über Franziskas Gesicht. Sie runzelte die Stirn. »Leopold.«

Wilhelm ließ den Arm sinken. Er sah ihr an, dass sie begriff.

»Er ist mir am Vormittag meiner Verhaftung entgegengekommen, als ich vom Römerturm kam. Ich habe mich noch gewundert, wo er hinwollte, aber er war zu abgefüllt, um mir eine vernünftige Antwort zu geben.« Sie kniff die Augenlider zusammen. »Er war's. Er hat im Römerturm spioniert und mich angezeigt.«

Wilhelm schwieg verbissen.

»Stimmt es?«

»Franziska, das geht mich nichts an, das ist eine Familien…«

»Raus mit der Sprache!«

Er nickte schwach.

»Weiß mein Vater davon?«

»Ich vermute es.«

Sie schwieg. Wilhelm war, als könnte er ihr Entsetzen mit den Händen greifen. Sie stieß ein Geräusch aus, irgendein Laut zwischen einem erstickten Schrei und einem Schluchzen.

»Mein eigener Bruder.«

Er stand auf, legte die Schachtel auf den Schreibtisch. Besser, er packte heute Abend noch seine Sachen und sah zu, dass er wegkam, jetzt und für alle Zeiten. Er hielt es nicht mehr aus. Er konnte sie nicht trösten, da konnte Leah sagen, was sie wollte. Er konnte das alles nicht ändern, und noch dazu würde sie bald einen anderen Mann heiraten.

»Wieso?«

Wilhelm schreckte auf. »Wieso er das getan hat?«

»Ja?«

»Ich kann es dir nicht erklären. Wer kann schon sagen, was in ihm vorgeht? Er ist unberechenbar. Ich hatte immer gedacht, er steht der italienischen Regierung genauso wenig nahe wie wir, oder sie ist ihm zumindest egal. Aber manchmal packt ihn so ein Drang, sich übermäßig korrekt zu verhalten, eine Art übersteigerte Gesetzestreue. So wie an dem Abend, als er die Burschen beim Herz-Jesu-Feuer angeschwärzt hat.«

Franziska schaute ihn an, als könnte sie den Blödsinn, den er als Erklärung heranzog, nicht glauben.

Er zog die Schultern hoch. »Vielleicht will er auch nur ein Lob, ein wenig Anerkennung. Und wenn es von den Carabinieri ist.«

»Und liefert die eigene Schwester aus.« Sie murmelte ein paar wüste Beschimpfungen. Wilhelm war froh, dass er die Worte nicht genauer verstand.

Er wollte den Raum verlassen, doch Franziska rief ihn mit kaum hörbarer Stimme zurück: »Wo wirst du hingehen?«

»Ich weiß es nicht. Wo ich Arbeit finde. Vielleicht gehe ich nach Wien oder Innsbruck.«

Sie stand auf. »Nimmst du mich mit?«

Er würde nichts lieber tun als das. Hilflos lachte er auf. »Wie soll das gehen?«

Sie ging an ihm vorbei und nahm die Schachtel, löste die Schleife. Behutsam hob sie den Deckel.

»Streng genommen ist es auch ein Geschenk von Leah. Ich hätte mir das noch lange nicht ...«

»Sprich jetzt nicht weiter, Wilhelm. Bitte.« Sie hob das Armband aus dem samtenen Futteral. Ihre Augen glänzten verräterisch. Sie hatte es also wiedererkannt.

»Ein Stück meiner Heimat in Gold umfasst. Das ist ... wofür?«

Er trat heran, nahm ihr das Armband aus den Fingern und legte es um ihr Handgelenk. Mit einem Klicken schloss er den Schnappverschluss. »Ich sagte doch schon, damit du unsere gemeinsame Zeit nicht vergisst.« Er stockte. »Da unten im Süden, in Ligurien.« Bruggmoser hatte demnach seine Tochter an den Sohn des Großhändlers verschachert. Sein Bedürfnis nach Anpassung kannte wirklich keine Grenzen. Und dazu der Sohn, ein Denunziant.

Franziska drehte die Hand und betrachtete das Armband von allen Seiten. »Leah hat behauptet, sie hätte es verkauft. Schon vor einem Jahr. Ich habe mich nie mehr getraut, nach einem anderen Stück zu fragen.«

»Ja, ich weiß. Sie nimmt inzwischen den fünffachen Preis. Ich hatte es damals reserviert und in Raten bezahlt.« Besser gesagt, er hatte einen Teil der Summe abgestottert, noch nicht einmal die Hälfte. Und ihm war klar, dass Franziska es wusste, denn sie kannte die Wirtschaftsbücher und damit seinen Lohn inzwischen besser als ihr Vater. Aber seit der letzten Nacht, die er bei den Taubes in der Küche verbracht hatte, während Ludwig Bruggmoser versuchte, seine Tochter freizukaufen, hatte er nicht mehr warten wollen. Und Leah war zeitgleich zu derselben Erkenntnis gekommen. Sie hatte angesetzt, ihm das Armband aufzudrängen, aber das war schon gar nicht mehr nötig gewesen.

Franziska legte die linke Hand um das Armband und streichelte über die Goldfäden. Sie schloss die Augen und verharrte mitten im Raum.

»Franziska? Was ist?«

Ganz langsam schüttelte sie den Kopf. »Mein Bruder verpfeift mich und mein Vater kauft mich frei, um mich als Braut anzubieten. Und sein Knecht macht mir ein Geschenk, das seinen Lohn bei Weitem übersteigt. Wie klingt das?«

Wilhelm neigte ratlos den Kopf.

Sie stand einfach da, mit hängenden Schultern, wirkte in dem bunten Chaos ihres Zimmers, als habe sie jemand genau wie ihre Kleidung und Bücher von ihrem angestammten Platz hervorgezerrt und dann achtlos stehen gelassen.

Und war es nicht das, was sie gerade gesagt hatte? Dass sie nicht mehr wusste, wo sie hingehörte? Vielmehr von ihrem Bruder verraten und von ihrer Mutter vergessen durchs Leben taumelte?

Wilhelm glaubte beinahe, den Schmerz, den Franziska empfinden musste, am eigenen Leib spüren zu können. Er krümmte die Finger. Ja, die Nacht im Keller der Kaserne der Carabinieri hatte sie mitgenommen, aber gebrochen hatte sie etwas anderes, der fehlende Rückhalt ihrer Familie. Ohne weiter darüber nachzudenken, machte er einen großen Schritt auf sie zu und schloss sie in seine Arme.

Im ersten Moment verkrampfte sie, ballte die Hände zu Fäusten, wie um ihn von sich zu boxen. Er hielt sie locker, doch er ließ nicht los. Dann neigte sie den Kopf gegen seine Schulter und atmete tief ein. Sie weinte nicht. Das war nicht ihre Art. Er spürte ihren warmen Atem an seiner Brust.

»Eine Nacht mag noch so trostlos und finster sein, am nächsten Morgen geht doch die Sonne wieder auf«, murmelte sie leise.

Die Worte kamen ihm bekannt vor, sie sagte das nicht zum ersten Mal. Es war ihr Wahlspruch, mit dem sie Josepha Mut zusprach oder versuchte, ihre Mutter aus ihrer fortwährenden Lethargie zu reißen. Wie oft hatte sie es in der vergangenen Nacht zu sich selbst gesagt?

»Es wird alles wieder gut«, erklärte er unbeholfen.

Sie lachte nur, und es klang so gar nicht nach ihr, sondern schrecklich verbittert. »Vielleicht sollte ich wirklich abhauen? Wie wäre es mit New York? Zu dem Bruder, der mir noch etwas bedeutet? Der hat sein Glück gefunden, wenn ich seinen Briefen Glauben schenken darf.«

»New York ist ein Monster aus Beton und Stahl.«

»Glaubst du, dass es in Wien so viel besser ist? Es ist auch eine große Stadt.«

Nein, das glaubte er nicht. Er brauchte die Aussicht auf die Berge, das Tal mit dem weißgrau schäumenden Fluss, Meran im Frühling, wenn die Blumen und Bäume an der Passer blühten.

»Was kann ich tun?«, raunte er.

»Mich entführen?«

»Würdest du mit mir gehen?«

»Du bist der einzige Mensch, dem ich noch traue.«

Er schob eine Hand unter ihr Kinn und zwang sie, ihn anzusehen. Sie hatte die Lippen trotzig zusammengepresst, ihre Augen waren ohne Glanz. Sie öffnete den Mund. Um etwas zu sagen, wie er dachte. Stattdessen küsste sie ihn.

»Was ...?« Sie erstickte seine Frage mit einer Verzweiflung, die ihm keine andere Wahl ließ, als sich auf diesen Kuss einzulassen. Nicht, dass er nicht gewollt hätte, im Gegenteil. Er schmeckte süß und weckte etwas in ihm, von dem er seit Langem nicht mehr gewusst hatte, dass es tief im Verborgenen noch vorhanden war.

Zuneigung. Zugehörigkeit. Sehnsucht.

Wilhelm zog Franziska enger an sich. In ihren Augen fand er ein zaghaftes Funkeln.

* * *

Er hatte sich geschworen, sich herauszuhalten. Das war eine reine Familienangelegenheit, es ging ihn nichts an. Aber nachdem er Franziskas Zimmer verlassen hatte, geriet sein Entschluss ins Wanken. Sie hatte einen Plan gefasst und ihn gebeten, sie zu unterstützen. Was er gerne tat. Sie brauchte ihn. Aber war er wirklich der Einzige, der ihr helfen konnte?

Später beobachtete Wilhelm zufällig, wie Josepha Leopold über den Weg lief. Sie hatte Mühe, ihm in dem engen Flur auszuweichen, drückte sich nahe an die Wand und zog ein Gesicht, als wäre sie kurz davor, auszuspucken. Der Trottel bemerkte es nicht einmal, stampfte auf unsicheren Beinen ins Büro, um dort seinem Vater zur Hand zu gehen. Oder weiteren Unfrieden zu stiften, je nachdem.

Sogar Teresa Bruggmoser war ungewöhnlich aufgewühlt, sie sprach ihn bei seinem Namen an und nannte ihn nicht – wie es häufiger vorkam – Stefan oder Rudolf. Er brachte ihr Kirschen in die Küche, die der Obsthändler für die Wirtschaft angeliefert hatte, und während Franziskas Mutter einen Kuchenteig knetete, sandte sie ihm ungnädige stumme Blicke zu, als wolle sie ihn zu irgendetwas überreden.

Wilhelm musste nicht davon überzeugt werden, dass Leopold es verdiente, für den Verrat an seiner Schwester in der Hölle zu schmoren, endlos und auf kleiner, aber umso schmerzhafterer Flamme. Aber es stand ihm kaum zu, seinen Dienstherrn dazu zu bringen, seinen Ältesten zu bestrafen. Und wie auch? Welches Strafmaß war denn angemessen? Und wer war er, dass er überhaupt darüber nachdachte?

Was sollte er tun, was lag in seiner Macht? Was war das für eine Geschichte mit den Bellabonis? Was stimmte mit Emilio nicht? Er könnte Stefan Gruber fragen, vielleicht kannte er die Händler aus Ligurien. Domenico Bellaboni unterhielt auch in Meran geschäftliche Beziehungen und logierte dort häufiger in einem der Stadthotels. Wenn es etwas herauszufinden gab, dann würde Stefan der Richtige sein, der das hinbekam.

Überhaupt, diese Vereinbarungen zwischen den Vätern Bellaboni und Bruggmoser – waren von den Eltern arrangierte Hochzeiten nicht ein Relikt aus dem letzten Jahrhundert? Seine Schwestern hätten jedenfalls keinen Bräutigam heiraten müssen, den ihre Eltern gewählt hätten. Sicher, Vater und Mutter Leidinger hatten durchaus versucht, ihre Kinder in die Richtung der aus ihrer Sicht passenden Kandidaten – und in Wilhelms Fall der Kandidatin Liesl Bachner – zu schubsen. Aber das war mehr auf eine freundliche, unaufdringliche Art geschehen, nicht als Bevormundung. Vermutlich hätte Wilhelm die Liesl sogar geheiratet, wäre der Krieg nicht ausgebrochen. Das Anwesen der Bachners war zwar nicht so komplett zerstört wie der Leidinger Hof, lag dennoch seit Langem verlassen, als er das letzte Mal da gewesen war. Und auch wenn er die Liesl gemocht hatte, ging die Liebe nicht so weit, dass er nach ihr hatte suchen wollen.

Spätestens seit heute war er sicher, was es bedeutete, gegenüber einer Frau etwas so Starkes zu empfinden wie für Franziska. Er hatte dieses Gefühl bisher nicht gekannt, und es verunsicherte ihn, dass es aus ihm einen wankelmütigen Narren machte. Hatte er vor nicht einmal einer Stunde noch erklärt, er wollte den Hof verlassen? Zum wievielten Mal hatte er sich das vorgenommen? Und jetzt? Franziska hatte ihn nicht gebeten zu bleiben – nicht direkt zumindest. Doch mit jeder Minute, die er bei ihr verweilt hatte, spürte er, wie ihre Zuversicht wuchs und ihr Kampfgeist erwachte.

Er würde sie bei jeder Entscheidung unterstützen. Jetzt musste er sich erst einmal in Geduld fassen, bis sie entschieden hatte, was sie tun wollte.

* * *

Gerade als er am nächsten Morgen den Hausflur durchqueren wollte, klopfte es an der Tür. Er öffnete und nahm die Post entgegen, die der uniformierte Beamte ihm mit einem kurzen Gruß reichte.

»*Grazie. Arrivederci.*« Wilhelm winkte und schloss die Tür. Flüchtig blätterte er die Briefe durch. Die meisten waren an Ludwig Bruggmoser adressiert, ein amtlicher Umschlag war für Franziska gekommen. Und einer aus dickem Leinenpapier an ihn. Er stutzte. Weder die Handschrift noch der Name sagten ihm etwas. Er bekam selten Post, und niemals private. Wer sollte ihm schon schreiben?

Er legte die Post für die Familie auf eine Ablage unter dem Garderobenspiegel im Flur und verließ das Haus, um in sein Zimmer zu gehen. Das konnte nicht warten, dazu war er zu neugierig.

Vergeblich durchforstete er sein Gedächtnis. Siegfried Huber, kannte er den Schreiber vielleicht doch? Ein Mitschüler in der Volksschule? Ein Kamerad vom Alpenkorps aus dem Krieg? Das war alles so lange her.

Er schlitzte den Brief sorgfältig auf und entnahm zwei eng mit der Hand beschriebene Seiten. Mit immer größerer Verwunderung las er, was ein Jugendlicher von sechzehn Jahren aus Nesselwang da behauptete. Er, Wilhelm Leidinger, solle sein leiblicher Vater sein?

Er rechnete. Siegfried war 1911 auf die Welt gekommen, seine Mutter eine Marianne Huber aus Füssen.

Das war unmöglich. Er kannte zwar Hubers, aber das war nun einmal kein seltener Name. Die einzige Marianne Huber, an die er sich erinnerte, war die Großmutter eines Freundes, die konnte sicherlich nicht gemeint sein. Er selbst wäre gerade mal siebzehn Jahre alt gewesen, als er mit Siegfrieds Mutter etwas gehabt haben müsste. Hatte er da überhaupt schon ...? Das war in einem anderen Leben gewesen.

Er dachte noch kurz darüber nach, dann schüttelte er den Kopf. Da musste ein Irrtum vorliegen. Nur würde er sich später darum kümmern müssen. Wilhelm legte den Briefumschlag in die Bibel auf seinem Nachttisch und verließ seine Kammer.

* * *

»Wilhelm? Ich brauche dich. Jetzt. Kannst du bitte Mutti ins Büro holen?«

Er schrak zusammen, als Franziska wie aus dem Nichts hinter ihm auf der Treppe auftauchte. Er hatte in die Schankstube gehen und die Theke für den Abend vorbereiten wollen, sich aber irgendwie im Flur in seinen Gedanken über all die Geschehnisse der letzten beiden Tage verloren, die leeren Obstkisten noch in der Hand.

»Mache ich, natürlich. Willst du das wirklich tun?«

»Wirst schon sehen.« Sie strich sich so energisch den grauen Rock glatt, dass Wilhelm einen Moment lang erwartete, den Stoff gleich reißen zu hören. Ohne ihn eines weiteren Blickes zu würdigen, ging Franziska in Richtung Büro, klopfte laut gegen das Holz und trat ein.

Rasch ging er in die Küche und bat Teresa Bruggmoser, ihn zu begleiten. Zu seiner Überraschung lächelte sie schmal. Solange er zurückdenken konnte, war es das erste Mal, dass er sie lächeln sah. Er bot ihr den Arm an, und sie hakte sich unter. Sie schien mit jedem Jahr ein bisschen mehr zu schrumpfen, sie war beinahe zwei Köpfe kleiner als er.

Gemeinsam betraten sie das Büro. Ludwig Bruggmoser saß hinter dem wuchtigen Schreibtisch, Franziska rechts davon auf einem Stuhl, den Rücken kerzengerade durchgestreckt. Umso deutlicher zeigte sich der Unterschied zu Leopold, der auf einem Stuhl zur Linken lümmelte, als wollte er im Sitzen einschlafen. Irgendwie drang die Tatsache, dass seine Mutter gerade den Raum betreten hatte, dennoch in seinen vernebelten Verstand. Er erhob sich. Seine Kniegelenke knackten. Dann ging er zum linken Fenster hinter seinem Vater und lehnte sich gegen die Fensterlaibung. Wilhelm führte Teresa Bruggmoser zu dem freien Stuhl und stellte sich seinerseits mit verschränkten Armen schräg hinter Franziska auf. Ihm wurde bewusst, dass sie beide eine zweite Front bildeten. Ludwig Bruggmoser und sein Ältester hatten sich hinter dem Schreibtisch verschanzt. Die Mutter etwas abseits auf neutralem Boden.

Franziska wandte sich an ihren Bruder. »Leopold, stimmt es, dass du mich angezeigt hast?«

Sofort zog Ludwig Bruggmoser den Kopf ein, als erwarte er, dass der Himmel über ihm einstürzte. Franziskas Mutter hob dagegen erstaunt den Kopf und ließ den Blick von Tochter zu Sohn und wieder zurück schweifen.

Leopold stieß nur ein gelangweiltes Knurren aus.

»Stimmt es?«

»Das hast du dir selbst zuzuschreiben, Franni.«

»Nenn mich nicht so! Ich bin kein Kind mehr.«

»Du bleibst meine kleine Schwester.«

Ludwig Bruggmoser hob mit einem gequälten Lächeln die Hände. »Kinder, streitet nicht, das führt doch ...«

»Also was jetzt? Hast du mich angezeigt oder nicht?«

Leopold versuchte, die Arme zu verschränken und geriet ins Taumeln. Stattdessen hielt er sich an der Fensterlaibung fest. Sogar aus der Entfernung sah Wilhelm, dass er dunkle Fingerabdrücke auf der weiß gekalkten Wand hinterließ.

»Und wenn schon? Früher oder später wäre dieser Capelletti auch von selbst draufgekommen.«

»Wie denn?« Franziskas Stimme schnitt wie ein Messer durch den Raum.

Jetzt trat ihr Bruder einen Schritt nach vorne und stützte sich auf dem Schreibtisch ab. Ludwig wich unwillkürlich ein wenig zur Seite.

»Das fragst du noch? Weil es verboten ist, du dämliche Gans! Weil ich so was auf meinem Hof nicht will, verstehst du das?«

»Aber du magst es doch auch nicht, Italienisch zu sprechen. Dir liegt etwas an unserer Sprache, unseren Traditionen.«

»Gesetz ist Gesetz. Und du richtest dich danach. Wo kämen wir hin, wenn alle machten, was sie wollten? Nach Sodom und Gomorra!« Ein Speicheltropfen löste sich von seinen Lippen und tropfte hinab.

Wilhelm wand sich innerlich vor Ekel. Die Luft in diesem Raum war stickig und abgestanden. Er glaubte sogar, den vagen Geruch nach Leopolds Fusel riechen zu können. Staubkörner tanzten im Sonnenschein, der durch die beiden Fenster fiel.

»Wussten Sie davon? Dass er vorhatte, mich anzuzeigen?«, fragte Franziska an ihre Eltern gewandt.

Teresa Bruggmoser schüttelte überraschend schnell und entschieden den Kopf. Ansonsten zeigte ihr Gesicht keine Regung, sodass Wilhelm nicht einmal sicher war, ob sie verstand, was hier gerade geschah. Ludwig Bruggmoser verneinte ebenfalls.

Franziska drehte sich kurz zu Wilhelm um, als müsste sie sich versichern, dass er noch da war und ihr – wortwörtlich – Rückendeckung gab. Er widerstand dem Impuls, ihr die Hand auf die Schulter zu legen. Das hätte bei den übrigen Familienmitgliedern nur unnötige Verwirrung hervorgerufen.

Franziska beachtete ihren Bruder nicht weiter, sondern wandte sich an ihren Vater. »Vater, ich möchte Sie bitten, Ihren Entschluss, Ihrem Ältesten Leopold Bruggmoser den Hof zu überschreiben, noch einmal zu überdenken. Nicht nur, weil er in den vergangenen Monaten gezeigt hat, dass ihm sowohl die Kompetenz für die wirtschaftliche Führung als auch der nötige Weitblick fehlen. Nein, sondern weil er bewiesen hat, dass ihm jeglicher Sinn für die Familie fehlt, indem er seine eigene Schwester bei den Behörden angezeigt hat. Dass er ohne Mitgefühl ist, dass ihm unsere Blutsbande nichts bedeuten. Dass er Sie nicht einmal vorher gefragt hat, zeigt, dass er keinerlei Gemeinschaftsgeist besitzt. Er ist weder würdig noch fähig, unseren Familienhof zu führen.«

Etwas Merkwürdiges ging in diesem Raum vor. Ludwig Bruggmoser hatte bei Franziskas Monolog ungewollt begonnen, beifällig zu nicken, als habe er seit Langem darauf gewartet, dass es endlich jemand aussprach. Kaum dass er es bemerkt hatte, hielt er inne, setzte sich aufrechter hin. Seine Miene verschloss sich. Doch er wirkte unsicherer als zuvor.

Teresa Bruggmoser sank in ihrem Stuhl in sich zusammen. Sie zupfte ein Taschentuch aus den Falten ihres schwarzen Kleides und hielt es sich vor die Augen.

Leopold dagegen fing an zu grinsen. Als Franziska zu Ende gesprochen hatte, glich es einem Zähnefletschen. »Willst du dich jetzt ganz und gar lächerlich machen, *Franziska?* Wird Zeit, dass du verschwindest, bevor du noch mehr Unheil stiftest.«

»Ich? Wer ist es, der hier Unheil stiftet?«

»Es ist alles längst entschieden! Ab Januar habe ich das Sagen, die Urkunden sind unterschrieben, und du bist untergebracht, wie es sich für ein Mädchen gehört.« Er reckte selbstbewusst die Brust.

Wilhelm sah, wie Franziska hinter dem Rücken die Fäuste ballte. Er fragte sich, was sie schlimmer fand, dass der nutzlose Sohn den Hof bekam oder dass sie nach alter Sitte verheiratet werden sollte. Er fand beide Vorstellungen schrecklich.

Leopold war noch nicht fertig. »Weißt du eigentlich, was Tata an Kaution für dich bezahlt hat? Das ist *mein* Geld, das du da verpulverst.« Er reckte herausfordernd das Kinn Richtung Wilhelm. »Und seins. Auf den restlichen Lohn kannst du lang warten, Leidinger! Sobald der Hof mir gehört, bist du hier weg. Wenn es nach mir gegangen wäre, wärst du schon weg, noch bevor die Tinte unter den Urkunden trocken war!«

»Bekommst du wenigstens etwas von der Kaution ab, die dein Vater für Franziska bezahlt hat?«, fragte Wilhelm ganz ruhig zurück. »Als Kopfgeld?« Viel lieber hätte er es herausgeschrien. Franziska blieb gefasst, das half ihm, sich unter Kontrolle zu halten.

»Liebes Kind«, Ludwig Bruggmoser bemühte sich um Sachlichkeit. »Wer sollte den Hof führen, wenn nicht Leopold? Andreas ist glücklich da, wo immer er ist, er wird nicht zurückkommen.«

»Ich.«

»Du?«

»Wieso nicht?«

»Weil das nicht geht, selbst wenn Leopold auf sein Erbe verzichtet.« Er ignorierte den hasserfüllten Blick seines Sohnes, der sich weit über den Schreibtisch gebeugt hatte, als wolle er sich gleich auf die Platte legen.

»Warum nicht? Habe ich nicht in den letzten Monaten meine Eignung bewiesen? Die Schankwirtschaft, der Tanzboden, die Äpfel, das waren allesamt meine Ideen. Und sie funktionieren.«

»Schon.«

»Ich kann besser kalkulieren und die Risiken abwägen als Leopold. Dem ist alles egal. Er ist nicht geeignet, den Hof zu führen.«

Ludwig Bruggmoser wischte erst mit den Handflächen über den Schreibtisch, dann über seine Stirn und die Wangen. »Das ist richtig. Aber es geht nicht.«

»Weil ich eine Frau bin?«

»Auch. Und jetzt dazu noch vorbestraft und offiziell unter meine Obhut gestellt.«

Franziskas Gesichtszüge entgleisten. Daran hatte sie nicht gedacht. Sie hatte gedacht, sie müsse nur den Kampf gegen ihren Bruder gewinnen.

»Wenn du noch etwas anstellst, werden sie mich mit einkerkern.«

Teresa Bruggmoser ließ die Hand mit dem Taschentuch sinken und hob den Kopf. Zu Wilhelms Erstaunen waren ihre Augen trocken. Sie schaute zu ihrem Mann, und auf ihrer Miene lag eine unerwartete Herausforderung, wenn nicht gar Trotz. Als wolle sie ihm zu verstehen geben, dass sie es ihm gleich gesagt habe.

Ein Krachen schallte durch den Raum, weil Leopold gegen den Schreibtisch getreten war. Er schoss um das schwere Möbel herum auf Franziska zu, packte sie am Kragen ihrer Bluse und riss sie auf die Beine. Er holte mit der rechten Hand aus. Franziska versuchte, sich loszumachen, wandte den Kopf ab. Bevor der Schlag sie treffen konnte, stürzte Wilhelm vor. Er fiel Leopold in den ausgestreckten Arm, verpasste ihm einen Faustschlag gegen die Brust. Er versuchte, ihn niederzuringen, was sich als unerwartet schwierig herausstellte. Leopold seinerseits trat zu und erwischte ihn am Schienbein. Wilhelm keuchte vor Schmerz auf und lockerte seinen Griff. Sein Gegner entwand sich und taumelte nach hinten gegen die Schreibtischkante. Papiere und ein Tintenfass rutschten von der Ablage. Es klirrte. Ludwig Bruggmoser sprang auf, rief etwas.

Leopold wankte nach vorne und senkte den Kopf. Er fixierte Wilhelm wie ein Stier kurz vor dem Amoklauf und spuckte aus.

Teresa Bruggmoser schnappte nach Luft. Ihr Mann schnaufte fassungslos.

Leopold ließ die Schultern kreisen. »Das wagst du nicht noch einmal!« Er gab Wilhelm einen rüden Stoß und rannte aus dem Raum.

Bevor Wilhelm sich besinnen konnte, legte er Franziska den Arm um die Schultern.

Sie zitterte am ganzen Leib. Anklagend zeigte sie Richtung Tür. »Da haben Sie es. Von wegen Gesetzestreue, er wollte mir nur eins auswischen, weil ich die Bessere von uns bin. Weil er seine Konkurrenz loswerden wollte. Sie müssen ihn vom Hof jagen. Wenn ich den Hof nicht haben kann, soll er ihn auch nicht bekommen. Er wird ihn zugrunde richten, und Sie wissen das!«

Ihre Mutter presste das Taschentuch gegen die Lippen und nickte. Verlegen nahm Wilhelm den Arm von Franziskas Schultern.

Ludwig Bruggmoser ließ seinen Blick zwischen den Anwesenden umherwandern. Dann ließ er sich zurück auf den Schreibtischstuhl fallen und schüttelte nur den Kopf.

Franziska blickte von einem zum anderen und ließ den Kopf auf die Brust sinken. Sie atmete leise aus.

Immer noch sagte niemand etwas.

Da wusste Wilhelm, dass sie verloren hatte.

HERBST 1927

17
Gute Geister?

Der Herbstnebel hatte sich wie ein graues Tuch über die Landschaft gelegt. Die anhaltend hohe Luftfeuchtigkeit hatte sämtliche Jacken und Mäntel schwer und klamm werden lassen. Wer nicht musste, verließ das Haus nicht. Entsprechend lag die Schankwirtschaft verlassen.

Johanna war es, als hätte der schwere Nebelschleier auch den letzten Funken Fröhlichkeit innerhalb der Familie erstickt. Und zu allem Überfluss war auch noch Josepha krank geworden. Wieder einmal. So wachte sie am Bett ihrer Schwester über deren unruhigen Schlaf, während sie Knopfaugen an ihre Stofftiere nähte oder Gesichter stickte.

Nicht nur Josepha ging es schlecht. Franziska zog wie ein Schatten ihrer selbst durch die Räume, langweilte sich, brachte die wenigen Aufgaben, die sie ihrer Mutter abnahm, selten zu Ende. Sogar Wilhelm, der sich sonst, wenn es ihm schlecht ging, in die Arbeit stürzte, tat nur wenig, außer das Vieh zu versorgen und dringend notwendige Reparaturen durchzuführen. Johanna hatte nicht einmal verstanden, warum er den Hof nicht längst verlassen hatte. Er sprach inzwischen ständig davon, doch am nächsten Morgen war er immer noch da. Sie begriff nicht, was ihn hielt, und fürchtete zugleich den Tag, an dem er wirklich fort wäre. Nicht nur, dass er der einzige Mensch war, der noch ein wenig Anteil an ihrem Leben nahm, sondern vor allem, weil er außer ihr selbst Josephas einzige Bezugsperson war. Nein – das stimmte nicht ganz. Ihre Schwester war mit Tante Teresa ein ganz besonderes Bündnis eingegangen. Die beiden verstanden sich ohne Worte, schienen in der versunkenen, spirituellen Stille einander zu stützen und sich nah zu sein. Doch Johanna war genau das nicht ganz geheuer. Es wirkte auf sie so entrückt, fern der Welt. Und sie wollte Josepha im Hier und Jetzt an ihrer Seite wissen. Wilhelm dagegen hatte ein Auge auf ihre alltäglichen Belange, wie ein älterer Bruder oder Ersatzvater. Sobald er den Hof verließ, könnte es für Josepha bedeuten, dass ihr ein weiterer Anker fehlen würde. Sie war so zerbrechlich. Solange Johanna zurückdenken konnte, war immer sie selbst es gewesen, die für sie beide stark sein musste.

Sie ließ die Stickarbeit – ein wurstförmiger Dackel mit Schlappohren – in den Schoß sinken und legte ihrer Schwester die Hand auf die bleiche Wange. Hitze schlug ihr entgegen. Josepha brannte, ihr Körper wehrte sich gegen einen Feind, den niemand kannte. Der Hausarzt hatte alle möglichen Untersuchungen vorgenommen und war mit seiner Weisheit am Ende. Wadenwickel, salzige Brühen, Bettruhe, mehr fiel ihm nicht ein.

Johanna stand auf, legte den halbseitig lächelnden Dackel vor die Nähmaschine auf dem Arbeitstisch und streckte sich. Im Grunde brachte es gar nichts, hier neben dem Bett auszuharren. Sie brauchte Geduld, bis das Fieber die Krankheit besiegt hatte. Nur wurde Josepha immer schwächer. Seit mehr als einer Woche lag sie bereits so da, leichenblass und heiß, schien immer mehr unter der Bettdecke zu verschwinden.

Johanna trat ans Fenster und versuchte, hinter der grauen Wand etwas zu erkennen. Schemenhaft konnte sie eine Gestalt vom Anbau auf das Haus zukommen sehen. Der Statur nach konnte es Franziska sein, die vermutlich nach den Ziegen geschaut hatte.

Johanna legte die Stirn an die kalte Scheibe und starrte hinaus. Seit der Verhaftung war Franziska nicht mehr dieselbe. Ganz gleich, was ihr den Mut genommen hatte, die Nacht auf der Wache, über die sie nicht sprach, oder die Aussicht, Emilio Bellaboni zu heiraten und Südtirol zu verlassen. Die Heimat, an der sie so hing. Johanna konnte das nur bedingt nachvollziehen. Ihre frühesten Erinnerungen waren Momente auf der Flucht mit ihrer Mutter, verschiedene Häuser, manchmal ein Bett, oft nichts zu essen. Sogar nachdem sie beide im Frühjahr 1919 endlich in die Obhut der Bruggmosers gelangt waren, blieb der Begriff Heimat für sie ein Wort ohne Bedeutung. Wie alle anderen Orte betrachtete sie den Bruggmoser Hof als eine Zuflucht auf Zeit, als eine Zwischenstation auf dem Weg durchs Leben. Solange Josepha und sie eine Einheit bildeten, war es zweitrangig, wie und wo sie lebten.

Heimat, das war nichts, auf das sie sich verlassen konnten. Glück war flüchtig und zerbrechlich.

Es war nicht die Person Emilio Bellaboni, gegen die Franziska Einwände hatte, so viel hatte Johanna verstanden. Es ging darum, dass ihr die Entscheidung abgenommen worden war. Sie selbst mochte den sanftmütigen Mann mit der hellen Stimme. Er wäre nicht der schlechteste Ehemann der Welt. Allerdings hatte Johanna zufällig mitbekommen, dass Wilhelm in Meran Nachforschungen hatte anstellen lassen. Auf diese Weise hatte er von einem Verdacht erfahren, Emilio wäre *vom anderen Ufer*. Johanna konnte mit dem Begriff nichts anfangen – sicher, Ligurien hatte eine Küste am Meer, hier gab es nur Fluss- oder Seeufer, aber ob das damit gemeint war? Und es schien von Wilhelms Standpunkt aus auch nicht gegen den Menschen zu sprechen, nicht einmal so richtig gegen die Heirat. Franziska hatte dem allem zugestimmt und betont, sie wäre sicher, Bellaboni würde sie stets mit Respekt behandeln. Und sie hatte gemutmaßt, die Idee mit der Hochzeit stamme eher von seinem Vater Domenico Bellaboni und wäre nicht unbedingt im Sinne des Sohnes. Warum, erschloss sich Johanna nicht.

Aber letzten Endes ging es sie auch nichts an. Es schmerzte sie nur, dass Franziska zwar körperlich gesund war, aber dennoch jeden Tag leiser und unsichtbarer wurde. Sie wurde nicht wie Josepha von einem Fieber verzehrt, dennoch schien etwas ihre Lebenslust auszubrennen und sie innerlich zu Asche zerfallen zu lassen.

»Johanna?«, tönte eine leise Stimme aus Richtung Tür.

Sie fuhr herum. Sie hatte gar nicht bemerkt, dass Franziska das Zimmer betreten hatte. Ihre Cousine stand mit einem Tablett im Türrahmen, eine dampfende Kanne Tee, ein Teller mit Keksen und Apfelspalten darauf. Früchte von der ersten noch sehr übersichtlichen, dennoch vielversprechenden Ernte.

»Soll ich dich ablösen? Du musst etwas Richtiges essen.«

»Ich habe keinen Hunger.«

»Johanna, es nutzt Josepha nicht, wenn du vor Schwäche umfällst.« Franziska stellte das Tablett auf dem Stuhl vor der Nähmaschine ab, goss einen Becher Tee ein und reichte ihn Johanna. Es war Kräutertee.

»Muttis eigene Mischung, für das innere Gleichgewicht.«

»Trinkst du ihn?«

»Klar.« Franziska stockte, stand verloren im Raum, als habe sie vergessen, warum sie gekommen war oder was sie als Nächstes tun wollte. »Wirkt bei mir nicht. Vielleicht bei dir.«

Johanna schnaubte belustigt. Sie blies über den Becher und beobachtete, wie sich die Oberfläche der dunkelgrünen Flüssigkeit kräuselte. Es roch nach Kamille. Sie hasste Kamille. Kaffee wäre ihr lieber gewesen. Aber Tante Teresa meinte es nur gut.

»Was ist? Lauf runter, geh an die frische Luft.«

»Da draußen wachsen mir Schwimmhäute zwischen den Fingern.«

»Dann mach das Fenster auf. Wenigstens für fünf Minuten. Soll ich frische Tücher bringen?«

»Bitte.«

Widerwillig öffnete Johanna das Fenster. Kalte Luft wallte ins Zimmer, die Temperatur schien sofort um einige Grad zu fallen. Fröstelnd umklammerte sie den Becher und trank, um sich wenigstens von innen warm zu halten. Ihre Schwester rührte sich nicht.

Franziska kehrte mit nassen Tüchern zurück. Johanna schloss das Fenster, und gemeinsam legten sie Josepha neue kalte Wickel an. Unter der Bettdecke strömte ihnen Hitze entgegen. Es war, als stünden sie vor einer Backofenklappe.

Noch einmal versuchte Franziska, sie dazu zu überreden, nach unten zum Essen zu gehen. Johanna knabberte gehorsam ein paar Apfelspalten und stellte fest, dass der säuerliche Geschmack sie erfrischte. Sie aß das Obst auf, schob ein paar Kekse nach und versprach, sich in zwei Stunden ablösen zu lassen. Damit gab ihre Cousine sich endlich zufrieden und ließ sie mit Josepha allein.

Johanna setzte sich wieder ans Bett, ergriff die Hand ihrer Schwester und schloss die Augen.

* * *

Was hatte sie geweckt? Ein Geräusch? Eine Bewegung? Johanna riss die Augen auf. Wie lange hatte sie geschlafen? Dann fiel ihr die schlaffe Hand in der eigenen auf. Sie war kalt, beinahe kälter als ihre.

»Jos? Jos!« Sie sprang auf. Josephas Gesicht war unverändert bleich, vielleicht ein wenig gelblicher, wie wächsern. Sanft legte Johanna ihre Hand an die Wange.

Kalt.

Zu kalt.

»Nein! Wach auf! Jos!« Sie schlug das Federbett zurück, packte ihre Schwester an der Schulter.

Dann zerbrach die Welt in Trümmer.

Sie hörte sich selbst schreien, doch es klang verzerrt, wie aus weiter Ferne. Es kostete sie ihren gesamten Willen, sich aufrecht auf den Beinen zu halten. Das Bett, das Zimmer, alles verschwamm vor ihren Augen. Die Geräusche ergaben keinen Sinn mehr.

Plötzlich waren da überall Hände, Stimmen, Gerüche, Lärm. Johanna spürte einen resoluten Griff an den Schultern, nahm einen vertrauten erdigen Geruch wahr. Jemand drückte ihr einen handtellergroßen Gegenstand in die Finger. Kantiges Holz. Wärme, nein Kälte, Nässe. Wieder Stimmen. Warum redeten alle durcheinander? Ein Luftzug. Poltern, und dann Wärme, viel Wärme.

Allmählich setzte Johannas Verstand die einzelnen Sinneseindrücke wieder zu einem Gesamtbild zusammen. Sie saß auf einem Stuhl vor dem Kamin in der Schankstube, eingehüllt in eine schwere, kratzige Wolldecke. Ein Feuer prasselte munter, obwohl sich außer ihr nur Franziska im Raum befand. Sie stand gegen die Theke gelehnt und beobachtete sie aufmerksam.

Johanna zog die Decke etwas enger um sich, obwohl ihr warm war. Aus dem Flur drangen Stimmen, doch sie verstand die Worte nicht.

Franziska kam auf sie zu, ging vor ihr in die Knie und ergriff ihre Hände.

Johanna versuchte, ihr in die Augen zu blicken, doch plötzlich verschwamm alles. Ihr Herz holte mit einem Schlag auf, was sie auf der rationalen Ebene längst wusste.

Franziska streichelte ihr mit dem Daumen über den Handrücken. »Es tut mir leid. Ich bin für dich da. Ich halte dich fest.«

Erst jetzt bemerkte Johanna, dass sie den Gegenstand immer noch in den Händen hielt, den ihr jemand gegeben haben musste. Sie öffnete die Faust. Es war das bemalte Holzstück, das Wilhelm Josepha geschenkt hatte. Die beiden hatten behauptet, es sähe wie ein Esel aus. Johanna hatte das nie erkannt, wenn sie ehrlich war. Aber es war das Symbol der Verbundenheit zwischen Josepha und Wilhelm gewesen. Und jetzt hielt sie es. Weil ihre Schwester fort war.

Sie schloss die Augen, spürte, wie stille Tränen über ihre Wangen glitten, umklammerte das Holz. Sie wollte die Magie dieser Verbundenheit spüren, ihre Schwester fühlen, ihre Liebe.

Doch da war nichts. Das Ding in ihrer Hand blieb ein dumpfes Stück Holz. Es machte den Verlust nur noch größer. Johanna öffnete die Hand und ließ es fallen. Senkte den Kopf und lehnte sich dankbar an Franziskas Brust. Ließ ihre Trauer zu.

* * *

Die Tage vergingen langsam und flossen ineinander. Der erste Schnee fiel, tauchte die vormals dunkelgraue Welt in ein freundlicheres Grauweiß und sorgte für mehr Licht, obwohl der Himmel wolkenverhangen blieb. Johanna verbrachte jede Minute im Freien, wanderte umher, zwischen den Apfelbäumen, bis an die Ufer der Etsch. Tante Teresa hatte behauptet, das Wetter würde ihre Stimmung spiegeln. Johanna war nicht so vermessen zu glauben, dass sich Wind und Temperatur nach ihren Launen richteten.

Immer wieder wechselten Momente der Ruhe, einer diffusen Erleichterung mit denen von bodenloser Traurigkeit ab. Vielleicht war es sogar besser so, sagten einige, und es stimmte ja. Josepha war immer kränklich gewesen, immer ängstlich, ohne den Beistand ihrer Schwester einer Welt ausgeliefert, die sie nicht bewältigen konnte. Wer könnte das besser beurteilen als Johanna selbst? Dennoch war sie zu früh gegangen, es fühlte sich an, als würde eine Hälfte fehlen. Niemand, der nicht selbst ein Zwilling war oder zumindest einem Geschwisterkind extrem nahestand, würde das verstehen können.

Johanna stand auf dem Waalstieg unterhalb des Römerturms und überlegte, ob sie in ihrem ehemaligen Klassenzimmer nachsehen sollte. Seit Franziskas Verhaftung hatte die Gruppe keine Flugblätter mehr verteilt. Sie hatten sich entschieden, eine

Weile Pause zu machen, um bei den Carabinieri keine weitere Aufmerksamkeit zu wecken. Sobald Franziska und Wilhelm erst einmal fort waren, könnte die Gruppe sogar auseinanderbrechen.

Es war alles so sinnlos. Genau wie die geheime Schule im Römerturm. Was wollte sie da finden? Dort lernten jetzt Mäuse, sich vor ihren Fressfeinden in Sicherheit zu bringen, und Spinnen nahmen den Turm wieder für sich in Anspruch.

Johanna versenkte ihre Hände tief in die Manteltaschen und machte sich wieder auf in Richtung Hof. Sie musste sich von ihrer ziellosen Wanderung erst einmal wieder aufwärmen. Sie würde die Küche für sich allein haben, da Tante Teresa heute Nachmittag zu einer der monatlichen Therapiesitzungen nach Meran fahren würde. In der Schankstube würden sich, wie immer an einem Freitag, Landarbeiter treffen. Es wurden weniger, aber ein paar waren noch in der Gegend unterwegs. Und Johanna hatte keine Lust auf die Gesellschaft von Fremden.

Auf dem Platz vor dem Hof spannte Franziska bereits die beiden Haflinger ein. Wilhelm lud zusätzliche Wolldecken auf den Kutschbock.

Johanna winkte ihnen zu, doch sie bemerkten sie nicht. Sie betrat das Haus und, genau wie sie vermutet hatte, drangen laute Männerstimmen aus der Schankstube. Sie zog den Schal vom Hals und hatte ihren Mantel noch nicht aufgeknöpft, als urplötzlich Tante Teresa vor ihr stand, in ihrem Webpelz ganz in Schwarz gekleidet. Sie bemerkte Johanna und schnalzte missbilligend mit der Zunge.

»Du trägst kein Schwarz?«

»Ich habe keinen zweiten Wintermantel. Dieser ist nun einmal dunkelgrün.« Außerdem hatte Josepha der Anblick schwarz gekleideter Menschen von klein auf Angst eingejagt, ihre Tante war die einzige Ausnahme. Den Grund dafür vermutete Johanna in ihren Erlebnissen während des Krieges. Schwarz gekleidete Männer, Leichenbestatter und Priester, kamen immer dann, wenn sie jemanden holen mussten, der nicht wieder zurückkehrte. So wie eines Tages ihre Mutter geholt worden war. Jedenfalls würde sich Johanna ganz sicher nicht im Andenken an ihre Schwester genau mit der Farbe kleiden, die diese nicht gemocht hatte. Daher trug sie eine weiße Bluse und ein dunkelblaues Kleid, das sie sich selbst genäht hatte. Und das Josepha geliebt hatte.

Tante Teresa schürzte die Lippen. »Ich bin gespannt, was Doktor Döhrer dazu sagen wird. Ich habe nämlich entschieden, dich mitzunehmen.«

»Mich mitnehmen? Zu der Sitzung? Warum?«

»Damit es dir besser geht.«

»Es geht mir gut.«

»Davon sollte sich Doktor Döhrer überzeugen. Und jetzt komm.« Tante Teresa schob sich an ihr vorbei und hielt auffordernd die Haustür auf.

Johanna fügte sich. Natürlich ging es ihr *nicht* gut, aber war das nicht ganz normal? Sie hatte ihre Schwester verloren. Und es würde nie wieder so sein wie zuvor. Aber der Tod und Verlust waren ein Teil des Lebens. Johanna glaubte fest daran, dass die Erinnerung eines Tages weniger schmerzhaft sein würde. So war es auch bei ihrer Mutter gewesen. Sie brauchte nur etwas Zeit, und sie wollte das mit sich allein ausmachen. Sie stellte sich das im Geiste wie einen gewundenen Weg vor, mit Stufen oder Zäunen. Manchmal würde er sie vielleicht sogar zurückführen, und es würde ihr schlechter gehen statt besser. Auch das kannte sie schon. Daher konzentrierte sie sich immer nur auf den nächsten Schritt, die nächste Stunde, die Distanz bis zur nächsten Hürde auf diesem imaginären Weg, den nächsten Tag. Aber am Ende würde sie ans Ziel gelangen. Wie immer dieser neue Lebensentwurf ohne ihre Schwester aussehen würde, es gab ihn, daran glaubte sie fest. Aber das alles ging niemanden etwas an.

Sie brachte es nicht einmal über sich, mit Franziska darüber zu reden. Noch nicht. Das würde kommen, wenn ihre Tante sie nur in Ruhe ließe. Ganz sicher würde sie keinem wildfremden Doktor etwas über sich und ihr Innerstes erzählen.

Aber was half es? Johanna legte den Schal wieder um und folgte Tante Teresa. Franziska saß bereits auf dem Kutschbock und blies sich den warmen Atem in die rot gefrorenen Hände. Sie wirkte etwas fröhlicher als in den letzten Wochen, was daran liegen mochte, dass sie sich zum ersten Mal seit ihrer Verhaftung wieder über die Grenzen des Anwesens hinausbewegen durfte. Wilhelm hielt den Zaum der Haflinger und sprach leise auf die Tiere ein – oder mit sich.

Sie stiegen in die Kutsche, wo es keinen Deut wärmer war als draußen. Johanna hüllte sich in mehrere Decken. Wenigstens war ihr vom Marsch über den Waalstieg noch warm.

* * *

Viel zu schnell erreichten sie Meran und standen vor der Tür von Doktor Valentin Döhrer. Franziska hatte die Kutsche geparkt und würde in der Goldschmiede der Taubes auf sie warten.

Tante Teresa klopfte, und eine dünne Frau mit langen schwarzen Haaren in einem wallenden Gewand öffnete ihnen. Sie wirkte wie ein Geist, sprach ganz leise und führte sie in einen Raum, in dem brennende Kerzen in mehreren Leuchtern die einzige Lichtquelle waren. Schwere rote Vorhänge vor den Fenstern ließen nicht einmal einen Schimmer durch. Johanna atmete ein und verzog angeekelt die Nase. In dem Raum klebte ein intensiver süßlich würziger Geruch, der sie ganz benommen machte. Das waren weder Weihrauch noch Räucherstäbchen, auch kein Tabak. Irgendeine seltsame Mischung aus allem. Es fühlte sich beinahe so an, als würde ihr der Geruch in den Kopf kriechen. Sie versuchte, ganz flach und durch den Mund zu atmen.

Die stumme Frau führte sie an einen runden Tisch in der Mitte des Raums, wo sie Platz nehmen sollten. Tante Teresa blieb angezogen, wie sie war, presste ihre Handtasche in den Schoß und saß in gespannter Haltung auf ihrem Stuhl. Johanna zögerte erst, doch es war warm, daher legte sie Mantel und Schal ab und hängte beides über die Stuhllehne.

Dieser Raum wirkte irgendwie mystisch. Auf dem Tisch waren einige faustgroße geschliffene Kristalle platziert. An den Wänden hingen Schemazeichnungen von Menschen mit wirren Linien, die mit *Meridiane* und fremdländischen Symbolen gekennzeichnet waren. Johanna schüttelte verstohlen den Kopf. Eine Arztpraxis war das hier nicht, so viel stand fest. Sie bekam keine Gelegenheit mehr, sich weiter umzusehen, denn ein Mann in nicht minder wallender Kleidung betrat den Raum. Bei jeder Bewegung glitzerten Goldfäden in der schwarzen Hose und der Tunika. Er war barfuß. Mit einer geschmeidigen Verbeugung setzte er sich Tante Teresa und Johanna gegenüber.

Johanna presste die Lippen aufeinander, um sich von einer Frage abzuhalten, die ihr ganz sicher nur Ärger einbringen würde. Dieser Mann passte sich perfekt in das Ambiente ein und war genauso wenig Arzt, wie das eine Arztpraxis war. Wo war sie hier bloß gelandet? Und warum kam Tante Teresa seit Jahren her und zahlte für ihre sogenannte »Therapie« eine Unsumme Geld?

Tante Teresa räusperte sich nervös. »Werter Doktor Döhrer, dies ist meine Nichte Johanna Pocol.«

»Frau Bruggmoser, herzlich willkommen. Fräulein Pocol, es freut mich, Ihre Bekanntschaft zu machen.« Döhrer riss dramatisch die Augen auf. Johanna fragte sich, ob sie geschminkt waren, sie wirkten unnatürlich grau umschattet. Sie nickte nur und sparte sich eine Floskel.

»Nun, Johanna hat einen tragischen Verlust erlitten.« Tante Teresa rutschte auf dem Stuhl umher und tastete unter dem Tisch nach Johannas Hand. Sie verschränkten die Finger ineinander. »Daher soll es heute nicht um mich gehen, sondern um sie und ihre geliebte Schwester Josepha.«

»Oh, das tut mir aufrichtig leid. Armes Kind. Mein Mitgefühl.«

Einen Moment lang hatte Johanna einen Kloß im Hals, doch die ganz und gar nicht aufrichtigen Worte dieses Mannes sorgten eher dafür, dass ihr übel wurde. Es war doch offensichtlich, dass er Theater spielte.

»Möchten Sie mit Ihrer Schwester Kontakt aufnehmen?«

»Bitte was?«

Tante Teresa drückte ihr die Hand. »Natürlich möchte sie das. Keine Angst, Johanna, beim ersten Mal ist es etwas unheimlich, doch mit der Zeit gewöhnst du dich daran, und es wird dir guttun.«

»Ihre Tante hat vollkommen recht.« Döhrer erhob sich mit der gleichen Geschmeidigkeit wie zuvor und trat an ein Regal heran. Mit einem Brett und einem Samtsäckchen kehrte er zurück an den Tisch. Er legte das Brett in die Mitte, und Johanna konnte darauf Buchstaben und Zahlen erkennen.

»Was ist das?«, entfuhr es ihr.

»Das ist ein Ouija-Brett, oder auch Hexentafel genannt. Damit kann uns die verstorbene Seele Ihrer geliebten Schwester aus dem Jenseits Nachrichten übermitteln.«

Sprachlos starrte Johanna auf das Brett. Was dieser Mann gerade gesagt hatte, ergab keinen Sinn. Zugleich schnürte es ihr wieder die Kehle zu, und sie nahm diesen widerwärtigen Geruch wahr. Das Andenken an ihre Schwester und so einen Unsinn in einem Atemzug zu nennen, das fühlte sich falsch an.

»Wie soll das funktionieren?« Sie zwang die Worte hervor in der Hoffnung, dass die Antwort endlich etwas Licht in die unheimliche Angelegenheit bringen würde.

»Oh, es ist eigentlich ganz einfach.« Tante Teresa strahlte über das ganze Gesicht, wie Johanna es noch nie erlebt hatte. »Du stellst eine Frage, und Doktor Döhrer wird dann mit dem Brett ...«

»Nein, halt, wir können doch nicht mit Toten sprechen.«

»Meine beiden Söhne freuen sich immer sehr, wenn ich mit ihnen rede. Ganz besonders Stefan.«

»Das meine ich nicht. Das Diesseits ist das Diesseits, und das Jenseits ist das Jenseits. Dazwischen gibt es keine Verbindung. Das geht nicht!«

Aus den Augenwinkeln bemerkte Johanna, wie dieser falsche Doktor unruhig mit der Verschnürung des Samtsäckchens spielte. Plötzlich riss er abermals dramatisch die Augen auf und starrte sie so durchdringend an, als wolle er sie mit der Macht dieses Blickes an den Stuhl nageln.

Tante Teresa räusperte sich. »Mein Kind, ich verstehe ja, dass du nervös bist. Aber du brauchst wirklich keine Sorgen zu haben, es ist weder schwierig noch gefährlich. Doktor Döhrer weiß, was er tut.«

Der falsche Doktor nickte, es sollte sicherlich beruhigend wirken, doch es bewirkte das Gegenteil.

Johanna schoss ihm einen wütenden Blick zu »Ja, er weiß ganz sicher, was er tut, davon bin ich überzeugt.« Sie sprang auf, ergriff Schal und Mantel und packte ihre Tante an der Hand. »Ich habe genug gesehen. Wir gehen. Und ich werde dafür sorgen, dass Sie diesem Betrüger keine Lira mehr in den Rachen werfen.«

Döhrer sprang ebenfalls auf. »Jetzt aber mal halblang, Fräuleinchen! Sie haben nicht das Recht, in meinem Haus ...«

»Und Sie haben nicht das Recht, meiner Tante mit falschen Versprechungen das Geld aus der Tasche zu ziehen.« Sie zog an der Hand. Johanna war jünger und kräftiger, ihre Tante hatte keine Chance. Sie stolperte auf die Füße.

»Johanna, was soll denn das? Doktor Döhrer, ich entschuldige mich.«

»Der sollte sich entschuldigen! Kommen Sie jetzt. Anzeigen sollten wir Sie. Scharlatan!«

Döhrer wollte auf sie zulaufen, doch der Tisch war ihm im Weg. Johanna nutzte den Moment und zerrte ihre protestierende Tante hinaus in den Flur. Dort wartete die Geisterfrau, machte einen Schritt auf sie zu und wollte ihnen den Weg versperren, überlegte es sich jedoch anders, als sie Johannas mörderischen Blick bemerkte. Innerhalb von Sekunden standen sie auf der Straße.

Tante Teresa machte sich los und schaute empört auf. »Was ist denn in dich gefahren? Ich wollte dir einen Gefallen tun! Weißt du, was es mir bedeutet, mit meinen Söhnen zu sprechen? Ich hatte dir zuliebe darauf verzichtet, und so dankst du mir?« Sie wedelte über ihre Schulter, als müsste sie die Spuren von Johannas Griff wegwischen.

Johanna zwang sich zur Ruhe. Zweifelsohne war diese Sache ihrer Tante sehr wichtig, sonst würde sie nicht so einen für sie untypischen Monolog halten. Aber dieser abergläubische Zirkus, das ging einfach zu weit. »Wir gehen jetzt zu Franziska und Leah. Ich bin sehr gespannt darauf, was die beiden sagen, und wer hier wem gerade einen Gefallen getan hat.«

Döhrers Tür blieb verschlossen. Er folgte ihnen, wenn überhaupt, nur mit einem Auge am Türspion. Johanna unterdrückte den Impuls, ihm zum Abschied mit der Faust zu drohen, und bog in den Weg zur Goldschmiede der Taubes ein. Zum Glück war es nicht weit.

* * *

Johanna schlug einen schnellen Schritt an. Erleichtert stellte sie fest, dass ihre Tante ihr schweigend folgte. Besser so, jetzt war nicht der Zeitpunkt für Erklärungen. Sie musste sich erst selbst über ihre Eindrücke und Gefühle klar werden. Die klare Winterluft und das soeben Erlebte sorgten immerhin dafür, dass sie den Kopf frei bekam, mehr als in all den Tagen bisher. Ihre Schwester war tot. Sie musste einen Weg finden, ihren Lebensweg künftig alleine weiterzugehen. Und sie würde das schaffen.

Sie warf einen besorgten Blick zurück auf ihre Tante. Die hatte die Lippen trotzig aufeinandergepresst, stapfte zwar wortlos hintendrein, doch aus jeder Pore, mit jeder Bewegung strahlte sie Empörung über das gerade Geschehene aus. Mehrfach setzte Johanna an, um das unangenehme Schweigen zu brechen, doch sie war sprachlos. Sie war weder sehr gebildet noch religiöser als vermutlich die meisten, aber für die ungeheuerliche Idee, mit den Toten sprechen zu wollen, fand sie keine Worte. So etwas war einfach entgegen jeglicher Logik. *Der Tod ist nicht das Ende,* so predigte zumindest Kurat Hofer sonntäglich von der Kanzel. Johanna fand diese Idee vom Leben nach dem Tod eher gruselig als beruhigend. Doch selbst wenn es eine Existenz nach dem Tode gab, dann war sie niemals mit dem irdischen Leben verknüpft.

Sie erreichten die Goldschmiede. Johanna riss die Ladentür auf und scheuchte ihre Tante hinein. Gehorsam betrat Teresa Bruggmoser das Geschäft. Johanna folgte ihr und bekam ein schlechtes Gewissen. Sie war davon überzeugt, dass sie das Richtige tat, doch diese devote Art und Weise, mit der ihre Tante ihre Anweisungen befolgte, behagte ihr nicht. Zugleich war das vermutlich der Grund, warum dieser Döhrer sie so hatte einwickeln können. Sie war es gewohnt, dass Menschen – Männer – ihr sagten, wo es langging, und sie tat, was von ihr verlangt wurde. Johanna hatte zwar in all den Jahren nie den Eindruck gehabt, Onkel Ludwig würde seine Frau unterdrücken oder gängeln, aber vielleicht war eine solche Haltung dieser Generation einfach von der Wiege an mitgegeben.

Zu Johannas Erleichterung war im Geschäft keine Kundschaft, nur Leahs Vater Israel Taube, der mit einer Vergrößerungslinse vor dem Auge das Innere einer Uhr inspizierte.

Er schaute auf. »Schon zurück? Das war aber eine kurze Sitzung?« Verwundert runzelte er die Stirn, als er Teresa Bruggmosers versteinerte Miene bemerkte. »Ist etwas passiert?«

In dem Durchgang, der zur Wohnung der Taubes führte, polterte es, und im nächsten Moment tauchten Franziska und Leah auf, beide in ihre Wintermäntel gehüllt, offenbar auf dem Weg nach draußen. Johanna blies erleichtert die Backen auf. Wenn die beiden nicht mehr da gewesen wären, hätte sie nicht gewusst, was sie hätte tun sollen.

Franziska blieb im Durchgang stehen. »Mutti?«

»Was macht ihr denn hier?«, fragte Leah.

Tante Teresa reckte das Kinn. »Das frage ich mich auch! Dieses Fräulein hier hat Doktor Döhrer beleidigt und mich aus dem Haus dort gezerrt. Ich hoffe sehr, dass du sie wieder zur Vernunft bringst, damit wir zurückgehen können, um …«

»Dieser Döhrer ist kein Doktor und schon gar kein Arzt«, unterbrach Johanna sie hastig und fing sich schon den nächsten tadelnden Blick ihrer Tante ein, den sie mutig ignorierte.

Israel Taube nahm die Vergrößerungslinse vom Auge und legte die Uhr ab. Die beiden jungen Frauen umrundeten die Verkaufstheke und standen jetzt direkt vor Johanna. Stirnrunzelnd betrachtete Franziska ihre Mutter. »Kein Arzt? Was ist er dann?«

Teresa Bruggmoser schnalzte mit der Zunge. »Ich habe immer schon vermutet, dass ihr alle kein Verständnis für diese Art von Therapie habt, daher habe ich euch nie Genaueres darüber erzählt.« Sie zeigte anklagend auf Johanna. »Aber diese Undankbarkeit, das hätte ich nicht erwartet. Sie hat ihre Schwester wohl nicht geliebt!«

Johanna biss die Zähne zusammen.

»Was hat denn das mit der Therapie zu tun?« Franziska hob verwundert die Augenbrauen.

»Der Döhrer behauptet, er könne mit den Toten reden! Er hat ein Zimmer voller mystischem Zeug und ein Brett mit Buchstaben. Überall stank es, dass mir ganz schummrig wurde.«

»Ist das wahr, Mutti? Sie haben mit den Toten gesprochen?«

»Wieso denn nicht? Besonders mit Stefan. Er hat doch immer so an mir gehangen.«

Franziska öffnete den Mund, schloss ihn wieder. Hinter der Theke schüttelte Israel Taube leicht den Kopf.

Leah fasste sich als Erste und legte behutsam eine Hand auf Tante Teresas Arm. »Sie können nicht mit den Toten reden. Niemand kann das.«

»Aber wieso denn nicht? Der Tod ist doch nicht das Ende! Herr Taube, Sie sind doch Jude, Sie glauben doch auch daran!«

»Werte Frau Bruggmoser, das ist …«

»Wer was glaubt, tut hier nichts zur Sache. Fest steht, dass es keine Verbindung zu den Toten gibt«, unterbrach Leah ihren Vater, der versonnen nickte.

»Außer die des Gebetes«, fügte er leise hinzu.

Franziska wandte sich an Johanna. »Ich verstehe immer noch nicht ganz, was passiert ist. Jetzt fang bitte noch einmal ganz von vorne an.«

Johanna berichtete von dem falschen Doktor, seiner Assistentin und dem Zimmer. Als sie seine wallende Kleidung beschrieb und erwähnte, er wäre barfuß gelaufen, schloss Leah die Augen und atmete tief durch.

»Da hat jemand aber ganz tief in die Esoterikkiste gegriffen«, murmelte sie mehr zu sich.

Franziska schaute sie fragend an.

»Das ist gerade Trend in den großen Städten. Spiritistische Sitzungen, die Kommunikation mit dem Jenseits, die Manipulation des Unbewussten und so weiter. Manche Leute finden so etwas aufregend und schick. Dieser Döhrer hat sich ganz offensichtlich etwas von den esoterischen Moden aus Wien und Berlin abgeschaut.«

Tante Teresa entzog sich Leah, indem sie einen Schritt rückwärts machte, und verschränkte trotzig die Arme. »Ihr wisst doch gar nicht, wovon ihr redet. Stefan hat sich immer gefreut, mit mir zu sprechen, und Josepha würde das auch guttun.«

Johanna spürte plötzlich einen Kloß im Hals. »Meine Schwester ist tot!« Sie sagte es lauter und nachdrücklicher, als sie beabsichtigt hatte. Und noch während sie dem Nachhall ihrer eigenen Worte lauschte, bekam diese Aussage eine Endgültigkeit, die ihr bis jetzt gefehlt hatte.

»Mein Leben geht weiter«, fügte sie leiser hinzu. Weiter kam sie nicht, weil ihr ungewollt die Tränen in die Augen schossen. Sie wandte sich ab. Zum Glück fing auch ihre Tante an zu schluchzen, und die beiden anderen kümmerten sich um sie. Israel Taube hatte sich in die Werkstatt verzogen, ohne dass es jemand bemerkt hatte.

Dann stand Franziska ganz unvermittelt vor ihr und zog sie in eine feste Umarmung. »Dein Leben geht weiter. Daran kannst du glauben, Johanna, denn es ist die Wahrheit. Danke. Schlicht und einfach danke! Du ahnst gar nicht, wie viele Steine mir gerade vom Herzen gefallen sind.«

Johanna nickte stumm gegen ihre Schulter. Sie wusste, wie sehr es Franziska gequält hatte, wie oft sie versucht hatte, ihre Mutter zu erreichen, doch die hatte sich stets in ihre Gebete und Rosenkränze geflüchtet. Endlich gab es eine Erklärung. Endlich hatte Franziska die Chance, ihre Mutter aus dieser Welt voller Hirngespinste und falscher Hoffnungen zu befreien. Unauffällig ballte Johanna die Fäuste. Das klang nach einer Aufgabe, bei der sie gerne helfen wollte.

»Johanna, was auch geschieht, wo ich auch im nächsten Jahr sein werde, dass du Mutti aus den Fängen dieses Doktors befreit hast, werde ich dir niemals vergessen. Ich werde für dich da sein, hörst du? Was du auch tust, es wird nichts geben, bei dem ich dir nicht helfe. Nimm mich beim Wort, ich verspreche es dir. Ich schwöre dir das auf die Bibel, wenn es sein muss.«

Diese gesamte Situation war grotesk, absurd. Trotz dieser wohltuenden, sich lösenden Trauer stieg ein hysterisches Lachen aus Johannas Brust empor. Sie kicherte unter Tränen. »Bitte keine Bibel. Von salbungsvollen Worten habe ich heute genug.« Sie löste sich aus Franziskas Umarmung und wischte sich lachend mit dem Mantelärmel die Tränen aus den Augen.

Dann streckte sie die Hand aus. »Ich nehme dieses Angebot nur unter einer Bedingung an.«

»Die wäre?«

»Wenn du dasselbe tust. Du auch zu mir kommst, wenn du mich brauchst. Ich will auch für dich da sein. Immer.«

»Abgemacht.«

Sie schüttelten sich die Hände wie zu einem offiziellen Pakt. Johanna überlief ein ehrfürchtiger Schauder.

»Dann lass uns jetzt gemeinsam zusehen, wie wir Mutti nach Hause bringen und Tata schonend erklären, dass er seit über zwei Jahren Geld für eine Therapie ausgegeben hat, die diesen Namen niemals verdient hätte.« Franziska seufzte kaum hörbar. »Das wird noch was.«

18
Die Weisheit einer Mutter

Morgen ist der erste Advent. Noch eine Adventszeit und die Raunächte.« Und dann war es vorbei. Franziska starrte aus dem Fenster in die Nacht. Es war noch dunkel, nur der frisch gefallene Schnee warf ein hellbläuliches Licht zurück. Sie legte die Stirn ans kühle Glas. Ihr war bewusst, dass sie von draußen jemand beobachten könnte. Sehen, wie sie aus einer Kammer herausschaute, in der sie nicht sein sollte. Es war ihr egal. Ihre Eltern hatten die Entscheidung getroffen, und für ihren Bruder war sie ohnehin unwürdig für alles.

»Vielleicht überlegt dein Vater es sich doch noch mal.« Wilhelms Stimme klang verschlafen. Sein schmales Bett knarzte, als er aufstand. Obwohl er länger schlafen könnte, seit es keine ganze Kuhherde mehr gab, die in der Früh gemolken werden musste, sondern nur noch zwei Dutzend Ziegen, trieb es ihn noch genauso zeitig um wie früher.

»Komm vom Fenster weg, bitte.«

Sie machte einen Schritt zur Seite, und er knipste das Licht an, eine warmgelbe Lampe an der Zimmerdecke. Erst vor wenigen Wochen hatte ein Elektriker den Anbau mit einem Stromanschluss versehen. Warum, das hatte Franziska nicht verstanden. Wer brauchte schon Strom hier, wenn Wilhelm erst fort war und niemand mehr in den beiden Kammern über dem Ziegenstall lebte?

»Ja, natürlich. Mein Vater überlegt es sich.« Sie versuchte gar nicht erst, die Bitterkeit aus ihrer Stimme zu halten. »Er schickt Poldl dorthin, wo er hingehört, nämlich zum Teufel. Ich bekomme den Hof, du bleibst und heiratest mich. Anderl kehrt zurück.

Mein Vater bleibt gesund und wird steinalt, und meine Mutter kümmert sich um ein Dutzend Enkel, während ich die Dorfschule betreibe. Auf Deutsch.« Sie stieß einen grollenden Laut aus. »Habe ich etwas vergessen?«

Ein feines Lächeln huschte über Wilhelms von der Nacht verknitterte Gesichtszüge. Er rieb sich über die Wangen. »Die Apfelernte wird ein voller Erfolg, und in der Wirtschaft können wir uns vor Gästen nicht retten.«

»Na, wenigstens das ist nicht unrealistisch. Poldl wird sich schon gehörig ins Zeug legen müssen, um diesen Erfolg zunichtezumachen. Und wenn er hinter der Theke steht, fällt es weniger auf, dass er selbst sein bester Kunde ist. Im Gegenteil, seine Trinkerei animiert andere Männer noch dazu, mitzuhalten.« Ihr Bruder hatte neuerdings Gefallen an dem abendlichen Ausschank gefunden, und zur Verwunderung aller wirkte sich das auf den Umsatz aus.

Überhaupt war in den letzten Wochen alles anders geworden. Besser. Zumindest in mancher Hinsicht. Nur Franziskas Perspektiven waren nach wie vor … nun, schlecht waren sie ja nicht … Emilio gab sich wirklich alle Mühe, schickte Pakete mit Geschenken, hatte sogar einmal ein Ferngespräch organisiert, das sie vom Postamt in Meran mit ihm geführt hatte. Er war freundlich, liebenswürdig. Im Februar, eine Woche vor Beginn der Fastenzeit, sollte die Hochzeit stattfinden.

Aber es war nicht ihre Entscheidung gewesen. Und auch nicht Emilios. Sondern die ihrer beider Väter. Sogar die Idee für seinen »Antrag« vor fast einem Jahr war nicht von Emilio gewesen. Sein Vater hatte ihn vorgeschickt, und der Sohn hatte getan, was von ihm verlangt worden war. Franziska fragte sich bis heute, wie er es bis zu dem Moment seiner überstürzten Flucht geschafft hatte, so überzeugend aufzutreten. Vielleicht hatte er sich die ganze Zeit vorgestellt, sie wäre jemand anderes, eine andere Person, der in Wahrheit sein Herz gehörte. Wer immer dies sein mochte, mehr als Gerüchte hatte sie nicht herausgefunden. Er tat ihr leid. Im Grunde war er nicht besser dran als sie. Ihnen blieb nur übrig, sich mit den Gegebenheiten zu arrangieren und sich das Leben gegenseitig nicht allzu schwer zu machen.

Wilhelm trat an die Waschschüssel und goss sich einen Schwall kaltes Wasser über den Kopf. Wusch sich und putzte sich die Zähne, beachtete Franziska nicht weiter, die ihn ungeniert beobachtete.

»Seit wann bist du wach?«, fragte er, während er Rasierschaum anrührte. »Du bist ja sogar schon angezogen.«

»Weiß nicht. Eine Stunde?«

»Hm.«

Sie zögerte, dann platzte es aus ihr heraus. »Wilhelm, was soll aus uns werden? Du ... ich ... Es kann doch nicht einfach zu Ende sein.«

Er wandte sich ihr zu, das Messer an der Kehle. »Bereust du es?«

»Nein! Im Gegenteil, ich will dich und niemanden sonst.« Sie erschrak über ihre eigenen Worte. Bisher hatte sie es noch nie laut ausgesprochen. Seine Nähe war das, was sie seit der Verhaftung davor bewahrt hatte, sich vollends zu verlieren. Weil alles so aussichtslos war, vorherbestimmt von ihrem Vater, trostlos.

Seit sie den Mut gefunden und Wilhelm das erste Mal geküsst hatte, war er es, der ihr Halt gab. Der sie im wörtlichen wie im übertragenen Sinne an die Hand genommen und zur Frau gemacht hatte. Zu einer gefallenen Frau, wie ihr Bruder sagen würde. Sie schnaubte wütend.

Wilhelm hob die Augenbrauen.

Sie winkte ab. »Nichts. Nur ein Gedanke.«

Und ihr war außerdem bewusst geworden, was sie in den letzten Jahren gewollt hatte. Wen. Nur war es einfach unmöglich, und zwar mehr denn je.

Er lächelte und wischte sich die Schaumreste aus dem Gesicht. Ihr wurde ganz warm.

Was sollte werden? Er hatte ihr keine Antwort gegeben, und sie hatte keine erwartet. Es war, als würden sie beide auf einem Dampfschiff durch den Sturm fahren. Wie die Titanic vor so vielen Jahren, sehenden Auges auf den Eisberg zu. Der Untergang war Gewissheit, doch sie klammerten sich verzweifelt an die Reling und weigerten sich, diese Tatsache zu akzeptieren.

Wann gehst du, Wilhelm?, fragte irgendwer aus der Familie.

Morgen, war seine Antwort.

Das war inzwischen zu einem Spiel geworden, die Frage wurde jeden Tag mindestens einmal gestellt. Für Poldl war es ein gehässiger, für Ludwig Bruggmoser ein gutmütiger Witz. Für Johanna und Franziska war es eine Qual. Und für ihre Mutter?

»Wenigstens Mutti ist wieder ein Stück sie selbst geworden, seit Johanna sie dieser *Therapie* entrissen hat«, meinte sie halblaut.

Wilhelm nahm sein Hemd und zog es über. »Ich begreife immer noch nicht, wie dieser Hochstapler von Therapeut sie so lange Zeit in seinem Bann halten konnte.«

»Johanna sagte, es habe merkwürdig gerochen. Wer weiß, mit welchen Substanzen er dieses Zimmer eingeräuchert hat. Mutti hat gesehen und gehört, was sie sehen und hören wollte, und alles andere ausgeblendet. Ich bin nur froh, dass Johanna so eine aufgeweckte junge Frau ist und das Spiel sofort durchschaut hat.«

»Nach allem, wie sie das beschrieben hat, kann das nicht allzu schwer gewesen sein.«

Franziska seufzte. »Mutti ist nicht dumm, aber sie ist anfällig für Aberglauben, das war sie schon immer. Und sie war verzweifelt. Nach dem Krieg war niemand da, mit dem sie ihren Schmerz teilen konnte. Ihre alten Freundinnen haben sich von ihr abgewandt, weil mein Vater sich zu sehr an die neuen Machthaber angepasst hatte. Ich war in Innsbruck, die Zwillinge noch viel zu jung. Mein Vater? Der hat zugeschaut, wie immer. Anderl? Du kennst ihn. Ihr ältester Sohn? Selbst mit Narben auf der Seele, die nicht heilen können, so sehr er das hofft, wenn er sich volllaufen lässt.« Sie stockte, faltete die Hände über dem Rock ihres Kleides. »Ich hätte mich mehr um sie kümmern müssen.«

Wilhelm, inzwischen angezogen, trat an sie heran und legte ihr die Hände auf die Wangen. »Nein, hättest du nicht. Du hattest deine eigenen Sorgen. Du hast darauf gehofft, dass sie für dich da wäre. Und nach all dem, was du mir erzählt hattest, wäre sie das im Normalfall auch gewesen. Schau sie dir jetzt an, sie versucht, es wiedergutzumachen.«

Leider würde es bei dem Versuch bleiben. Was er nicht aussprach, war, dass sie immer noch sehr leise war, weit entfernt von der resoluten Frau von früher, die ein strenges Regiment über einen Knecht, zwei Mägde und fünf Kinder geführt hatte.

»Wir müssen an die Arbeit.«

»Wann gehst du wirklich fort, Wilhelm?«

»Nicht morgen, versprochen.« Er küsste sie auf die Stirn und war mit wenigen langen Schritten an der Zimmertür. Er riss sie auf und machte mit dem Arm eine schwungvolle Geste. »Darf ich bitten?«

Widerwillig setzte Franziska sich in Bewegung. Wilhelms Kammer war spärlich eingerichtet, außer dem Bett, einem schmalen Kleiderschrank und einem Stuhl gab es nur noch die Anrichte mit der Waschschüssel. Er besaß kaum persönliche Gegenstände. Der Krieg habe ihm alles genommen, hatte er ihr einmal erklärt. Er lebte seitdem gemäß der Devise: Wer nichts hat, dem kann nichts mehr genommen werden. Auf diese Weise wollte er den nächsten Krieg überlisten.

Sie erreichte die Tür und konnte nicht widerstehen, seine Hand zu greifen. Wilhelm drückte ihre Finger. Für einen Moment huschte ein unaussprechlicher Schmerz über sein Antlitz.

Sie brachte es nicht über sich, ihn anzusehen. »Du besitzt mein Herz.« Auch das würde ihm niemand nehmen, kein Mensch, kein Krieg. Vielmehr würde er es zu bald selbst loslassen müssen.

Wilhelm ergriff ihre andere Hand. »Franziska, schau mich an.«

Seine Augen waren verdächtig feucht, doch er hielt den Blick fest und klar auf sie gerichtet. »Du allein bist die Herrin über dein Leben. Niemand wird dich jemals besitzen.«

»Aber ...«

»Nein, hör mir zu. Ich bin dankbar dafür, dass wir eine gute gemeinsame Zeit erleben durften. Dass wir mit den Flugblättern gemeinsam etwas versucht, vielleicht sogar etwas bewirkt haben. Ich bin froh, dass du nach der Verhaftung jetzt in den letzten Wochen wieder zu dir gefunden hast. Du und Johanna habt eure Mutter zurück ins Leben geholt. Und jetzt sei die tapfere, lebensfrohe Franziska, die ich liebe und die ich in Erinnerung halten möchte.«

Sie brachte kein Wort über die Lippen.

»Für mich.« Er küsste ihre Fingerspitzen.

Das war eine Liebeserklärung. Wilhelm war kein Mann, der Emotionen gut in Worte fassen konnte. Ihr Blick blieb an seinen graublauen Augen hängen, an den dichten dunkelblonden Brauen, dem von der Sonne eingegrabenen Kranz kleiner Fältchen. Am linken Ohr hing noch ein Klecks Rasierschaum.

Wilhelm nickte ihr auffordernd zu. Das riss sie endlich aus ihrer Erstarrung. Sie ließ seine Hände los, ging vor ihm die schmale Stiege hinunter und stieß die Tür zum Ziegenstall auf. Der stechende Geruch der Tiere schlug ihr entgegen, aber auch Wärme und erwartungsvolles Gemecker.

In dem Moment hasste sie Wilhelm. Er hatte ganz vernünftig geklungen. Und sie hasste ihn noch mehr dafür, weil er genau das beabsichtigt hatte. Damit ihr der Abschied leichter fiel.

Wann gehst du wirklich fort, Wilhelm?

Er hatte sie nicht angelogen.

Sie hörte, wie die Tür zu seiner Kammer ins Schloss fiel. Wer nichts hatte, musste auch nicht packen, sondern konnte sich einfach auf den Weg machen.

Wider besseres Wissen wartete Franziska darauf, dass er den Ziegenstall betrat. Er tat es nicht. Weil er nicht morgen ging, das hatte er versprochen.

Sondern heute.

* * *

Eine gute Stunde später betrat sie wieder das Haus. Aus dem Schankraum drang ein merkwürdig unregelmäßig dröhnendes Geräusch. Der Raum lag im Dunkeln. Aus der halb offen stehenden Küchentür strömte dagegen Licht.

Franziska biss sich auf die Lippen. Sie hatte sich gewünscht, noch ein wenig alleine zu sein. Ihrem Herzen und ihrem Verstand zu erlauben, die Tatsache zu begreifen, dass Wilhelm nun fort war. Endgültig. Wie schon lange angekündigt. Erwartet. Befürchtet.

Sie redete sich ein, dass sie stark war. Und dass er ihr vielleicht noch ein Geschenk hinterlassen hatte, ohne es zu ahnen. Kurz hatte sie in der letzten Nacht darüber nachgedacht, es ihm zu sagen. Aber es war noch zu früh, und sie konnte nicht sicher sein. Und sie wollte die Trennung nicht noch schwerer für sie beide machen. Es gab keinen anderen Weg.

Hoffentlich war es wenigstens Johanna, die dort in der Küche werkelte, und keinesfalls ihr Vater oder ihr gottverfluchter Bruder. Wer auch immer dort zugange war, störte sich jedenfalls nicht an diesem Dröhnen aus dem Schankraum.

Erst da wurde Franziska bewusst, dass es in der Küche stiller war, als zu erwarten gewesen wäre. Irgendetwas klapperte dort normalerweise immer. Misstrauisch drückte sie die Tür ein Stück weiter auf.

Ihre Mutter stand mit dem Rücken zu ihr an der Anrichte unter den Küchenfenstern und blickte gedankenverloren hinaus. Mit einem Anflug von Panik suchte Franziska nach dem Rosenkranz, den vertrauten Handbewegungen, mit denen ihre Mutter im stillen Gebet die Perlen entlangtastete. Aber ihre Hände lagen ruhig auf der hölzernen Arbeitsplatte.

»Mutti?«

Teresa Bruggmoser fuhr zusammen und drehte sich erschrocken um. Als sie Franziska erkannte, lächelte sie verlegen. »Tut mir leid. Ich sollte längst das Frühstück machen. Ich war in Gedanken. Nein, mach dir keine Sorgen, es ist nicht das, wonach es aussieht.« Ein rötlicher Schimmer huschte über ihre Wangen. »Ich habe mit niemandem gesprochen. Ich habe nur nachgedacht.«

Franziska betrat den Raum, immer noch darauf gefasst, ihre Mutter würde im nächsten Satz ausführen, Stefan habe dies oder jenes gesagt. Doch beim Näherkommen erkannte sie, dass Teresa Bruggmoser ihr nichts vormachte. Seit sie nicht mehr *therapiert* wurde, war ihre Haltung aufrechter, ihre Schulterlinie straffer, und sie lächelte wieder häufiger. Erst seit sie dieses echte Lächeln mehrmals wiedergesehen hatte, war Franziska bewusst geworden, dass sie es schmerzlich vermisst hatte, ohne benennen zu können, was genau ihr gefehlt hatte. Es war während der Zeit, die Franziska in Innsbruck verbracht hatte, abhandengekommen. Sogar der Blick, mit dem ihre Mutter sie nun musterte, war klarer, zugewandter. So, wie er früher gewesen war. Das war Franziska sogar die ganze Zeit bewusst gewesen, aber sie hatte das Gedenken an diesen aufmerksamen mütterlichen Blick als verklärte Kindheitserinnerung abgetan.

Wenn sie nur geahnt hätte, woran es gelegen hatte, dass er verschwunden war.

»Jetzt schau mich nicht so an wie ein Huhn, wenn's donnert, Franni. Und warum trägst du nur diese dünne Jacke? Dir muss doch kalt sein, zieh dir was Richtiges an, ja, mein Spatz?«

Franziska wurde ganz warm ums Herz. Genau, dieser Blick war es. »Ach, Mutti.« Spontan trat sie an Teresa Bruggmoser heran und umarmte sie. Sie spürte ein beruhigendes Tätscheln auf dem Rücken. Wie ein Flammenstich durchfuhr sie der Gedanke, dass Wilhelm fort war. Sie verkrampfte sich, verbot sich, weiter zu denken.

»Na, na.« Noch ein Klopfen, dann befreite sich Teresa Bruggmoser aus der Umarmung und schob Franziska auf eine Armeslänge von sich. »Was ist los?«

»Ach, nichts.«

»Wirklich? Du kannst es mir sagen. Ich möchte wieder für dich da sein, mein Spatz. So wie früher.«

Franziska schüttelte wortlos den Kopf. Ihr konnte niemand mehr helfen. Dann legte sie den Kopf schief und lauschte. »Was ist das für ein Geräusch? Schnarcht da jemand?«

»Dieses Dröhnen? Das ist dein Bruder, der an einem der Tische eingeschlafen ist. Ich vermute, er wollte die Reste aus den Weinflaschen vernichten. Zum Glück hat er noch genug Verstand beisammengehabt und alle Saufkumpane vor die Tür geschickt. Und hinter den letzten abgeschlossen.«

Franziska verdrehte die Augen zur Decke. Das wurde ja immer besser. Begriff ihr Bruder nicht, dass derselbe Flur, der zum Schankraum führte, auch der Zugang zu den privaten Schlafzimmern im Obergeschoss war? Was, wenn sich jemand einen Spaß daraus machte und des Nachts hier herumschlich?

»Hilfst du mir, ihn ins Bett zu bringen?«

Franziska stieß ein wütendes Grollen aus. »Ein Eimer Wasser, und der kann selbst die Treppe hinaufkriechen.«

Unerwartet kicherte ihre Mutter. »Das wäre angemessen. Aber wer muss das dann wieder aufwischen?«

»Schon gut. Dann lass uns den Bären in seine Höhle zurückverfrachten.«

Der Geruch, der ihnen aus dem Schankraum entgegenschlug, erinnerte Franziska ebenfalls an ein Raubtier – vielleicht sogar ein verwesendes. Poldl saß an einem der Tische, den Kopf auf den Armen gebettet, umgeben von einem halben Dutzend leerer Weinflaschen. Der Anblick entfachte sogleich wieder Franziskas Wut. Schön und gut, wenn sie den Hof nicht erben konnte, nur weil sie eine Frau war, aber der eigentliche Erbe war schlicht unwürdig, das zu übernehmen, was Generationen von Vorfahren aufgebaut hatten.

Sie rüttelten den Schlafenden an den Schultern, versuchten, ihn auf die Füße zu zerren, aber außer dass eine Weinflasche zu Boden kullerte und klirrend zerbrach, erreichten sie nichts.

Teresa Bruggmoser wischte sich über die Stirn. »Allein schaffen wir das nicht. Wo ist Wilhelm?«

Franziska gellte noch der Aufprall der Flasche in den Ohren. Müsste ihr Herz nicht ähnlich klingen?

»Fort.« *Nicht morgen, versprochen.*

»Fort? Wohin? Das geht doch nicht.« Ihre Mutter schnalzte mit der Zunge und blickte sie an. Und für einen Moment fühlte sich Franziska wieder wie als Zehnjährige, bei irgendeinem Streich erwischt, zu dem ihre Brüder sie angestiftet hatten. Als Einzige erwischt, versteht sich, denn ihre Brüder waren längst über alle Berge und lachten sich ins Fäustchen, wussten sie doch, dass die einzige Tochter vor den Augen ihrer Mutter Gnade erfahren würde. Was früher auch so gewesen war. Warum ihre Mutter sie jetzt allerdings so anklagend musterte, erschloss sich ihr nicht.

»Was schauen Sie mich so an? Was habe ich angestellt?«

»Wo ist Wilhelm hin?«

»Na, sich eine neue Arbeit suchen, nehme ich an. Er hat es mir nicht verraten.«

»Das geht doch nicht«, wiederholte ihre Mutter. »Er kann dich doch nicht jetzt allein lassen. Jetzt, wo sich alles fügt.«

»Was meinen Sie?«

»Versuchen wir das doch mit dem Wasser, lauf und hol einen Eimer.«

»Können wir nicht Tata wecken?«

»Nein, lass ihn schlafen. Er braucht Ruhe.«

Etwas in der Stimme ihrer Mutter ließ Franziska aufhorchen, aber ihrem grimmigen Tonfall nach war jetzt nicht der Zeitpunkt, um nachzufragen. Während Teresa Bruggmoser die Weinflaschen einsammelte und die Scherben zusammenfegte, kehrte Franziska mit einem gefüllten Eimer zurück. Ohne mit der Wimper zu zucken, goss sie ihrem Bruder erst einen Teil, dann den gesamten Inhalt in den Nacken.

Leopold fuhr mit einem wütenden Aufschrei hoch, sodass der Stuhl polternd nach hinten kippte.

»Was wird das? Bist du wahnsinnig?«

Franziska sprang einen Schritt zurück und hielt den Eimer abwehrend vor ihre Brust. Sie würgte, weil ihr Leopolds schaler Mundgeruch in die Nase stieg. Ihr Bruder sah beängstigend aus, die Wangen voller geplatzter Äderchen, die Augen blutunterlaufen. Er hob die Hände, und einen schrecklichen Moment lang erwartete Franziska, dass er ihr an die Kehle gehen würde.

»Fragt sich, wer seinen Verstand noch zusammenhat«, zischte sie.

»Benimm dich endlich wie ein Erwachsener, Leopold!« Die Stimme ihrer Mutter war nicht laut, eher im Gegenteil. Doch es vibrierte etwas durch den Raum, eine Schärfe, die Franziska längst verloren geglaubt hatte, abgeschliffen von Alter, Trauer und fehlender Übung.

»Ja ... Mutter.«

Teresa Bruggmoser war zurück, und sie war noch nicht fertig. Sie trat an ihren ältesten Sohn heran, der sie um beinahe zwei Köpfe überragte und dennoch kleinlaut den tropfenden Kopf gesenkt hielt, nachdem seine Mutter ihn zurechtgewiesen hatte. Jetzt holte sie aus und gab ihm eine schallende Backpfeife, bei der Franziska das Klingeln sogar in den eigenen Ohren zu hören glaubte.

»Du gehst jetzt und schläfst deinen Rausch aus. Dann wäschst du dich ordentlich und ziehst dir was Vernünftiges an. Und um Punkt zwei Uhr erwarte ich dich in Bruggmosers Büro. Irgendwelche Fragen?«

»Jawohl, Mutter. Nein, Mutter.«

Es genügte ein kurzer Ruck mit dem Kinn, mit dem sie ihren Sohn aus dem Raum schickte. Seufzend betrachtete sie den tropfnassen Tisch und die Lache darunter. Dann wandte sie sich an Franziska, die nicht so recht wusste, ob sie träumte und ob sie lachen oder schreien wollte. Sie hätte vieles erwartet, aber das nicht. Teresa Bruggmoser war völlig verwandelt.

»Willkommen zurück im Leben, Mutti. Ich bin froh, dass Sie wieder da sind.« Jetzt erlaubte sich Franziska doch ein kurzes Auflachen.

Ihre Mutter stutzte und senkte dann reumütig den Kopf. »Zeit wird's offensichtlich. Und jetzt hol den Wilhelm zurück.«

»Ich sagte doch, der ist fort.«

»Wirklich ganz fort? Er hat es wahr gemacht? Ausgerechnet heute, wo ich …?«

»Wo Sie …? Was, Mutti?«

»Erst müssen wir ihn finden. Damit dein Vater das mit der Hochzeit umplanen kann.«

Franziska öffnete den Mund und brachte keinen Ton hervor.

Teresa Bruggmoser hob den Kopf. Ein listiges Grinsen stahl sich über ihre runzeligen Züge. Sie wirkte älter und jünger zugleich, so voller Energie, als habe sie diese in den letzten Jahren extra aufgespart.

»Mein Spatz, meinst du allen Ernstes, du kannst dich unbemerkt in die Kammer unseres Knechtes schleichen? Oder willst du jetzt behaupten, du hättest die Nächte im Ziegenstall verbracht?«

»Das ... ich ...«

»Du hast dir noch nie viel aus den Ziegen gemacht, dir waren Kühe immer lieber. Und Hunde. Du wolltest immer einen Hund, oder?« Ein Lächeln wie ein Sonnenaufgang malte sich auf ihre Züge. »Wenn du erst den Hof übernommen hast, schaffst du einen Welpen an. Schadet gar nicht, in diesen unsicheren Zeiten einen Wachhund zu haben.«

»Den Hof?«

»Erst findest du den Wilhelm. Dann besprechen wir alles. Gemeinsam.« Ihre Mutter wandte sich ab. »Wie konnte er nur auf die Idee kommen, dem Poldl den Hof zu überlassen. Der hat noch nie was getaugt. Stefan hätte es werden sollen. Aber das hat dein Vater bis heute nicht verstanden, *der Älteste,* hieß es dann immer. Wird Zeit, die Dinge geradezubiegen, der Stefan wird es wirklich nicht, aber der Poldl auch nicht.« Sie sprach noch weiter, aber den Rest verstand Franziska nicht mehr. Teresa Bruggmoser nahm die Kiste mit den leeren Weinflaschen und verschwand in der kleinen Vorratskammer hinter dem Tresen.

Franziska konnte nicht widerstehen, obwohl sie sich doch immer so viel auf ihren rationalen Verstand einbildete. Sie kniff sich mehrmals kräftig in den Arm. Zwecklos. Sie wachte nicht auf. Aber wie konnte das sein, dass ihre Mutter von einer Minute auf die nächste alles umkrempeln wollte? Und wieso musste Wilhelm ausgerechnet an diesem Tag gehen? Hätte er nicht noch einen Tag warten können?

Am liebsten hätte sie sich hingesetzt und vor Erleichterung losgeheult. Sich aber so richtig zu freuen, wagte sie nicht, denn ganz am Ende würde ihr Vater derjenige sein, der entschied. Aber immerhin versuchte ihre Mutter, die Dinge – endlich! –

zum Guten zu wenden. Und erstaunlich auch, dass sie keine Vorwürfe zu hören bekam, wo doch Teresa Bruggmoser als gläubige Christin den unzüchtigen Umgang ihrer Tochter mit dem Knecht unmöglich gutheißen konnte. Franziska verstand gar nichts mehr.

Bis auf ein plötzlich sehr dringliches Problem: Wie sollte sie Wilhelm finden?

19
Eine letzte Suche

»Was für eine dumme Idee. Eine vollkommen dumme Idee! Wir hätten die Kutsche nehmen sollen«, schimpfte Franziska. Ihr schmerzte jetzt schon der Hintern.

Johanna lachte nur. Dann zügelte sie ihre Haflingerstute, bis Franziska aufgeschlossen hatte und neben ihr ritt.

»Jetzt hab dich doch nicht so. Du tust gerade so, als wärst du noch nie geritten.«

Franziska verzichtete auf eine Antwort. Sie hielt sich miserabel auf einem Pferderücken und hatte nie ein Geheimnis daraus gemacht. Sie hatte nie begriffen, was an diesem Schwanken und Schaukeln so toll sein sollte. Für sie war es ein notwendiges Übel, wenn sie von einem Ort zum anderen kommen musste, keine Kutsche zur Verfügung stand und der Weg zu Fuß zu weit wäre. Außerdem waren die Tage der Pferde gezählt. Wenn es nach ihr ginge, wäre die nächste größere Anschaffung auf dem Hof ein Automobil.

Die Zwillinge dagegen waren vom ersten Tag an begeisterte Reiterinnen geworden. Franziska schüttelte sich allein bei dem Gedanken, sich aus purem Vergnügen auf ein Pferd zu setzen.

Aber Eile tat not, da hatte Johanna ganz recht. Sie mussten so schnell wie möglich den Bahnhof von Meran erreichen – zumindest war das die beste Idee, die sie hatten, um nach Wilhelm zu suchen. Wenn er denn gefunden werden wollte. Franziska kannte ihn inzwischen gut genug, und sie hatte ihre Zweifel, dass sie ihn überreden konnten, zurückzukehren, falls sie ihn überhaupt fanden. Jetzt, da er sich nach all der Zeit den entscheidenden Ruck gegeben hatte. Nach fast zwei Jahren, die er schon gehen wollte und geblieben war, die meiste Zeit ohne Lohn. Wilhelm scheute Veränderungen, aber wenn er sie in Angriff genommen hatte, tat er sich schwer damit, sie wieder rückgängig zu machen. Sicher, er hatte gesagt, dass er sie liebte. Aber war das genug? Im Moment war alles, was sie ihm bieten konnte, das vage Versprechen ihrer Mutter, dass sie alles zu Franziskas Gunsten richten wollte. Konnte sie das überhaupt? Übte sie wirklich einen so großen Einfluss auf Ludwig Bruggmoser aus?

»Die Straße ist trocken und frei von Schnee. Wir sollten ein Stück traben.«

»Wenn's sein muss.« Verstohlen tastete Franziska nach dem Riemen an ihrem Sattel, um sich festzuhalten. Wenigstens musste sie ihre Stute nicht mit den Zügeln steuern, stoisch folgte das Tier seiner Artgenossin.

Wilhelm hatte mehr als zwei Stunden Vorsprung, und er war es gewohnt zu marschieren. Dennoch müssten sie den Bahnhof erreichen, bevor er dort den nächsten Zug nahm. Wohin? Das wusste der Himmel.

Franziska biss sich auf die Unterlippe. Sie erinnerte sich an einen Dozenten aus ihrem Studium, der stets gesagt hatte: »Wenn du ein Ziel vor Augen hast, solltest du alles dafür tun, es auch zu erreichen. Natürlich kannst du scheitern. Aber wenn du es nicht versuchst, bist du bereits gescheitert.« Franziska zögerte, vor allem seit ihrer Verhaftung, gern lange, wog genau ab. Aber in diesem Fall wäre es töricht gewesen, zu zögern. Es kostete sie einen Ritt durch die Morgendämmerung, aber es konnte ihr Wilhelm zurückbringen. Allein der Gedanke, dass sie ihn nie wiedersehen könnte, schmerzte mit jeder Minute mehr. Hatte sie sich heute Morgen im Ziegenstall noch vormachen können, sie wäre erleichtert, dass das Unvermeidliche endlich seinen Gang nahm und zu Ende geführt werden konnte, wurde sie sich in der kalten Luft bewusst, wie sehr sie sich etwas vorgemacht hatte. Sie hätten durchbrennen sollen. Aber wohin?

Franziska lachte laut auf. Weder sie noch Wilhelm waren Menschen, die so etwas wirklich machten.

Johanna drehte sich zu ihr um. »Warum lachst du? Ist alles in Ordnung?«

»Ich habe nur gerade gedacht, dass Wilhelm und ich besser durchgebrannt wären.«

»Du, und durchbrennen? Vielleicht, wenn du jemanden hättest, der dich mitzieht. Aber Wilhelm? Eher läuft ein Baum aus seinem Wald davon.«

»Genau deshalb habe ich gelacht. Und mich würdest du auch nicht mehr so leicht dazu überreden, das kann ich dir versprechen.« Sie wollte hier nicht mehr fort.

Johanna nickte verstehend und wandte sich wieder um. Franziska war froh, dass das Mädchen sie begleitete.

* * *

Die gute Nachricht war, dass starker Schneefall irgendwo hinter Bozen den Zugverkehr lahmgelegt hatte. Die Bahnbediensteten waren noch dabei, die Strecke wieder freizulegen. Bisher hatte kein Zug Meran verlassen. Was zugleich bedeutete, dass das gesamte Gebiet rund um den Bahnhof und erst recht die Bahnsteige voller Leute waren, die miteinander über die Unfähigkeit der Bahn schimpften oder sich über ausbleibende Informationen beschwerten. Wer es sich leisten konnte, versuchte auf dem Vorplatz, eine der selten gewordenen Mietdroschken zu ergattern – sämtliche motorisierten Taxis waren längst mit Fahrgästen in alle Himmelsrichtungen unterwegs.

Franziska und Johanna beschlossen, sich zu trennen, und suchten alles systematisch ab. Immerhin war die Sonne inzwischen aufgegangen, sodass sie den Männern nicht im Licht der Straßenbeleuchtung in die Gesichter schauen mussten, sobald sie einen weißblonden breitschultrigen Kerl ausmachten.

Franziska hatte das Ende des letzten Bahnsteigs erreicht und kehrte um. Schon von Weitem sah sie Johanna, die ihr mit hängenden Schultern entgegenkam.

»Nichts.«

»Er ist nicht hier.«

»Und jetzt?«

Sie schwiegen ratlos. Hintereinander schlenderten sie durch die Menschen, bis sie wieder auf dem Vorplatz standen. Die Pferde hatten sie in einiger Entfernung in der Obhut eines kleinen Jungen gelassen, der sich damit ein paar Lire verdiente.

»Vielleicht weiß Leah ja etwas?«, schlug Johanna vor. »Könnte er mit ihr darüber gesprochen haben?«

Beiläufig griff Franziska in den Mantelärmel und betastete das Armband, das Geschenk von Wilhelm, das zugleich ein Geschenk von Leah gewesen war und damit von den beiden Menschen, dir ihr auf der Welt am liebsten waren. »Nein, ich bin sicher, dann wüsste ich davon. Und wenn es nur Andeutungen wären, die jetzt, da er wirklich gegangen ist, Sinn ergäben. Leah würde es als ihre Pflicht sehen, mich zumindest zu warnen.«

Warnen war vielleicht nicht ganz der richtige Ausdruck. Eine Warnung vor einem Ereignis, von dem sie wusste, dass es zwangsläufig eintrat, und das sie nicht verhindern konnte, war überflüssig. Und dennoch wäre es vermutlich auf eine Art Warnung hinausgelaufen.

»Franni, was kostet es, bei der Goldschmiede vorbeizugehen und zu fragen? Außer Zeit?«

Franziska überlief bei Johannas eindringlicher Stimme eine Gänsehaut. Und sie hatte sie noch nie *Franni* genannt. Dieses Mädchen wusste, was es hieß, jemanden zu verlieren.

»Du hast recht. Gehen wir.«

Sie gaben dem Jungen Bescheid, der sich freute, auf die beiden Haflinger noch länger achtzugeben, und machten sich auf den Weg. Sie waren nur noch wenige Schritte vom Geschäft der

Taubes entfernt, als Franziska eher zufällig die Straße entlangblickte und dann schlagartig an den Tag denken musste, an dem sie Wilhelm hier nachspioniert hatte. Nervös zupfte sie ihre Cousine am Arm. »Wir gehen zu Stefan.«

»Was?« Johanna wurde blass. »Zu deinem ... Bruder?«

»Ach, Unsinn, wie kommst du darauf? Stefan Gruber. Er und Wilhelm stehen sich recht nah, glaube ich. Ich habe Stefan seit dem Sommer nicht mehr gesehen.« Seit der Verhaftung. Aber das wusste Johanna ohnehin.

Franziska blieb mitten auf der Straße zwischen den Lauben stehen und lachte kurz auf. »Ist das zu fassen? Ich kenne nicht einmal den richtigen Weg zu Stefans Wohnung. Jedes Mal, wenn ich dort gewesen bin, habe ich diesen Schleichpfad durch einen Keller und die Hinterhöfe genommen. Warte, wo wäre denn die Vorderseite des Hauses?«

»Das ist jetzt egal, nehmen wir eben diesen Schleichweg. Er wird schon nichts dagegen haben, vor allem wenn er hört, warum du kommst.«

* * *

Es war wie ein Déjà-vu und auch wieder keins. Franziska fühlte sich ans erste Mal erinnert, als sie Wilhelm durch diesen Keller gefolgt war. In all der Zeit hatte sich nichts verändert. Am Eingang stand immer noch ein Fass voller Müll, und von der Decke hingen einzelne Glühbirnen an einem durchhängenden Stromkabel. Sie flimmerten träge, als Franziska den Schalter gefunden und gedreht hatte. Die Wände waren feucht, am unteren Rand hatte sich grünlicher Algenbelag gebildet. Nichts deutete darauf hin, dass vor Kurzem jemand hier entlanggegangen war.

Johanna krauste angeekelt die Nase, als sie den muffigen Geruch bemerkte. Franziska lächelte ihr aufmunternd zu und winkte ihr, ihr zu folgen. Im ersten der beiden Hinterhöfe stießen sie auf eine einzelne Spur im Schnee, die zur Verbindungstür und zum zweiten Hof führte.

»Na, wer sagt's denn«, murmelte Franziska.

»Ziemlich auffällig, wenn die Person unbemerkt bleiben wollte«, bemerkte Johanna, die ihr auf den Fuß folgte.

»Ich glaube nicht, dass es hier noch großartige Geheimnisse zu entdecken gibt.« Sie alle waren einfach froh gewesen, dass die Polizei nicht weiter nachgebohrt hatte. Franziska war wegen des Verdachts der Katakombenschule verhaftet worden und hatte wegen eines staatszersetzenden Gedichts eine Strafe erhalten. Zu den Flugblättern hatte sie geschwiegen. Glücklicherweise hatte niemand eine Verbindung hergestellt. In schwachen Momenten fragte sich Franziska, was passiert wäre, wenn ihre Haft länger gedauert hätte. Irgendwann hätte sie die anderen bestimmt verraten, da war sie sich sicher. Dann schämte sie sich, weil sie sich für so schwach hielt. Sie hatte niemandem davon erzählt, nicht einmal Wilhelm oder Leah. Beide würden sie versuchen, sie damit zu trösten, dass niemand auf Dauer standhaft bleiben konnte und die Carabinieri geübt darin wären, die gewünschten Informationen zu erhalten – um jeden Preis. Es gab keinen Trost, nur die Erleichterung, dass es so weit nicht gekommen war.

Was hatte das mit Wilhelm zu tun? Alles. Die Begegnung hier beim ersten konspirativen Treffen hatte alles geändert, aus dem verdächtig zurückhaltenden Knecht war ein Freund geworden, ein Mitverschwörer. Und mehr.

Franziska und Johanna hatten den zweiten Hinterhof durchquert. Kurz zögerte Franziska noch, dann klopfte sie an die Hintertür.

Erst geschah nichts. Dann ertönte Stefans vertraute Stimme von innen mit einem misstrauischen »Wer ist da?« auf Italienisch. Stumm schüttelte Franziska den Kopf. Nicht einmal im eigenen Haus wagte er es noch, Deutsch zu sprechen.

»Hier ist Franziska Ponte. Bruggmoser. Ich suche Wilhelm.«

Ein Riegel wurde zurückgeschoben. Im Türspalt erschien Stefan Grubers Gesicht. Erst runzelte er die Stirn, als er die zweite Person bemerkte, dann erkannte er Johanna, und ein Lächeln huschte über sein Gesicht.

»Kommt rein. Ich kann mir schon denken, warum ihr hier seid.«

Und da saß Wilhelm am Tisch in demselben Raum, in dem sie vor mehr als zwei Jahren konspiriert hatten. Trank aus einem großen Porzellanbecher, als wäre nichts gewesen. Neben ihm sein Armeerucksack.

Stefan verließ den Raum. Niemand sagte etwas.

Franziska grübelte darüber nach, wie sie Wilhelms Miene deuten sollte. Schuldbewusst? Zerknirscht? Erleichtert, weil sie nach ihm gesucht und ihn gefunden hatte? Nichts von alledem und doch von allem ein wenig.

»Da bist du«, sagte Franziska.

»Mein Zug nach Bozen ist nicht gefahren.«

»Ich weiß.« Sie senkte den Kopf. »Dann bist du schlussendlich also doch gegangen.«

Ruckartig stand er auf, kam auf Franziska zu und ergriff ihre Hände. Ein gequältes Lächeln huschte über seine Züge, das seine Augen nicht erreichte.

Johanna huschte durch die Tür, durch die Stefan verschwunden war.

»Ich dachte, es wäre besser so«, murmelte Wilhelm, ohne sie anzusehen. »Ein schneller, sauberer Schnitt verheilt schneller als eine Wunde, die immer wieder aufreißt. Was hätten wir denn anderes tun sollen? Wir haben so oft darüber nachgedacht.«

»Wir hätten durchbrennen können.«

Wilhelm lachte leise. »Wohin denn? Sei ehrlich, dass du den Hof verlassen sollst, darunter leidest du doch am meisten. Du würdest an keinem Platz der Welt glücklich werden.«

»Nicht einmal, wenn du bei mir bist?«

»Nicht einmal dann.«

Er hatte ja recht. Sie hatte es sich vorhin auf dem Hinweg selbst eingestanden.

»Ich bin froh, dass ich dich gefunden habe. Du musst noch einmal zurückkommen.«

»Warum?« Vermutlich war er froh, dass er sich endlich überwunden und die ersten Schritte gemacht hatte, selbst wenn sie ihn vorerst nur bis Meran gebracht hatten. Jeder zweite Aufbruch würde schwerer werden, das konnte sie absolut nachvollziehen.

»Wenn ich meine Mutter richtig verstanden habe, hat sie heute Morgen die Eingebung gehabt, meinen Vater dazu zu überreden, mir den Hof zu überschreiben.«

»Ist sie verrückt geworden? Ich meine, das freut mich natürlich, aber das sieht ihr gar nicht ähnlich. Und wie will sie das anstellen?«

»Im Gegenteil, sie ist nach all den Jahren wieder klar bei Verstand. Und was sie vorhat? Ich weiß es nicht.«

Wilhelm hob den Kopf, sein Blick aufmerksam und wachsam. Er musterte Franziska durchdringend. »Da gibt es doch einen Haken.«

Sie seufzte und ließ ihn los. Mit einer fahrigen Geste wischte sie sich eine Strähne aus der Stirn, die sich aus dem nachlässig geflochtenen Zopf gelöst hatte. »Natürlich gibt es den. Ich weiß nicht, wie groß der Einfluss meiner Mutter auf meinen Vater ist. Er muss das entscheiden. Ich habe es in all der Zeit nicht geschafft, ihn zu überzeugen, weder mit gutem Zureden noch mit meinen Fähigkeiten. Der Umbau des Hofes zum Obstbetrieb, die Schankwirtschaft waren *meine* Ideen. Das hat alles nicht gereicht. Und meine Mutter scheint zu glauben, sie könne ihm ein wenig gut zureden, und er würde mir den Hof überlassen.«

Wilhelm strich sich über das Kinn. »Aber vielleicht reicht es. Was hast du zu verlieren?«

Franziska spürte, wie ihre Wangen heiß wurden. »Außerdem weiß sie über uns beide Bescheid.«

»Oh.«

»Ich dachte, wir wären vorsichtig genug gewesen.«

»Und sie verurteilt mich nicht? Oder dich, uns beide?«

Franziska zuckte mit den Schultern. Sie ließ sich auf einen der Stühle am Tisch fallen. Wilhelm kehrte zu seinem Platz zurück und trank den Becher aus.

Ihre Mutter hatte etwas von *Hochzeit umplanen* gemurmelt. Hatte sie das auch ernst gemeint? Nun, Franziska selbst könnte ihren Hof in Südtirol schlecht von Ligurien aus führen. Und Emilio Bellaboni würde kaum mit ihr in den Bergen leben wollen. Dazu liebte er seine Arbeit in der Baumschule und das Meer zu sehr, und das erkannte Franziska an. Aber das konnte auch bedeuten, dass diese Hochzeit abgesagt werden sollte – vermutlich zur Erleichterung von Braut *und* Bräutigam und weniger der ihrer Väter. Es hieß noch lange nicht, dass sie Wilhelm ...

Würde ihre Mutter das auch noch fertigbringen? Ihren Vater zu einer Verbindung zu überreden, die für ihn wie aus dem Nichts kommen musste? Zumindest hoffte Franziska, dass es für ihren Vater eine Überraschung wäre. Wüsste er von ihrer Liaison, hätte er sicherlich längst Konsequenzen gezogen und Wilhelm vom Hof gejagt.

»Ich weiß nicht, was genau sie vorhat, Wilhelm. Ich kann dir nur sagen, dass meine Mutter vollkommen verwandelt ist. Und sie hat definitiv einen Plan. Einen, der nichts mit den Toten zu tun hat. Der mir mehr Möglichkeiten einräumt und meinen unwürdigen Bruder entmachten soll.« Franziska lächelte gerührt, weil ihr wieder einfiel, was das letzte Zugeständnis ihrer Mutter war: ein Welpe. So einen hatte sie sich als Mädchen sehnsüchtig gewünscht und stets mit kindlicher Ernsthaftigkeit erklärt, jeder gute Bauernhof bräuchte einen Hofhund. Dass ihre Mutter sich ausgerechnet daran erinnert hatte...

»Du lächelst.«

»Nur ein Gedanke. Aber meine Mutter ist entschlossen, und ich traue ihr einiges zu. Sie ist voller Tatendrang, als wolle sie ihren Rückzug über die letzten Jahre wiedergutmachen.«

»Also gut, was kann es schaden? Finden wir es heraus.«

* * *

Bei dem Entschluss, zu reiten, statt eine Kutsche zu nehmen, hatten Franziska und Johanna eines nicht bedacht: Falls sie Wilhelm fänden und zurückbringen würden, hatten sie ein Pferd zu wenig. Eine gute Strecke ritten die beiden Frauen zu zweit auf einer Stute, aber irgendwann wurde es Franziska zu unbequem, und sie bestand darauf, zu laufen. Sie wechselten sich ab und beeilten sich, dennoch wurde es Mittag, als sie den Hof endlich erreicht hatten. Die Wirtschaft hatte heute Ruhetag, sodass alles ruhig lag. Leopold schlief vermutlich immer noch seinen Rausch aus.

»Geht ihr und such deine Mutter, Franziska, ich versorge die zwei Hübschen.« Johanna ließ ihnen keine Gelegenheit zu widersprechen, sondern schnappte sich beide Zügel und verschwand mit den Pferden Richtung Stall.

Mit klopfendem Herzen betrat Franziska gefolgt von Wilhelm den Flur des Wohnhauses. Schon von Weitem hörten sie erregte Stimmen aus dem Büro. Wilhelm legte seinen Rucksack neben dem Garderobenschrank ab und drückte kurz Franziskas Hand.

Sie entzog sich ihm, brauchte einen Moment für sich allein, um sich zu sammeln.

Jetzt Augen zu und durch, komme, was wolle.

Mit mehr Entschlossenheit, als sie wirklich empfand, ging sie zum Büro, klopfte und trat ein, ohne von drinnen eine Antwort abzuwarten.

Ludwig Bruggmoser saß wie immer hinter dem mächtigen Schreibtisch, wirkte allerdings ähnlich kleinlaut wie sein Sohn Leopold des Morgens in der Schankstube. Seine Frau ging davor auf und ab, die Arme verschränkt, das Kinn energisch vorgeschoben, wie eine Henne, die ihre Eier vor einem Habicht verteidigen will. Franziska schmunzelte hinter vorgehaltener Hand.

Teresa Bruggmoser hielt inne und hob den Zeigefinger. »Da seid ihr.« Das sonnige Lächeln streifte kurz ihre Züge. »Und Wilhelm, du bist zurück. Und du bleibst, ja?«

Wilhelm nahm seinen Hut ab und knautschte ihn zwischen den Händen. »Wenn Sie es sagen, Frau Ponte.«

»Bruggmoser heiß ich! Wir sind unter uns.«

»Teresa, du kannst doch nicht ...«

»Ludwig, jetzt ist er da, jetzt kannst du es ihm sagen. Diese Hochzeit mit Bellaboni wird abgesagt. Franziska heiratet den Wilhelm, und dann gehst du zu den Behörden und überschreibst den beiden den Hof. Irgendwelche Fragen?«

»Das kannst du doch nicht einfach entscheiden!«

»Aber du? Du kannst einfach deine Tochter mit einem wildfremden Italiener verheiraten? Den sie kaum kennt und der sie auch nicht will?«

»Emilio Bellaboni ist vollkommen integer!«

»Mag sein, aber er will Franziska nicht. Das sieht doch ein Blinder.«

»Seit wann spielt das eine Rolle? Das ist eine gute Partie.«

Franziska zog Wilhelm in eine Ecke und wagte kaum zu atmen. Sie hatte den Eindruck, dass alles, was sie über Wilhelm vorbringen würde, unangemessen war. Eigentlich war ja auch längst alles gesagt.

Teresa hatte die ganze Zeit den Zeigefinger erhoben. Jetzt stieß sie damit in Richtung ihres Mannes, sodass der sogar reflexartig zurückzuckte. »Die Zeiten ändern sich. Und du solltest das von allen am besten wissen.« Sie holte Luft. »Von wegen gute Partie: Für den Hof und seinen Erfolg, für die Apfelplantagen und die Gartenwirtschaft sind Franziska und Wilhelm die beste Wahl. Poldl wird's kaputt wirtschaften und die Einnahmen versaufen. Das wissen wir beide. Willst du das?«

»Natürlich nicht. Aber Wilhelm ist nur ein Knecht.«

»Ein Knecht, dessen Eltern einen eigenen Hof hatten, wenn ich mich recht erinnere. Ein Mann, den der Krieg vom Hofbesitzer zum Knecht gemacht hat. Habe ich recht, Wilhelm?«

»Schon.« Er fuhr sich verlegen mit der Hand durchs Haar. Franziska verbiss sich ein erstauntes Auflachen. Woher wusste ihre Mutter davon? Das hatte er nicht einmal ihr erzählt. Fragen nach seinem Leben vor und während des Krieges waren ein Tabu, und sie hatte das respektiert. Offenbar war er nicht allen Anwesenden gegenüber so verschwiegen.

»Warum also sollte Wilhelm nicht qualifiziert sein, einen größeren Hof zu führen? Außerdem hat er vom ersten Setzling an auf den Apfelplantagen mitgearbeitet. Zu einer Zeit, in der Leopold über die Almen gezogen ist und sich in Heuschobern verkrochen hat.«

Franziska staunte immer mehr. Ihre Mutter mochte in letzter Zeit einen abwesenden Eindruck gemacht und sich nie geäußert haben, aber soeben bewies sie, dass sie einiges mehr mitbekommen hatte, als es den Anschein gehabt hatte.

»Teresa, jetzt mal langsam. Ich kann doch nicht einfach diese ganzen Überschreibungen und amtlichen Einträge rückgängig machen. Mein ältester Sohn ist mein Erbe.«

»So ein Unsinn. Was wäre, wenn der Poldl sich morgen totsäuft? Möglich wäre das, das wissen wir alle, oder nicht? Dann kannst du dir vor Ablauf des Jahres noch einen neuen Erben suchen, denn der hat keinen, von dem ich wüsste.«

Wie redete ihre Mutter da von ihrem ältesten Sohn? Und Franziska hatte immer gedacht, sie stünde in der Familie allein mit ihrer schlechten Meinung über ihren Bruder. Und hatte sogar oft genug deswegen ein schlechtes Gewissen.

»Mag ja alles sein. So ein Hof überschreibt sich nicht von heute auf morgen.«

»Dann eben auf übermorgen.«

»Du bist doch verrückt.«

»Bruggmoser, es ist deine Entscheidung! Ich habe meine getroffen, aber das zählt ja nichts. Franziska ist klug, und sie kann besonnen rechnen, Wilhelm hat die größere Ahnung von der Landwirtschaft, und er kennt den Hof wie seine Westentasche. Setz das, was du, dein Vater und dessen Vorfahren aufgebaut haben, bitte nicht so leichtfertig aufs Spiel.«

»Tu ich das?«

»Aber ja! Weil du nur an den Traditionen hängst und nicht deiner Tochter den Hof überlassen willst.« Plötzlich schien sie all die Energie zu verlassen. Sie schnaufte durch und ließ sich auf den Stuhl vor dem Schreibtisch fallen. Sie schüttelte den Kopf. »Und was soll aus uns werden?«

Niemand antwortete.

Mit einem Seitenblick zu Franziska fügte sie leiser hinzu: »Leopold wird nicht für uns sorgen.«

Franziska nickte. »Ich schon. Natürlich, das verspreche ich euch. Ihr habt hier immer einen Platz.«

Wilhelm tastete hinter ihrem Rücken nach ihrer Hand und drückte sie.

Schweigen legte sich in den Raum wie eine dicke wollene Decke. Erst jetzt bemerkte Franziska, dass es kühl war. Draußen vor den Fenstern hatte ein sanfter Schneefall eingesetzt.

Alle Blicke richteten sich auf Ludwig Bruggmoser. Der starrte auf die lederne Schreibtischunterlage, betrachtete seine Fingernägel. Nach einer gefühlten Ewigkeit hob er den Kopf. Als er zu sprechen ansetzte, wagte Franziska kaum noch zu atmen. »Ihr beiden schafft das? Gebt acht auf deine Mutter?«

»Ja, aber wieso?«

»Der Krebs ist zurück. Sie können nichts mehr tun.«

»Tata, das ist ja ...«

Er brachte Franziska mit einem Wink zum Schweigen. »Ich dachte, ich hätte noch Zeit. Ich wollte Leopold auf den rechten Weg zurückholen. Ich dachte, wenn er erst die volle Verantwortung in den Händen hält, wird er sich besinnen und sich seinen Pflichten stellen. Aber ich mache mir etwas vor, oder? Da wird keine Johanna kommen und ihn aus den Fängen dieses Dämons namens Alkohol reißen. Nicht so wie bei dir und diesem windigen Doktor aus Meran, nicht wahr, Teresa?« Ein liebevolles Lächeln strahlte aus seinen Augen, als er seine Frau anblickte. »Aber du hast recht. Ich tu das für dich. Vor allem für dich.«

Abermals spürte Franziska den Händedruck von Wilhelm. Nachdrücklich redete sie sich ein, dass ihr Vater es nicht so meinte, sie nicht mit diesen Worten verletzen wollte. Dass er damit nicht andeuten wollte, dass sie eine schlechte Wahl träfe, nur weil sie besser für ihre Mutter wäre. Aber wenn sie ehrlich war, wusste sie, dass er so dachte. Seit beinahe zwei Jahren bewies sie ihm, was sie konnte, und es zählte nicht.

Ein Ruck ging durch Ludwig Bruggmoser. »Franziska, Wilhelm, geht. Ich werde das mit eurer Mutter besprechen. Nur eins noch: Es ist, wie eure Mutter gesagt hat, ihr beiden werdet heiraten. Ich lasse nicht zu, dass du als unverheiratete Frau mit einem Knecht allein auf dem Hof lebst. Was werden die Leute sagen? Unser Ruf ist in der Gegend schon schlecht genug. Und ohne einen Ehemann an deiner Seite wirst du es sowieso nicht schaffen.«

»Natürlich.« Bevor Franziska sich hinreißen lassen konnte, noch etwas zu sagen, was sie später bereuen konnte, stürmte sie aus dem Büro. Wilhelm folgte ihr. Sobald sich die Tür geschlossen hatte, hörte sie sein Lachen. Sie fuhr herum.

»Findest du das auch noch lustig, wie er mich behandelt?«

Abwehrend hob er die Hand. »Nicht doch.« Immer noch lachend umschlang er ihre Hüften. »Wieso nur kennt er dich so schlecht? Wenn irgendwer es allein und ohne Mann schafft, dann du.«

Geschmeichelt legte sie den Kopf auf die Brust. Sie wollte lachen, vor Erleichterung schreien, aber der Gedanke, dass ihr Vater bald sterben würde, schnürte ihr die Kehle zu.

Auch im hellsten Sonnenschein gab es immer einen schattigen Fleck.

»Hatten deine Eltern wirklich einen Hof?«

»Er war winzig, wir hatten ein bisschen Vieh, und der Acker war nicht viel mehr als ein großer Gemüsegarten.«

»Du hast meiner Mutter davon erzählt. Für mich waren Fragen nach deinem Leben vor dem Krieg immer ein Tabu.«

»Ja.« Er blickte auf seine Hände. »Es ergab sich einfach, und es ist nicht leicht, darüber zu sprechen. Vielleicht ist das falsch. Ich erzähle es dir nach der Hochzeit. Ich habe keine Geheimnisse, das verspreche ich dir.«

»Dann habe ich jetzt einen Grund mehr, dich schleunigst zu heiraten.« Franziska hob den Kopf und lächelte ihn verschwörerisch an. Es gab vielleicht noch einen. Wie in der vorangegangenen Nacht war sie kurz davor, es ihm zu verraten. Wenn sie recht behielt, sollte es mit der Hochzeit wirklich schnell gehen. *Was werden sonst die Leute sagen?*, hörte sie ihren Vater im Geiste.

Wilhelm zog sie an sich, küsste sie scheu auf den Scheitel. »Ich habe noch ein kleines Geschenk.«

»Du musst doch nicht …«

»Es hat eher ideellen Wert. Ich bin Angehöriger des Deutschen Reiches und darf hier meinen deutschen Namen führen.

Kein Ponte mehr. Du wirst bald Franziska Leidinger, und das wird der Leidinger Hof.«

»Wie seltsam, das ist mir gar nicht mehr so wichtig. Viel wichtiger ist, wer ich bin, und nicht, wie ich heiße.« Und dass sie Wilhelm nie wieder fragen müsste, wann er den Hof verlassen würde.

»Da hast du vollkommen recht.« Er grinste listig. »Aber ich finde, es ist ein kleiner Sieg über die despotischen Vorschriften der Regierung.« Er wurde ernst. »Egal, wie wir heißen, wir müssen weiter für unsere Rechte kämpfen. Dafür, in Freiheit zu leben.«

»Ja, das verstehe ich. Und das werden wir. Aber gib mir Zeit, bis mein Mut wieder reicht.«

»Zeit? Franziska, die haben wir jetzt.«

FEBRUAR 1928

20
Big Apple

Manche Dinge benötigten Jahre, bis sie sich änderten. Und manchmal ging es ganz schnell. Franziska konnte es immer noch nicht glauben, dass sie an einem Sonntag im darauffolgenden Februar neben Wilhelm vor dem Traualtar der kleinen Kirche stand und Kurat Hofer ihnen den Segen gab.

Einen Schockmoment erlebte sie, als kurz vor Beginn der Zeremonie ein Mann in Uniform auftauchte. Es war Maresciallo Marcello Capelletti in Begleitung seiner Ehefrau. Er trug, wie Franziska nach einem zweiten Blick feststellte, eine Ausgehuniform, keine dienstliche. Auch Signora Capelletti war dem Anlass entsprechend gekleidet. Ob ihre Anwesenheit nun der Kontrolle einer subversiven Südtirolerin diente oder eine förmliche Aufwartung war, war unmöglich zu erkennen. Jedenfalls gratulierten die beiden nach der Messe, wie es sich gehörte, und verabschiedeten sich danach glücklicherweise. Erst da gelang es Franziska, wieder frei durchzuatmen.

Doch auch in den kommenden Stunden lagen Glück und Wehmut immer nah beieinander. Immer wenn ihr Blick zu Wilhelm in seinem geradezu staatsmännischen Anzug wanderte, glaubte sie, ihr Herz würde vor Glück zerspringen. Der Anzug war ein Geschenk von Leah, Israel Taube und Aaron, nach der neuesten Berliner Mode geschnitten, wie ihn der dortige Reichsaußenminister Gustav Stresemann trug. Es war eine bewusste Entscheidung gewesen, um Wilhelms deutsche Staatsangehörigkeit zu betonen und gegenüber den Behörden kein weiteres Öl ins Feuer zu gießen, indem er eine Südtiroler Tracht trug – oder eine bayerische. Den Unterschied, so hatte Wilhelm selbst ausgeführt, würden die steifen italienischen Beamten vermutlich nicht einmal erkennen. Und so war Leahs Idee, sich an der Berliner Mode zu orientieren, eine willkommene Lösung gewesen. Passend dazu trug Franziska ein schlichtes cremefarbenes Samtkleid, das ihr bis zu den Knöcheln reichte. In ihrem Fall hatte Leah, die auf ein knielanges Kleid bestanden hatte, sich nicht durchsetzen können. So sehr Franziska sich modernen Chic wünschte, setzte sich für einen Tag im Februar ihre praktische Seite durch. Außerdem hatte Johanna das Kleid geringfügig angepasst, damit niemand Franziskas »Umstände« bemerkte. Es wurde allmählich wirklich Zeit mit der Hochzeit.

Auch das war ein großes Glück. Ein Leben entstand.

Ein anderes neigte sich dem Ende zu.

Ludwig Bruggmoser war nur noch ein Schatten seiner selbst. Er schien mit jedem Tag mehr zu zerfallen, er konnte nur noch mithilfe eines Gehstocks laufen und musste sich nach nur wenigen Schritten hinsetzen und Luft holen. Oft genug brach er dann in ein heiseres Husten aus. Seine Frau wich ihm nicht von der Seite. Teresa Bruggmosers Blick hatte sich in den letzten Wochen wieder umwölkt, war voller Sorge und Trauer. Aber es war, darauf achteten Franziska und auch Johanna aufmerksam, eine andere Art von Trauer. Ihre Mutter blieb mit beiden Beinen in der Realität, nahm sich Zeit, sich von dem Mann, an dessen Seite sie fast vierzig Jahre verbracht hatte, zu verabschieden.

Sogar Leopold hatte begriffen, dass die Zeit seines Vaters abgelaufen war. Er gab sich alle Mühe, weniger zu trinken und mehr Zeit mit seinen Eltern zu verbringen. Was nicht hieß, dass er Franziska und Wilhelm verzieh, dass die beiden ihn um sein Erbe gebracht hatten – so seine Sicht. Und so blieb er zur Erleichterung des Brautpaares am Tag der Hochzeit der Feier fern.

Dass Franziska und Wilhelm den Hof nun übernehmen würden, hatte einige der früheren Weggefährten der Bruggmosers zurückkehren lassen, und so war der Tanzboden zum Mittag voller, als die beiden erwartet hatten. Stefan Gruber zapfte Bier und schenkte Wein im Akkord nach, Johanna und Simon Wenger, der Sohn des Fleischhauers, bewirteten die Gäste. Franziska lauschte der Blaskapelle, die Kurat Hofer aus Lana engagiert hatte, und erlaubte sich, ihr Glück zu genießen.

Leah kam auf sie zu und reichte ihr ein Glas Weinschorle. Sie selbst trank eine Art Bowle, die ihr Vater mitgebracht hatte und den jüdischen Speisevorgaben entsprach.

»Danke. Dieses Kleid ist doch wärmer, als ich erwartet habe.« Franziska fächelte sich mit der Hand etwas Luft zu. Unter der hohen Decke des Tanzbodens hing bereits der Rauch von Pfeifen und Zigaretten, dichte Schwaden von Schweiß, feuchter Kleidung und dem gebratenen Fleisch des Hochzeitsmahls zogen durch den Raum.

»Ich hatte eins mit Seide und Chiffon im Sinn. Du wolltest ja wieder einmal nicht auf mich hören.«

»Was sollte ich damit? Außer dass es teuer ist und gut aussieht? Dieses kann Johanna nach der Hochzeit umarbeiten.«

Leah verdrehte die Augen. »Du bist manchmal viel zu praktisch. Gut aussehen, das solltest du damit. Um was geht es für die Braut bitte sonst bei einer Hochzeit?«

»Steht dein eigener Termin für die Trauung endlich?« Normalerweise ließ sich Leah damit leicht ablenken.

»Fünfzehnter August.« Sie warf einen verstohlenen Seitenblick auf Franziskas Bauch. »Könnte eng werden für euch beide, oder?«

»Bis dahin ist sie auf der Welt. Glaub ja nicht, dass du mich loswirst.«

»Sie?«

»Felizitas. Die Glückliche.«

»Oh, der Name funktioniert auch prima auf Italienisch.«

»Er gefällt uns. Sollen wir ihn nur deshalb nicht nehmen, weil er italienisch klingt?«

Leah lachte gutmütig. »Nein, das wäre auch unsinnig. Und wenn es ein Junge wird? Dann heißt er Felix?«

»Es wird kein Junge.«

»Na dann.« Leah hob ihr Glas. »Auf Felizitas.«

»Auf Felizitas.« Franziska stieß mit ihr an.

»Und wer ist die Gute, wenn ich fragen darf?«, ertönte eine vertraute Stimme hinter ihnen.

Franziska verschluckte sich und begann zu husten. Sie und Leah fuhren herum.

»Andreas!«

»Wo kommst du denn her?«

Er hatte sich verändert, ihr Bruder. Er wirkte weltmännisch in seinem Sakko und dem weißen Hemd über der Bundfaltenhose mit den Hosenträgern. Seine Augen strahlten, sein Lächeln war offen und unverkrampft. Er machte einen Schritt auf Franziska zu und schloss sie in seine Arme. Ihr blieb vor Überraschung erneut die Luft weg. Es geschahen noch Zeichen und Wunder.

»Alles Gute, kleine Schwester. Jetzt kann ich sicher sein, dass du in guten Händen bist. Ich kann dir gar nicht sagen, wie sehr ich mich freue.«

»Hände weg von meiner Frau«, grollte es hinter ihnen. Wilhelms Stimme klang unheilvoll ernst, aber aus den Augenwinkeln sah Franziska sein Grinsen. Und auch Andreas ließ sich nicht beeindrucken. Er ließ Franziska los und umarmte seinen Schwager genauso herzlich, was den dazu brachte, erschrocken die Augen aufzureißen.

»Macht ihr das so, da in dieser Großstadt?«, fragte er und schob Andreas nach einem letzten Schulterklopfen von sich.

Der zupfte sich verlegen am Ohrläppchen. »Eigentlich ... ach, egal. Ich freue mich nur einfach so sehr, euch beide wiederzusehen, und das auch noch als Hofbesitzer. Ich konnte das alles gar nicht glauben, was Franni mir geschrieben hat. Ich musste mich mit eigenen Augen davon überzeugen.«

Franziska schaute sich suchend um. »Was willst du trinken? Wo ist deine Frau? Wo übernachtest du?«

Andreas wurde ernst und verzog den Mund. »Meine Frau ist in New York. Sie erwartet unser zweites Kind.«

Franziska sah es an der Art, wie er den Blick abwandte. »Wo du wieder hinfahren wirst. Du kommst nicht mehr zurück. Also nicht für immer, meine ich.«

»Ich wollte es euch nicht schreiben.« Er holte tief Luft. »Aber so ist es. Ich habe eine unbefristete Anstellung bei der Reederei. Wandas Eltern sind zu mir so herzlich wie zu einem eigenen Sohn. Wir haben dort Freundschaften geschlossen, mit Menschen aus der ganzen Welt.«

Und da war es wieder, das Glück, getrübt von Wehmut.

»Stimmt es«, klang Leahs Stimme in die verlegene Stille, »dass New York auch *the big apple* genannt wird?«

»Ja, aber ich kann dir nicht sagen, warum«, erwiderte Andreas. »Ich glaube, es hat etwas mit den Pferderennen zu tun.«

Leah zwinkerte ihm zu. »Dann bleibst du immerhin den Äpfeln treu, denn das hier wird der führende Apfelhof der Gegend.«

»Leah, übertreibst du nicht ein bisschen?« Manchmal konnte Franziska über ihre Freundin nur den Kopf schütteln.

Lachend winkte Leah ab. »Viele Äpfel oder ein *big apple*, was macht das schon? Die Welt verändert sich. Ihr werdet sehen, eines Tages fliegen wir über den Atlantik, und dann wird Andreas uns wieder regelmäßig besuchen.«

Wilhelm hob sein Bierseidel. »Darauf trinken wir!«

»Ich werde mich ganz sicher niemals in ein Flugzeug setzen«, widersprach Franziska und wandte sich an ihren Bruder. »Auch die Aussicht auf eine wochenlange Seefahrt behagt mir gar nicht. Aber ich schwöre dir, ich werde dich in dieser großen Stadt besuchen, und wenn es das Letzte ist, das ich tun werde.«

»Ich nehme dich beim Wort, Franni. Wir haben ein Gästezimmer.« Mit einem entschuldigenden Blick auf die anderen beiden zog er sie ein Stück zur Seite. »Wie geht es Tata? Er sieht schrecklich aus.«

»Es ist ein langsamer Abschied. Sie geben ihm jedes Mal noch ein paar Wochen, aber er ist zäh. Vielleicht hält er durch, bis die erste Enkelin kommt, die er in den Armen halten kann.«

»Es tut mir leid. Wirklich. Ich wollte sie mitbringen, aber du hast schon recht, so eine Überfahrt ist kein Zuckerschlecken. Und Wanda wird seekrank.«

»Nein, mir tut es leid, es sollte kein Vorwurf sein. Wenigstens Mutti habe ich wieder. Sie hat sich vorgenommen, steinalt zu werden.«

»Dann schafft sie es auch.«

Er schaute sich suchend um. »Ich sehe Poldl nicht. Und Johanna, wie geht es ihr seit dem Tod von Josepha?«

»Unser Bruder hat sich in ein Loch verkrochen und sinnt darüber nach, wie er mir Erbschleicherin das Leben schwer machen kann.«

»Erbschleicherin? Was hat er denn selbst in den letzten Jahren für den Hof getan?«

»Du hast nichts verpasst.« Sie hätte auch nichts dagegen gehabt, wenn ihre Eltern Leopold vom Hof gejagt hätten. Aber das brachten sie trotz allem nicht über sich. Und Franziska würde es auch nicht tun. Gerade in den letzten Tagen hatte er ihr vor allem leidgetan, obwohl er ihr und Wilhelm nur das Leben schwer machte. Aber er war ein Gefangener des Alkohols. So manches Mal fragte sich Franziska, wie frei ihr Bruder in seinem Tun und seinen Entscheidungen wirklich noch war, wenn all sein Denken auf den nächsten Schnaps ausgerichtet war.

Sie verdrängte die Gedanken und lächelte stattdessen warm. Mit dem Kopf deutete sie in Johannas Richtung, die gerade mit einem vollen Tablett zwischen den Feiernden hindurchflitzte.

»Johanna macht sich gut. Sie lässt es sich ungern anmerken, aber an manchen Tagen vermisst sie ihre Schwester mehr, als sie zugibt. Du hättest sie erleben sollen, als wir den Josepha-Pocol-Wanderweg eingeweiht haben.«

»Ihr habt was?«

»Es war Josephas Idee gewesen, zwischen den Apfelplantagen Wege auszuschildern, damit die Leute, die die Wirtschaft besuchen, einen Spaziergang machen können und damit einen Grund mehr haben, herzukommen. Sie hat von Wilhelm Holzplaketten anfertigen lassen und diese bemalt. Hast du die große Holztafel an der Einfahrt nicht gesehen? Dort sind alle Wege auf einer Karte verzeichnet, dazu sind jeweils der Verlauf und die Länge angegeben. Das kommt sehr gut an, schon allein, weil es die Leute an die Wanderpfade in den Alpen erinnert. Nun, also, haben wir die Route den Waalstieg hinauf und am Römerturm vorbei nach Josepha benannt.«

Andreas nickte anerkennend. »So hinterlasst ihr alle auf diesem Boden eure Spuren.«

Franziska starrte ihn an. Ihr kam eine Idee. »Wenn du das nächste Mal kommst, bringst du Apfelbaumschösslinge mit. Versprich es!«

»Ich soll was?«

»Kleine Setzlinge von Sorten, die bei euch drüben wachsen. Wir pflanzen für jeden von euch einen Baum. Und dann schlagt ihr hier ebenfalls Wurzeln.«

»Ich verstehe. Also gut. Ich werde mich erkundigen und nach einer Sorte suchen, die das Bergklima verträgt.« Er fasste sie an den Händen, wieder so eine vor langer Zeit so schmerzlich gewünschte und unvertraute Geste. »Hör zu, zwischen uns liegt ein ganzer Ozean. Aber heutzutage gibt es ja Möglichkeiten, in Kontakt zu bleiben. Ich werde für dich da sein. Für euch, für eure Kinder. Hörst du? Wenn du mich brauchst, rufst du an, und ich werde kommen, so schnell es geht. Ich werde alles möglich machen, was immer nötig ist. Das verspreche ich.«

Franziska nickte tapfer und bemühte sich, ihre Rührung nicht ganz so deutlich zu zeigen. Obwohl sie schon jetzt wusste, dass sie es ihrem Bruder noch häufig übel nehmen würde, weil er so weit fortgehen musste, gönnte sie ihm sein Glück.

»Das verspreche ich dir auch. Ich bin sicher, Wanda ist eine wundervolle Frau«, brachte sie mühsam hervor.

Andreas lächelte gerührt. »Unsere Tochter Maggie ist kein bisschen wie sie, sie kommt nach dir. Du wirst sie kennenlernen.«

»Ich störe ja nur ungern, aber das ist auch meine Hochzeit.« Wilhelms Hand legte sich auf Andreas' Schulter und schob ihn sanft, aber unmissverständlich zur Seite. »Darf ich die Braut um den ersten Tanz bitten?«

Andreas nahm Franziskas Hand und legte sie in Wilhelms. »Ich bitte darum, und pass bloß gut auf sie auf, Leidinger. Ich verlass mich auf dich.«

Danksagung

Mit einigem Erstaunen darf ich mich stolz und glücklich über den ersten Teil der Geschichte rund um Franziska Leidinger, geborene Bruggmoser, italienisierte Ponte, freuen. Niemals hätte ich gedacht, dass ein solches Projekt aus einer Idee entstehen könnte, die im Januar 2020 in einer Münchener Pizzeria ihren Anfang nahm. Franziskas Geschichte, so viel darf schon verraten werden, wird mit *Der Duft von Erde nach dem Regen* sehr bald fortgesetzt.

Bücher müssen gelesen werden. Und daher danke ich als Erstes Ihnen, liebe Leserin und lieber Leser, dass Sie dieses Buch gekauft haben. Ich hoffe, dass es Ihnen gefallen hat! Empfehlen Sie es weiter, verschenken Sie es. Nur so können wir Schreibenden auch zukünftig Geschichten erzählen.

Wenn Sie bereits einmal eine Danksagung gelesen haben, verrate ich Ihnen vermutlich kein Geheimnis, dass Bücher immer eine Gemeinschaftsarbeit sind. Ich danke Monika Beck, die als Lektorin die Aufgabe hat, aus einem guten Buch ein besseres zu machen. Aus meiner Sicht ist ihr das sehr gut gelungen! Außerdem meinem unermüdlichen Agenten Niclas Schmoll, der seit vielen Jahren meine Ideen sortiert, bewertet, verhandelt und verkauft. Und nicht zuletzt Natalja Schmidt vom Verlag Droemer Knaur, ohne die es die *Südtirol-Saga* schlicht nicht geben würde. »Denk groß!«, hat sie mich an jenem Januarmittag motiviert. Das habe ich getan. Ich bin sehr gespannt, wie es nun weitergeht.

Und ich hoffe, Sie auch!

Anna Thaler im August 2021